U0906529

四川文艺出版社

汉娜的重庆

【德】傅安娜（Johanna Stahl） 著

娆 译

图书在版编目（CIP）数据

汉娜的重庆/（德）傅安娜（Johanna Stahl）著；海娆译. —成都：四川文艺出版社，2020.8（2025.12 重印）

ISBN 978-7-5411-5581-9

Ⅰ. ①汉… Ⅱ. ①傅… ②海… Ⅲ. ①长篇小说-德国-现代 Ⅳ. ①I516.45

中国版本图书馆 CIP 数据核字（2020）第 069936 号

著作权合同登记号 图进字：21-2019-545

HANNA DE CHONGQING

汉娜的重庆

[德] 傅安娜（Johanna Stahl） 著
海 娆 译

出品人 冯 静
责任编辑 刘芳念 周 平
封面设计 周 婧
内文设计 史小燕
责任校对 段 敏
责任印制 桑 蓉

出版发行 四川文艺出版社（成都市锦江区三色路 238 号）
网 址 www.scwys.com
电 话 028-86361802（发行部） 028-86361781（编辑部）

排 版 四川胜翔数码印务设计有限公司
印 刷 成都东江印务有限公司
成品尺寸 145 mm×210 mm 开 本 32 开
印 张 15.25 字 数 350 千
版 次 2020 年 8 月第一版 印 次 2025 年 12 月第二次印刷
书 号 ISBN 978-7-5411-5581-9
定 价 88.00 元

谨以此书献给我的女儿克里斯蒂安娜（Christiana）、儿子克劳迪约斯（Claudius），以及女婿米歇尔（Michael），感谢你们鼓励我写下对中国重庆的往事回忆。

此书也献给我可爱的外孙康斯坦丁（Konstantin）、外孙女克拉拉—玛丽（Klara-Marie）以及孙子约翰—艾德沃（John-Edwin），请记住你们的生命之源。

那首小诗特意为你们而作，希望它永远陪伴你们。

当然，此书也献给所有热爱和平的人们，尤其想了解 1942—1952 年间重庆历史的人们。

以此祝愿：

年轻人都有幸福的未来；

我们美丽的地球没有仇恨和战争，只有爱与和平。

致年轻人

不要被仇恨引入歧途，
即使当你迷惘的时候。
只有用心血和理智，
才能拯救你的国土。
不要叫嚣，也不要残暴，
所有的喧嚣都会沉寂，
无论唆使，叫嚷，辱骂，训斥，
都会被时间的泡沫吞噬。

只有坚定的爱和信念，
才能在困难时给你力量和慰藉。
魔鬼在愚蠢的妄想中疯迷，
以为杀戮是神的意志。
和解吧，不要埋怨和憎恨，
更不要伤害，
去抚慰火焰中的惨叫和呜咽，
趁它还没有彻底销声匿迹。

请把爱洒在伤口上，
那被愚蠢和仇恨伤害的地方，
让灵魂康复，
让美好驻留。
用古老的法则，
对抗残暴和淫威。
混乱已经尘埃落定，
尚有苦难遗留人间。

温柔的声音，美妙的旋律，
能让人相爱。
去创造吧，年轻人，
去拥有一颗美丽的心灵，
去创新技术，
去发现智者的宝藏。
只有当你准备好迎接变化，
新时代的光辉才能将你照耀。

〈译者序〉

在文字里返乡

这是一次奇妙的翻译经历。

2018年3月的一天，我意外收到文友杨悦的微信，说有个德国老太太写了一本关于重庆的书，问我是否愿意翻译。我毫不犹豫拒绝了。

当时我刚完成一项光荣而艰巨的翻译任务，正着手写作一部酝酿已久的长篇小说。距离写上一部小说《早安重庆》，已经过去七年了。对于一个人到中年的写作者，七年不写，是一件十分残酷的事。但生活总是出人意料地伸出巨手，掌舵着我们人生的航向。七年中的头两年，我钻心读研，想借德国大学免费和无年龄限制的好福利，提高自己的德语水平。谁知学业临近结束时，承蒙一位教授抬爱，我阴差阳错地干起了翻译。这一翻译就是五年，五本诗集，一本小说。为了不负教授的厚望，我心无旁骛，全力以赴，不敢有一丝一毫的怠慢。

翻译的辛苦就不说了，尤其是诗歌翻译，而且是学者型诗人所写的诗歌，其难度不仅在于众所周知的诗歌语言的难译甚至不可译，还有知识的广度和思想的深度等问题，都让我这个才疏学浅半路出家的译者，常常感到心力不逮。经历了漫长的痛苦挣扎，终于完成了这五星难度的翻译重任之后，我已心力交瘁，发誓余生再也不要染指翻译。

但杨悦很笃定。她说，你还是瞟一眼吧，我认为你是它最合适的译者。

于是就好奇地瞟了一眼。

就瞟见一张黑白老照片：陡峭的临江石坡上，简陋的吊脚楼旁，一个西装革履的西方男子左手公文包，右手文明杖，正在爬坡。同行者有另一名外国男子，和一个弯腰背篓的中国男子。周围还有些民国装束的路人。坡下的河边泊满破烂的小木船。文字说明："1937 年，我父亲正爬坡进入重庆城。"

这是我八十一年前的故乡，一座远去的重庆城，一个属于我父亲母亲的时代。我心底泛起亲切的涟漪。

这才回头去关注作者：Johanna Stahl（简称汉娜），父亲是德国驻华外交官，母亲是成都某中学老师。1937 年她出生在重庆，1952 年全家离开重庆，去德国定居至今。这本书是作者晚年所写的回忆录，回忆她早年在重庆的生活，副标题是"重庆 1942—1952"。

巧的是，作者当年在重庆的家，就在我家所在的江北。她家房子坐落在寨子坪背后的山坡上。寨子坪在哪里？我这个土生土长的江北人，怎么闻所未闻？经查实，才知就在观音桥附近往机场方向的马路右侧。我家离那里也不远。原来我们是隔代乡邻，曾经生活在同一片土地。现在那里是一片林立的高楼，是繁华的商圈，寨子坪这地名都没有了。可在作者笔下，那里梯田层层，稻花飘香，纵横的小路穿过山坳、稻田和农家竹林，绕过池塘和古墓，连接着她山坡上的家和寨子坪乡场，再通向热闹的嘉陵江码头，和她父亲工作的重庆城。

目光一不小心滑进文字，就再也停不下来了。我感到自己心跳加速，浑身的血液开始奔涌。黑白照片里的故乡慢慢复活了，它远在天边，又近在眼前，让我无法拒绝，只想一头扎进去，看看它当年的样子，看看一个中德混血小姑娘，在那样的故乡，那样的年代，经历了一场怎样的人生。

我的再不要翻译的誓言，就这样瞬间分崩离析。小说创作固然重要，可面对昔日故乡的失而复得，如同面对一件弥足珍贵的出土文物，我怎么可能无动于衷，弃之不顾，忍心让它被再度埋没？于是我对杨悦改口了，我说我译，这是抢救文物！我们已经遗忘太多，如果能以自己的微小之力留住一段历史记忆，我甘愿搁下手中的创作，再度受虐。

然而，面对人类伟大的乡情和真挚的热爱，上帝也会仁慈相待。翻译出人意料地顺畅，不仅没虐我，反而带给我巨大的快乐。我在电脑上调出两个并列的小窗，左边是电子版原文，右边是译文。我的眼睛紧盯着德语原文，双手盲打出对应的中文，阅读和翻译同时进行，并行不悖，遇到生词或不解处，不查字典，也不过久停留，只标出记号，继续一路狂奔，享受追剧般的阅读快感。每天几乎十小时，我呆坐在电脑前，神游其中，不问世事，甚至对窗外的姹紫嫣红漫天春色也视若无睹，宁愿被书中人物的命运牵引，去穿越时空，回到民国，跟他们一起经历悲欢，时而欢笑，时而痛哭。一本六百多页厚的书，就这样被我一气呵成完成了粗译，有如神助，用了不到两个月时间。物我两忘中，我仿佛又多活了一次，民国时的另一生。

全书令我惊叹，唏嘘，久久难以回到现实。这是一本非虚构的回忆录，却比小说更精彩。汉娜的语言朴实无华，却带入感极强，就像一个天真可爱的邻家小姑娘，在跟你掏心掏肺地讲述她和她家里的故事，一切都那么自然而然，就从她最初的记忆开始，沿时间的线索，成长的脚步，丝毫没有雕琢的痕迹。她还通过外交官父亲之口，爆料出一些抗战时期不为人知的军政秘密，使该书有了一定的史料价值；而书中的故事发展和人物命运，又随时代风云的变幻莫测而跌宕起伏，扣人心弦，读来让人欲罢不能；再加上写景状物细腻优美，心理活动真切感人，人物刻画鲜活生动，人物关系充满张力，这些好小说的元素被浑然天成地融入其中，又使该书具有了极高的文学价值。可以说，在我有限的阅读史中，这是纪实性与文学性结合得最完美的回忆录。

我这才开始平心静气地精读和细译，德中对照着，逐字逐句，解决所有的生词和被码出的疑问，还通过邮件和电话跟作者取得联系。这个过程比较漫长，但收获颇丰，不仅消除了翻译中的各种存疑，还增补了一些内容，使作品更加饱满。我和汉娜原有的译者与作者关系，也慢慢变成朋友关系。

汉娜性格开朗，为人真诚热情，是典型的重庆女子性格。她爽快地回答了我所有的问题，告诉我书中的一切都是原生态，没有虚构，她只是如实记录了对早年重庆生活的回忆和一些自己的感受。她为终于遇到我这个可以讲中文的老乡而激动，经常给我打电话，每一次通话都不短于一小时，充满了他乡遇老乡的亲切和兴奋。在对共同故乡的怀念和追忆中，记忆再次被激活，往事不是沉渣泛起，而是汹涌翻卷。比如，书中她写到她的小学，却怎么也想不起小学的名字，只记得学校是一座庙，在山坳里，院坝有几棵参天柏树。她从寨子坪背后山坡上的家往城里的方向，步行不到十分钟，就到了。到了我的年代，那里已是鳞次栉比的高楼大厦，地势略有起伏，却不见寺庙的影子。但我突然想起，那里有个公交车站名叫“大庙”。从前每每坐车经过，听售票员喊“大庙到了”，我都纳闷，因为那附近并没有庙，我们都习惯叫它“海关”。汉娜听了，在电话那头激动得尖叫，说想起来了，我的小学就叫“大庙子小学”啊，并嘱托我，把这个名字补写进去。这也是为什么，中文版里的有些内容，在德文原著里并没有。那都是在我们的交谈中，汉娜的记忆被激活蹦出的新火花。

汉娜的语言文字虽好，但还缺乏写作技巧。这一点主要表现在结构上，有的章节洋洋洒洒几十页，有的只有短短的两页。没有刻意的谋篇布局，她完全跟着感觉走，沿时间顺序，任记忆之水自然流淌，遇山成溪，入沟成湖。这样的作品，按我的理解，显得结构失衡。我对她提出了我的看法，她十分爽快地接受了，并全权委托我进行修改。于是我对结构作了适度调整，在内容不变的前提下，将过于短小的那一章，揉进了有逻辑关联的另一章里，让全书的结构更趋稳定。

汉娜仍然能说中文，只是不够流利，一口地道的“川普”加重庆话。她还会唱“东方红”，唱她读中学时唱的“南开校歌”，只是歌词东拉西扯记不全了。离开重庆那年她十五岁，她至今还把重庆当故乡，并为自己因为健康原因不能长途飞行回乡看看而伤心，也为自己结巴的中文表达而愧疚。自从母亲去世，三十年来，没有人跟她说中文。她住在德国北部偏远的乡下，身边没有一个中国人。七十八岁开始写这本书时，隔着半个多世纪的漫长时光往回望，有的清晰，有的模糊。其中有个重要的地名想不起了，她无计可施，就上网求助，无意中发现著名翻译家杨武能教授也是重庆人，就大胆写邮件向他请教。杨教授很快回复了她，告诉她那个地方叫朝天门。书出版后，她再次写信给杨教授，希望他能把它翻译成中文。遗憾的是，杨教授翻译任务太重，无暇他顾，把书转给了女儿杨悦。杨悦能译会写，是正宗德语专业的科班出身，与父亲合译过《格林童话全集》，还为德国最大的中文报纸《华商报》撰写个人专栏，出版过散文集《悦读德国》，但她经营着一家规模不小的企业，家里还有孩子要照顾，事务繁多，也抽不出更多时间，便想到了我，因为八十高龄的汉娜希望能在有生之年看到这本书在中国出版。这是她此生最后的梦想。杨悦想尽快帮她实现梦想。

没有翻译合同，也没有联系好出版社，仅凭着满腔的热爱，和自以为崇高的使命感，我义无反顾地开工了，一边翻译，一边还想着找出版社。按理说，这本写重庆往事的书，在重庆出版最合适，但汉娜的一句话给了我启示。电话里她说到她母亲，一个成都大地主的女儿，三寸金莲，身材娇小，却有着惊人的睿智，果敢的性格，和临危不惧的大气魄，是书中最令我敬佩的女性。汉娜说，母亲念念不忘成都老家，一直想回去，却囿于种种原因没能成行。临终前，她亲手设计了自己的墓碑：中间是她的中文名，四周环绕了一圈稻穗。她说她身不能落叶归根，死了就让名字在稻穗中长眠，就像小时候成都家里的宅院，四周是一望无边的稻田。

“我很怀念重庆，在写作的过程中，我仿佛又回到童年的故乡。同时我还有另一个心愿。我很爱我的妈妈，我希望这本书能在中国出版，能载着我妈妈的灵魂回家。那样的话，我就帮她实现了落叶归根的愿望。”

感谢四川文艺出版社，接纳了一个陌生译者的自然投稿，为我们保留下一段不该被遗忘的历史，也让一个半生漂泊的成都女儿终于魂归故乡。

多么宁静！
稻田的谷穗在晚风中摇曳，
知了在日暮的林间鸣叫。
淡淡的月光笼罩着江北起伏的山岗，
蛙声四起，
田野和房舍都进入梦乡。

这是汉娜的诗，是她记忆中童年的故乡，也是我们永远消失的故乡。但它在汉娜的文字里活下来了。是的，它就活在这本书里。

海娆，2020 年 7 月 29 日于德国

目录

前　言

我在重庆度过的童年和少女时代，一转眼，就成了六十五年前的旧事。在乡下的童年无忧无虑，充满了美妙的热情和梦幻；频繁往返于城乡之间的少女时代，又布满戏剧性和悲剧色彩。这段时光在我生命里留下了深深的烙印，它一直伴随我漫长的一生，直到今天，依然历历在目，仿佛伸手可及。但多年以来，我不能提及，似乎有一只无形的巨手紧紧扼住我的喉咙，让我难以发声，欲言又止。

那时候的重庆城，在长江和嘉陵江之间的多岩河谷里拔地而起。这座筑建在山上的城市，人们必须爬上许多陡峭的石梯，才能抵达。特殊的地形和地理位置，使这里成为不易征服的天然堡垒。正因如此，为了更好地抵抗日军的侵略，1937 年底，蒋介石宣布重庆是中国的临时首都。从 1938 年开始，这座有山有水的美丽城市开始罹难，持续遭受了日本飞机多年惨烈的轰炸袭击，只有秋天的浓雾才能提供暂时的庇护，让它获得片刻的安宁。

1945 年日本投降后，重庆城迅速大兴土木，开始了大规模的重建和复兴。新的工厂、政府办公楼、公务员宿舍、医院、商场、电影院等，如雨后春笋般从废墟中崛起。满载货物和乘客的轮船频繁出入朝天门码头，大江小河百舸争流，街头巷尾车来人往，整座城市从陆地到水面都一派繁忙。重庆又成了中国的一座生机蓬勃的大都市。

遗憾的是，不久内战爆发了。

尽管有美国提供的经济援助和先进武器，国民党政府仍然腐败无能，财政亏空。高昂的军费支出和官员的贪污，不仅让政府负债累累，还最终导致了通货膨胀，民间积怨。社会精英和知识分子的工资缩水，体力劳动者入不敷出，中华大地经济凋零，怨声载道，民不聊生。

1949 年，毛泽东领导下的新中国成立，人民解放军凯歌高奏进驻重庆，蒋介石仓皇逃到台湾。

土地改革开始了，农村开始斗地主，学校也因为要改建而关闭。我和许多年轻人一样，经历了政治上的思想改造再教育。我们激情高昂，要与新中国的一切反对派斗争到底，尤其是西方列强，比如美帝国主义。年轻人高举红旗上街游行，喊口号，唱赞歌，敲锣打鼓，歌颂毛主席，歌颂新中国。这时候的我，也跟每一个热血澎湃的新中国少年一样，衷心拥护毛主席，对他倡导的革命理想充满了无比真诚的向往。

当时我们家在乡下，房子要被改成学校，父亲也被要求离开中国，但他不愿意和我们分离。这也是我们家最艰难的时候。母亲在农场劳动改造，父亲没有工作，无以养家，带着我和弟弟，挤在城里的小公寓里苦苦度日。到 1952 年，我们全家最终离开这里，去往德国。

记忆中的重庆（傅安娜 绘）

但是，无论发生了什么，经历了什么，重庆始终是我亲爱的故乡。当我在那个多雾的秋天，登上朝天门码头的大轮船，告别烟雨凄迷中的美丽山城时，我是十五岁的花季少女。一转眼，六十多年过去了，我已成风烛残年的八旬老妪。站在生命的尽头蓦然回首，我依然一眼就看见多年前的故乡重庆，它叠翠的山峦高耸云霄，清澈的河流逶迤东去，起伏的丘陵梯田层层，稻花飘香，多么美丽，多么难忘。一切都清晰如昨，宛如眼前。它似乎一直在等我回去，可我耄耋之躯，垂垂老矣，怎能跨越那阻隔我们的万水千山？于是我写下这本书，写下我当年在重庆经历的悲欢离合。它也许不如小说精彩，却是我真实的生命历程。重要的是，每一行文字都是我迈向故乡的步履，尽管笨拙，却让年老的我踽踽而行，一步一步终于重返远方的家园。

我的父亲

父亲的德语名叫瓦尔特-傅瑞德里西（Walter-Friedrich），中文名叫傅德利。在第二次世界大战爆发前，他卖掉了他在布瑞斯劳（Breslau，今波兰境内西里西亚地区）的书店，前往西藏，在喜马拉雅山区组建了一支探险队。探险队都是年轻男子，有藏族人和汉人。通过一些熟人和关系，父亲虽然是外国人，也成功地领导那支探险队，在西藏工作了很多年。

因为想更多更好地了解中国，父亲想学中文，希望寻找一名中文老师。探险队里有个来自成都的年轻人，是我母亲同父异母的弟弟。当时我母亲在成都的中学当老师，同时也兼那所中学的负责人。年轻人就把她介绍给父亲当中文老师，并把父亲带到成都，跟她见面。

当他们第一次见面，父亲就被母亲娇美的外貌、优雅的举止和温柔的声音迷住了。他恭恭敬敬地对她鞠躬，行吻手礼，托起她的手来轻吻了一下，用英语对她说："很高兴认识你，彭小姐。”

母亲的脸红了，有点尴尬地回答说：“你好，傅先生。”

她的英文不如父亲的英文流畅，带有明显的中文口音。

父亲的中文学得很快。没过多久，他就能用中文跟人简单地交流。尽管这样，在他应该返回西藏的时候，他仍然觉得他的中文还不够好。因此他希望母亲能跟他一起去西藏，继续教他。但母亲当场用三条理由拒绝了：一、我是未婚女子，不能随便跟一个男人走；二、我不能轻易丢弃学校的工作，因为得之不易；三、我不想离开成都。

父亲听了，静静地站着，不知道怎样才能说服母亲。他低着头，表情痛苦。母亲注意到，他漂亮的蓝眼睛里没有了往日的欢乐和幽默诙谐，变得黯然忧伤。她突然感觉到，她喜欢这个彬彬有礼的德国人，也舍不得让他离她远走。她的心开始狂跳，突然不假思索就冲口而出：“除非跟你结婚，那样我才可以跟你走。”

说出这句话后，她自己也吓坏了，羞愧地低下头，感觉脸颊烫得厉害。

两个人都像被突如其来的闪电击中，相对站着，一动不动。他们深深地看着对方的眼睛，同时感觉到爱情的魔力和幸福的眩晕。父亲其实在第一眼看见母亲时，就喜欢上了她。但他没有勇气向她表达，因为害怕遭到拒绝。此时他突然有了勇气，上前一步抱住她，亲吻她的脸。他一边吻她一边低语：“这句话我等了很久。太好了，能够听到它从你的嘴里说出来，我太幸福了。”

母亲却突然挣脱他的拥抱，解释说：“也许有点小误会。我的意思是，如果我们结婚，我会很乐意跟你走。但不一定要去西藏，我更愿意跟你生活在成都。这里物产丰富，气候适宜，生活安稳，居民们敦厚宽和，还是中国有名的文化古城，比西藏更适合安居乐业。”

他静静地站在那里，低着头，想了想，说：“好吧，为了你，我愿意放弃西藏的探险事业，留在成都。”

母亲兴奋地一把抓住他的手，然后又向他充满感激地鞠了一躬。

父亲就这样放弃了他的西藏探险，于1935年6月7日在成都跟母亲登记结婚，从此在成都定居下来。他把在探险期间用于从事科研的珍稀发现，推荐给各国的博物馆，获得了经济上的巨额收入。母亲继续在学校工作，继续教父亲学中文。父亲有很好的语言天赋，除了母语德语，他的法语和英语也很好，另外他还懂拉丁语。通过母亲，他很快又掌握了中文的听说读写能力。

有一天，一个名叫辛肯（Schenk）的德国记者来到成都。他为德国情报局工作，想对成都的政治局势进行报道。在成都的德国领事馆里，他邂逅了父亲，并告诉父亲，驻重庆的德国大使馆急需一名会中文的工作人员。父亲投去了求职申请，被录取了。不久他就带着母亲迁往重庆。

一年后，我在重庆出生了。

1938年底，中日战争进入白热化。为躲避日机空袭，父亲在重庆郊外的乡下租了房子，我们从城里搬到农村。一直到战争结束，父亲都负责德国大使馆的工作，即使在使馆正式关闭之后，他仍然取得德国政府的同意和支持，将使馆工作转入地下，并继续负责，一方面为在重庆的德国公司和德国人服务，另一方面也为德国政府报道中国的形势。他的顶头上司是希姆莱，两人经常有电报联系。日本投降后，大约在1946年，美国人在上海开设了军事法庭，对仍然滞留中国的德国人进行了审判——也包括父亲。他被判了三年监禁。

父亲高大，魁梧，有一双世界上最仁慈漂亮的蓝眼睛。他的浅棕色头发总是光滑地梳向后面，小胡子下的嘴角常常挂着狡黠的微笑。在重庆的最初几年里，他衣着优雅，经常穿浅色衬衣或深色西装，有时还穿燕尾服，戴相配色系的领带和礼帽。拐杖、雪茄、公文包，是父亲出门的三件标配。他的皮鞋，即使罩有绑腿盖，也经常亲手擦得锃亮。他非常喜欢抽雪茄，但常常点燃后只吸几口，就放进烟缸，任由它自己慢慢燃烧直至熄灭。

在我眼里，他不仅是一位充满爱心的慈父，而且学识渊博。我对他怀有深深的爱意和敬佩，直到后来，政治环境让他变得自闭抑郁，郁郁寡欢，我们的父女关系才开始紧张起来。

由于日军对重庆的轰炸，父亲大多数时间都在城里，不能回家。他在使馆区有一套公寓。那时日本跟德国是盟友，使馆区在战争的初期还很安全，能免遭轰炸。他们不仅高挂德国国旗，还把巨大的德意志帝国大旗也铺展在房顶和院子的地面，作为提醒日机不得投掷炸弹的信号。

周末，如果父亲在家，而且没有带宾客回来，他就给我看他那些非常珍贵的藏书，讲解书中的内容，或者，告诉我他在喜马拉雅山中探险的故事。而最令我紧张和好奇的，还是他描述发生在重庆的中日战况。他的讲述既让我震惊、害怕，又让我着迷、难舍。

因为他在家的时间很少，没有机会教我德语，他就用中文给我讲德国童话，或者，我们一起听留声机里的德国音乐。有时候，他还让我跟着他唱德语歌。一般一起唱几遍之后，我就能自己单独唱那些德语歌了。

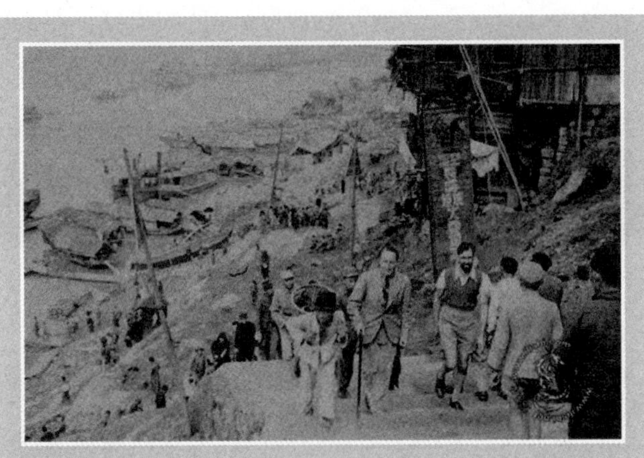

1937 年，父亲在重庆

他经常从城里带外国朋友来家里做客，通常有德国人、法国人、英国人、美国人。这时候，家里所有的仆人都得忙碌起来，准备招待宾客。客厅里的餐桌会被铺上漂亮的桌布，很多美味佳肴会依次被仆人们端进来，送到每一位宾客面前，待他们品尝后又被端走，然后再送上新的菜品。与此同时，还另有仆人为客人们斟酒。但丰盛的大餐之后没有甜点，只有米酒供男宾们继续享用。

那时候的中国，外国人被当作不怀好意的侵略者。社会上普遍称外国人为“洋鬼子”。这得归咎于19世纪的两次鸦片战争。1899－1900年的义和团运动，又导致了欧洲人对中国的暴力殖民。但具有现代思想的年轻人，尤其是知识分子，对西方人还是很友善。

我的母亲

我母亲名叫彭廷文，她的父母属于仇视外国人的上一辈人。当他们获知母亲嫁了一个德国人，当即就宣布和她断绝关系，并取消了她的家庭财产继承权。

母亲体型娇小，圆脸，薄唇，深棕色的杏仁眼看起来总是有点严肃，黑色的短发梳到一边，脸上几乎不化妆，只用眉笔描描眉。她经常穿浅蓝色的紧身旗袍，高领，襻扣从肩旁斜拉下来，一直到膝盖处结束，下面是一条长长的开衩。这是典型的中国旗袍。

我母亲是个值得尊敬的人。她仁慈而严厉，特别关心我的学习，经常给我讲中国古老的民间故事，并告诉我那些故事的意义，还讲女子的传统美德，叮嘱我要善良诚实，贤惠勤俭，尊老爱幼等。她是无神论者，信奉孔子和老子的理论。

但我们之间的关系看起来并不十分亲密，也许是因为，她不到五岁就失去了母亲，继母待她冷漠无情。在她很小的时候，他们就强迫她缠脚。因为痛，她一次又一次把带子拆开，却总是被强行再次缠上，甚至挨打。最后他们把裹脚布牢牢地缝在一起，痛得她哇哇大哭，也没有一个人安慰她。在那个时代，中国上层社会和富裕家庭都这样，女儿最迟在五岁之前必须缠脚，只有社会底层人家的女儿不缠脚，因为她们长大后得从事繁重的体力劳动。

如果我不听话，或者考试成绩不好，母亲就会很生气，甚至怒不可遏，把我摁倒在她的膝盖上，用竹条儿抽打我的屁股。她不能容忍我的反抗，要求我绝对服从她。

我经常渴望她能爱我，抱抱我，亲吻我。遗憾的是，我不记得有过这样温馨的时刻。尽管这样，我仍然在心里很爱她。

黄昏时分，当稻田后面的红霞渐渐淡去，微风轻拂着我的头发，是一天里最美好的时光。我挨着母亲坐在门廊，听她讲故事。她的讲述形象又生动，还富有感情，让我总是不停地求她继续讲吧，不要停歇。

她经常唱歌给我听，都是些浪漫抒情的中文歌，比如“风儿大，波儿高，小小船儿浪中漂……”，或者教我唱儿歌：“小小姑娘，清早起床……”后来，每当家里来了客人，她都要求我当众唱歌，因为她觉得我的歌声很好听。由我出场在大人们面前唱歌跳舞，成了她招待宾客的必备节目。

有一天，她把我叫进她的房间。写字桌上，摆有一块细长的墨石和长方形砚台，还有很多大小不同的毛笔，都笔头向上，插在一个棕色的竹笔筒里。笔筒上刻有精美细致的风景图，前面有一只装有水的小瓷盅，水里搁了一柄小勺。

“我演示给你看，怎么磨墨。”她对我说，然后用小勺从瓷盅里舀水，倒进砚盘，再拿起墨石，在砚盘里轻轻画圆圈。很快，黑色的墨水就被磨出来了。她从笔筒里取出毛笔，把笔尖先放进墨水里蘸蘸，又在砚盘边把多余的墨汁压掉，让笔尖变得饱满又尖润。

她把我抱起来，放在她的大腿上，让我用右手的大拇指、食指和中指握住笔杆的中部，说："现在把手指拱起来，用大拇指跟食指和中指共同夹笔，无名指从里向外轻轻用力，手腕垂直，笔握直。试试，用笔尖在纸上画圆圈和线条。"

按照她的吩咐，我很认真地完成了动作，然后骄傲地抬起头来望着她。

她笑了。"很好！现在我示范给你看，怎么变化线条的粗细，怎么加重或减弱笔画。"她握住我的手，让我的手跟她的手一起慢慢滑动。我其实一点也不喜欢写毛笔字，但我喜欢坐在她怀里。这时候，我能感觉到她的体温，她的呼吸，这让我沉浸在无法言喻的幸福中。真想一直就这样坐在她怀里，写呀画呀，永不结束。

"好了，今天就练到这里。"没过多久，她就把我从她怀里抱下来，放在地上，拿起那页纸给我看："你看，你刚才写的是'人'字。很简单，是不是？"

随后她又拿起旁边的一个本子，对我说："这是一个摹帖本，每一页都有一层透明纸，下面有我写好的字。如果你明天有兴趣，可以在透明纸上临摹我的字。"

我翻开本子，看见母亲为我写下的那些黑色汉字，兴奋得大叫起来："哇，我现在就想写，可以吗？"

"不可以！现在太晚了。等你明天精神饱满，你会发现，摹帖写毛笔字是一件很有趣的事。"

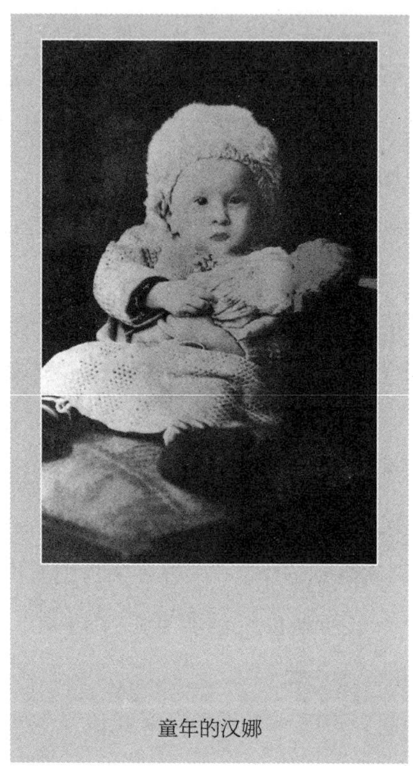

童年的汉娜

这一年我四岁，就这样开始跟母亲学习写字和阅读。

母亲的汉字写得特别漂亮，临摹她的字，给我带来巨大的快乐。尽管上学以后，人们都夸我字写得好，但我知道，比起母亲的字，我的字还差得很远。

如果我病了，发烧了，母亲就坐在我的床边，让我卷起袖子，把食指和中指弯成弯钩，揪扯我肘关节部位的皮肤，一下又一下，直到那里的皮肤发蓝发紫。她还不断把手指用凉水蘸湿，以便揪扯滑溜些，最后再用力朝那里拍打几下，说："好了，现在你马上就会好起来了。"

我真的过一会儿就感觉好些。然后，我还必须喝一大碗又黑又苦的草药水。当我退烧了，她又来了，笑眯眯地望着我，坐在床边为我削苹果，一片一片喂进我的嘴里。我几乎品尝不到苹果的味道，因为我只顾着闻她身体的芳香，看她怜爱的手势和温柔的目光，感受她带来的安全感。有她在身边真幸福啊。

有美丽花园的房子

为了躲避日本飞机的轰炸，父亲为我们在嘉陵江北岸的乡下租了一幢房子。那幢房子有一个很美丽的大花园，被围在一圈高大的土墙里。巨大而沉重的木门后面，是一条穿过花园的长长甬道，两侧的灌木篱笆前曲径通幽，还有些奇形怪状的假山，周围是被修剪造型得精美的植物和五彩缤纷的鲜花。那些花儿散发出浓郁的芳香，在夏天闷热的空气里，几乎要令我窒息。甬道的尽头连接着宽大的台阶，通往上面的坝子。坝子后是一幢灰色的大房子，带有微微倾斜的青瓦屋顶。旁边还有一幢与主屋相连的大偏房。

我经常在那漂亮的花园里玩耍，在篱笆旁边的小径上游荡。尽管我知道，旁边只有巨大的假山和矮小的灌木丛，以及好看的花花草草，我仍然心怀好奇，觉得这是个神秘的世界。我悄无声息地穿过那些迷人的小径，潜入花园中间的庭院。那里有些石椅和石凳，围着一张长方形的大石桌，周围也是一圈花圃。我喜欢看那些小飞虫在花草间嗡嗡嗡地飞来飞去，还有翅膀上长着彩色眼睛的花蝴蝶，一动不动地停在花草上。可当我的手指刚要触摸到它们的翅膀，它们又呼啦啦地飞走了。我还对那些爬来爬去的大甲虫着迷，它们厚厚的壳在夏日的阳光下闪烁着黑绿色的光芒。

花儿的芬芳令人陶醉，彩色的鸟儿蹦来跳去，叽叽喳喳，令人欢喜。我幸福地坐在石凳上，抱着我的布娃娃，陷入无边无际的梦想中。

突然，不知从哪里传来奇怪的声音，把我从美梦中惊醒。“拉警报了！”大人们惊慌地冲出房间，跑向花园。我不明就里，却也迅速加入他们的队伍，一起钻到旁边的大石桌下。他们还用厚厚的棉絮盖在石桌上。等解除警报的信号声响起，我们又从石桌下面爬出来。

有一天，附近的孩子来到我们家的院门前，问我是否愿意跟他们玩游戏。我很高兴地答应了。那个游戏名叫“气死你”。我们站在敞开的大门口，一见外面有人走过，就扯开喉咙朝人家喊叫：“外国娃儿好幸福！红裤子，绿衣服！嘿！嘿！嘿！气死你！”

被我们喊叫的人一般不会理睬我们，只瞪我们一眼就继续走了。但也有人真的会生气，甚至冲过来想教训我们。我们便迅速躲进院内，一起用力把大门关上，还推上门杠子，躲在门背后捂嘴偷笑，或捧腹大笑，为我们成功地惹人生气，而自己却没被逮住而扬扬得意。那时我完全没有想到，有一天，我自己也会成为“气死你”的对象，因为我的外貌，我就是他们口中的那个“外国娃儿”。

有一天妈妈突然宣布，我们要搬家了，搬到一个名叫寨子坪的村子后面。

“你一定会喜欢。”她笑着对我说。

“那里也有这么漂亮的花园吗？”我问她。

“没有。但能看到稻田和远山。房子下面还有一家佃农，他们养了很多牲口。”

我没有吱声，转身就跑进花园里，不想让妈妈看出我很伤心难过。我跑向石桌，胳膊撑在桌面上，双手捂脸，泪水哗啦啦往下流。

“为什么必须搬离这里？为什么？我想留在这里！我不要看稻田和远山，也不要看佃农的牲口！我只喜欢这里！”我气恼得呜呜哭了。

几天后的一个清晨，家里来了很多年轻男子，带着扁担、箩筐和小推车，来帮我们搬家。

很快，我就和爸爸妈妈一起，离开了那幢有美丽花园的房子。我依依不舍地转过身去，忧伤地望着阳光照耀下的庭院，芬芳四溢的花丛，又一次闻到茉莉的芳香。它被一股微风吹来，像老朋友一样要跟我吻别。

我难受极了，以为这一离去，就永远不会再回来了。没想到，几年以后，我又戏剧性地重返这里，以一种我做梦都不会想到的方式。

彭家院子

在我四岁那年，我们家搬进一幢兼有中西风格的大房子。房子在嘉陵江北岸的寨子坪后面，位于一道丘陵的坡顶。因为母亲姓彭，后来人们称那幢房子为彭家院子。那是父母从一个英国人手里买下的，大约建于1910年，带有十一公顷土地。土地上有农舍、菜地和稻田，还有森林和池塘。父母当时买它花了三万美元。

房子的主楼是一幢长方形的两层楼房，左右各向前伸出一长排低矮的偏房。偏房带有简易的青瓦斜顶，通过楼梯与主楼相连，并与主楼一起形成巨大的U形院坝。院坝的前方是敞开的，视野十分辽阔，可以望见远处起伏的群山和近处连绵不断的农田。主楼的后面是森林。

在左边偏房的正中间，有一扇石框大门。门洞外是一个半圆形的低矮石坝。那是我们家的三条狗睡觉和看家的地方。石坝外有几级往下的石梯，通往下面的乡村小路。

这幢房子最早的正门，是主楼正前方那扇带有宽大露天台阶的大门。但我们从不走那里，总喜欢从门廊右边的小台阶进出，因为从这里出去，离下一个村庄更近些。只有一次，当他们在这里举行婚礼的时候，新娘的轿子和送亲的队伍，是走正门进屋的。

我的奶妈和她的丈夫老邹住右边的偏房。靠这一边的院坝上，还长着一棵巨大的橙子树。树旁有一条狭窄的石梯通往下边一侧的农家。那是我们家的佃农。他们家的房子在一个很大的石坝子旁边，与我们家的主楼形成转角。那一块天然大石坝，是从山腰横伸出来的一块平坦的岩石，从远处看，就像我们家房子在半山腰伸出去的一层楼。如果站在那石坝上，四周的风景非常美丽，往下可以看见层层梯田和下面的菜地，往上可以看见我们家前面的院子一侧和院坝边的橙子树。橙子树枝繁叶茂，遮挡了继续投向右边院子的视线。

房子的主楼有三道阶梯出入口：两侧各一道，分别通向偏屋里的厨房和下坡的山路。那是我们最常走的。正中那道形同虚设，但最气派，石梯宽阔平坦，两边还有厚实的石栏杆。在石梯与主楼厅堂大门之间，是宽敞的门廊。门廊带顶，朝院坝的那面和朝偏房的两侧都安有铸铁椅子。椅子被四根高铁柱子固定起来，靠背的铁条格子被涂成绿色。这些漂亮的绿色铁条格子让房子看起来别具风情。

房子的正中是一间带双开门的大厅堂，挑高五米，后墙有两扇高大的门，通向背后的天井。无论是厅堂还是天井，都有门通往两边的厢房。两边的厢房各有七间，分楼上楼下。厢房之间同样有门相互连接。所有靠前面的房间都是正方形的，大小一样。

靠后的房间却是长方形。底楼的两边各有四间房，楼上因为有楼梯间，连同阳台只有三间房。围绕整幢房子的地基，有一圈用石头砌成的阴沟。如果下大雨，屋后森林里的雨水就会流到这阴沟里，再沿着阴沟流到山下的池塘。

父亲牵着我参观房间。“我们住房子左边的这些房间。”他说，“现在这间是客厅。”

“我住哪间？”我仰头问他。

“你住后面这间。”说着他把我带到我的房间。

我的房间是长方形的，比较小，有一扇窗，三道门。一道门通客厅，一道门通隔壁的楼梯间。楼梯间只靠楼上的窗户采光，显得很暗，旁边有厕所。房间的后墙右边，有两级小木梯，踏上去还有一道门，门外是房子后面的森林。那里有围绕房子的檐下走廊和阴沟，跟不远处的森林分隔开来。

我很害怕这道后门，总担心有鬼会从这里钻进来。

我的房间陈设有点简朴：一张有四根柱子的铁架子大床，新艺术风格的，带有浅浅的小花纹。架子上挂着可朝两边拉开的白纱蚊帐。床下搁了一只细长铁盘，里面放了一根白纸包裹的粗长蚊香。晚上奶妈会点燃它，它升腾的烟雾可以驱逐蚊虫。在床头柜上的白色大理石台面上，有一盏油灯。一把椅子放在窗前的长方桌前，那是我学习和写作业的地方。另外，我的床前还有一把浅棕色藤椅，床边靠墙，有一个小衣柜，里面放着我折叠整齐的衣服。

父母的卧室靠房子的前方，右墙有一扇通向厅堂的门。但那扇门几乎总是关着。另一面也有一扇门，通往客厅。一扇木格子窗朝向前面的门廊和院坝，窗前是母亲的写字桌，上面放着磨得光亮的深棕色笔筒，笔筒外有精美的刻花，里面插了很多长短粗细不一的毛笔，旁边还有一个浅棕色的长方形木制文具盒，上面刻有汉字和竹枝。另外还有砚盘和墨石等文具。

母亲喜欢坐在这里写字和读书。如果站起身来，她能把窗外的院坝和两侧的偏房尽收眼底。这也很方便她随时监视我的行踪。中午，她喜欢在她的新艺术风格的大床上午休。床上有高高的四根铁柱，帐檐上挂着绣花横帘，四周低垂着长长的纱幔。纱幔白天朝两边拉开，只有晚上才放下来，交叠着关闭，底端被塞到床垫下，以免蚊虫侵入。

床右侧有一个大梳妆柜，白色的大理石台面中间，竖着一面梳妆镜，两边有搁放什物的隔板。镜前有两个白瓷洗盆，一个白瓷大水壶，还有配套的香皂盒。梳妆柜旁的架子上，晾挂着毛巾，后面有一扇通向卫生间的小门。右边靠墙，是一壁三件套组合大衣柜，一溜的镜子。一个带支架的折叠黑板靠在衣柜旁。在通向客厅门的右侧，还有一个五斗橱，母亲用了三格抽屉和上面另加的一格向后的小抽屉，来装她自己的小玩意儿。

我从我的房间跑进楼梯间，三步两步冲到楼上，一飞身就伏在褐色的栏杆上，把锃亮的栏杆当作滑梯，哈哈大笑着往下滑，然后纵身一跃，身子一弓就跳到地面，又一鼓作气再冲上楼，兴高采烈地重复了好几次。

父亲笑眯眯地看着我疯玩。“好了。走，我带你去看厅堂和天井。”

他把手放在我的肩头，带我来到厅堂前。我仰起头来，望着那两扇棕红色的大门惊呆了。哇，门板上各有一只巨大的浮雕花瓶，金灿灿的，漂亮极了。我止不住惊喜地伸出手去，轻轻抚摸那用金粉涂成的半立体花瓶，指尖向上，慢慢滑过花瓶的轮廓，去触摸花瓶上面那些绚丽的花朵和绿叶。

“天哪，太漂亮了！”我情不自禁地啧啧赞叹。

怀着满心的惊喜，我走进厅堂。一抬头，发现高高的天花板上，每个角落都有一颗绿色的浮雕星星。天花板正中间还有一颗巨大的五角星，中间带钩，挂着一盏大吊灯。

厅堂的两边，各摆了三张棕红色的小条几，每张条几后面还放了两把镂空的雕花扶手椅。后面的墙上，横挂着一幅长长的彩色风景画，下面正中还有一张大长方桌，周围摆了一圈椅子。

父亲推开通往后院的浅绿色双开大门，向我招手。“汉娜，来，这里还有更有趣的。”

我朝他跑去，惊愕地看见一个巨大的、直径约三米的微拱形球面，镶嵌在天井的墙壁上。彩色的球面上有凸浮的平面和带轮廓的边缘。

“汉娜，知道这是什么吗？地球仪。你可以在上面看见全世界所有的国家。你看，这是陆地，它被海洋包围着。”他拿起旁边的一根长竹竿，指着上面对我说，“这些蓝色的地方是海洋。这里是亚洲，中国就在亚洲。”他的竹竿在上面画了一个大圈，“这里是中国。你认得出吗？”

我懵懵懂懂地点了点头。

他的竹竿滑向下面的左边，指着一个小红点说：“这是重庆，你出生的城市，也是我工作的城市。等你再长大点，你和妈妈可以来重庆城看我。”

“为什么我们不能现在去看你？”

“现在？从这里到重庆城，对你来说太远了。”

记忆中的彭家院子

他没有告诉我，重庆城正在经历战争，日本的飞机经常飞来丢炸弹。

竹竿画了一道大弧线，高高指向西北方向，又画了一个小圆圈。他说："你看，这里是德国，我出生和成长的地方。你的爷爷奶奶、叔叔姑姑，还有几个堂兄弟堂姐妹，都在那里。等你长大了，爸爸带你去德国，让你看看爸爸的故乡，也认认你的亲戚们。"

"德国这么小？"我瞪大眼睛，有点吃惊和失望。

"是的，德国比中国小很多，但那里有很多漂亮的教堂、皇宫、城堡，还有很多华丽而古老的建筑。城市的大街很宽阔，两旁都是气派的商场和茂盛的大树。这样的大街，我们称之为'林荫大道'。"他抚摸着我的头，亲切地说。

"你说过，德国还会下雪。"

"是的，但那是冬天。德国的冬天很冷。"

"雪一定很好玩吧？踩上去像棉花一样松软吗？"

"不一定像你想象的那样松软。走路的时候，脚下通常还会嗞嗞作响。但人们可以用雪堆出漂亮的雪人，还可以相互掷雪球。那叫'打雪仗'。"

"啊，我要跟你去德国，我要跟你打雪仗。"我激动得一边蹦跳一边叫嚷。

父亲温情脉脉地俯视着我。"哦，小汉娜，恐怕还得再等几年，你才能去德国。但我不知道，到那时，你是否还愿意跟爸爸一起玩打雪仗？"

"当然！我愿意！我愿意！"我继续兴奋地蹦跳着。

突然，一束阳光从天而降，打到地球仪上，让那片蓝色格外鲜亮。

“爸爸，为什么这间屋子上面敞着，没有屋顶？”我惊诧地望着头顶的天空。

“这不是房间，是房子内部的庭院，重庆人叫它‘天井’。你看见这地面的长方形大石盆了吗？如果下雨，这石盆里会积很多水，看上去就像花园里的小池塘。妈妈会在这里种些植物。如果盆里的水足够多，她还想种荷花。”

我还怔怔地仰着头，看天空。这时我发现，楼上靠厅堂的那边还有一条带栏杆的走廊，将房子的左右两边连接起来。但走廊中间有一道门，又把两边隔开了。

“那上面可以走人吗？”我问父亲，“从房子的这一边走到另一边？”

“当然可以，但我们把那道门锁起来了。妈妈和我商量好了，以后要把右边的几间厢房租出去。对我们家来说，这幢房子太大了。”

“如果下雨，地球仪不会被淋坏吗？”我又回头看墙上的地球仪。

“不会，它是密封的。”

我不懂“密封”是什么意思，就皱起眉头，歪着脑袋望着父亲。父亲注意到我疑惑的目光里带有不满，咧嘴笑了，弯腰一把抱起我。我们两个都哈哈大笑，手拉手开心地挥舞起来。

楼上是父亲的收藏室。朝前的那间房里，存放着他从西藏搜集的动物标本。朝后的那间，是他的书房兼工作室，书橱里放满了不同语种的古书籍。

那些来自西藏的动物都是珍稀品种，比如蛇，浸泡在一只装有酒精的长方形玻璃大容器里。这些玻璃容器都放在有高脚的条桌上，以便人们能更好地观看。放玻璃容器的条桌和那些带玻璃翻盖的平柜，都是父亲专门请人做的。玻璃翻盖的下面，摆有成排的稀有甲壳虫和蝴蝶，都用针钉着，每一只还配有编有号码的小牌子。

两只在西藏发现的早期人头骷髅放在架子上，旁边也有带数码编号的小牌子。父亲还把它们记录在笔记本上，在同样的数码编号下，进行了详细的注解和分析。作为小孩，我一直很害怕这两只骷髅，总感觉它们黑洞洞的眼睛在盯着我。

这间房的正中间，有一副几米高的动物骨架，同样来自西藏。

我不喜欢楼上这间展览厅，单单是那浓烈的酒精味，就让我恶心，更何况还有死人头骨，巨大的动物骨架，以及浸泡在酒精里的各种动物尸体。每次上来，我都屏住呼吸，一口气跑过这间房，从来不会在这里停留。

父亲也知道我不喜欢这里的气味，就经常敞开窗户和阳台门，让臭味散出去，新鲜空气飘进来。他还常常为我解释那些动物的骨头、甲壳虫和蝴蝶牌子上的拉丁名。可惜那时我还太小，不太明白。我对他的藏书和他经历的故事更感兴趣。

让我特别开心的是，每当有小朋友来家里做客，我就故意带他们上楼玩。等他们站在父亲那些收藏品前一惊一乍，我突然大叫一声“鬼来了”，就率先转身往楼下跑去，然后幸灾乐祸地看着他们跟在后面鬼哭狼嚎。

父亲的讲述

“爸爸，讲讲你在喜马拉雅山探险的故事吧。”我恳求父亲。

他用疑惑的目光打量我：“我很怀疑……你能否听懂?”

“我当然能听懂。讲吧讲吧。”我急切地求他。

“好吧，那我们去我的书房吧，那里安静些。”

在书房，他把椅子拉到书桌旁，让我坐在上面，自己就在我对面坐下，把写字桌上的烟灰缸挪到面前，把已经吸了几口的烟斗扣放在烟灰缸里，然后若有所思地往后一仰，靠在椅背上，闭上眼睛，好像沉浸在回忆里。当他再度半睁开眼睛，他开口了，好像在自言自语。

“那时候，我必须等很久，才能得到许可证，前往西藏探险。我在那里组建了一支探险队，请了几个经验丰富的当地人来做向导。你母亲最小的弟弟，也就是你的三舅舅，当时还是大学生，也加入了我们的探险队。他跟你母亲同父异母，但关系很好。我主要研究野生动物，要在西藏的那些雪山高原跋涉穿行，很辛苦。特别有趣的是，那些古老而神奇的寺庙都建在高高的山上，它们有色彩鲜艳的柱子和装饰漂亮的横梁。还隔得老远，我就能一眼望见那些彩色的飞檐拱顶，它们由粗往细伸向蓝天，在阳光下面闪着金光。

“寺庙里的僧人对外国人通常心存芥蒂，不太友好。只有通过外交策略和手腕，才能赢得他们的信任。于是我让翻译十分郑重地转告他们，我对他们的宗教信仰和打坐参禅很感兴趣，想向他们学习。于是他们就把我当作客人，耐心告诉我参禅悟道有什么意义。很有意思。他们穿着棕红色的长袍，剃着光头，对他们的信仰深信不疑。如果你跟他们走近了，你会发现，他们其实特别友好善良，还满腹经纶。

“很多寺庙都在荒凉的山上，在海拔几千米以上的地方。有些甚至直接建在岩石上。寺庙里有很多佛像，大小不同，都穿着彩色的长袍。在寺庙的入口，一般都有高耸入云的漂亮柱子，有的门口还站着面目可憎的门神。

“僧侣们在祈祷的时候，会点燃香烛。他们盘腿坐在地上，集体念经、祷告、叩头或者打坐冥想，慢慢地深呼吸，一次又一次地重复。他们认为，人在呼气的时候，烦恼就从身体里排出，灵魂因此得到净化，在安宁祥和中离神更近。

“尽管有当地向导的帮助，我仍然需要用指南针定位。因为我经常要去人迹罕至的陌生地方。那些地方空气稀薄，崎路难行。当我站在大雪覆盖的山上，望着无边无际的雪原，看见不远处的雪峰触摸着湛蓝的天空时，我知道，这就是世界屋脊了。

“我们有四头驴子驮运行李和装备，它们在乱石嶙峋的山路上也如履平川。奇异的风景，和僧侣们有趣的交谈，发现或遇见稀有动物，都让我激动、兴奋，永生难忘。后来，我把这些稀有发现提供给国际上的博物馆，换得不少的酬金。”

这时他注意到我的不安。“哦，对不起，我完全忘了，这些话题跟你的年龄不合适。你肯定没听懂吧？”

我点了点头。“没关系，你可以给我讲讲那些动物吗？”

“当然，动物的故事你肯定爱听。”他笑了笑。

“有一次，我们刚穿过一片荒凉的山区——那里除了连绵的高山，什么也没有，山上没有树，更没有房子和人烟——正默默继续朝前走，向导突然停下脚步，用头朝前示意了一下，手指摁住嘴唇，让我们别出声。我们全都站住不动，看见大约八十米外的乱石堆中，站着一只硕大的雪豹。‘安静，别动！’向导轻声对我们说。大家都紧张极了，还有点害怕，一起望着那只漂亮的食肉动物。它灰色的皮毛银光闪烁，上面还有些黑色的花斑。但在强烈的阳光下，它看起来仿佛是银白色的，长长的尾巴向下拖着，昂首挺胸，好像在警惕地观察四周。我不由得抓住肩头的猎枪。如果它向我们发动进攻，我们必须立即反击。好在它只朝我们望了一眼，就转身走了，大概觉得我们一动不动很无趣吧。望着它漂亮而光滑的身躯，一步一步威严地朝山崖上走去，我们全都松了口气，又悄无声息继续前行，赶往我们的下一个目标。”

“你真的会朝它开枪吗？”我好奇地问。

“当然，如果它攻击我们。我可不想被它吃掉。”父亲朝我扮了个鬼脸。

“你在西藏杀死过动物吗？”

“没有。我只在紧急情况下才开枪自卫，以免被它们当美味吃掉。那里的珍稀动物必须得到人类的保护，因为有的已经死光了，绝种了。也许是气候环境的影响，那里的动物，比别处的动物皮毛更加浅淡明亮，不仅雪豹，喜马拉雅山区的狼、山羊和绵羊，都有很明亮光洁的皮毛。甚至猕猴的皮毛也是浅棕色的，只有脸是粉红的。雪鹫尽管有黑色的翅羽，但它的身体是白色的，头上没毛，嘴壳呈浅黄色。

“当然，也有些动物是深色的，比如黑豹，它不像别的国家的黑豹那样高大，前胸有一道V形白线。另外还有一种红色的小熊猫，有长长的铜锈红皮毛，生活在喜马拉雅山下有森林和灌木的地方。它们喜欢吃竹子的嫩枝，喜欢在树上和树洞里玩耍。嗯，我讲的这些，让你感到无聊吗?”

“没有，我没感到无聊，但是——我更想看看你那些书。”我有点难堪，目光在他身后的书橱上瞟来瞟去。

“哦，好吧，那我为你挑选几本书。”

我松了口气。

父亲的书房有一股很特殊的香味，我很喜欢。那是旧书和雪茄烟混合的味道。父亲收藏了很多古书，书房里整整三面墙，都是父亲请人打制的棕红色桃花心木书橱。书橱的上半部是带格子的玻璃门，下半部是双开实木门，前面放了一把两级小梯子。一张大书桌放在房间正中。书桌两边有可以收起或拉开的桌板，前面有两把配套的椅子和一把扶手圈椅。房间的右角有一个架子，上面放了很多唱片，旁边还有一个四方形的留声机音箱，上面支起一个带底座的黄铜大喇叭。木音箱上贴有一枚小标牌，上面是一条狗坐在大喇叭前，像在认真聆听的样子。

“这条狗名叫尼彭儿（Nipper)。”父亲说，“它很喜欢听喇叭里放出来的音乐。你也想听吗？我有很多很棒的音乐唱片。”

“好啊。但是，这条狗的名字是什么意思呢？”

“你先试着拼读一下，然后我告诉你是什么意思。”

因为父亲教过我认字母，我把每个字母都慢慢大声读出来。

“这是一个英语单词，意思是‘它主人的声音’。”父亲把它翻译成中文，“我给你放一段儿歌，怎么样？”

“儿歌？太好啦！”

他从架子上取下一张大唱片，把它放在旁边的圆盘上，然后打开木盒子上的两扇门，以便让声音飞出来。最后，他摇动右边的手柄，把唱针放在旋转的唱片边上，又迅速松开唱片的制动器。“这是一首摇篮曲，德国作曲家的作品，题目是‘睡吧，我的小王子’。”

我听得很认真，虽然听不懂唱的什么，但我喜欢它的旋律。

唱完了，他把唱针放到一边，唱片停止了旋转。

“你可以再放一遍么，把歌词内容告诉我，然后我们一起唱？”

他用手轻轻抬起我的脸，爱怜地看着我的眼睛，亲吻了一下我的脸庞，歉意地说：“对不起，我的小公主，今天没有时间了。明天爸爸再教你唱吧。现在快去妈妈那里，她肯定已经在等你了。”

在我依依不舍地下楼梯的时候，我又听到父亲在敲打字机。那快速而响亮的敲击声，从他的书房传到楼梯间。我知道，他又开始工作了。

第二天，我又上楼去找父亲。“现在我们可以听唱片吗？你昨天答应过我，今天再让我听那首德国摇篮曲。”

“哦，对不起宝贝，你看我工作一忙，就把我们的约定忘了。别难过，我会放给你听的。我还有很多好听的唱片。遗憾的是，现在我得动身回城里了。你在这里随便看看吧，我现在得收拾文件资料。”

在一张斜面的阅读桌上，有一本很大很厚很老的书。我走过去想摸摸它，手还没够到桌面，就听父亲一声断喝：“别碰，汉娜！那本书太老了，你只能看，不能摸！”

我吓得赶紧收回手来，却更加好奇地望着那本书。“爸爸，这是一本什么书?”

“好吧，让我翻给你看一眼。”他向我走来，“汉娜，这是一本很老很老的古书，是文物，是古董。它是一本早期的学术专著，用拉丁文写的。你现在太小，还看不懂。但这本书必须一直这样搁在这里，因为它的页面都松了，纸张也脆了，一不小心就会破损。因此你不可以触摸它，翻动它。但我可以让你看看。”

一股敬畏之情从心里升起。我紧张地望着那本又厚又大的古书。

“你看，这棕色的封面是皮革的，可惜被磨损得太严重。这镀金的侧面也一样，旁边还有两只雕花锁扣。”他小心翼翼地打开书，很缓慢地翻了几页。我踮起脚尖，伸长脖子，看见发黄的书页中间，有一幅彩色的画，带有一圈缠缠绕绕的藤蔓花边。

“汉娜，你看这些单词的第一个螺纹形字母，多么精美漂亮。它是用黑色和金色写成的花体字。几百年来，由于空气和阳光的影响，这些纸张已经变黄起皱，非常脆弱。在这一页的下面，你看还有些褐色的斑点。这就是纸张老化的痕迹，很多古书都有。”他小心翼翼又把书合上，“等你再长大些，我再一页一页翻给你看，给你讲解。这本古书非常珍贵，里面的知识包罗万象。”

他蹲下来把我抱在怀里，拍拍我的肩。“好了，现在我得走了。等我下周回家，我们再一起看这些书吧。”

但是，这本又大又厚又神秘的古书，我们再也没有机会一起看了。后来它被扔进熊熊大火，化为青烟飘向空中。想到它上面色彩斑斓又精致漂亮的花体字母，想到父亲对它视若珍宝、甚至不允许我摸它一下，我万箭穿心，泪飞如雨。

周末父亲在家的时候，我总是特别快乐。我享受着被他保护的爱。对他那些关于异域风情的有趣讲述，我充满好奇。当然，我也喜欢听他讲格林童话。我们经常一起坐在楼上，翻看那些中文书里的彩色图画，或者他把唱片放在留声机上，我们一起听欧洲的音乐。

当他用打字机打字的时候，或者戴着他的单片眼镜阅读的时候，我就在旁边安静地画画。他嘴里总是叼着雪茄，或者含着烟斗，思想经常神游八方。这让他时常显得心不在焉，或神思恍惚。对于那些困扰母亲的家务琐事，他似乎从不真正关心，或参与其中。

又一个周末到了，我几乎等不及了，要去楼上找父亲。寻着他的雪茄烟香味，我迅速穿过那间令人恶心的酒精房，站在他工作室的门槛前，满怀希望地等待他的呼唤。

“啊，小汉娜来了！你又想和我一起看书吗？”他把手里的烟斗放下，张开双臂向我走来，弯腰把我一把抱起，在我的脸上亲吻了一下。他的小胡子扎得我很不舒服，但我没说。放下我后，他从书橱里取出一本书，在我面前打开。

“小汉娜，你看这幅水墨画，名叫‘雾中的风景’，画得多么细腻生动。你看见背景这笼罩在雾中的峡谷了吗？还有前面右边，这云雾缭绕中的悬崖峭壁？它们只是用几笔简单的线条就勾勒出来。对了，还有这垂向溪沟和小桥的树枝，在雾中若隐若现，也都只通过很轻的几笔就点染出来。画家在这里画出了一种宁静和谐和遗世的孤独。”

我似懂非懂地点点头，并不觉得那幅画多么有趣。

他立即觉察到我的心思。“哦，也许你不喜欢黑白的水墨画？那我们再看看彩色画吧。”

于是他从书橱里另外又取来一本书，亚麻的封面有点泛黄，扉页上有一摊水渍印。他严肃地看着我的眼睛说：“这本书也很老了，里面有彩色的水彩画，也有黑白的水墨画，是一位很有名的中国大画家的风景画册。我们一起来看看吧。你得小心点，别乱翻动，因为这些纸张都老化了，很容易破碎。”

在翻看的时候我才发现，有几页已经脱落了。泛黄的页面上，彩色的风景画非常漂亮，上面还蒙了一层透明纸。父亲翻开一页，小心翼翼地掀起那层透明纸，说：“在这本书里，自然风景的暗淡，是通过浅淡的灰棕色或灰绿色背景来表现的。风景的轮廓，是靠毛笔用稍微深些的灰棕色来勾勒的。有时候，线条只是微弱的点缀，若有若无，比如，对雾或者风的处理。早期的中国画家不仅画风景，还用笔尖通过极少的线条，表达人类心灵的感觉。”

我没听懂，“什么是人类心灵？”

“人类心灵就是——我们心里的感受，比如悲伤，欢乐，痛苦。”

我一边听他解释一边思考，同时继续小心翼翼地翻动书页。

“这幅画的标题是‘还乡’，”父亲指着书中的一幅画说，“你看，天空这浅红色的微光，让人联想到夕阳西沉。这里，在这片灰褐色山峦的左边。”他的手指指向那一挂奔腾的瀑布。那瀑布坠入绿色的湖泊，溅起一团白色的浪花，浪花又渐渐变成涟漪。父亲指着那下面说：“在这湖泊上的山峦之间，有一些细小的线条隐约可见。它们象征着黄昏的微风，轻轻吹拂着湖上的两只小帆船。它们一前一后，正穿过暮色，驶向家的方向。你再看这画的左上方，这几行中文字，是画家为这幅画题写的一首诗。”

我又翻到下一页。

“小心点！你必须慢慢看，细细品味。注意那些画和上面的透明纸，一定要平展地掀起，不能起皱。”

“我一直很小心。”我一边说，一边抬头看他，等待他的点头和肯定。

但他没有。他从凳子上取下一摞书，把它们摆放到窗前的桌子上。“过来，汉娜，这几本书给你自己慢慢看。”

我向他走去。他已经翻开了其中的一本，指着一个演员的脸说：“这本书是关于中国戏剧表演的。你看，演员的脸谱很讲究，它们都有特殊的含义。一般来说，红色代表英雄，比如关公。紫色代表沉着和忠诚，比如官员。蓝色一般暗指没有气节的人，或者犯人。亚光的白脸代表受尊敬的人，但明亮的白脸却代表奸诈坏人。中国戏剧很难懂。演员唱腔高亢，像在尖叫，这取决于他们扮演的角色。你必须对故事和唱词有所了解，才能理解它的音乐和表演。”

他又翻开另一页。“你看这优雅的舞姿，她好像飞起来了，又向后飘去。这是美的和谐统一。你再看这位衣着华丽的女演员，她唱戏的时候，用花扇遮住半张脸。你看她这半张脸在怎么做表情。还有这锦衣玉袍的男演员，扮演的是战斗英雄。他打斗的姿势，意味着他挥剑击败了对手。后面的音乐伴奏者和他们的乐器，比如梆子、大鼓、小锣等，都是配合表演主题的。”

父亲发现我木愣愣的，摸了摸我的脸蛋说：“好了，现在你自己看吧。”

我不太明白父亲刚才的长篇大论，但我被那些五彩缤纷的戏服和演员美丽的面孔迷住了，怎么看都看不够。他们优雅的舞姿、精美的发饰，还有坠着彩带和圆球的华丽衣裳，真美呀。

“爸爸，我想画这些漂亮的女演员，用纸蒙在上面画，可以吗?”

“哦，上帝，最好别蒙着画！你会损坏这些画的。这里，给你铅笔和纸，你可以照着画，但千万不要蒙在上面画。”

我照着那些漂亮的面孔画呀画，但我画的一点也不漂亮。它们半点也不像书上那些漂亮的人儿。于是我索性把它们全都撕碎，揉成团，扔进旁边的废纸篓，气呼呼地走到父亲面前。

“爸爸，现在我不想画画了，想听你讲故事。对了，给我讲讲重庆城里打仗的故事吧。你向我承诺过，有一天会讲给我听的。”

“唉，小汉娜，那是个伤心的话题，还是不提为好。在城里，我每天都在经历那些灾难，甚至不能保证每个周末能回家。况且，你现在还小，即使讲了，你也不懂。”

我急得跺脚。“不，爸爸，我不小了，我什么都懂！我三岁的时候在重庆城里的吕宝孃孃家住过几天，那时就听到过警报声。我记得当时天刚擦黑，她抱起我就往外跑，冲出房间，跑到街上。街上到处都是血，一摊一摊的。我问她，为什么街上这么多血？她也不理我，只是把我抱得更紧了，拼命地跑啊跑，把我的脸紧贴在她的脸上。后来月亮出来了，我看见她的眼里充满了害怕。”

“那不是吕宝孃孃。吕宝孃孃是妈妈的亲妹妹，在成都。那是另一个小孃，你妈妈的表妹，当时她在重庆工作。那几天她正好休息。她很喜欢孩子，特别喜欢你。因此请妈妈答应她，接你过去住几天。当时她住的地方在重庆郊区，还算安全。尽管这样，妈妈同意让她把你带走，还是太粗心了，太冒险了。”

“为什么？跟她在一起我很快乐。我想干什么就干什么，我甚至还可以为她化妆。”

“我也很高兴，你喜欢跟她在一起。可她后来跟妈妈告你的状，你知道吗？说你那么小，竟然经常欺负她。”

“我欺负她？没有呀。”我觉得奇怪，她怎么会这样说我呢？

“她不想让你为她化妆。可你发现了她的化妆盒，就一定要给她化妆。她不同意，你就扯着她的长头发，把她的脸拉到你面前，在她脸上乱画，还扑粉，把她画成大花猫，像个小丑。她去洗掉了，你就大哭大闹。她根本没办法让你安静下来，只得向你许诺点什么新玩法，你才最终停止哭闹。是不是这样？”

“哦，是的，这些事我都记得。但并不像她说的那么糟糕。我只不过是为她化妆，怎么就是欺负她呢？好了，不管她了。现在你给我讲讲重庆的事吧。”

“下次吧，小家伙，我向你保证！总有一天，我会把这座城市发生的事情都原原本本、详详细细地讲给你听。”

他吸了一口烟斗，望着吐出的烟雾在空中飘浮，好像又在思考什么。

“你可以继续翻看这些书，现在我要读我的书了，好吗?”他最后说。

我点了点头。

父亲坐在书桌前，抽着他的烟斗，皱起眉头，专心致志地读他的书。我在旁边继续翻看那些漂亮的演员。

过了一阵，我们都听到母亲在楼下叫唤我们吃饭的声音。

“快点，小汉娜，现在我们得赶快下去，否则妈妈要不耐烦了。”

很快，我们就站在一张铺有桌布的桌子前。母亲正在酒精火苗上旋转饭碗。她总是这样，吃饭前，得把碗筷都统统消毒除菌。

佃农一家

我经常独自在院坝里逛荡。有一天，我走过右边的偏房，溜下长长的窄石梯，来到那家农民房子前的石坝子上。

旁边不远处是猪圈。我听到那里传出奇怪的响声，便十分好奇地钻进去，发现里面有三头猪，正埋头在食槽里吧唧吧唧地拱食呢。旁边有个大粪坑，尽管盖着巨大的木板盖子，但从盖子的缝隙间还是冒出难闻的臭味。我捏住鼻子，迅速走过粪坑，拐过转角，就到了鸡圈。那里有一群母鸡和一只骄傲的大公鸡，正“咕咕咕”地走来走去。我的突然出现，把它们吓得四下逃窜。我尽快钻出臭烘烘的鸡圈，一抬头，发现自己竟然来到了院门前。我迟疑了，一时不知进退。母亲不允许我来这里玩。

一阵“嘀嗒嘀嗒”的碎步声和“嘎吱嘎吱”的怪响声，激发了我的好奇心。我踮起脚尖，蹑手蹑脚进了大门，原来院子中间有一头牛在拉磨。石磨很大，牛的眼睛被蒙着黑布带。在正午的炎热中，它盲目地拉着石磨连杆，一圈又一圈，“嘀嗒嘀嗒”地迈着小碎步不停地走着，嘴里还“嚯嚯”地喘着粗气，连杆也“嘎吱嘎吱”地发出声响。石磨的下边有一圈石槽，磨好的细白谷物就落进那道石槽里。

一个小男孩赤脚靠在厨房门口，又羞涩又好奇地望着我。他的小脸尖瘦、苍白，短发，有一双细小的杏眼，穿了一件浅灰色的大褂子，脏兮兮的黑裤子高高地卷到膝盖处。

我正想转身溜出去，就听到有女人的声音在叫我：“小妹妹，你不想进来坐坐吗?”

一个矮小而结实的年轻妇人，面带微笑朝我走来。她有一张光洁的脸，穿着草鞋。炙热的阳光把她的脸照得微微发红，明亮的黑眼睛之间，是一只扁平的鼻子；乌黑的头发在后颈处绾成一个髻；丰满的胸部下，系着长长的黑围裙，几乎把她的深灰色裤子全遮住了。她示意我过去。

受好奇心驱使，我朝她走去，侧身经过小男孩，进入一间光线昏暗的大房间。里面烟熏火燎的，散发出浓浓的辛辣味。烟雾中，我看见一个很大的灶台，上面有一个方形的烟囱伸向屋顶。石灶前有一个大开口，正烧着柴火。一只漏斗形大铁锅坐进灶里。灶的上方，还挂了些黑乎乎的烟熏香肠。在半明半暗的光线中，我还看见灶台上摆有很多钵钵碗碗。宽大的房间被这长形灶台一分为二，一边是厨房，另一边是饭厅。后面那堵墙上挂了几排木架子，上面搁了些瓶瓶罐罐，下面是一个黑黢黢的五斗橱。

妇人指着灶台说：“婆婆在那里负责烧火煮饭。我们马上要吃饭了，你就跟我们一起吃饭吧。”

我瞟了一眼灶台前的老婆婆，她弯着腰正在用力扇火。空气中飘来的麻辣香味让我止不住口舌生津，难以拒绝。我点了点头，答应了。

正方形的木桌上，已经摆有一只竹桶甑子。妇人把桌下的木凳拉出来，对我说："你坐这里，挨着我们的儿子崽崽坐。"然后就对那个小男孩说："崽崽，这位小妹妹是我们新主人的女儿。"

小男孩还倚靠在门槛边，黑溜溜的眼珠子望着我，却不说话。

婆婆把一只热气腾腾的大瓦钵放在桌上的竹甑子边，笑眯眯地对我点了点头，就在我对面的椅子上坐下来。她很瘦小，土黄色的脸上沟壑纵横，眼皮松弛地垂落下来，把眼睛压得只剩一条缝；灰白的头发稀稀疏疏，在脑后绾成一个小髻。坐了一会儿，她又站起来，微微颤抖着，用干瘪的手指握住一只饭碗，右手揭开甑子盖，搁到旁边，再用木勺盛了半碗热气腾腾的米饭，递给我。我向她点头表示了感谢。

身后突然"扑哧"一响，把我吓了一跳。回头一看，灶台上升起一股喷香的浓烟，是年轻妇人在炒菜。她站在灶台后，一只手握住锅铲的木柄，动作娴熟地搅拌翻炒，另一只手往锅里放佐料，然后又猛烈地翻炒了几下，就起锅了，把菜装进一只大碗里，快步端过来放在桌子中间。这道炝炒蔬菜闻起来有淡淡的老姜味。妇人搁下菜碗又消失了，回来时递给我一只小碗，神秘地问我："你喜欢吃皮蛋吗？"

"啊，喜欢！"我激动起来，看见小碗里有一枚用黄泥土和谷草包裹的蛋。

"我先把这层泥壳剥掉，然后把蛋切成小块，再给你。你们开始吃吧，不然菜就凉了。"她又问老婆婆和小男孩，"你们也想吃皮蛋吗？"

两个人都点了点头。

“只要用泥巴把蛋包起来，就成皮蛋了吗?”我好奇地问她。

她显然对我的提问很感兴趣，马上详细地对我解释：“不只是泥巴，还要有石灰、黏土、谷草灰，再加些茶叶、水，把它们混合均匀，把蛋小心地包裹起来，轻轻捏紧，然后放进筛子里晾干。晾干之后，再放进坛子里搁三个月，才能吃。”说完她又问我，“你妈妈给你吃过皮蛋吗?”

“吃过，但那是很久以前了。”

“现在你知道怎么做皮蛋了，回家告诉妈妈，让妈妈做皮蛋给你吃。”她对我笑说。

我也朝她笑了笑，但没表态。我才不会告诉妈妈呢，否则她就知道我来过这里，也许还会打我一顿。这时我感到有点内疚，偷偷跑到这里来，还吃人家的饭。我难为情地用筷子夹起菜，慢慢塞进嘴巴里。

“吃吧，好吃就多吃点！很遗憾我们家只有小菜，没有肉。但这已经不错了，一样好吃，对不对？我还给崽崽他爸爸和爷爷都留了些饭菜。他们还在地里干活呢。你肯定见过他们，正赶着牛在田里犁地。”

我又赶紧点了点头。

“他们得干完活路才回家吃饭。小妹妹，这皮蛋是专门给你的，请你先吃。”

啊，真好吃！灰黑的膏状蛋黄在我的舌尖融化开来，果冻一样结实的蛋白，即使在昏暗的房间里，我也能清楚地看见它晶莹剔透的金棕色。太美味了，吃起来有一种佐料和泥土混合而成的独特芳香。

妇人又用她的筷子从大碗里拈起煎炒的蔬菜，放进我的碗里。我一吃完，她又为我夹。

我吃得很慢，细细品尝嫩南瓜丝上微微的辣味和鲜姜味。香脆的包包白叶子是用猪油和豆瓣酱加花椒炒的，它浓郁的麻辣味刺激得我胃口大开。我一口接一口地往嘴里塞，简直无法停下来。尽管又添了一碗米饭，我很快又把它吃光了。

“太好了，小妹妹喜欢吃我们家的饭。”妇人很开心地笑道，“我再为你添一碗饭吧？”

“不了，谢谢。你们家的饭真的太好吃了，但我已经吃饱了。对不起，现在我得回家了。妈妈肯定在等我了。”我有点不好意思地搁下碗筷，站起身来，用手抹了一把嘴角。她牵过我的手，把我送到院门口。

迈出几步，我回头望了她一眼，又羞愧又感激地说：“谢谢你的饭菜。再见。”

“再见，傅妹妹，欢迎再来玩啊。”

我迅速爬上奶妈家旁边的石梯路，穿过院坝，踏上门廊前的大台阶。这时，家里的厨娘正把饭菜端往门廊，搁在桌上。母亲从客厅走出来，看见我了，马上叫我：“去洗手！我们马上吃饭了。”

我立即低下头，弯着腰，双手捂着肚子，轻声道：“妈妈，我肚子痛，不想吃。”

“你病了吗？”她过来摸摸我的额头，“不发烧啊。还是吃点吧。”

对母亲撒谎，让我既惭愧又不安。但我必须撒谎啊，如果让她知道了真相，她肯定又会打我一顿。

我的秘密小世界

在我四岁这一年，母亲不仅开始教我读书写字，还开始教我做简单的针线活。我没有什么玩具，只有一个布娃娃和几只彩球。其实我很想多拥有几个布娃娃。

小孩子都应该睡午觉，我偏偏不喜欢，就趁午睡的时间，悄悄为自己缝布娃娃，用不同大小的白布，做成身体和四肢，然后把它们翻过来，塞进棉花，再用粗线把各部位缝合起来。脸上的五官和头发，都是我用毛笔画出来的。最后，我还给布娃娃做衣服，先用铅笔在一块花布的背后画出大小和式样，然后把它剪下来，反着将它们缝合起来。但在试穿的时候，我总是不满意，因为衣服的腋下有很多皱褶。我努力想把它拉扯平整，却怎么也不行，也想不出更好的办法来。那时候我还不知道，衣身和衣袖得分开缝。

当我听到母亲的脚步声近了，就立即躺下，一动不动，假装睡着了。等她一走开，我又马上活跃起来，开始跟布娃娃玩游戏，都是我幻想出来的故事，比如，狠心的后妈怎么虐待不是自己亲生的女儿。

在想象中，我那张挂着蚊帐的大床变成了舞台。我把蚊帐帘子朝两边拉开，面对想象中的观众，跳舞、唱歌，或者自言自语。我投入地扮演想象中的不同角色，旋转、蹦跳，无声地吟唱自编的歌谣。有时我也把从父亲那里学会的德语歌编成舞蹈，跳完还向假想中的观众行屈膝礼谢幕，享受着假想中的掌声雷动。或者假设出一个乐队，我手捏小竹棍，指挥他们奏乐，按四分之一的节拍。一曲终了，我就转身向台下的听众鞠躬、致谢、退场，最后把幕帘再拉上。在这秘密的梦想世界里，我自由自在，其乐无穷。

清晨，当太阳的烈焰还没开始残酷地烘烤大地，我会去田野上逛一圈儿，摘一截谷秆含在嘴里，双唇紧闭，把谷秆当乐器，吹出“叽叽吧吧”的声音。我在田间小路上东游西荡，蹦蹦跳跳，像国王巡视自己的疆土。有时候累了，我就爬上一个长满荒草的土堡，仰躺在草丛中，四肢舒展，望着天空，想象我是躺在遥远的原始森林。有风的时候，高过我身体的杂草和灌木微微摇晃，沙沙作响。偶尔有丝丝缕缕的阳光穿过树林，洒在我身上。我听见了奇怪的鸟叫声，远方野兽的吼叫声，还闻到泥土和小草以及野花的芳香，享受着身在远方的梦幻带来的巨大快乐。

离我们家不远的森林尽头，就不再是我们家的地盘了。那里住着一户富裕的人家，有三个介于八岁到十二岁之间的孩子。但很遗憾，母亲不准许我跟他们玩。

奇怪的是，母亲越是禁止的事，我越向往，并且感到刺激好玩。所以我总是背着母亲，偷偷溜去跟他们玩。母亲的卧室有一扇窗户，如果她站在窗前，可以看到外面很远的地方。那是她监视我行踪的瞭望塔。但她也有看不见的死角，就是靠侧面的那座大坟墓。如果我躲在那坟墓边玩耍，几乎没有人能看见我。那是一座双墓，有一圈很宽的小石墙，前面的围墙呈半圆形，微微朝中间倾斜。两级向下的台阶旁，各有一根大约一米高的方形石柱，形成了墓地宽敞的入口。

因为有围墙，那座大坟实际上就是一个小墓园。园里还有一座石塔，几尊伫立在奇形怪状的镂空石板上的石像，旁边是一张大石桌和四个石凳。这不容易被人看见的墓园，简直成了我们几个小孩子最理想的乐园。我们可以在这里想入非非地尽情作乐，比如爬上石柱，在围墙上跑来跑去；或者纵身跳上坟堆，在长满荒草的坟堆上比赛，谁能最先跑到坟顶或者坟的另一边。我们还玩火，在一只小铁锅里撒上白糖，煎鸡蛋。鸡蛋是我悄悄从我们家的鸡圈里偷出来的。

我们最喜欢玩的游戏是葬礼，用火柴盒子当棺材，里面放一条大肥蛆虫当死人。男孩子们把空罐头盒子当锣鼓敲打，大家便一起呜呜咽咽开始哭丧，还唱我们自己瞎编的丧歌。最后我们点燃一些废纸，当作纸钱烧给死人。

“汉娜！汉娜！”我突然听到母亲在叫我，便迅速躲到角落里。远远地，我看见母亲站在我们家下面的石坝上，朝四面八方喊着我的名字。我迅速缩回脑袋，躲在墙后一动不动，还把手指摁在嘴唇上，示意男孩子们也别动弹。

直到太阳落了一半到山下，小伙伴们才分手。我也高高兴兴蹦蹦跳跳回家了。

母亲冲过来，一把抓住我的胳膊，“啪”地给了我一耳光。

“你疯到哪去了？为什么我叫你不答应？”她朝我大吵大嚷。

我后退一步，本能地举起胳膊挡住脸，怕她再来一耳光。我害怕得几乎哭起来：“我没听见，妈妈……”

“撒谎！下次再犯，就打屁股！”她举起指头威胁我，“这一下午你都跑哪去了？说！”

“在下面……竹林旁边的房子后面。”

“在那里能玩这么久？你自己相信吗？”她继续冲我高声叫嚷，还用怀疑的目光瞪着我。

又一次对母亲撒了谎，我感到很内疚，很不安。但面对她的禁令，为避免挨打，我别无选择。尽管有时候撒谎也不能帮我逃脱挨打的命运。

后来我就缩短了玩耍时间。当母亲再次呼唤我，我不得不立即扯开嗓子回应她，并且马上跑出来，现身给她看，让她知道我在哪里。

婚礼前

那时候的中国，儿子象征着家族兴旺和老有所依，女儿只意味着赔钱，尤其是，如果女方的父母富裕，要嫁女儿，损失就更大。一般来说，女方家庭地位越高，嫁妆也越多，那样女儿嫁出去后才能受到夫家的尊重。嫁妆一般是整套的家居用品和相配的饰物。卧室的家具要檀香木的，请专人打造。新人的衣服也得四季齐备，现金和珠宝的多少，取决于新娘父母的地位和富有程度，将在婚礼上当众交给新人。

当我还是小孩的时候，有幸在家里目睹了一场盛大的婚礼。

我们家曾经租住的那幢带漂亮花园房子的房东，请求母亲，在我们家为儿子举行婚礼，因为我们家的房子更气派，坝子更大，房间更多，能够接待更多宾客。母亲就把厅堂包括后面的天井，还有右厢房的七间空屋以及厨房，都提供给他们办婚礼。

这对新人的父母计划先举办一场传统的中国旧式婚礼，再举办一场摩登的西式婚礼，共为期三天。他们早早就派人来布置房间，准备酒席。嘈杂的人声，搭建临时家具的敲打声，以及桌椅板凳的拖拉声，让母亲不胜其烦。

“汉娜，过来，我们出去走走。你带我去看看你玩耍的地方。”母亲叫我。

“为什么想看我玩耍的地方？”我有点吃惊。

“我很好奇，平常你都去了哪里？干了些什么？怎么，你不高兴么？不愿意让妈妈看你玩耍的地方？”

“可是……有好多地方呢，我不知道应该从哪里开始。”我灵机一动，狡猾地说。

她似乎没听见我的答复，表情凝重地望着远方，叹了口气说：“是呀，可今天我有时间。家里闹哄哄的，实在叫人难以忍受。我们出去走走吧，寻点安静。”

我发现她已经后悔了，后悔答应别人来我们家里举办婚礼。

“好的，妈妈，我们走吧！”我伸手去牵她。

“来，先戴上帽子，今天会很热。”她递给我一顶米黄色的亚麻帽子，我把它戴到头上。她自己则撑开一把画有花鸟的红油纸伞。我们踏上通往下面石坝的小路，我一蹦一跳走前面。

“慢点！”她在后面叫道，“你知道，我不可能走得像你那么快。”

我转过身去，瞅了一眼她的小脚，这才意识到，我不可以走得太快。于是我停下来等她，然后和她慢慢往山下走去。在经过一块平地的时候，我指给她看地面的格子，是我头天用粉笔画的。我弯腰捡起一块小石头，扔进第一个格子里，开始单腿跳跃，同时用脚把小石头踢进第二个格子，直到所有的格子都跳完了，我才转过身来，又重新开始，把小石头踢进最先的那个格子里。

“你跳得很好嘛。”母亲表扬了我。她站在旁边，耐心地看我跳完所有的格子，然后说：“好了，我们继续走吧，趁天热起来之前，我还想看看，平时你都在哪里玩耍。”

我把她带到池塘边，指给她看池里的水。阳光下的池水波光潋滟。“妈妈，你看，水里有好多小鱼小虾在游泳，你看见了吗?”我兴奋地叫嚷起来，“有时候，我用簸箕把它们捞起来，看它们在簸箕里蹦来跳去，过一会儿再把它们倒进水里。它们一回到水里就马上沉下去，躲起来了。可过不了多久，它们又浮上来了，重新在水面游来游去。”

“以后不准来这里玩！会掉下去的。”母亲的声音突然严厉起来，同时还往四周看看，“这附近又没有人，万一掉进水里，会淹死的。记住了？你跟我保证!”

她居然不喜欢这个池塘。我失望地“啊”了一声。“嗯，我保证。”

我们又慢慢往前走，穿过长有小草的田间小路。这些小路在梯田之间蜿蜒向前。

“妈妈你看!”我激动地指着不远处的一块空地，那周围长满低矮的灌木，“那里也是我喜欢去玩耍的地方。我们要过去吗?”

“这条田埂路太窄了，不好走。我们就别过去了。”

我松了口气。这也正是我期待的答复。

我们继续往前走，来到一片竹林里。

“妈妈，我在这里也玩耍过，把几根竹子捆绑在一起，当屋顶。我们就在屋顶下扮家家酒。”

“这里离家里并不太远，你为什么听不到我叫你?”

“不知道——也许我正忙着给布娃娃煮饭或者喂饭吧。”我心虚地说。

她盯着我的眼睛，不太相信地摇了摇头，叹了口气，诡异地笑了。“是么？那我就应该相信你喽？”

我不好意思地低下头，不再吱声。我估计，她并不相信我临时编出来的这个借口。

我慢慢跟在她身后，希望她的尖尖小脚已经累了，要回家了。但她仿佛知道我的心事，偏偏还继续朝前走，一点也没有累的意思。走完逼仄曲折的田间小路，穿过老松树下的青石板小径，我们来到那座双墓前。她踏进墓园，四下看看。“你也来这里玩耍过吗？”

我的脸红了，轻声道：“是的，有时候也来，因为我发现，这墓园好漂亮。特别是这张桌子和这些石像，还有这石塔。我还爬过这坟堆呢。”没等她来得及开口盘问，我就先发制人，抢先问道：“妈妈，这里埋的是什么人？”

“在那个英国人建造我们家的房子之前，这一带是个很古老的庄园。后来庄园的房子被拆了。这里埋的，就是那个庄园主的祖先。那是很久很久以前的事了。现在，这一带都是我们家的，这座古墓也归我们家管理。”说着她转过身来面对我，拉下脸来，“你不可以来这里玩耍。这里离家太远了，我看不见你。如果遇到坏人，你呼救也没有人听到。你向我发誓，绝对不来这里玩？”

“嗯。”我轻声答道，没向她泄露我的真实想法。

她严厉的目光还盯着我，嘀咕了一句：“其实我当时就猜到了。”

她又查看了一遍墓园，把地面的树枝捡拾起来，扔到外面的灌木丛里，然后我们就默默踏上回家的路。

婚礼前两天，妈妈给六个仆人布置任务，对所有的房间进行大扫除，几条狗必须在婚礼期间拴进柴屋。大门入口和院子，以及门廊，都必须彻底清扫干净。老邹负责挑水，尽量把两间厨房里安放在地里的大水缸装满，保证厨房用水充足。如果婚礼期间还得干些额外的杂活儿，新人的父母会付他工钱。奶妈帮着布置门廊，周莲和李妈在厨房帮工。她对每一个仆人在宴席期间的具体工作都做了安排。

傍晚，奶妈过来问我，想不想一起去捉青蛙。几个帮工，还有我们家的厨娘周莲，将陪同我们一起去。我答应了。

“把草鞋带上，走田埂路才不会摔跤，晚上的田埂路特别滑。天擦黑我就来接你。”奶妈平常负责照管我。

一切准备就绪。天一黑，我们带上火把和木桶，全副武装出发了。路上奶妈叮嘱我说：“等我们一到田埂路边，你就把草鞋套上。我们不能说话，必须安静。否则，青蛙听到有人说话就会跑掉。你专心用火把去找青蛙。如果发现了，就马上用火去晃它的眼睛，就是把火把朝下，对着它的头轻轻摇晃。那样它眼睛一花，就什么都看不见了，也不会跑了。然后你就可以轻轻松松地捉它，捏住它大腿之间的后背，抓起来扔进桶里，赶快又把桶盖盖上，别让它跑了。”

在我们静悄悄地走过灌木丛的时候，我听到了不停的“窸窣”声和“吱喳”声。借着火光，我们穿过田野，这时四周响起此起彼伏的“呱呱”声。

终于来到梯田边的田埂路前。这里的田里都种着水稻。队伍解散，我们分头行动，各自踏上狭窄的田坎。这是一个无风的夜晚，温柔的月光使稻田的水面银光闪烁。

我把草鞋套上。奶妈递给我一个火把。“走我前面，当心点!”她对我轻声咕哝了一句。

我举起火把小心翼翼往前走。这种草鞋我很少穿，走起路来很不适应。我听见鞋底传来轻微的“咕噜”声，好像是踩进水坑里了。

“小姐，你是来找青蛙的，不是来散步的!”奶妈在后面又咕哝了一句，“刚才你漏掉一只大青蛙。火把朝下，去晃它的眼睛，不然它又跑了!”

我正想把火把朝下，奶妈的命令又来了：“快点朝下晃！快点！逮住它!”

火光中，我真的看见水田边蹲着一只大青蛙，它朝我瞪着骨碌碌的眼睛，一动也不动。我弯下腰去捉它的背，感觉它又凉又滑，还黏糊糊地在扭动，就在恶心和害怕中，手指一松，又把它扔了。只听“扑通”一声，它跳进水里不见了。

“你干什么!”奶妈生气了，厉声道，“怎么又扔了？笨蛋!明天又少两只青蛙腿。到我后面去，看我怎么捉。否则明天的客人就没有青蛙腿吃了。”

我沮丧极了，让她走前面。她动作熟练，一会儿就逮到一只大青蛙，扔进桶里又盖上盖子。我默默地跟在后面，心里很难过，不知道是为青蛙，还是为我自己。

中式婚礼

因为重庆城里正遭遇空袭，父亲无法回家参加婚礼。

母亲规定，在客人们到来之前，我不能走出我的房间，以免影响他们的准备工作。

“等所有的客人都到齐之后，我们才可以一起出去。小孩子必须要有耐心，拿张纸去画画吧，等着我叫你。”母亲对我下了命令，然后就去了她的卧房。

我太激动了，根本无法静心画画，就在那里焦躁不安地晃来荡去，透过门缝朝外张望，对着镜子扮鬼脸，想精想怪地消磨时间。终于，外面的动静越来越大，好像客人们来了。

母亲从她的卧室出来。她打扮得非常漂亮，穿了一件奶油色的缎子旗袍，上面还绣着淡雅的小花，头发上别着茉莉花。她微笑着脱下我的外衣，为我换上漂亮裙子，还在我脸上抹了胭脂。我好奇地望着镜子里的自己，发现我也很漂亮，开心极了。

她牵着我的手，从那些客人面前缓缓走过，不断友好地朝他们点头问好。到了新郎的父母面前时，母亲向他们鞠躬，表达祝福。

他们都十分肯定地说，我比以前长高了。我不好意思地低下头，望着地面。

轿夫们把轿子或滑竿抬到院坝里的大台阶前，客人们才下来。他们衣着华丽，步态优雅，款款走上大台阶。那些年长的女眷都是小脚，身上穿着斜排襻扣的绣花锦袍，袖口和衣摆还镶有绲边。她们的脚看起来比妈妈的脚还小，套在黑底的彩色绣花鞋里。先生们则穿着带花边的对襟礼服。

等客人们都在门廊聚齐，新人的父母才出来致礼。大家相互打躬作揖，然后是上茶，棕红色的盖碗小茶盅用碟子托着，由仆人送给每一位来宾。来宾们接过茶盅后，用左手捧着，右手揭开盖子，将它斜搁在茶碗上，一面低头嗅着茶香，一面跟人点头哈腰，寒暄聊天，一起等待新娘的到来。

厅堂门开了一道缝，侧身出来一个身材瘦高的年轻男子。他双手合十放在胸口，一再朝大家鞠躬问候。大家也以同样的方式向他回礼。他就是新郎，黑眼睛看起来严肃而友善，细长的嘴角挂着微笑，向后梳的黑发让他苍白的瘦脸显得端庄又雅致。他戴了一顶朝后斜的金边红帽，帽子正中镶有一块玉刻的“福”字，两边还垂着金带子，身上是一件大红色的丝绸长袍，上面绣有金龙和象征幸福的符号。问候完毕，他就走到人群里，跟他们聊天。当他从我面前走过，我看见他脚上亮闪闪的黑绸鞋镶着白布的宽边，十分干净，好像是新的。

他不断朝外面张望，在大台阶上走下走上，看起来既兴奋又紧张，还有点急不可耐。

终于，远方传来音乐声。所有的人都朝大门外张望。

我赶紧冲到大门口，看见森林里走出一队人马，敲锣打鼓，高举着彩带飘扬的旗幡，抬着一顶大红花轿和许多扎有红绸的箱子，欢天喜地朝我们过来。

一定是新娘到了。我迅速跑回到母亲身边。她左手拿着一个系有字符绸带的小红包，正跟一个女宾说话。我骄傲地站在她身旁，兴奋得又蹦又跳，还不停地转圈，让我的天蓝色百褶裙像车轮一样旋转起来。我为我带泡泡袖和柔软下坠的百褶丝裙而得意扬扬。我的腰间还系了一条宽带子，在背后打了一个大蝴蝶结。为了配这条蓝裙子，我的两条辫子上也系着蓝色的小蝴蝶结。

唢呐声和锣鼓声越来越近了，鞭炮也噼噼啪啪炸起来，简直就是震天动地。送亲的队伍终于抵达院坝了。队伍后面还跟着几十个身着盛装的年轻男子。他们高举着彩旗和大红花伞，踩着鼓点，在院坝里跑来跑去，一会儿成排，一会儿转圈。轿夫们则不停地摇晃颠簸大花轿，让轿子上的小铃铛们“叮叮当当”响个不停。

我问母亲，他们为什么要颠轿子？

“铃铛声会让婚礼显得更热闹，更欢乐，气氛更活跃。”

我盯着那顶由四个年轻男子抬的大花轿，惊讶它多么华美，上面的鲜花多么绚丽。

轿子的下半部扎着红绸，三面轿壁都插满鲜花，前面则挂着厚实的红缎绣花帘。四根螺纹装饰柱撑起黄铜的顶棚，顶棚周边环绕了一根金色的丝带，上面系满小铃铛。那些艳丽的鲜花从轿身一直饰满顶棚。顶棚正中还支起一只金色的半球，顶着一个用彩色羽毛编成的花环，那些漂亮的羽毛在风中飘扬。

震天的音乐突然停了，轿夫们猛然一颠，大花轿就从肩头滑落，平稳地停放在大台阶前。

新郎急急地拿着一根小竹棍走下台阶，来到轿前，身体前趋，用小竹棍轻轻掀开轿帘，伸手搀扶新娘下轿。

我一眼就看见新娘伸出来的细白手腕上，戴着好几圈闪闪发光的金镯子。她穿了一件大红长锦袍，锦袍上绣有金凤，前面镶有宽花边，被一排长长的襻扣连在一起，宽大的袖子往下垂着，也有金色的刺绣绲边。但她的脸被看不透的红盖头遮着，我看不清她五官的模样。当她被新郎牵着慢慢走上台阶，我看见她的头饰下垂吊着长长的茉莉花串。我又闻到那亲切迷人的芳香，情不自禁地张大嘴巴，猛吸了几口。

新娘父母已经端坐在大厅堂前的扶手椅上，新郎把新娘牵到他们面前，然后就退去。

新娘先向她的父母鞠躬，然后就跪在绣花垫上，不停地磕头，轻声哭泣："亲爱的爸爸妈妈，我真的舍不得离开你们。但是实在对不起，我现在必须离开你们。我很伤心难过。亲爱的爸爸妈妈，感谢你们多年来的养育之恩，我会铭记心头……"呜咽声渐渐变成吟唱，每一句后面都伴有激烈的锣鼓声。

这仪式漫长得仿佛没有尽头。那时我还太小，不懂她为什么会伤心哭泣，就问母亲："妈妈，她为什么要哭这么久啊？"

"这是中国的旧风俗。新娘在出嫁前必须哭唱着告别父母，感谢他们的养育之恩。"

"为什么要告别？"

"现在别问那么多。等仪式结束后，我再慢慢告诉你，否则你会打扰他们。"母亲轻声叮嘱我，表情有点紧张。我便知趣地不再问了。

这道程序结束后，新人就跟随着客人，走进右边厢房的大客厅。客厅里拉着红幔帘，在两根大红烛昏暗的光中，我看见背后红绸覆盖的神龛。神龛的莲花宝座上，端坐着一尊安宁慈祥的金佛。他微笑的双眸凝视下方，嘴角含着睿智和慈悲，左手托着一颗宝珠，右手掌心朝向众生。所有的人都静默下来，围着那对新人站着。寂静中只有香烛的芬芳在空中弥漫，让昏暗的房间呈现出令人敬畏的神秘气氛。

新人在佛像前的垫子上跪下，反复磕头后，再直起身来，双手合十，轻声祈祷，然后又低头默默地念叨着什么。

我不懂他们在做什么，忍不住想要问母亲，又不敢，只得用疑问的目光望着母亲。母亲读懂了我的眼神，弯下腰来轻声对我说："他们这是一拜天，二拜地，然后夫妻对拜，发誓永远要相亲相爱。"

现在他们又开始相互磕头，继续祈祷，再走向父母，对他们重复刚才的仪式。

最后，他们面对面安静地站了一会儿，就转身朝外走去。宾客们立即退向两边，为他们让出一条道来。他们手牵着手离开房间，来到外面的门廊。有仆人递给新郎一根小竹棍，他接过来，面含微笑，轻轻掀起新娘的盖头。

人群立即骚动起来，有人窃窃低语，有人啧啧称赞。

这下我看清了新娘的模样。她娇小玲珑，眉毛像飞燕的翅膀，浓密的睫毛下，亮晶晶的杏仁眼又黑又大。她迅速羞怯地低下头去，望着地面，粉脸含春，两腮绯红，樱桃般的红唇含着温柔迷人的微笑，油亮的黑发巧妙地盘起，高高低低插满头饰。我感觉那些头饰烦琐而累赘，可她竟然能顶着它们轻盈而优雅地行走。头上支起的金钗银簪和垂吊的花串珍珠，都随她的款款步态摇曳生姿。

我又闻到熟悉的茉莉花香，从她耳畔的花饰飘溢而出。我稍微朝前挤了挤，想更仔细地看清她。

大家开心地看着新人跳火盆。火盆不大，燃烧的火焰据说能够驱鬼避邪，为婚姻带来幸福吉祥。

在锣鼓喧天的乐声中，扎着红绸带的礼箱被人抬上台阶，呈半圆形摆在新人的父母面前。新人向父母们磕头致谢，家长之间也相互鞠躬。然后，礼箱就被抬进厢房。

宾客们分站成好几排，依次向新郎赠送礼金。礼金被包在一个系有金带的小红包里。母亲也把她一直捏在手上的红包送给新郎。他们也像别人一样，双手合十，相互鞠躬、贺喜、道谢。新娘站在新郎身边，面带微笑，也双手合十，向母亲点头致谢。新郎的父亲站在新郎的另一边，感激地接过一个个红包，把它们放进一个有红色天鹅绒衬里的篋子里。

敲锣打鼓声又响起来，婚礼进入下一道程序。

在一张小桌上，有一个用红纸包裹的方形容器，上面交叉系着两根红纸带。纸带上分别写有“金”“玉”二字，那是财富和幸福的象征。容器中间插有绿色的松枝。我再次疑惑地望着母亲。她低下头来，对我笑了。“汉娜，那是幸运箱，里面有很多硬币。如果你从里面掏出一枚硬币，你就可以祈求你想要的东西。它会带来好运的。等一会儿我抱你起来，你也伸手进去抓一枚硬币。”

客人们都嬉笑着拥上前去。

新娘第一个抓出硬币，然后是新郎，再然后是新娘父母、新郎父母，最后才轮到宾客们。大家围在桌子四周，争先恐后，从幸运箱里抓出硬币，双手捧着，摇晃几下，面带微笑闭上眼睛开始祈福。终于轮到我们了，母亲把我抱起来。我把手迅速伸进箱子，抓出一枚渴望已久的硬币。母亲也同样抓出一枚。学着大人们的样子，我也把硬币捂在手心，晃了几下，就在心里悄悄祈祷。我祈祷今后也能有一场这样的婚礼，宾客盈门，乐声震天，我身着漂亮的红袍子，头戴鲜花，被大家祝福，像个幸福的公主。但是，我不要下跪，也不要没完没了地哭哭啼啼和磕头念叨。

锣鼓声再次响起来。有人像唱歌一样高声宣布，厢房里要开礼箱了，敬请大家前往观看。所有的人都拥向厢房。此时的厢房华光四射：五彩缤纷的绫罗绸缎华丽夺目，堆成小山；刺绣的四季衣裳，被褥枕垫，也一溜排开；还有各款金银首饰，珠宝玉器，黑白珍珠，摆放在镶有红丝绒的翡翠香奁里，奇光闪烁。另外还有数不清的银器铜皿，大小瓷器，长短字画，画有风景和人物的各式花瓶等摆设，简直令人眼花缭乱，目不暇接。大家啧啧称赞，感叹新娘的嫁妆多么丰富，新娘的父母多么慷慨。这些花花绿绿的嫁妆被客人欣赏完毕，又被仆人们小心翼翼放回箱笼。

宽大的厅堂成了婚宴厅，两扇通往有地球仪天井的后门被关闭起来。餐桌被摆成一溜 U 形，只有里边有椅子，这样大家就餐的时候不仅能够相互对望，还能看见厅堂大门和外面的院坝。

新娘已经坐在 U 形筵席正中的婚礼椅上，在布置精美的餐桌前耐心地等待。餐桌铺有雪白的桌布，上面点缀着玫瑰和兰花。在每一排餐桌的中间，都摆有一只装满水的长形陶罐，里面盛开着粉红的莲花，周边系有龙凤图案的缎带。每一张桌子的中间，已经摆好几只大钵和深碗，盖着盖子，里面装着米饭和热汤，旁边摆着瓷勺。

客人的面前还有一只铁锈红的小饭碗，带红双喜字，周边饰有莲花叶和福珠。饭碗旁搁放着象牙筷、刻有寿字的红酒盅，以及带有囍字的白酒杯。新人的父母和新郎一起，恭敬有礼地请大家入席。母亲和我坐右边最后那张桌子。等大家都坐好，新郎才挨着新娘坐下。但他很快又站起来，面带微笑，双手合十，宣布婚宴正式开始，并祝大家好胃口，米饭和热汤都在桌上，请大家自便。

敬酒开始了。新娘跟在新郎身后，捧着酒瓶，挨个为客人斟酒。她面带微笑，朱唇轻启，每斟一次酒，都会说一句感谢和祝福的话。她也为母亲斟了酒，把飘香的白酒倒进母亲的酒杯里。她的手纤细白皙，手指上戴着绿宝石戒指，动作十分优雅。她还笑靥如花地问我："小妹妹你想喝什么？茉莉花茶？"她的声音温柔极了，像爸爸留声机里的小夜曲一样美妙动听。

"不了，谢谢，我已经为她盛了汤。"母亲替我回答说。

"那就多吃点哦，小妹妹。"她笑眯眯地对我说，然后又走向下一位客人。

仆人们排队进场了，手里端着不同的菜肴，在每张桌上放一份。由鲜姜、柠檬、芝麻、花椒以及辣椒混合而成的香味，弥漫了整个大厅堂，刺激得大家胃口大开。精美漂亮的餐盘里，有清蒸全鱼、红焖整鸡、烤全鸭、四喜丸子、填有肉糜的青椒等。

母亲为我夹了一小块鱼。"先吃这个，喜宴上吃这个，意味着好运气。"随后她又给我夹了一只肉糜青椒。当我正贪婪地大饱口福时，仆人们排成队，又送美食上来了。

这一次，有香辣小煎鱼，像五角星一样躺在葱段之间的青蛙腿，亮晶晶的东坡肘子，夹有红豆沙的甜烧白，咸菜垫底的咸烧白等等。我的口水都快流出来了。面对这么多好吃的美味佳肴，我不知道该从何下口。

母亲夹起一只青蛙腿，正准备放进我的碗里，我却冷不丁地把碗挪开了。

“不!”我对她轻声抗议道。

“为什么？你不是很喜欢吃吗?”

“那是从前。现在我再也不喜欢吃了。”

一想到那天晚上捉青蛙的情景，我心里就很不舒服。可怜的青蛙!

后来又上了姜爆螃蟹、麻婆豆腐、肉馅煎饺、红油担担面。

新的菜肴和不同的美酒轮番上阵，我们就这样一连吃了好几个小时。客人们眉飞色舞，相互敬酒，一边大快朵颐，一边谈笑风生，直到酒足饭饱，意兴阑珊，男宾们还不舍离去，继续猜拳划令。输了或赢了，喊一声“干杯”，就一口喝光杯里的白酒。他们一直这样喝到深夜，才醉醺醺地站起来，在仆人的搀扶下摇晃着离开。

筵席散后，女眷们来到右边的几间厢房里，叽叽喳喳，也热闹得很。有的太太还抽水烟，叼着一根长烟杆，吸得“啪哒啪哒”地响。有的聚在一起玩麻将，四人一组。那是一种桌面游戏，用竹子或象牙做成的长方形小砖块，每四块刻有同样颜色的图形或汉字。母亲和我站在旁边看了一会儿。我很快就发现，把这些彩色的小砖块分门别类地排列好，在面前砌成一道长长的小墙，是一件非常有趣的事。

欧式婚礼

第二天又举行欧式婚礼。

新郎换上黑西装，黑皮鞋，白衬衣上别着红领结。新娘则是一身白：一袭高领蕾丝白长裙，后面还拖着带珍珠绲边的长裙摆；脚上是一双带小坡跟的绣花白鞋；高耸的黑发上顶着一圈白花环；花环下还垂着遮脸的白纱。唯有手里捧着的鲜花五彩斑斓，还坠着彩色长飘带。

楼上的回廊，小乐队奏响了西方音乐《婚礼进行曲》。

在音乐的伴奏下，这对新人春光满面地走出厅堂，手挽着手，来到隔壁的大客厅。我和母亲随宾客们一起也跟了进去。客厅的窗户已经换上白窗帘，但窗户大开，明亮的阳光照进来，使整个房间显得格外亮堂。新人在临时搭建的神坛前跪下。神坛上插有红玫瑰和白兰花，中间还摆有五个枝的银烛台，上面插有长长的红烛。

神坛后站着一位西装革履的政府官员，胸前斜挂着红色的绶带。他庄严地朗读手里的文件，可惜我没听懂是什么意思。等他读完，我只听到这对新人用“我愿意”来回答他。然后，官员让他们互相为对方戴上戒指。

透过薄薄的白纱，我看见新娘脸上幸福的笑容。新郎转过身去，早有人把装有戒指的小丝绒盒递过来。他牵过妻子的手，把一只金戒指戴在她右手的无名指上。新娘子似乎有点紧张，她为丈夫戴戒指的动作，显得小心而缓慢。

然后，新郎掀开新娘的面纱，亲吻了她。音乐响起，掌声响起。两个人相视一笑后，就踩着音乐的节奏，手挽手来到外面的门廊，再次接受父母和宾客们的祝福。

欧式婚礼上的新人显得轻松愉快。而头天的中式婚礼上，他俩看起来严肃紧张，一副小心拘谨的样子。

又一次鼓槌声响，宣布婚宴开始了。

宾客们鱼贯而入，重新坐在昨天的座位上。餐桌依然布置华丽，但金黄的米酒被盛在小碗里端上来。客人们又继续干杯，仆人们又不断为他们斟酒。依然是很丰盛的美食，餐后男人们又继续喝酒，重复昨天的游戏，直到半醉才离开。女眷们，大多是上了年纪的太太们，又聚在一起打麻将，抽水烟。

楼上回廊里的小乐队奏起了华尔兹，下面的厅堂却没有人跳舞。

婚礼持续了将近三天，终于曲终人散。房间和院坝又恢复了往日的清静安宁。母亲长长地松了口气。“以后，这里绝对不能再举办婚礼！”她态度坚定，语气铿锵。这让我既困惑不解，又深感遗憾。为什么不呢？我想，多么热闹好玩啊，我可以穿漂亮裙子，还有那么多好吃的，好看的，比过年过节还更有意思。

那以后的很长一段时间里，我总是不断地回想婚礼上的种种情景。我发现，我一点也不喜欢欧式婚礼，一切都是白的，色彩单调，内容也无聊。相比起来，我更喜欢中式婚礼，红艳艳的，锣鼓喧天，鞭炮齐鸣，新娘坐在大花轿里，有趣极了。

上学了

我的小学曾经是寺庙，坐落在一道山坳里，由三幢带有红柱子和飞檐翘角的房子组成。但寺庙里已经没有神像，也没有菩萨，只有雕花的屋顶和窗棂。几幢房子之间，有一个院坝。那是我们的操场，周围长了几棵大树。学校离家大约两公里远。去上学的路，是一条青石板小路，从山上下来，穿过层层梯田，弯弯曲曲的，一直延伸到山坳里的寺庙前。

我至今还记得，我的小学名叫大庙子小学。

上学这天，我穿了一件白色亚麻衬衣，一条浅蓝色百褶裙，辫子上系了两朵白丝带打成的蝴蝶结。开学仪式上有各个班级的节目表演，我们新生也可以参加。

一位年轻女老师十分热情地接待了母亲。她俩一碰头就嘀嘀咕咕说个不停，让我怀疑，她们似乎早就认识。

过了一阵，女老师才向我问好。“傅安娜，你妈妈对我说了很多你的事。欢迎欢迎！我很高兴能认识你。”她向我弯下腰来，对着我的耳朵轻声说，“今天你穿得真漂亮啊！愿意为我们唱一首歌，或者跳一曲舞么?”

我不好意思地笑了。

“或者，你会唱德语歌么？唱一首给我们听听？我们学校还从来没有人会唱德语歌呢。”

我想起父亲教我唱过的德语歌，便羞涩地点了点头。“嗯，我会唱一首。”

“太好了！那就请上台吧。”她牵过我的手，把我带到舞台上。

站在舞台中间，看到台下那么多人都目不转睛地望着我，我感觉浑身的血液都涌到脸上，心跳也加快了。

“这位小姑娘是我们的新生，名叫傅安娜。现在请她为我们唱一首德语歌，也许还会跳一曲舞。”女老师已经报幕了。

那些人都满怀期待地望着，我已经没有退路了，于是只好开口唱：“Alle Vöglein sind schon da, alle Vöglein alle…（所有的鸟儿都来了，所有的鸟儿……）。”一边唱，我还一边不自觉地跳起来，临时编排出一些动作，就像平时在家里，一个人在床上一边唱歌一边跳舞那样。当我唱完停下来，我听到了热烈的掌声。

尽管我依然兴奋着，激动着，这时我也感到轻松了些。我羞怯地用中文把歌词内容告诉老师，随后她就大声向大家重复我的解释。

老师带着我离开了舞台。母亲表情满意地朝我走来。我满脸通红站在旁边，她俩却喜滋滋地望着我。

“是你自己编的舞蹈，还是爸爸教你的?”老师问。

“我自己编的。”我怯怯地回答。

“你编得很好嘛，很有想象力，跳得也很好。就是唱歌的声音小了点。”老师出人意料地夸奖了我。

这是我上学的第一天。这一天我既好奇又激动，既兴奋又紧张，甚至还有点骄傲。

回家的路上，母亲说：“你以后上学，就由老邹负责接送。对我来说，这条路太远了，又不好走。”我扭过头去，满怀同情地望了一眼她的尖尖小脚。

班上按个子高矮排座位，矮的坐前面，高的坐后面。我年龄最小，只有五岁，但个子最高，所以我必须坐最后面。其实我很想坐前面，最好是第一排，坐在离老师最近的地方。

课程从学习认字、写字、珠算开始。我已经能阅读和写字了，老师还在慢腾腾地教我们怎么握笔、磨墨，怎么写横竖撇捺点；珠算我都会乘法了，老师还每天教我们做加减法，要求我们背诵“一上一，二上二，三下五去二……”我觉得简直无聊透顶。所以对老师在课堂上讲的内容，我一点兴趣也没有，甚至根本不想听。当老师一本正经地点名，让我回答那些极其简单幼稚的问题，我感到非常滑稽可笑。

后来我不让老邹接送我，因为我已经知道那条路该怎么走。另外，被人接送，让我感觉自己像个找不到路的傻子，这让我觉得很丢脸。

有一天，当我放学后走在回家的路上，不知从哪里突然窜出来一个男生，将我系在辫子上的蝴蝶结扯走了。我很伤心地回到家里，一边披头散发，另一边只剩一根辫子。但我没有告诉母亲发生了什么。我只说，蝴蝶结不知怎么自己掉了，我没有办法把头发重新绑起来。我不想让母亲知道真相后，为我担心。

在冷天下雨的日子里，去上学的路特别不好走，大颗的雨滴“噼噼啪啪”打在伞上，潮湿的寒风吹在脸上。稻田里的水也漫溢出来，田间的一些石板路段被淹没在水中。因此我必须绕道而行，沿田边的蜿蜒山路行走。在经过水田的时候，我无意中瞥见，微波荡漾的水面上，我自己的影子在扭来扭去，十分有趣。于是我停下脚步，盯着自己在水中的倒影浮想联翩。我想象自己是在很深很大的湖里游泳，波浪温柔地拍打我，又从我的身边滑过，我轻松而优雅地游呀游，像一条自由快乐的美人鱼。

一阵寒风把我从幻想的美梦中惊醒。我抬起手腕，看了一眼表上的时间，吓了一大跳。课已经开始十分钟了，于是我撒腿开跑。泥泞糊脏了我的鞋子，雨水打湿了我的裤子，寒风把我的伞也吹翻起来，让我不得不收起雨伞，结果我全身都淋湿了。

当我终于赶到学校，课都快上到一半了。大滴的雨水从我的脸上滚落下来，湿透了的辫子黏在我的脖子上，像一条冰冷的蛇缠着我的颈子，让我难受极了。我把伞搁在教室外面，轻轻敲响关闭的教室门，里面传出一声响亮的声音：“进来。”

我紧张又害怕地推开门，所有的目光都齐刷刷地向我投来。我感到很内疚，正随手带上身后的门，老师怒气冲冲朝我走来。“你知道现在多晚了?”

“对……不起……”我害怕得都结巴了。

他恶狠狠地瞪着我。“对不起有什么用？这里没有对不起！你迟到，影响了我们上课。你知道校规，迟到是要挨手板的。”说着他转身冲到黑板前，拿起立在那旁边的竹鞭，又冲过来。“把左手伸出来！”他命令道。

我浑身哆嗦，害怕极了，以哀求的目光望着他，希望他别下手太重。但他使出全身的力气，狠狠地抽打我的手心，痛得我尖叫起来，整个身体都缩成一团。

“现在伸右手！”他继续咆哮。

我犹犹豫豫，伸出右手。一鞭子落在我的手指尖上，痛得我再次惨叫，迅速又把手缩回来。全班同学都默默地看着我。我痛得浑身发抖，恨不得把双手甩掉。

“回座位去！”老师的声音再次响起。我咬着牙，噙着泪，跌跌撞撞回到最后排我的座位上，把头埋在双臂间，伏在桌面无声地哭了，根本无心听老师讲课。

“傅安娜，重复我刚才所讲的内容。”老师又向我发难了。

我惊恐不安地站起来，满脸泪痕，轻声道：“对不起，我没有听懂。”

他又勃然大怒，朝我吼道：“你先是迟到，然后又不认真听讲。现在我要给你差分。”说着他拿过记事本，拉长了脸，在上面记录着什么。

我突然不再内疚，也不再悲伤，只有愤怒，天大的愤怒！仅仅因为我迟到，他就这样侮辱我，还给我差分。太过分了。如果让妈妈知道了，后果简直不堪设想。但一切已经无法挽回。

从这一刻起，我对一切都无所谓了。多数时间里，我都只是麻木地坐在教室后面，冷眼旁观老师在前面无聊地聒噪。

初遇多洛丝

有一天，最后一节课刚结束，老邹就突然出现在我面前，要接我回家。我很惊讶，也很愤怒。他怎么又来了！我羞愧得无地自容。“谁要你接?！我自己能回家!”我凶巴巴地朝他吼去。

“是你妈妈叫我来接你的。家里来客人了，他们想见你。太太让我尽快接你回去。”

“不！我不要你接，我要自己走!”我一跺脚，扭头走了，不听他解释。

“来吧，小姐，我背你，这样快些。不然你就见不到客人了。他们马上就要走了，还有一个小姑娘，她很想见你。”

他的建议让我更加气恼，还很尴尬。“谁要你背？我自己没有脚吗？我自己不会走吗？简直是丢人！你快走吧，我要自己回家!”我越发吵得凶了。

“来吧，小姐，你回去晚了，你妈妈该着急了。我背你走得快些。我们靠边走，没有人会看见的。不然可就来不及了。”他从来都是好脾气，奶妈怎么吵他，他都笑嘻嘻的。我骂他他也不生气，只用哀求的目光望着我。我气呼呼地瞪着他，却在心里迅速盘算：客人要走就走吧，跟我有什么关系。我才不稀罕什么小姑娘想见我呢。但是，如果惹妈妈生气了，问题就严重了。

还好，四周几乎没什么人了，于是我就不情愿地妥协了，默默地跟他来到寺庙外的一个角落。那里有一棵大黄桷树，他以前总在那里等我回家。

“这里没有人看见我们，来吧，快点。”他蹲下身体，示意我爬到他的背上。“两只胳膊抓住我的肩，抓紧点，否则你会掉下去。”待我一爬上他的背，他身体一抖就站起来，迈出大步朝前走。

太阳无情地炙烤着大地，大滴的汗珠从他的小平头上滚落下来。他前倾着身子，微弓着腰，不时还用力把我的身体往上抖抖，以免我下滑。我闻到他背上蒸发的汗味，感到极不舒服，便别过头去。当我们快到家的时候，他扭过头来嘱咐我：“快去奶妈那里，她为你准备了干净的衣服。你得先换衣服，才能去见客人。”

我不明白为什么要先换衣服，才能去见客人，迟疑着走进了奶妈的房间。

“快点我的大小姐，客人已经等你很久了。”

“为什么要等我?”我不相信，感觉很奇怪。谁会等我呢？我又不认识什么人。

“等下你出去就知道了!”她一把抓过我，脱下我身上的衣服，动作迅速地先为我洗脸、洗手，再为我换上一件白色亚麻短袖衫，浅绿色的背带短裤。

我慢腾腾地走出去，爬上门廊旁边的小台阶，却突然站住不动了。

有个小姑娘坐在我的黑木马上，摇晃着。她为什么坐我的木马?!

这时父亲朝我走过来，把手放在我的肩上说：“来，汉娜，向威尔纳先生和太太问好。”

我这才发现旁边还站着几个大人。他们向我伸出手来，微笑着问好。我向他们行屈膝礼，就像父亲教我的那样。

“很高兴认识你，汉娜。”威尔纳夫人用流利的中文对我说，“你父亲对我们说起过你，多洛丝很想认识你。”

我难为情地朝她笑了笑。

“多洛丝在那边骑木马呢。”父亲指着那个骑在我木马上的小姑娘说。

她笑而不语，目光狡黠地盯着我，甚至有点挑衅的意思。我们匆匆握了握手。我既不回应她的目光，也不说话，只是盯着我的木马。

她转身又骑上我的木马，开心而得意地摇晃着，笑着，而我只是嫉妒地盯着她。

“多洛丝，让汉娜也骑骑。”威尔纳夫人用流利的中文提醒女儿。

她望着她母亲，用英语朝她叽咕着什么。我没听懂。后来我才知道，她母亲是美国人，父亲是德国人。

然后她就友好地用中文问我：“你也想骑吗?”没等我回答，她已经跳下马来。“来吧，上马。”她用手拍了一把马背上的红马鞍，示意我上去。这让我感到很意外，她居然向我发出邀请。

我们轮流骑上木马，使劲摇晃，莫明其妙地开怀大笑。这时我才注意到，她有一头浓密的棕色头发，用一朵漂亮的大蝴蝶结系在一边。她的脸胖乎乎的，长睫毛下明亮的大眼睛充满活力。

一段维系一生的美好友谊就这样不经意地拉开了序幕。

“汉娜，学校放假后，衷心邀请你到我们家来做客。”临走的时候，威尔纳夫人对我说，“多洛丝很期待能再见到你。”

我又对她行了屈膝礼，对她的邀请表示感谢。这时我才注意到她优雅的装束。威尔纳夫人穿着柠檬绿的收腰套裙。她身材窈窕，棕色的自然鬈发用一把梳子向后别成波浪状，白皙的脸上薄施粉黛，目光温柔，亲切和蔼。

她丈夫拿着一件浅色夹克，身上穿着白衬衣，米色裤子。他的身材中等偏瘦，有一张慈祥的脸，明亮的金发往后梳着。他朝我眨眼，微笑，跟我握手。“再见，汉娜!”

我又行了一次屈膝礼，朝他羞涩地笑了笑。

多洛丝和我也握了手。

“再见!”“再见!”我俩异口同声，挥手道别。

考试成绩不好的后果

“高鼻子洋人!”“外国货!”“杂种!”放学回家的路上，有人在后面追着我叫喊。

我回转身去，看见几个男生正在朝我张牙舞爪，戳戳点点。

他们在叫嚷什么呢？我看看四周，这里除了我没有别人。难道是在取笑我吗？我摸了摸我的鼻子，发现它并不很高。什么是“洋人”“杂种”？我不太懂。我低着头继续朝前走。这时他们朝我跑过来，一起围着我朝我叫喊：“高鼻子洋人!”“外国杂种!”“外国鬼子!”

我捂着耳朵，开始拼命奔跑。跌跌撞撞中，我碰在一块大石头上，痛得失声尖叫。我的腿破皮出血了。我大哭起来，一直哭到家门前的大台阶前，才又迅速擦干眼泪。我不想让母亲知道发生了什么事，只告诉她，我走路不小心摔了一跤。

她又开始责怪我。“以后走路小心点，不要总是蹦蹦跳跳！女孩子走路要文雅端庄，不要像乡下的野丫头。”她找出碘酒为我擦伤口。

“哎哟!”我痛得再次哇哇大叫。她迅速用纱布把我的伤口包扎好。

从那天起，那些稀奇古怪的叫骂声就总是出现在我放学的路上。我默默忍受着，努力听而不闻，闻而不睬。

慢慢地，我不再喜欢去学校了。坐在教室的最后一排，我经常像个木头人，心不在焉地开小差。反正对我来说，老师讲的内容太无聊。我望着窗外想入非非，看鸟儿怎么在树枝间跳跃，白云怎么在天空飘荡。很快我就沉浸在自己的梦想里，陶醉于自己的胡思乱想。在别的孩子都积极认真听课的时候，我只是无动于衷地坐在那里，身在心远，神游八方。我越来越内向、孤僻，躲进自己的内心世界里，感觉我并不属于他们。

放寒假了，我的期末考试成绩很差。班主任老师的评语让我更加沮丧，尤其是最后那句话，说我有可能留级，对我简直是毁灭性打击。

“期末考试怎么样啊?”回家后，母亲问我。

我沉默不语，知道她想看我的成绩单。

“等会儿吧，妈妈。”我犹疑着，不知道该怎么办。

“为什么要等会儿?有什么想对我隐瞒吗?我现在就要看你的成绩单。”她很固执。

我无计可施，只得硬着头皮，不情愿地把成绩单递给她，然后迅速转过身去。

她盯着成绩单看了一会儿，不敢相信地直摇头。“为什么考得这么差?”她突然对我叫嚷起来，“真是丢脸!你不是早就会了吗?课堂上为什么不积极发言?啊?你今天跟我说清楚!”

她拿成绩单的手在空中挥舞，让我头上的空气都颤抖起来，好像有一只大蝙蝠在空中飞过。然后她把成绩单用力扔到桌子上，又“啪”的一声，狠狠在桌子上拍了一巴掌，吓得我差点跳起来。

“你就是太懒，太粗心大意！考出这种成绩，你还有脸回来见我！”她朝我怒吼，眼睛像有火在燃烧，“我就不明白，我教了你那么多，上学之前，你就什么都会了，还很喜欢写作业。为什么现在就变成个傻子，什么都不会了？你今天得给我解释清楚！”

我无法解释清楚，在凳子上缩成一团，活像一只可怜的狗，等着她来打我。

谢天谢地，她只是在那里踱来踱去，阴沉着脸，好像在挖空心思，想着该用什么更厉害的方式惩罚我。“从现在起，不准再去外面玩，”她终于用咆哮的方式宣布她的新措施，“我得每天监督你。你要把所有的功课都补上，以后定期在课堂上发言，回答问题！听懂了没有？”

“懂了，妈妈。”我赶紧点头。

“明天吃完早餐后，在客厅等我，我得给你布置特殊的作业。”

我又赶紧点头，同时悄悄松了口气，又很奇怪，她为什么不打我呢？是突发善心吗？我怀疑不是。她不会轻易饶过我的，一定是想出了别的方法来惩罚我。也许，取消我假期去威尔纳家看多洛丝的计划？这种担忧让我惴惴不安。

不管怎样，放寒假后的第一天早晨非常美妙。我终于不用早早起床，可以舒舒服服地一觉睡到大天亮。起床后，我打开绿色的百叶窗，透过窗棂，看见蓝色的天空没有一片云朵。不远处，彩色的鸟儿在绿色的树叶间蹦来跳去，啁啾歌唱。我伸了个懒腰。真好啊，终于放假了，不用急匆匆去学校了。

我们在门廊上吃早饭，如往常一样，总是热稀饭下各种咸菜。母亲默默地吃着，不跟我说话。我胃口很好，吃得很开心，早把昨天成绩单的事忘掉了。

“去客厅等我！”当我吃完，她命令我。

我闷闷不乐地照做了，心里隐约感到不祥。莫非她昨天忘了打我，想现在补上？

她很快就跟进来了，顺手关上身后的门，表情严肃地盯着我。“我发现，你对上学读书没什么兴趣。好，我不强迫。那你就得学点别的手艺，以后才能养活你自己。现在是新时代了，女人也得自食其力，也得工作。如果不能上大学，找不到轻松的好工作，你就得学些体力活儿。因此我决定，今天先让奶妈教你洗衣服，以后你再慢慢学煮饭，抹屋扫地，下地种田。这样你今后即使找不到好工作，至少还可以去当仆人，做农民，不至于饿死！”

“不——！”我害怕得尖叫起来。

“当然要！谁叫你不好好学习！”说完她冲进卧室，手拿竹片儿走出来。

“求求你，妈妈，我会好好学习的，我向你发誓！”我哭着求她。

这时有人敲门，母亲去开门。奶妈进来了，牵过我的手。“走吧，小姐，”她对我说，“你妈妈昨天都跟我说了，我先教你洗衣服。”

“不！”我愤怒地一把甩开她的手。

母亲高举竹片儿向前一步，拿眼睛威胁地瞪着我。奶妈又紧紧抓住我的胳膊，把我连拖带拉拽出门。门外还站着别的仆人，他们好像早就等着看我的笑话。我又奋力一甩，使劲挣脱了奶妈的利爪。“我自己能走!”我朝她龇牙咧嘴地怒吼道。

我向前冲去，高昂着头，冲下台阶，快步穿过院坝，来到院坝尽头的洗衣槽前。那是一张长石桌，石脚跟地面固定在一起，上面有一只用铁丝箍着的大木盆，盆里泡着一些衣服，盆边还搁了一块搓衣板，搓衣板上放了一个洗衣刷，旁边还有几盒肥皂。地面有两桶清水，两只篮子。

我经常看见奶妈和其他女仆在这里洗衣服，因此对这些东西并不陌生。

有几个仆人在厨房的窗后偷偷摸摸朝我张望，他们幸灾乐祸地见证着我的耻辱。我假装没有看见他们，努力装出无所谓的样子，以掩饰我的尴尬和愤怒。但在内心，我羞愧得简直无地自容，恨不得钻进地里藏起来。母亲怎么能如此无情地羞辱我!

奶妈示范给我看，怎么给每一件衣服打肥皂，在搓衣板上揉搓、刷洗、捶打、拧干，先放进第一只大桶里透洗，再放进第二只桶里清洗，然后再拧干，抖开，放进竹篮。

全套动作演示完毕，她让我独自操作。

这大冬天的，水冷得刺骨，滑溜溜的肥皂水更让我恶心。但我咬紧牙关，用尽全力去揉搓、捶打，把满腔的愤怒和悲伤都趁机发泄出去。之后我的双手都冻僵了，皮肤发红，紧绷绷地起了好多小皱褶。

两小时后，奶妈放我走了。我低着头，一言不发地回到我的房间，把头埋在枕头里，悄悄哭了。

这一整天我都没有再说一句话，甚至跟母亲也没说。

到多洛丝家度寒假

还好，母亲没有取消我去威尔纳先生家度假的计划。

渴望已久的时刻终于来临。母亲挑出我最漂亮的衣物，奶妈把它们又熨烫了一遍，折叠整齐，装进一只帆布大包里。父亲提前一天回家，为了第二天能早点出发。

我们在朦胧的晨光中吃早餐。我很激动地吃了一大碗稀饭下咸菜。

“威尔纳家在长江南岸的高山上，不远处还有一座塔。塔下面有一个名叫黄桷椏的村庄。”父亲说。

他从上到下打量我，又接着说：“今天我们要走很远的路，先经过观音桥到嘉陵江渡口，从那里乘船，到重庆城南边的长江，一个名叫龙门浩的地方下船，然后再上山，爬一条很陡峭的山路，到能看见那座塔了，就离威尔纳家不远了。你行么，走这么远的路？”

“当然行！”我激动的时候说话声音特别高亢。

告别了母亲，父亲把我的帆布包背在肩上。我跟在他身后，迅速下完最后几步台阶，我们就一起穿过院坝，进入森林。当我们经过那户农家大院的时候，他们家的几条狗跑出来朝我们狂叫。父亲一边用拐杖威胁它们，一边保护我继续前行，直到终于摆脱了恶狗，我才长长松了口气，重新蹦蹦跳跳起来，为即将开始的新的一天激动不已。

“别走得太快，小汉娜。享受一下这新鲜的空气吧。”父亲在后面叫住我。

我转过身去等父亲，呼吸到庄稼新鲜的芬芳，聆听到鸟儿在林间此起彼伏地歌唱。它们叽叽喳喳的欢乐歌声，打破了乡间清晨的宁静。

翻过一座山岗，就踏上稻田间狭窄的青石板小路。小路在水波粼粼的田头交会，又向三个不同的方向延伸。我们走的那条小路从山坡上下来，又从山洼旁边经过，再沿山上的梯田通向远方。

“爸爸你看，山洼头就是我们的大庙子小学。”我突然兴奋地大叫起来，“我每天去上学的路，也是我们现在走的这种青石板小路。”

“哦，我知道。但我们今天要走的路可远多了。现在我们还没走到一半呢。”

过了那座庙，我们继续向前，走在丘陵起伏的田野上，远处偶尔可见绿树环绕下的农舍。不久我们就来到一个乡场，它在两面山坡之间。父亲指给我看一家肉店，说那是老邹每星期两次为我们家买肉的地方。一间敞开的门面里，挂着一些死鸡。它们脚爪朝上，头朝下，被成排地挂在一根木棍上，长长的颈子还血淋淋的。有几只还没拔毛，呆滞的眼睛圆鼓鼓地瞪着我。一张靠墙的长木桌上，还有很多大块的猪肉，高高地挂在铁钩上。一股奇怪的腥味向我袭来，让我感到恶心作呕。我捏着鼻子转过身去，快步走开。旁边有几家杂货店，鞋店里既卖皮鞋，又卖草鞋。路边有一些小商贩，把蔬菜装在箩筐里或者木桶里卖。棕色的麻布口袋胀鼓鼓的，摆放在街边，敞开的口子露出白净的大米。

有人盯着我们交头接耳，指指点点。我听见有人说："快看，那个外国洋人和他女儿！"几个孩子围着我们跑前跑后，一边咯咯大笑，一边叫喊："高鼻子洋人来了！"我气愤难堪，低头疾行。父亲显然已习以为常，依然走得泰然自若，好像什么也没发生。

"现在我们必须走快点，才能赶上我们的渡船。"父亲抬起手腕看看表，催促我。

不久我们就到了观音桥，它在一面平缓的山坡上。老远我就看见庙宇的飞檐从一片房屋中高耸而出。父亲把手杖挟在腋下，一把拉过我的手说："没有时间看那些商店了，我们的船还有二十分钟就要开了。如果错过这班船，得等很久，才有下一班船去黄桷椏。"

于是我只能匆匆瞥一眼这个热闹的地方，就被父亲拉着连走带跑，一路向前，来到嘉陵江边的山坡上。下去到江边的码头时，我看见雾霭弥漫的天边有一道红光，碧绿的江水也荡漾着道道微红，轻拍着岸边的礁石。我被这晨雾中的霞光水色迷住了。

码头上已经人来人往，一片繁忙。太阳才刚刚升起来，有些男人就戴着草帽。他们穿着脏兮兮的衣服，腰间系了一根绳索，脚穿草鞋，宽松的裤子打着绑腿，有的扛着长长的木板，一路哼哟着走下石梯，把木板堆放在江边的沙滩上；有些甚至光着上身，肩上只搭了一条毛巾，也扛着货物。挑桶的，背筐的，担箩篼的，在石梯上急匆匆地上上下下，穿梭不停。

走到江边的沙滩上，我听到榔头沉闷的捶打声，是旁边的渔民在修打鱼船。有女人在临江洗衣服，男人从摇晃的木船上下货。我正好奇地东张西望，又被父亲一把拉走。“快点，汉娜！我们的船马上要开了！”

船上已经挤满了乘客，大家紧挨着站在一起，还有人抽烟，呛得我都快咳出声来。船舱里闹哄哄的，有很多去上班的先生和女士。父亲牵着我的手，慢慢挤到舷窗前。一只小舢板正从外面经过，男人划桨，女人站在船艄大声说笑。小舢板很快就消失了，我还听到那个女人爽朗的声音。

船体“轰隆”地抖动了一下，起航了。岸边起伏的山峦开始慢慢后退。过了一阵，轮船在一处岸边停下，有人下船，也有人上船。

“你看见那上面的山崖了吗？就是那面陡峭的山坡上，在两条江交汇处的上空？”当轮船沿河岸“哒哒哒”地航行的时候，父亲弯下腰来对我说，“那就是朝天门，是重庆城的一角。船一过了朝天门，就进入长江了。再往前开一段，长江的南岸有个地方叫龙门浩，我们就在那里下船。平常我一般会在朝天门下船，爬上那一坡石梯，再走一段路，就进城了。那里是重庆的城中心。但今天我们得继续坐船到龙门浩。”

轮船在波浪里摇晃着前行。又到一处码头了，父亲示意我别动。我抬起头来朝外张望，看见半空中的重庆城云雾缭绕，有些地方黑乎乎的，像废墟的轮廓。

“这座城市被日本人炸坏了。”父亲低声对我说，“有些房子是去年秋天才重建的。还好最近安宁下来。但过不了多久，日本人又会来的。唉，真希望战争尽快结束。感谢上帝，你们在农村没被殃及。”

“怎么没有！我经常听到警报声。”我仰起头来对父亲说，“一听到警报响，我们就飞快跑到山坡下躲起来。你知道是在哪里吗?”

“当然知道。就在我们房子下面的右边，对吧？不过那只是以防万一。我们家那边的乡下农村，只有些零星的村庄，稀稀落落的，飞机只是路过，一般不会扔炸弹。他们要炸的是重庆城。”父亲皱起了眉头。

这时我听到一声巨响，起锚了，我们的船又离开码头，继续前行。在月牙形的城市半岛和南岸起伏的高山之间，长江奔腾咆哮着，比刚才的嘉陵江汹涌多了，船也摇晃得更加厉害。我有点害怕，紧紧抓住身边的铁栏杆。长江南岸群山巍峨，像一堵巨大的绿墙，黛青色的山巅高耸在云雾缥缈的粉色天空，挡住了太阳刺眼的光芒。

水流湍急，单调的水声中突然传来雄浑的号子声。原来是岸边的纤夫们，他们排成长排在逆水拉船。那是一艘木船，比舢板大些，但比我们乘坐的轮船小些，它在波涛翻滚的江水中晃荡着，被纤夫们拼命用力拉扯，缓慢前行。

终于靠岸下船了，我走过晃晃悠悠的木跳板，刚一踏上岸边的沙滩，就见一个男人牵着马朝我们走来。

“想骑马么？我们可以骑马去威尔纳先生家。”父亲低下头来问我。

我仰头望着那匹高大的马，它的头都高到天上去了。“不!”我坚决地回答。

“你不用害怕，我们慢慢骑，我会紧紧抱着你。”

“不！绝不!”我用力摇头。太可怕了，马头那么高。

“好吧，那我们就得爬这条又长又陡的山路了。”

那人失望地瞪我一眼，转过身去，牵着他的马走向另一个乘客。

满山都是树，林间的小路陡峭又狭窄，空气又潮又闷，让人呼吸困难。我们慢慢往上爬。父亲走前面，不时用拐杖开路，把伸到路面的横枝杂草朝两边拨开。

终于，父亲嘴里出现过无数次的文峰塔，出现在我们前方的山头。塔下面不远处的山崖边，有一幢带拱顶的长方形大房子，那就是威尔纳先生的家了，一幢两层楼的别墅。它被一圈由柱子支撑的玻璃阳台围绕起来，入口在宽大的石梯上面。

我们刚踏上第一级台阶，上面的大门就开了，威尔纳夫妇兴高采烈地走出来，热情欢迎我们的光临。“这一路肯定累坏了吧。”威尔纳夫人朝父亲走来。

父亲很绅士地向她鞠躬，捧起她的手行吻手礼。“尊敬的夫人，很高兴能再次见到您，也非常感谢，我家汉娜能有幸在贵府小住几日。”

她给了父亲一个迷人的微笑。“我们也很高兴，能再次见到您和您的女儿。我们和多洛丝都很期待汉娜的到来。”

当两个男人寒暄的时候，威尔纳夫人微微弯下腰来，握我的手。“累坏了吧，汉娜?”

我向她先施了屈膝礼，然后说：“我一点不累，也许爸爸累坏了。”

大人们都笑了。

这时，多洛丝出来了，我们俩都高兴坏了，终于又见面了。

休息了一会儿，我们就被邀请穿过客厅，去饭厅。饭厅很宽敞，前面有两扇朝阳台外开的双层玻璃门，望出去是群山起伏的美丽风景。里面稍微靠边，有一张铺有白桌布的长方形桌子，四周规整地摆放着椅子。后面靠墙，有一个英格兰风格的长餐柜。

我们围着餐桌坐下。这时我暗暗庆幸，父亲教过我如何使用刀叉。“餐桌边的孩子要沉默如鱼。”父亲曾这样教导我。他说，吃饭的时候不能说话，除非有人问我，才可以开口回答。所以我就乖乖地坐在多洛丝身边，一言不发，静待美食。一个穿白夹克黑裤子的男管家站在我们身后。不远处的一扇小侧门开了。我微微扭过身去，看见一个女人递给管家一个陶瓷缸钵。仆人从后面为我们服务，把饭菜从我们的右肩上递过来，放在我们面前的餐桌上。一碗冒着热气的浓汤出现在我面前，下面垫有漂亮的碟子，碟子上搁了一柄精美的汤勺。我小心翼翼地舀起一勺，送进嘴里。浓稠的汤汁鲜美酸甜，太好吃了。威尔纳夫人解释说，这是欧洲风味的鸡汤。

然后就是裹了面包屑的炸肉排，配菠菜糊糊和土豆泥，都很美味。我吃了很多，直到菠菜糊糊让我反胃。但我想起父亲在家定下的规矩，说盘里的食物必须吃光，不能剩下，不能浪费。于是我就屏住呼吸，强迫自己快速吞咽，不咀嚼，也不吸气。正当餐盘里的菠菜糊糊终于快要光了，“啪”的一声，从后面又飞来一勺，倒进我的盘里。

“不——！”我真想大叫，又突然想起父亲的教诲，就忍住了，立即将大叫声压抑成温和有礼的感谢声：“谢谢！我饱了，不能再吃了。”

“你肯定还能吃。我看你吃得这么快，三口两口就把菠菜吃光了。”管家笑嘻嘻地对我说。

“但现在我真的再也吃不下了。”我皱起了眉头。

威尔纳夫人看见我痛苦的目光，体贴地说：“汉娜，吃不下就搁那儿，没关系。”

“谢谢夫人。”我松了口气。

饭后，多洛丝拉着我的手上楼去。上面有一条又长又宽的走廊，外墙全是带格子的落地玻璃。深灰色的楼道地板像镜子一样光洁明亮，右边的门通向卧室。这里的空气有一股珍稀树木奇异的芬芳，我张大嘴巴，十分贪婪地享受起来。

多洛丝带我参观她的卧室。在接下来的几天里，我将和她一起住在这里。房间里面有一张靠墙的大床，头朝里，脚朝外。侧面的墙边，有一个很大的五斗橱。五斗橱前面有一只可以骑坐的大棕熊，背上支起一个钩环。一拉那钩环，棕熊就会“嗡嗡”地叫。一些长辫子的中国布娃娃躺在旁边的玩具床上，都穿着漂亮的中国裙子。五斗橱的上面，则排排坐着不同款式的外国洋娃娃，都顶着棕色或金色的鬈发。多洛丝从中拿起一只。当她让洋娃娃站立的时候，洋娃娃的眼睛就会睁大，长长的睫毛向上翘起；当她让它平躺下来，洋娃娃的眼睛就闭上了。

“哇，太神奇了，太漂亮了！”我惊叫起来，“你哪来这么多洋娃娃?”

“爸爸妈妈给我的。”她很不以为然地说。

我愣在那里，几乎不敢相信，一个人怎么可以拥有这么多漂亮的洋娃娃。我只有一个小布娃娃，眼睛既不能睁开，也不能闭上，因为是我画上去的，根本不能动。

多洛丝拉开一个抽屉，里面全是洋娃娃衣服，五彩缤纷的，有着你能想象得出的全部颜色。所有的衣服都干干净净，熨烫平整，分门别类地叠放在一起，还散发出一股迷人的香味。我陶醉了，无比羡慕地看着它们，联想到我那个自己缝制的布娃娃和那几件同样由我缝制的布娃娃衣服，心里突然感到悲伤。我的布娃娃衣服都很朴素简单，袖子下还有好多皱褶，怎么也抹不平整。多洛丝的洋娃娃的任何一件衣服，都比我的布娃娃衣服漂亮一百倍。

也许看出我黯然神伤，多洛丝递给我一个洋娃娃，又从我面前的抽屉里取出几件衣服，让我为它换上。我马上就高兴地按她的吩咐忙碌起来。我们就这样挨个为洋娃娃换衣服，直到父亲叫唤我的声音在楼下响起。多洛丝像弹簧一样跳起来了，迅速冲出房间，“噔噔噔”地跑下楼去。我感觉她好像很高兴，终于不必再玩洋娃娃了。

我却舍不得放下手中的洋娃娃，直到父亲的叫喊声再次响起：“汉娜，快下来，爸爸要走了，天快黑了。”我才匆匆站起身来，下楼去。

父亲拄着拐杖站在大厅，腋下夹着公文包，在等我。

“再见，汉娜。好好跟多洛丝玩。等我再来接你的时候，我可不想听到有人向我告你的状。”他低头吻了吻我的额头。

“不用担心，傅瑞德里西先生。汉娜是个可爱的姑娘。”威尔纳夫人含笑站在旁边。

互相道别之后，我们朝父亲愉快地挥手。

望着父亲转身而去，一种奇怪的悲哀涌上我心头。尽管我早就盼着能到多洛丝家来度假，但离开了父母，我还是感到很失落。我默默目送父亲走远，直到他高大的身影越来越小，最后消失在森林里。

对我来说，多洛丝家是一个全新的世界，仅仅是早餐，就跟我们家完全不同。我们家每天都吃稀饭下咸菜，他们却从不吃那个，而是喝麦片粥，配煎鸡蛋，或者用不同的果酱抹面包片，喝牛奶。午餐也不同，他们通常会先喝汤，由管家老李送上来，主食一般是肉和蔬菜，配土豆或米饭，有时也吃面条。他们还吃餐后甜点，吃我以前从没吃过的香甜布丁。

吃饭的时候，管家总是站在我们后面，等着为我们服务。饭菜都是由女仆从后边的小门端出来，待我们品尝后又撤回去。

多洛丝带我参观她家的大厨房。厨房建在房子后面的一块大石头上，在几根柱子之间，有一个巨大的长灶台，上面横着一根竿子，挂着大汤勺、锅铲、大大小小的各种陶罐。一张长长的实木工作台上，放着大汤锅、陶瓷碗盘。一个乡村风格的大橱柜占据了整整一面墙，橱柜里的格子上放满了餐具。

多洛丝好动，喜欢滑滑梯，荡秋千，或者去山上疯跑，而我更喜欢待在房间，跟她那些洋娃娃玩。她的保姆蒋奶奶，骄傲地让我看多洛丝的丝绸裙子。它们都是欧洲款式，花花绿绿的非常漂亮，有的还带双层蕾丝花边，有配套的绣花缎面鞋。蒋奶奶骄傲地对我说，那上面的花都是她绣的。

我被深深震撼了，甚至有点嫉妒地看着那些华丽漂亮的裙子，并且在心里暗暗决定，回家后一定要告诉母亲，让她也为我做那样的花裙子。

蒋奶奶还让我看壁炉上的那些照片，其中有一个小男孩。“那是多洛丝的哥哥，威尔纳夫人的第一个孩子。可惜他已经不在世了，多洛丝的母亲很伤心。”

我很想追问是什么原因，又想起母亲的教诲，小孩子不可以问东问西，打听人家的私事，便只是同情地点了点头，默不作声。

“走，汉娜，我们去山上捉迷藏。”多洛丝过来拉我的手。

我把手抽回。“这么冷的天，又有雾，在家里玩洋娃娃不是更好吗？”

“不，我不喜欢玩洋娃娃，太无聊了。”她扮了个烦腻的鬼脸。

“那好吧。”我妥协了。

我们沿山坡爬上山顶，围着高高的文峰塔转了几圈，就来到不远处的一处平地。那下面有一户人家。遗憾的是，因为有雾，我们看不见山下并不遥远的黄桷椏村，只看见四周起伏的山影。

多洛丝捡起一块石头，高高抛起，往山下扔去。“来，比比我俩谁扔得更远。”

我没有兴趣玩扔石头。“这么浓的雾，我们根本看不清楚扔了多远。”

“管他的，扔吧！”多洛丝朝我手里塞了一块石头。我很勉强地扔出去了。但很失败，还没能扔到前面的坎下。

多洛丝哈哈大笑起来。“汉娜，你得抛高点才扔得远。”她瞅我一眼，突然愣了，似乎这才明白我的心事，有点失望地问我，“你不喜欢扔石头，对吗？那好吧，我们就玩别的游戏，捉迷藏，如何？”

我们开始数数，“哧哧”地笑着，迅速跑开，找地方躲藏，然后又开始相互寻找。

“鬼来了！鬼来了！”她突然尖叫着跑掉了。我吓坏了，也撒腿开跑，惊慌中我摔了一跤，痛得大哭起来，同时又害怕，鬼会这时候抓住我，就挣扎着爬起来继续跑，跛着脚，忍着痛，一路哭哭啼啼的。多洛丝已经站在家门前等我了，她满脸惊恐地望着我。“你流血了？”我这才注意到，我的裤腿上渗出了血迹。

“痛吗？对不起，我不是故意的。来，让妈妈帮你包扎一下。”不等我回答，她就把我拉进屋去。

接下来的几天，她都听我的，不再去山上撒野疯跑。

“今天我们可以玩生孩子游戏。”她建议说。

“怎么玩？”我问。

“我马上演示给你看。”说着她走进房间，拿了一个很大的婴儿洋娃娃到门廊来，然后又拿来一个装有手术刀、听诊器和绷带的玩具医药箱。“我俩一个扮医生，另一个扮肚子里有宝宝的妈妈。医生先用听诊器听妈妈的肚子，然后用手术刀切开肚子，取出宝宝。最后，妈妈还得给宝宝洗澡，换尿布，喂吃的。”

于是我俩就换着角色玩这个游戏。通过这个游戏，很多年以后，我都相信，婴儿是切开妈妈的肚子取出来的。

晚上，我俩并肩躺在她的大床上。有时她父亲会进来，装扮成巫婆，手拿一根长竹耙，低声吼叫着袭击我们。我们尖叫着大笑，把头藏进被子里，然后又伸出来，请求他再来一遍，直到他说：“好了，今天到此结束。晚安孩子们，睡个好觉。”说完他就亲吻我们，高兴地朝我们眨眨眼睛，挥挥手，拿着竹耙出去了。我们开心极了，又接着玩一些幼稚的游戏，直到最后睡去。

父亲来接我回家，我为寒假这么快就结束了而感到惋惜。告别的时候，我对威尔纳夫妇行了一个大大的屈膝礼，非常感谢他们，让我在这里度过了十分美好的寒假。多洛丝和我拥抱在一起。我们发誓，等学校下次放假了，一定再聚。然后我们就依依惜别，我边走边回头朝他们挥手，直到再也看不见他们的房子。

森林里的雾气更浓了，像一堵看不透的墙，挡住了我们的视线。小路上到处是树枝和杂草，以至于我几乎被绊倒。幸好父亲牵着我，我们才得以走出黑乎乎的森林，终于在最后一分钟上了船。

船到朝天门时，父亲牵着我的手，走下趸船，来到岸边。老邹迎面向我们走来。

“对不起，汉娜，我得留在城里。”父亲对我说，“老邹来接你回江北。”

“为什么?”我失望地望着父亲。

“汉娜，城里还有许多事情需要处理，所以我必须留在城里。空袭把城里的一切都毁了，我的很多德国同胞要离开中国。这段时间我住在城郊，只有一个助手，帮忙处理那么多被空袭耽误的公务。我也不想总是待在城里，只能周末回家。但我实在没有办法，必须完成我的工作。别难过，宝贝儿。总有一天，战争会结束。那时候我们就有很多时间在一起了。”他摸了摸我的头，弯下腰来亲吻我，“替我向妈妈问好。再见!”

离开时，我不断转身回望，跟父亲挥手，直到老邹带我登上回江北的轮船。

这艘船也一样拥挤，除了乘客，还有无处不在的竹筐、背篓和麻袋，让我们几乎动弹不得。“这些人为什么带这么多东西?”

我皱起眉头，问老邹。“他们得把东西转移到城外，因为过不了多久，日本飞机又要来了。”他看了看身边的那些乘客，脸上露出少见的忧虑。

那些乘客衣着简朴，悲哀地守在他们的行李旁，沉默无语，目光空洞。我对自己的好奇心感到羞愧，便转过身去，望着外面的嘉陵江。江水不再像绿宝石那样晶莹发光，而是像灰白色的汤汁，在即将沸腾前不停地咕噜冒汽。雾气越升越高，汇聚成巨大的云烟，像灰白的罩子隔挡在天空和江水之间。我的脸感觉到雾气的潮湿。我什么也不想，只享受着这湿漉漉的清凉，它似乎冲淡了我的忧伤。

到家后，我看见门廊的右边坐了几个病恹恹的人。

母亲快步朝我走来，说她把右边的几间厢房租给了一个姓王的女医生。从现在起，我只能在我们这一边玩，不能去另一边，因为病人们身上有细菌，会传染给我们。

“假期过得怎么样？跟多洛丝一起开心吗？”

“很开心。她有好多漂亮的洋娃娃，我们一起扮家家酒。妈妈，我也想要那样的洋娃娃，眼睛会动，站着眼睛会睁开，睡下眼睛会闭上。”

“哦，威尔纳夫人是美国人，威尔纳先生是德国人，他们有完全不同的渠道弄到那些外国玩具。”

“我们就弄不到吗？但多洛丝那些漂亮的裙子，你肯定可以请人为我做吧？”

“过几周，等我们的裁缝来了，我把你的愿望告诉他，看他能不能做。”

“太好了，妈妈，拜托拜托！那么我先告诉你它们的样子，连衣裙上面有小圆领，灯笼袖，下面的裙子有很多皱褶，还带双层荷叶边。”我兴奋得嚷嚷起来。

“慢点，现在讲这些太早了。等裁缝来了，你再慢慢告诉他吧。现在先回屋里去，把你的东西放下来。”

我心满意足地走在她身边，突然发现她变胖了，肚子圆圆的隆起来了。

她注意到我在看她的肚子，冲我一笑。“再过几个月，你会有个弟弟或者妹妹。”说完她牵过我的手，放在她的肚子上。“感觉到里面的宝宝了么?”她一脸幸福地看着我。

我把手缩回，本能地感到有点嫉妒。

城里的战争

天空浓雾弥漫，像一块巨大而厚重的毯子覆盖着田野。稀薄的晨光弱弱地照进窗口。我又闻到父亲的雪茄烟味，于是悄悄踏上半暗的楼梯，胆战心惊地溜过臭烘烘阴森森的酒精房，来到父亲房间的门前。父亲坐在书桌前，抽着雪茄，正在煤油灯下用放大镜看书。

抬头看见我来了，他很高兴。“哦，小汉娜，你这么早就来看我了？”

我朝他用力地点点头，跨过门槛，走了进去。“爸爸，今天你无论如何也得给我讲讲重庆的战争。”

他没有立即回答我，只是静静地坐在那里，望着我摇头。

“是的，你承诺过我，你忘了吗？”我走到他面前，抓住他的手。

“哦，小汉娜，你还太小，不懂那些残酷的事。”

“我都上学了，已经长大了，我想知道重庆城里发生了什么!”我的态度非常坚决。

他长叹一声，拍拍我的肩，示意我坐下，然后微闭上眼睛，吸了一口雪茄，仰头朝空中喷出一团烟雾，一脸严肃地看着我。“好吧，我遵守我的承诺。但这是一件非常残酷的事情。我希望你不仅能明白，也能承受。”

“我肯定能的。你快讲吧，请把一切都告诉我。”我着急地催促他。

他把点燃的雪茄放进桌上的烟灰缸里，沉默片刻，用忧伤的目光注视着我，警戒地竖起手指，又无力地放下，然后，他终于对我开口了。

“等这场战争结束后，如果有记者或者自以为是的人，对这座城市说些或者写些不好的话，我将挺身而出，还有你，小汉娜，当你长大了，也必须站出来，捍卫这座城市的声誉和尊严。所有讲重庆坏话的人，他们都不知道，这里的人民经历了什么!”

他握紧拳头，身体靠在书桌边，低头朝前看了一会儿，又语气坚定地接着说：“我从没见过哪里的人比重庆人更勇敢坚强、更勤劳。他们面对那么惨烈的轰炸，从不放弃，誓死也要保卫自己的城市，一次又一次，从废墟中站起来重建家园，用自己的血肉之躯，抵抗日本人的狂轰滥炸。”

有那么几秒钟，他盯着我的眼睛，一动不动，仿佛在琢磨我是否懂了。

“汉娜，你想象不出，他们多么快就重建家园。从春天到夏天，日本人的飞机几乎把整座城市都炸成废墟。可秋天一起雾，日军轰炸一停歇，他们马上就在废墟里重建房子。这些房子第二年又被炸掉，可秋天一到，他们又把它们重建起来。”他摇着头。

“可是，爸爸，日本人为什么一次又一次来轰炸重庆？”

“因为，目前中国的领袖，蒋介石，宣称重庆是中国的首都。他把他的政府机关、军队以及重要的工厂，都从南京迁到了重庆。之所以选重庆当首都，是因为这里地势险峻，易守难攻。你已经从船上看见过重庆城的模样，还记得吗？”

我点了点头。

“这里四处都是崇山峻岭，敌人很难打进来。你从城里的半岛南端也见过，那些长江两岸的悬崖峭壁，是不是很难攀登抵达？”

我又点了点头。

“有一天你会更多地了解这座城市，它就像一座天然堡垒。因此，它也是中国目前的军事中心。要拿下这座城市，只有一条路，就是航空。在晴朗的天气里，日本派出几百架轰炸机来袭击重庆，连续四天到五天，轮番轰炸。他们扔出的炸弹，像地毯覆盖了整座城市。街上的房子全被炸掉。日本人摧毁了一切他们能摧毁的。他们想通过炸平这座城市，让中国投降。”

我害怕得哆嗦了一下。

他停顿下来，摇了摇头，问：“我不知道，你是否能明白我讲的这些？”

“全都能明白，爸爸。”我说。

他吸了一口雪茄，清咳一声，又吐出一股青烟，若有所思地望着那青烟在空中飘散。

这时，有一条长长的黑影，在油灯微弱的光里，像幽灵一样在对面的墙上跳舞。我紧张得又哆嗦了一下。但我的好奇心战胜了恐惧。“爸爸，请继续讲吧。”我轻声地哀求。

他点了点头，把雪茄又放进烟灰缸里。

“我一直在努力，尽管联络并不顺畅，不断跟柏林的外交部写信和发电报，恳请德国政府跟中国建立良好的关系，并出面制止日本继续轰炸重庆。我希望，德国政府能采取措施，避免中德邦交彻底破裂。”

他又停下来，重新点燃一根雪茄，猛吸了几口，眉头紧锁，把烟雾吹向已经渐渐明亮的窗户。痛苦在他的脸上弥漫，悲伤在他的眼里凝聚。他长叹了一声，又继续说：“但没有人考虑我的建议，恰恰相反，柏林外交部还指责我，说我的报告缺乏客观性，指责我没有站在德国的立场、代表德国的利益看问题。”

“这是什么意思呢？我不太懂。”我打断了他。

“对不起，让我慢慢解释，你会明白。”他望着我的眼睛，歉意道。

“柏林的德国政府指责我，在我的汇报中，只片面地报道了战争的残忍，报道了日本对重庆的空袭造成大量平民伤亡和城市破坏，没能站在德国的立场，看到战争的长远利益。对此我感到很痛苦。我只能靠个人的努力，和重庆的国民政府尽量保持良好关系。重庆政府的很多官员都很尊重德国人，蒋介石的儿子蒋纬国，以及很多高层官员和军官的儿子，1938 年以前，都在德国接受过军事培训。有些汽车和机械行业的德国公司，带领专家来到中国，培训了不少中国的技术人员。这些公司的管理层里，也有会讲德语的中国人。在我任职的最初几年，我经常会见政府的高级官员、大学教授、医生、大商人，以及德中联营的‘欧亚航空公司’的飞行员，他们都讲一口不错的德语。蒋介石把重庆宣布为中国的首都，也为这里带来了巨大的商机。很多德国大公司都来这里投资，设立分公司。即使现在遭遇战争，留下来的德国公司和生活在这里的德国人，也没有放弃希望。他们相信，这场恐怖的战争会尽快结束。”

他忧戚的目光看着我：“你还想听么?”

“当然!”

“你都听明白了么，我讲的这些?”

我望着他，很认真地点了点头。

窗外更加明亮了。他站起身来，打开窗户。一阵清风吹进来，让油灯的火苗乱跳起来。他拉住从油灯背后支出来的灯芯头，让火焰浸在油里熄灭。涌进来的新鲜空气让雪茄烟味四下飘散，我深吸了一口。“继续讲吧，爸爸!”

“好的好的，马上。”

他从烟灰缸里拿起已经熄灭的雪茄烟，塞进嘴里，然后走到窗口，把它重新点燃，很享受地吸了一口，又把窗户重新关上。透过窗玻璃，他忧伤地望着外面云雾缭绕中的田野，缓慢地说：“两年前，中德之间的外交关系就中止了，我的官方任职也结束了。”他停了停，又接着说，“但我得到德国政府的许可，继续非官方地负责领事馆的工作，责任自担，代表在这里工作和生活的德国人，为保护他们的利益做些事。”

“德国不能跟日本撇清关系吗?”我问。

“不能。德国需要跟日本结盟，所以不会跟日本断交。另外，德国现在正在跟多国交战，需要盟友。唉，多么荒谬。其实我不可以说这些话，我得维护德国政府的利益。”

“爸爸，说说重庆吧，那里到底发生了什么?”

“好吧，我试试，把这件事跟你解释清楚。但我感觉很沉重，很难开口，你能理解么？小汉娜。”

“我能理解，爸爸。”我有些同情地望着他。

他用拇指和食指夹住雪茄，轻咳了一声，又深吸了一口，就继续说：“秋天一开始，大雾就笼罩着这座城市。日本飞行员就再也看不清这座城市，因此只得暂时停止轰炸，直到第二年的春天。从秋天起，重庆城就开始热闹起来，人们在极短的时间里，以最快的速度，把被炸毁的马路填平，或者扩建成更加宽敞的马路，又在马路两边盖起新的房屋，有平房，也有楼房。新的政府机关大楼、公寓楼也建起来了，还有一排一排的商店。商人们把轰炸期间转移到城郊或者乡下的货物又拿出来卖。银行、餐馆、电影院、戏院，又开始营业。大街上又像从前一样热闹起来，到处都是工人在干活，有些工人还只能暂时住在废墟里，因为没有足够的房子可住。他们只想活下去，暂时忘掉这场可怕的灾难。”

父亲突然停顿下来，皱起眉头问我：“我是否讲得太快？你听懂了吗？”

我朝他点头：“请继续讲吧，爸爸。”

“希望这不要对你太沉重了。”他轻声嘀咕了一句，像自言自语，然后才用试探的目光看着我，“有些很可怕的事情发生了，你真的还想听么？”

“嗯，我真的想听！”我都有点不耐烦了。

他清了清喉咙，又接着说：“这场战争有一个规律。日本人一般在春天晴朗的天气里开始袭击，通常是在四月底，一次持续好多天，派出几百架轰炸机。他们轰炸和摧毁的，不仅仅是军事设施，而是整座城市，也不考虑老百姓的生死安危。他们把城市中心美丽的老城全炸毁了。最开始，空袭前的预警工作没做好，防空洞也不够多，因此轰炸是毁灭性的。人们根本来不及躲藏，或者临时藏身在并不安全的地方，于是被大规模地炸死、烧死，或者呛死、闷死。很多人都死得面目全非，被炸得坑坑洼洼的街道到处是尸体，被烧毁的房屋浓烟滚滚遮蔽了整个天空，难以忍受的热浪和臭气席卷全城。机场、银行，以及别的重要机构和生活场所，全都被摧毁。谢天谢地，电厂幸存下来了，只有几个区因为电缆线被炸，没有电，晚上陷入一片漆黑。夜里的轰炸，有很多炸弹落在江里。江里的鱼都被炸死了。天亮后一看，江面到处漂着死鱼。尽管很危险，渔民们还是划着小舢板，争先恐后，去江里捕捞。”

我已经被震惊了，也有点明白了战争恐怖，像根木头一样站在那里一语不发，一动不动，只等着父亲继续讲述。

父亲的声音有些沙哑，额头上皱纹陡生。他闭上眼睛，捏紧拳头，突然捂着自己的双耳，使劲地摇头，近乎呻吟地说：“总是听到刺耳的警报声，还有震耳欲聋的爆炸声，撕心裂肺的惨叫声和号啕的哭声。这些声音反反复复，总是在我耳边响起。它们紧紧地粘着我的耳朵，钻进我的大脑，简直叫人受不了。我感觉我快要疯掉了。”

“爸爸，别说了，我也好难受。”看着他满脸痛苦的样子，我的眼泪都快流出来了。

他突然抬起头来，看着我，好像从一场噩梦中醒来，眨了眨眼睛，才说：“哦，对不起，我刚才出现幻听了。现在又好点了。把你吓坏了吧？对不起。我只是希望，能让你对这场可怕的战争有所了解。”他捧起我的手吻了一下，又抬起头来，“刚才我们讲到哪里了？”

1938 年的朝天门

“那些被炸毁的房子，哭叫的人，还有刺耳的警报声和被炸死的鱼。”

“哦，是的，那些有房子的地方，现在都变成大窟窿。人的生命就这样没有了，成批的居民成了大火中的牺牲品，满街都是烧焦的尸体。幸好，现在的预警工作有所改善。人们通过及时拉警报和挂红球，来提醒大家，日本飞机要来了。沿江还驻扎了军队，架起了高射炮，迫使日本飞机不能低空飞行，必须高于四千米以上，那样就相对减弱了轰炸的准确性和威力。另外，南岸的山上又挖了很多防空洞，能够为更多的人提供藏身处。解除警报后，街上通常乌烟瘴气，黑压压一片。人们急不可待地钻出来，在浓烟滚滚的大街小巷抱头乱窜，想尽快找到自己的家，尽快找到自己的亲人。遗憾的是，很多人再也找不到了。

“这时候，满城都是鬼哭狼嚎。濒死的人，受伤的人，失去亲人和家园的人，寻找孩子的母亲，呼唤妈妈的孩子，各种呼天抢地的哭叫声、号啕声、呼唤声，此起彼伏，恍若人间地狱。男人们赤着脚、光着上身、弯着腰、抱着头，在四处奔跑；女人们蓬头垢面、衣衫不整、惊慌失措，在跌跌撞撞。有人疲惫不堪，突然昏厥倒地，再也不能爬起来；有人摇晃着最终倒下，却仍然在地上挣扎爬行。到处都是断砖残瓦，横流的鲜血，被炸飞的人体残肢，五脏六腑。有人在伏地磕头，求苍天保佑，求菩萨显灵；也有人抱着血肉模糊的亲人，在绝望地诅咒，用头撞地。孩子们几乎都赤身裸体，浑身污垢，满脸惊恐。烟雾窒息了他们的呐喊，有人四仰八叉躺在地上，一息尚存；有人睁着眼睛，死不瞑目。士兵和医护人员，还有红十字会的救援者们，脸上烟熏火燎，辨不清面目。爸爸也参加了红十字会的救援组织，在每一次轰炸后，都跟他们一起去救人，寻找受伤者，把他们抬到一起，用救护车送往幸存的医院，或者临时搭建的救助站。有些街道死一般沉寂，没有一个活人，因为整条街的人都被炸死了，横七竖八到处是尸体。我们就把尸体集中起来，等着卡车来运走。”

我已经毛骨悚然，捂着大张着的嘴巴浑身颤抖。父亲看出我的惊恐，过来俯身抱住我，拍了拍我的肩膀，却一句话都没有说，又站起身来抽烟。他在那里踱来踱去，目光不安地四下逡巡，似乎想要告诉我什么，却又犹豫不决。

过了一会儿，他又重新坐下来，再次盯着我，缓慢地说：“关于德国的那些流言蜚语，什么集中营呀，杀犹太人呀，我不相信。有几个德国人来找我借钱，因为他们害怕，想离开中国，去美国。他们承诺有一天会还我钱。我把钱给他们了，但我知道，他们不会信守承诺，还钱给我。我是在用自己的财力帮助他们。另外，我还得照顾那些留下来的德国人，他们的房子或公寓也被炸了，无处可去。我得想办法安置他们。”

“威尔纳叔叔的房子也有危险吗?”

“没有，他们的房子不在城里，而在城外的南山上。日本飞机不会去那里丢炸弹。”

我放心了，又问：“当飞机来轰炸的时候，人们都能找到安全的地方躲藏吗?”

父亲吃惊地望着我。“很多人都用木板把门窗封起来，然后就躲到乡下去了，比如长江南岸，或者嘉陵江的北岸。现在的预警工作好多了，在空袭之前，大多数人都已经转移。如果留在家里，就很危险，要么被炸死，要么被房子着火后烧死。”

我的后脊一阵发冷。跟父亲默默对视了一阵，我又问：“那你藏在哪里呢?"

"我藏在龙门浩的美国使馆附近。那里到目前还是安全区。日本人有地图，上面标明了外国使馆的所在地以及私宅住所。当空袭的警报一拉响，我们就开始转移了。第一声警报响的时候，我就得把一般性文件收起来，装进箱子，让助手带走。重要文件我都自己带着，装在我的文件夹里。我还得带上打字机，发报机，工作时得用。"

"你们怎么会提前知道，日本飞机要来了呢?"

父亲微微抽了抽肩，机警地朝周围扫了一眼，好像害怕有人偷听，没有吱声。

"爸爸，我问你呢，你们怎么会提前知道日本飞机要来了?"我重复提醒他。

"这个问题……我不能回答。因为是军事机密。"他抬头望着天花板，故意不看我。

"我发誓不会告诉任何人。"

他这才低下头来，端详着我，摇了摇头："你怎么这么固执呢？非知道不可吗?"

"是的，我非知道不可！请告诉我吧，爸爸，我保证不会泄密的，我甚至不会告诉妈妈!"我对他举起拳头，信誓旦旦。

他神秘地笑了，示意我把椅子拉近点。我跳下身来，把椅子朝前挪了挪，靠他更近些，然后一屁股又跳上去。他这才严肃地盯着我的眼睛："我现在告诉你的事，你必须绝对保密。如果让人知道是我对你说的，我就会被当作叛徒，被抓去蹲监狱，或者被判死刑。你明白吗?"

他的话把我吓了一跳，我使劲点头："嗯，我明白。我发誓，不会告诉任何人。"

我高举拳头，仔细盯着他的脸。他双眼紧闭，狠狠吸了几口雪茄，突然把烟头摁进烟缸。一股灰白的烟子在他沉思的脸前升腾。

"有时候，上午十点左右就拉预警了，"他用平静的声音说，"然后，在一些很高的杆子上，就会升起一只红球。当第二次警报拉响的时候，会升起第二只红球。然后间隔稍长一段时间后，会第三次拉响警报。这次的警报声会重复拉响，很急促，这时红球就消失了，意味着第一组日本飞机已经进入城市上空。"

他的声音很小，我必须伸长脖子，竖起耳朵，才能勉强听见。

"来轰炸重庆的日本飞机，是从武汉的汉口机场起飞。机场雇了很多中国苦力，有的苦力，是中国的情报人员装扮的。日本飞机一起飞，他们就通过秘密电台，把重要信息发往重庆，比如，起飞的轰炸机数量、起飞的时间等。重庆方面一接到电报，就会拉响第一道警报。这样人们就有足够的时间撤离和转移。从汉口到重庆有好几百公里。轰炸机抵达重庆，通常需要一个小时左右。第二次警报拉响之后，大约会有二十分钟时间，然后就只有警察、防空保安员和持特殊通行证的汽车，才可以上街。电厂会拉闸断电，所有的商店都会关门。整座城市差不多变成了无人的空城。"

"人们全都躲藏到安全的地方去了吗？"

"差不多吧，他们都躲进防空洞了。防空洞里挤满了人。那些没能躲进防空洞的，在外面就有被炸死或者烧死的危险。一般得到黄昏，甚至到晚上，才会解除警报。这糟糕的情形会持续好几个月，直到秋天，可能还会持续到战争结束。它不仅夺走了无数人的生命，也摧残了我们的灵魂，撕碎了我们的心。”

我的脸在发烫。战争这么残暴，会死那么多人，我害怕极了，整个身体都颤抖起来。

父亲恍惚地站起身来，一把把我搂进怀里，眼里噙满泪水，无比忧伤地凝视着我。“好了，我的小汉娜，现在你知道这一切了。希望你幼小的心灵能够承受得住，也能够明白，你生活的这个世界，不仅有欢乐，有爸爸妈妈的爱，还有残酷的战争，有死亡和伤痛。”他用沙哑的声音对我说。

“爸爸，谢谢你告诉我这些。我也认为，这场战争太可怕了。”

他把我的脸紧紧捂在他的胸膛，轻轻拍打着我的背，长叹一声。“忘掉它吧，我的小汉娜，请忘掉爸爸刚才对你讲的那些。太残酷了！”他用悲哀的声音恳求我说，“你还这么小，不应该知道这一切。啊，你为什么那么固执，非要一次又一次地求我讲呢？我真不应该答应你的请求，告诉你那些该死的事！”

侠女黄丽敏

又开学了。我不想去学校，但必须去，为了应付母亲。

我没有朋友，因为我的高鼻子、高个子、白皮肤，同学们都嘲笑我、孤立我，拿我取乐。下雨的时候，我撑着伞，以为没人能认出我。但他们还是跟在后面，朝我大喊大叫："外国鬼子！""高鼻子洋人！""混血杂种！"

尽管我撑着伞，他们还是冲过来，围着我怪声怪气地尖叫。我不得不低着头，用伞拦着脸，一路跑回家。但我从不向母亲讲我在学校遭受的欺凌和委屈。我不想她为我担惊受怕，甚至去学校找老师理论。

有一天在放学回家的路上，一个女同学突然朝我跑来，笑容满面地看着我。我在学校的坝子上见过她。她比我年龄大些，好像在毕业班。

"你好吗？"她问我。

"还行吧。"我瞅了她一眼。

“我叫黄丽敏。”

“我叫傅安娜。”这是我的中文名。我的德文名是 Friedrich Johanna，父亲简称我汉娜。

“我都看见了，那些男生经常欺负你，跟在你后面，乱叫你。”

我低下头去，“嗯”了一声，不知道她想干什么。

“我跟你同一段路，只是住得比你远些。这样吧，以后放学我们一起回家，他们就不敢再欺负你了。”

我很意外，抬起头来，十分怀疑地看着她，一时不知该说什么。

她跟在我身边，我们一起朝前走。果然，没走多远，又听到远处有人叫喊：“外国鬼子放学了！”“高鼻子洋人慢慢走！”“外国杂种今天有伴了！”

我本能地抬起脚，正准备开跑，却被她一把挡住了。“别跑，让他们喊。我们最好站着不动，等他们过来，你把鼻子伸过去，然后我们一起朝他们‘哇’的一声，伸出舌头去吓唬他们。”

“好啊。为什么我就想不到呢？”我惊讶她的好主意。

“因为你害怕，因为你孤单。我才不怕他们呢。我习惯了自卫和保护我妹妹。我有武功，我还会舞剑，我爸爸教的。而且我还有防身暗器。”

她朝我狡黠一笑，黑眼睛闪着神秘的光彩，一侧身，就从书包里抽出一节小棍子。她往那棍子中间一扭，棍子就突然伸长了一倍。“你看，这就是我的防身暗器，父亲专门为我做的。如果谁想突然袭击我，我就用这个对付他。”她得意地笑了。

我睁大眼睛，看看那棍子，又看看她。她美丽的黑发在脑后扎成一根粗长的辫子。尽管她比我年龄大些，但她的个子比我稍矮。她有一副运动员身材，结实而匀称。正午无情的太阳让她棕色手臂上汗珠闪烁。她上身穿了一件典型的中式月白衬衫，带一溜侧襟襻花扣，下身穿一条长及膝盖的浅灰色裤子。

几个不同年龄的男生向我们走近。当他们看见我们的表情，立即嘲讽地大笑起来，甚至向我们更靠近了。

黄丽敏腰杆笔直，双腿微弓，脚跟相靠形成直角，左臂微微后弯，右臂伸出，手里的棍子朝下捏着。男生们见状，都怔住了，面面相觑后又望着我们，好像被黄丽敏的样子吓蒙了。

稍后，一个男生大叫一声，挥动拳头朝我们冲来。说时迟，那时快，丽敏右腿向前一步，身体下蹲，左腿朝后，脚尖点地，同时举棍齐眉迎着朝我们奔来的男生。双方僵持了片刻，她手腕一转，那棍子就如飞轮般地旋转起来。那个男生被吓得踉跄着后退，差点摔倒，气急败坏地喘着粗气，恶狠狠地瞪了我们一会儿，不服气似的，又突然上前一步，想对丽敏发起进攻。

“站住！回来！快点！”另一个男生突然在后面大叫起来，并冲过来抓住那个男生，心急火燎地对他说：“算了算了！我们走吧。好男不跟女斗。”

那个男生并不甘心，一膀子甩开他，咬牙切齿地吼道：“哼，她这花拳绣腿吓不了我！我才不怕呢。”

另一个男生也跑上前来，冲他耳朵嘀咕了什么，那个男生这才作罢，退回他们的队伍中。一行人终于往后撤退，却仍然不甘示弱，一边走一边朝我们骂骂咧咧：“外国杂种！”“洋鬼子！”“走狗！叛徒！”

丽敏不屑地“哼”了一声，脸上露出胜利者的笑容。“你看，他们一看出我会武功，就害怕了，乖乖撤退，不战而败。哈哈，其实我的武功很一般，在家里远不如我哥哥，但对付这几个小坏蛋，还是绰绰有余。”她把手里的棍子甩来甩去，一会儿用左手，一会儿用右手，像在玩魔术。

“你真的打得过他们吗？真的会舞剑吗？我的意思是……用真正的剑？”我既惊愕又好奇，盯着她手中飞旋的棍子，顿时对她敬佩不已。

“当然。但舞剑得有父亲在场。我父亲是武术教练，在我很小的时候，他就开始教我练武了。在我正式摸剑之前，我已经接受了很长时间的身体训练。只有这样，我才能开始学舞剑。我父亲不仅教我练武，还教我做人。他说为人要正直善良，要爱护弱小，要匡扶正义，要路见不平拔刀相助。”说着她把棍子又收短了，放进书包里。

她简直就像个从天而降的女侠，我被她深深地迷住了。我们并肩慢慢往前走，我不时用敬仰的目光打量她。“你父亲是怎么教你练武功的呢？”

“这个说来话长，三言两语讲不清楚。”她举起手来搁在额前，挡住晃眼的阳光，想了想说，“在我开始练武之前，父亲就把最重要的几点教给我了。比如，不能先动手，必须等对方进攻你时，才还击，动作要快、准、狠，不给对方一秒钟的机会，腾跳旋转要如游龙戏火球。还要会利用对方的弱点来以守为攻，出奇制胜。除此之外，还得会运气，使用意念。当然，要做到这些，必须通过天长日久的刻苦训练。武术只是防身，再高的武功也不能用来杀人。要保持公正，永远站在弱者一边。我用了很长时间来学习领会这些理论，同时加强身体的技能训练。尽管这样，比起我哥哥和父亲，我还差得很远呢。”

“你父亲也能教我武功吗？”我激动起来，也想像她那样，拥有一身本领，那些坏蛋就不敢来欺负我了。

“哦，对不起，这不可能，除非你长期跟我们生活在一起。因为我们每天都要练功，不管天晴下雨，春夏秋冬。练武可不是一天两天的事情，需要长期坚持，光基本功就需要练很长时间。比如，你要练手法、腿法、步法、眼法，其中手法就有好几种，掌、拳、爪、勾、指；腿法呢，有踢、弹、鞭、踹等，这些都需要意志和耐心，要每天练习。另外还要学会吐纳运气，才能像风那样快速地腾跳和旋转，像闪电那样身手敏捷，一触即发。”

她一口气说那么多，我听着好复杂。“可是，我不必练得那么高超，去跟人打架。你父亲只教我一点点基础就行了，我可以每天坚持在家里练，不行吗？”

“不行。武术不是玩游戏、过家家，凭一时兴趣。一般来说，三年才能掌握基本功。那还只是对身体的控制，要想达到真能制服别人的格斗水平，需要更长的时间。”

我对她的回答感到很失望，沮丧地低下头来。

“好了，再见安娜，现在我得左转了。那边，对面的半山坡上，那片树林之间，就是我家的院子。明天放学我们还一起走吧。我不相信，那些男生还敢来欺负你。”

“好的。再见，丽敏，感谢你今天保护我。”

我们愉快地挥手道别。我目送她快步下了山洼，又小跑着爬上对面的山坡，最后消逝在那片树林里。

直到这时我才发现，我的头好烫。我把扇子撑在头顶，半眯着眼睛，看见明晃晃的阳光在梯田水面闪着神奇的光芒。没有风，只有滚烫的火焰在眼前蒸腾。尽管天气这么炎热，我还是感到很开心，身轻如燕在山路上飞翔，跳着唱着："太好了，现在我有好朋友了。我的好朋友名叫黄丽敏，黄丽敏，她是我的保护神！"

在岔路口，我又看见路边那个卖茶水的妇人。她的茶水装在一个盖有盖子的铁锅里。那铁锅像个巨大的贝壳，立在路边。我从裤兜里掏出几分钱，递给她。她亲切地说了声"谢谢小妹妹"，就接过钱，塞进胸前的围裙兜里，然后揭开大木盖，用大勺舀了一碗红茶给我。我啜饮着香喷喷的茶水，心情愉快地哈着气，很想打嗝，但我知道不应该打，就忍住了。解渴后，我把茶碗还给妇人，就踏上了回家的路，吹着口哨爬上山坡，又哼着歌儿纵身一跃，跳到另一边的坡下，再穿过稻田，迅速经过那户农家，躲过他家的大恶狗，然后钻进荫凉的森林。到家后，我两步一级地跳上台阶，幸福地想，真好啊，今天我认识了黄丽敏。

从那以后，我们几乎每天放学都一起回家。再也没有人敢在路上嘲笑我了，只偶尔在远处响起一两句叫骂声，但很快就自动消失了。我的学习也渐渐好起来，但分数也仅仅是过得去。母亲每天都监督我是否认真完成作业，我一写完，她就马上又为我布置新作业，不让我有时间出去玩耍。后来我学聪明了，故意慢慢磨洋工，以便能够少写作业。但母亲很快就识破了我的伎俩，气得又把我打一顿。

弟弟出生

母亲的肚子越来越大。有一天，成都的小孃来了，带着她的四个孩子，乘坐在两辆轿子上。他们要在我们家住一段时间。那四个孩子分别在三岁到六岁之间，三个男孩，一个女孩。

突然要跟这么多表兄妹们一起生活，对我来说，还是一件新鲜事。尤其是表妹，我们都叫她“巧妹”，只有母亲叫她“小女儿”。她比我小一岁，就住我的房间，跟我一起睡我的大床。我俩相处得不错，经常一起玩。但那几个表兄弟就不行了，他们总喜欢在院坝里撒野发疯，要么跟我们家的三条大狗追逐打闹，要么追赶四处乱跑的母鸡，还有猫。他们总想逮住它们，但从来没有成功过。

母亲绝对禁止我触碰牲口和其他小动物，更别说跟它们玩耍，抚摸它们。她说它们不干净，满身细菌。我们家的三条狗从未被我们抚摸和爱过。它们只吃我们剩下的食物，待在大门入口旁，那是它们守家看院的地方。猫也没被抚摸过，它待在厨房的灶台附近，柴堆上，也只吃我们的剩菜剩饭。厨娘收工时，就会把它赶出来，关上厨房门。它就钻进隔壁的储藏室。那是它捕捉老鼠的猎场。这种与动物相处的方式，不仅我家这样，别的家庭一般也这样。猫猫狗狗只是捕鼠和看家的工具，不像在欧洲，被当作孩子来疼爱，是人类生活的情感伴侣。

1944 年初，弟弟出生了。

那天清晨，母亲房间传出凄惨而响亮的叫唤声，把我从梦中惊醒。我害怕地坐起身来，竖起耳朵仔细听。身旁的表妹安慰我说："别害怕，是大孃在生孩子。"

我惊恐而狐疑地盯着她。"她为什么这样叫唤？很痛吗？"我想起床去看看，但表妹把我拖住了。"你现在不能进去，谁都不可以进去。只有我妈妈和医生可以进去，她们会帮助大孃生孩子。生孩子很痛的。"

"你怎么知道？"我紧张地盯着她。她比我小，怎么知道的事情比我多？

巧妹支起身子，黑暗中闪烁着一对大眼睛，很平静地说："因为我妈妈生我弟弟的时候，也这样叫唤。"

我还是不明白，想象着母亲的肚子被切开取出宝宝的情景。客厅里传来说话声，还有匆忙嘈杂的脚步声。出于强烈的好奇，我不顾巧妹的阻拦，爬下床，悄悄溜进客厅，来到母亲关闭的房门前。里面每传出一声叫唤，都会让我紧张而害怕地抽搐一下。但我不敢推门进去，只是无助地站在门外，惊恐不安地听着母亲在里面一会儿叫唤，一会儿呻吟，一会儿又在嘀嘀咕咕，说些我听不清楚的话。

不知过了多久，一切突然安静下来。随着"啪"的一声闷响，里面传出婴儿的啼哭声。正当我心跳加速，耳朵贴在门板上专心偷听时，门突然开了。奶妈出来了，双手各拎着一只大桶，里面塞满血淋淋的毛巾。其他的仆人也都跟着忙碌起来，不断从厨房端着热水进母亲的房间，又端着脏水走出来。没有一个人注意到站在门边惶恐不安的我。我就这样既孤单害怕、又手足无措地呆立在那里，望着她们在我面前进进出出，直到女医生出来。她发现了我，过来微笑着拍拍我的肩说："你有弟弟了，进去看看吧。但只看一眼就赶快出来。你妈妈累坏了，需要休息。"

我这才勇敢地站到门槛上去，朝里面张望。母亲虚弱地躺在床上，旁边站着小孃。这时妈妈发现了我，笑着朝我招了招手，示意我进去。我怯怯地走近她。她软软地把手放在我的手上，有气无力地对我说："你有弟弟了。"这时我眼角的余光瞥见床边多了个罩着纱帐的摇篮。

"想看看你弟弟吗?"小孃问我。没等我回答，她就掀开了纱帐。里面有个闭着眼睛的小肉团，红乎乎的，头发稀疏。我惊奇地盯着这个小东西问："他就是我的弟弟吗?他什么时候才能睁眼睛呢?"

"现在他基本上不睁眼睛，只睡觉。也许明天才会睁开眼睛。"

这让我感到很失望。

"弟弟的德文名叫约翰，中文名叫安慈。"母亲虽然气若游丝，脸上却洋溢着幸福和满足的神情。

我觉得这个名字不怎么样。安慈，听起来有点像我的名字。我又仔细盯着摇篮里的弟弟看了一会儿，发现他一动不动，很无趣，便告辞了母亲，退出房间。

接下来的几天，王医生经常过来看望母亲。奶奶也很忙，经常将带血的衣物和毛巾拿出去清洗晾晒。看着洗衣盆里总是血水，我很害怕，跑去问小孃："我妈妈为什么流那么多血？她会死吗？"

"不会的，有王医生呢。她很快就会不流血了。"

我对她的解释很不满意，因为她并没有告诉我，妈妈为什么总在流血。但我懒得再问了。厨娘每天都端一只小罐去母亲房间，我问她里面装的什么，她说是给妈妈炖的鸡汤。

"我可以尝点吗？"我一嗅到那鸡汤的香气，马上就馋了。

"不行。这个只给你妈妈喝，她喝了才有奶喂你弟弟。"

又是弟弟！我第一次感到强烈的嫉妒。

母亲一直躺在床上，吃喝都有人送到床头。奶奶负责盯着我，尽可能不让我溜进去，打扰母亲和弟弟。

有一天中午，我和小孃、表兄妹们坐在门廊吃午饭。厨娘为我们做了几道好吃的菜。一般来说，我只吃我特别爱吃的荤菜，因为我身体很娇弱，母亲经常让厨娘单独为我开小灶。这天也一样，我只吃厨娘为我做的那一道菜，别的菜基本不碰。小孃却看不惯了，她突然一巴掌拍在桌子上，朝我凶来："你不能只吃最好的菜！这桌上还有别的人呢。"她恶狠狠地盯着我。

我吓得赶紧缩回筷子，埋头默默吃完米饭，就起身回到自己的房间，爬上床，把脸埋进枕头里，伤伤心心地哭起来。我希望母亲能快点好起来，能出来跟我们一起吃饭。母亲绝不会这样待我。小孃不过是我们家的客人，竟然限制我吃饭的自由，就是因为妈妈不在，她自以为她是这里的主人。

我又听到婴儿的啼哭声，就悄悄溜进母亲的房间。她正在为弟弟换尿布，然后又把他抱在怀里喂奶。弟弟肉乎乎的小手紧紧捂住母亲的胸脯，他细弱而均匀的吮吸声，好像在说，他很幸福，对现在的生活很享受，很知足。这时，我心中涌起一股无法形容的怜爱之情，突然对这个小东西喜欢得不行，便小心翼翼伸出手去，抚摸他圆嘟嘟的小脸。“什么时候我才能抱抱他呢?”我轻声问母亲。

“还得再等几个月，等他能直起头来再说。”

“哦，可是我现在就很想抱抱他。”

母亲微笑着对我摇头。“不行，现在他还太小，浑身骨头都是软的。你不能抱他。”

几周后的某一天，小孃对我说：“我和你妈妈商量好了，决定让巧妹留下来，跟你一起上学读书。”

我高兴极了，望着身边的她问：“你上几年级?”

“一年级。”

“哦，那你比我低一年级，我已经上二年级了。我们放学的时间不太相同。但是，早晨我们可以一起去上学。”

见我和巧妹玩得很好，小孃很开心，不久就带着三个男孩子回成都了。我暗暗拍手叫好。现在我又可以在饭桌上自由自在，想吃什么就吃什么了，不再受到她的约束。

巧妹是个温柔文静的姑娘，动手能力很强。在说话或者做事之前，她喜欢睁着一双好看的大眼睛，静静地先观察四周。当她笑的时候，会露出一口像珍珠般均匀的小白牙。

我们一起高高兴兴去上学，周末又一起玩洋娃娃。有时我们拿来绣筐，一起绣花。她喜欢手工活儿，女红比我好。当她为她的洋娃娃缝衣服或者绣花的时候，我就在旁边画画或者写作业。

周末父亲回来了，他抱着弟弟哼哼唧唧地吟唱着什么，从这间房走到那间房。我和巧妹也兴高采烈地跟在他身后，学着他的样子哼哼唧唧，不时乐得开怀大笑。

我又听到楼上传来音乐声，便“咚咚咚”地冲上楼，穿过臭烘烘的酒精房，来到父亲的书房门前。他闭着眼睛坐在椅子上，头朝后仰靠在椅背上，脸上露出满足的神情。书桌上，斜搁在烟灰缸里的烟斗，还丝丝缕缕地冒着青烟。他陶醉在音乐声中，没有注意到我的到来。于是我蹑手蹑脚走到他身后，用双手轻轻捂住他的眼睛。他这才猛然一惊，直起身来。

“哦，小汉娜，是你呀！”

我笑道：“爸爸，我们可以……”

“嘘！”他没等我把话说完，就把食指放在嘴唇上，示意我别说话，在前面坐下。然后他再次闭上双眼，继续沉浸在音乐中。我也跟着他听了一会儿音乐。但我很快就觉得那音乐很无聊，就伸出手去，轻轻敲打他的胳膊。

“别闹，汉娜！你打扰我了！”

他的表情很严肃，声音也冷冰冰的。我失望地站起身来，默默地站了一会儿，便很识趣地走出房间。父亲对我没兴趣了，不再愿意陪我玩。他更爱他的音乐，而不爱我。当我一步一步慢慢下楼梯时，我难过得几乎要哭了。

第二天，父母在门廊里道别。“瓦尔特，别忘了我们，早点回来。”母亲依依不舍地对父亲说。“怎么可能！”他回头望她，两人意味深长地笑了。

当他跟我道别，我又想到昨天的事，他只听音乐，没有时间陪我玩。现在他又要走了，还不知道什么时候能再回来，心里感到很悲哀。我默默地跟他到门廊尽头，他弯下腰来吻我的额头。“小汉娜，我们很快就会再见的。好好照顾妈妈和弟弟。”

我点了点头。

如往常一样，他一边走一边朝我们挥手，直到他从我们视线里消失。

这时表妹在旁边叫我，我朝她跑过去。“巧妹，什么事?”

“你说过，我们去外面生火，用糖煎蛋。”她指着她手里的麻布袋子说：“我已经把什么都准备好了，小柄锅、盘子、勺子。”

“小声点！不要让人看见或者听见了，现在我们得去偷鸡蛋。”我轻声叮嘱她。

“还有白糖呢?”她提醒我。

“哦，我马上去厨房弄点。你在这里站岗放哨，不要让人过来。如果有人来了，你就大声咳嗽。厨娘正跟奶奶一起拔鸡毛呢。”

过了一会儿，我从厨房出来，笑着拍了拍我的外衣口袋。“我搞到糖和一盒火柴。”

我俩哧哧笑着跑下山坡，弯着腰，在杂草丛中找鸡蛋。刚才那些母鸡还在这里“咯咯咯”地叫唤，肯定在这里下过蛋。

“啊，我找到一个，还是热的。安娜，那边草丛里有一点白影儿，好像也是。”巧妹低声对我喊道。啊，真的，那白影儿是我们的第二只鸡蛋。

我俩欢天喜地跑下山，来到右边的竹林里。我们躲在里面，捡来三块石头，搭起一个小灶，然后又捡来些枯枝干草塞在里面，把它们点燃，又迅速把小柄锅放在上面。巧妹把鸡蛋打进锅里，锅里很快就“嗞嗞嗞”地响起来。我撒了很多白糖进去，使劲搅拌，但鸡蛋还是粘在锅上，很快就糊了。我把小锅从火上移开，试着用勺子把蛋刮下来。经过一番努力，我们一半用勺子，一半用手指，终于把煎煳的鸡蛋从锅底刮下来，塞进嘴里，发现居然有点苦，并不好吃。但我们还是觉得很享受，望着彼此糊花的嘴巴和黏糊糊的手指，开心地笑了。

“走，去池塘里洗手。”我张开手指，朝巧妹喊道。

嫉　妒

又过了几个月，有一天放学回家后，母亲来检查我们的作业。她先看表妹的，拿起她的作业本，脸上就露出满意的笑容：“小女儿，我一定得表扬你，写得既漂亮又整齐，没有一个错误。非常好！”

说完她把本子还给表妹，又翻开我的本子，一边看一边摇头，脸上的笑容也消失了。“你还是老样子，不认真！最后一页还出了好几处错！这些错不是因为你不会，而是因为你粗心大意！看看你表妹的作业吧，那么漂亮整齐，一个错都没有。你不感到害臊吗？”

表妹的脸上掠过一丝得意的笑，我却羞愧得低下头。

“小女儿，你现在可以出去玩了。汉娜留下来，把最后一页再写一遍。”

说完，她愤怒地把我的作业本扔到桌子上，就转身走了。我既生气，又悲伤。母亲居然当着表妹羞辱我。但凡我和表妹一起做的事，无论大小，母亲总是表扬她。而我呢，从来都只有挨批评的份儿，仿佛我不是她亲生的，表妹才是。真是不可思议。

学校假期开始了。有一天，母亲让我们纳鞋底。她解释说，及时纳鞋底很重要，那样我们才有新鞋子穿。目前的市场上，很难买到我们适脚的布鞋。奶妈现在得照顾弟弟，没有时间为我们做鞋子。她已经把鞋面剪裁好了，缝好了。现在就差鞋底了。

鞋面有三层，最上面是黑棉布，中间衬有薄薄的棉花，底下垫了一层白布，旁边带有一根鞋襻。

“鞋底是按你们脚的大小剪下来的，”母亲说，“用了很多层棉布。我用糨糊把它们一层一层粘起来，压紧、晾干，中间还垫了些碎布头。鞋底的边子我已经缝死了，不会滑口。现在你们必须在鞋底扎上一排一排细密的针脚就行了，那样才耐穿，还有弹性。等你们把鞋底纳完了，我再教你们怎么把鞋面和鞋底缝在一起，一双鞋子就做成了。”

母亲从她的针线篮里取出工具。“这是两枚顶针，两根大针，一卷线。到外面的门廊上去吧，那里光线好些，看得更清楚。鞋底很厚，要用针戳穿并不容易，得先把顶针戴到你们的中指上，扎针的时候用它顶住针头，才好用力。”说着她把针线篮递给我们，又提醒说：“注意，针脚要成直排，针眼之间要相互错开，一排一排对整齐。”

于是我俩就坐在门廊纳鞋底，把顶针戴在中指上，顶着针头，很费力地刺穿厚实的鞋底。空气潮湿而闷热，我的手很快就出汗了。我甩了甩酸胀的手，对这单调而辛苦的工作失去了兴趣。我开始三心二意，磨洋工，扭着脖子东张西望，看看远处的青山、农田，又看看王医生如何送病人到橙子树下，再转身回来；或者，看看身边的巧妹。我很奇怪，这么无聊又艰辛的工作，她怎么会干得这么起劲？目不斜视，专心致志，好像纳鞋底是天下最有趣的工作。我开始无话找话，嘀嘀咕咕，希望她能搭腔，跟我说点什么。但她居然不理我，当我根本不存在一样，只是埋头专心地缝呀缝。

后来母亲来了。她拿起巧妹的鞋底，欣慰地笑了。“哇，小女儿，你都纳了这么多行，针脚又细密又整齐，真漂亮！乖！”她又表扬表妹了，还伸手去摸了她的头，说她“乖”。“好了，你今天的任务完成了，去玩吧。”她拍拍表妹的肩，又朝我转过身来。“你的呢，汉娜，进展如何？”

我犹犹豫豫把我的鞋底递给她。

“你怎么才纳这么一点？针脚也歪歪扭扭的！我就不明白，平常你的洋娃娃衣服都缝得很好，为什么缝这个就不行了？你得多向巧妹学习！”说完她把鞋底很生气地扔回我怀里。

我真想大哭。她为什么总是偏心表妹？我才是她的亲生女儿。可自从表妹来了，表妹就成了她最可爱的“小女儿”，我却沦落成多余的人，好像不是她生的，而是她捡来的孩子。

巧妹很快就察觉到我的嫉妒。她对我微笑，我假装没看见，还总是避开她，不跟她玩耍，睡觉也不许她碰到我。她做任何事情，我都会冷嘲热讽。有时我还故意气恼她。有一次，我忘了具体为什么，她忍无可忍，跑去向母亲告我的状，害得我又挨了母亲的打。为此我永不原谅她。

弟弟长成一个胖乎乎的小孩儿，非常可爱。他爱笑，笑的时候脸上也有两个小酒窝，跟我一样。偶尔我可以抱抱他，但必须是妈妈在场的时候。他躺在摇篮里，我喜欢一边摇他，一边唱歌给他听："弟弟疲倦了，眼睛小，想睡觉，我的好宝宝呀，我的好宝宝呀，今晚睡得好，明天起得早……"

但奶妈很快过来了。"弟弟现在需要新鲜空气。"她理直气壮地抱走了弟弟，看都不看我一眼，就走出睡房，去外面了。

我还扶着空空的摇篮，嘴里的摇篮曲还没唱完呢，气得在后面瞪眼怒吼："哎……我还想再摇摇他呢！"

"弟弟现在不应该睡觉，否则他晚上就不睡了。"母亲在旁边帮奶妈说话。

奶妈每天都得意扬扬地抱着弟弟走来走去，好像那是她生的孩子。她允许仆人们跟弟弟亲热，却不允许我跟弟弟亲热。他们围着她，一起抚摸她怀中的弟弟，在弟弟身上这里捏捏，那里揪揪，拉拉他的胖小手，扯扯他的嫩脚丫，还大呼小叫，赞不绝口："啊，多可爱的小胖墩啊！""看啊，小家伙笑得多甜蜜啊！"

只要一听到弟弟在母亲的房间啼哭，奶妈总是第一个放下手中的活儿，冲进去把弟弟抱出来，嘴里哼哼唧唧地对他唱道："我的心肝宝贝啊，你多么可爱乖巧啊，你就是我的小天使啊，你就是我每天的太阳啊……"她一边唱着甜得腻人的歌谣，一边还不停地亲他吻他，把自己的脸贴在弟弟脸上。可一旦我走过去，想摸摸弟弟，她就一把推开我说："走开！你手脏，别碰他！"

她明明首先是我的奶妈，我的保姆，却对我漠不关心，不仅不爱，还吹毛求疵，态度恶劣，总找我的茬。有一次，我实在忍无可忍了，终于奋起还击，也朝她大声吼回去："我就要碰他！偏要碰他！"

她举起巴掌威胁我，做出想打我的样子。这时，弟弟胸前的口水兜掉地下了。她弯腰去捡，我趁机用手里的洋娃娃去砸她，却不小心落到弟弟头上。弟弟放声大哭起来，我赶紧跑掉。她像泼妇一样在后面呼天抢地，好像天塌下来了。

我提心吊胆跑下山坡，自己也不明白，我明明想打她，怎么就打到弟弟的头了？更让我想不明白的是，她为什么对我总那么霸道，那么凶狠？她是我的奶妈啊。母亲说，她生下我后没有奶水，就去市场找奶妈。那时候，奶妈不到两个月大的孩子刚死了，奶水很足。母亲就把她请到家里，让她喂我。后来母亲就把她留在我们家，负责照看我，还把她男人老邹也请到我们家帮忙，一直到现在。我是吃她的奶水长大的，可她似乎从来没有喜欢过我。

母亲好像也不怎么喜欢我。自从巧妹来了，她明显更喜欢巧妹些，还动不动就打我。所以我总是尽量避开她。我又悄悄溜到曾经玩耍过的墓园。没有玩伴的墓园显得冷冷清清，很荒凉，而且还阴森森的，不仅不能带给我安慰，反而让我感到害怕。在墓园里匆匆转了一圈，我就离开了，独自在田野上游荡。后来实在无聊，只好慢腾腾往回走。我朝竹林旁的那幢房子望了一眼，很遗憾，没有看见那几个男孩的影子。这时我突然怀疑，奶妈曾经看见我和他们玩耍，向母亲告过我的状。所以母亲对我感到失望，我竟然敢违背她的意志，悄悄干她禁止的事情。

到家的时候，已近黄昏。我溜进客厅，惊讶地发现，里面静悄悄的，没有一个人，甚至巧妹也不在。我正想拐进我的房间，母亲从她的房间冲出来了，手里拿着那根我熟悉的竹片儿。我迅速跑到橱柜旁的角落，双手抱头，蜷成一团。

母亲一句话不说，冲过来一把将我拖出去，逼我跪下，疯了一样，用竹片儿朝我身上乱抽。我痛得大叫。

“你为什么打弟弟?！他还是个婴儿，才生出来几个月，你为什么就要打他?！你到底安的什么心？你今天给我说清楚！”她一边打，一边咆哮。我不能回答，只能像挨宰的猪一样痛苦地号叫。竹片儿狠狠地抽打在我的屁股上、背上、腿上、胳膊上，像雷阵雨一样紧密而暴烈，还没完没了，永不停歇。

我绝望了，悲壮地仰起头来，拼出命来朝她嘶吼：“你打死我吧！我不想活了！”

她突然住手了，也许被我的话吓住了，愣了片刻，又最后狠狠地抽了我一下，就把竹片儿往地上一扔，转身进了她的房间。我浑身剧痛，根本无法向她解释清楚，那只是失手，我并不想打弟弟。房间里空荡荡的，我孤零零地趴在地上，抽泣着，呜咽着，战栗着，没有一个人来安慰我，拉我起来。也不知道过了多久，我挣扎着自己爬起来，踉踉跄跄回到房间，爬上床去。吃饭的时候，巧妹来叫我，我没理她，也没去吃饭。

奇怪的事情发生了。从这天起，挂在母亲房门后面的那根竹片儿，专属于我的刑具，从此消失不见了。我没敢问它去了哪里，家里也再也没人提起它。

父亲越来越少回家，我常常感到孤独，被人遗忘。所有人都围着弟弟，没有人再注意我。我多么希望能像弟弟那样，也被那么多人关心爱护。为了引起他们的注意，有时我故意笨手笨脚，把自己摔倒，然后偷偷观察他们的反应，等待谁来扶我起来，关切地问我：“啊，你摔痛了吗?”遗憾的是，没有一个人过来扶我。最后我只好自己灰溜溜又爬起来。仆人们甚至还嘲笑我。唯一同情我的人，是厨娘。有一次，她从市场上为我捎回一颗棒棒糖，悄悄塞进我的手里：“快去屋背后躲起来吃吧，别让你妈妈看见了。她不让你吃糖，担心会坏了你的牙齿。”

我几乎对她感激涕零，迅速跑到屋背后，蹲在墙脚，撕开糖纸，很享受地伸出舌头，慢慢舔吮那根橙黄色的棒棒糖。它是香蕉型的，还透明，味道十分香甜迷人。我一边舔吃，一边摇头晃脑，感到受伤的心灵终于得到一点点安慰。

吃完棒棒糖，我又蹦蹦跳跳回到门廊，感觉心情好多了。

女疯子

下午，如果没有病人，王医生有时候会过来找妈妈聊天。她们就坐在门廊上，一边抽烟，一边喝茶，一边摆龙门阵，东家长，西家短，吧啦吧啦好几个小时。如果我们家有谁病了，王医生还会给我们开药方子，让我们吃很苦的药。

有一天我放学回家，看见王医生和她的护士扶着一个年轻女人，走进奶奶房间隔壁的小屋。“那个女人是谁？”我问母亲。

“新来的病人。王医生想让她在这里住一段时间，便于更好地观察治疗。我同意了。可怜的女人，大轰炸中死了孩子。她伤心过度，神经受了刺激，就病了。”

“什么是神经受了刺激？”

“就是心里太难过了，难过得脑子都不正常了。”

我还是不太懂，但懒得再问了。

天气好的时候，这个脸色苍白的女人就坐在橙子树下。那里摆了一条长凳，她坐在上面一动不动，面无表情地望着远方，或者抬起头来，望着树上的橙子发呆。橙子熟了，像黄色的气球挂在树上。到了吃饭的时候，王医生的护士就端着碗过去，喂她吃饭。

好奇心驱使我走近她。我站在护士身边打量她，发现她很少张嘴。护士把盛有食物的勺子递过去，她干燥的嘴唇很不情愿地慢慢张开，然后几乎不咀嚼，就艰难地往下吞咽。她的颈子很细，似乎轻轻一掐就会断掉。她的眼睛又黑又大，眼圈发黑，眼神痴呆空洞，干瘪的脸上散落着半长的黑发。她一次又一次地推开食物，固执地摇头，不想吃饭。

我很佩服护士的耐心。她虽然很年轻，却很负责任，总是不断地哄劝她吃饭，像哄小孩子一样，把一勺又一勺的食物送进她的嘴里，吃一会儿，停一会儿，然后再继续，直到她把碗里的食物吃掉一半。

病人转过脸来看我的时候，我感到害怕，就飞快地跑回房间，跟巧妹讲起这件事。

“别再靠近她，当心她会打你。”巧妹冷静地警告我。

也许巧妹是对的，我嘴上没说，心里却赞同。她看我的样子真的很恐怖，好像恨不得要吃掉我。后来我就很少去靠近她了，如果在院坝里碰到她，我就绕道走。

有时候，我们会听见她在房间里尖叫，然后护士就会把她带到院坝。她狂躁不安，一会儿骂骂咧咧，一会儿歇斯底里。我站在上面的门廊，听不清她在骂些什么，却能清楚地看见她在撕扯自己的衣服，在自己身上又抓又打，还咬自己，直到王医生来了，一把把她紧紧抱住。王医生轻声安慰她，冲她的耳朵说着什么，又摸摸她的肩膀，摸摸她乱蓬蓬的头，她这才慢慢安静下来。然后王医生会带她回房间，给她打针吃药。

有好几个月，我们家的院坝都常常上演这种节目。有时甚至在深更半夜，我们也能听到她令人毛骨悚然的惨叫声。

有一天下午，母亲和王医生又坐在门廊抽烟，喝茶，摆龙门阵。

“她已经好多了，用不了多久就会痊愈。”王医生说。

“但愿吧。”母亲说话总是言简意赅。

渐渐地，蟋蟀的“吱吱”声和青蛙的“呱呱”声响起来了，宣告夜晚已经来临。巧妹和我站在母亲的房间，看母亲怎么诓弟弟睡觉。“弟弟累了，要睡觉了……”她轻声地吟唱着摇篮曲。巧妹和我正想跟着吟唱，一起帮妈妈诓弟弟睡觉，外面突然响起警报一样刺耳的尖叫。

我们赶紧冲到门廊，看见夜色里的院坝中间，那个女精神病人赤裸着上身，双腿叉开坐在地上。她一边歇斯底里地号叫，一边疯狂地撕扯脱下的白衬衣，将碎布片扔得到处都是，像天女散花。

王医生和护士迅速从门廊上跑下去。与此同时，偏房的门也打开了，老邹和奶妈站在屋檐下，吃惊地望着眼前这一幕。那个女人还大声吐口水，用我从未听过的脏话骂人。她一边骂一边抓扯头发，脚蹬手舞，扭来扭去地东张西望，活像一只挣扎中的八爪鱼。任由王医生和护士怎么抱住她，安抚她，都无济于事。她只是拼命地叫啊骂啊，手脚不停地又打又踢。

原来精神病人就是疯子啊。我想，便对她既同情又讨厌了。

也不知道过了多久，也许是筋疲力尽了，她的尖叫终于变成痛苦的呻吟。

王医生请老邹去帮忙，三个人才一起把女人架起来。女人还在不停地挣扎，扭来扭去，张牙舞爪。老邹抓住她的胳膊，强行压在自己肩上，另一只手扣住她的腰。另一边是王医生和护士，三个人终于把她连拖带拉弄回房间。进屋后她又开始号叫，但没过多久，一切重新安静下来。我估计，是王医生又给她打针了。

巧妹和我站在门廊边。我俩面面相觑，一时不知该说什么。沉默了一会儿，巧妹问我：“你觉得她是病人吗？我认为她就是一个女疯子。”

葬　礼

白天渐渐变短了，炎热消失，山坳里又升起团团白雾。

有一天早晨，我听见母亲和奶妈在房间里神秘地交头接耳，零零碎碎地，有几个词飘进我耳朵：“他们可以……山坡后面……有块空地……”随后，母亲给了她一个信封。奶妈接过信封就匆匆忙忙出门了，朝山坡边的佃农家走去。

母亲注意到我疑惑的目光，说：“我们佃农的母亲死了。我让奶妈给他家送点钱去，打点葬礼，还给他一块山后的空墓，让他安葬他母亲。”

“她为什么死了？”

“因为她老了，又有病。”

我想起来了，一定就是那个满脸皱纹的老婆婆。她曾经笑眯眯地坐在我身边吃饭，还为我添过饭。但我不能让母亲知道这事，就低头默默回到房间，在心里悄悄为老婆婆难过。

没过几天，巧妹和我在门廊里听到不远处响起唢呐声。很快，我们就看见一些穿着白衣服的男女，从佃农家前面的石坝子向坡上走来。四个男人抬着棺材，后面跟着那个名叫崽崽的男孩和他的父母。人们敲锣打鼓，奏着哀乐。还有人举着纸糊的房子和箱子，长长的白幡在空中飘扬。

除了母亲留在屋里照看弟弟，我们都跑出去看热闹，站在院坝边上，望着送葬的队伍在一路的哭丧和哀乐声中，走过稻田边的小路，慢慢爬上后面的山坡。

山上雾霭沉沉，渐渐地，送葬的队伍变成一串模糊的影子。我拉过巧妹的袖子说："走，我们跟上去看。"

不等她回答，我就撒开腿跑。巧妹赶紧跟在我后面。我们迅速跑下山，穿过石坝，再奔过稻田间的小路，钻过竹林，气喘吁吁地来到后山坡上的一块林间空地。很快我们又听到唢呐声在附近响起，还有不时响起的锣鼓声。我俩缩成一团，躲在灌木丛中，望着那支队伍就在不远处慢慢停下来。人们在棺材面前下跪、哭唱，表示对死者最后的不舍之情。在棺材后面，有一个敞开的灰色石窟。有人在丧乐声中点燃了香烛，打开一只白色麻袋，取出成捆的纸钱，先点燃一小包，随后将其他的纸钱都扔进火堆。火焰跳动着，人们把纸房子纸箱子都放上去，一瞬间它们就变成熊熊燃烧的大火。

有几个人还跪在地上哼哼唧唧地哭着唱着，祝愿逝者一路走好，在阴间也有吃有喝，不缺钱花。与此同时，几个男人把棺材推进石窟，然后用一块长方形条石把洞口封住。就在这一瞬间，我突然意识到，那个我匆匆见过一面的老婆婆被埋葬了，从此我再也见不到她了，心里便涌上一种难以言说的深深的悲哀。人们再次点燃香烛，集体下跪，对着关闭的石墓不停地磕头、哭泣，相互搀扶着悲伤不已。

我闻到了飘来的香烛气味，不由自主地双手合十，鼻子一酸，也想哭。巧妹见状，拉过我的手，我们就默默地离开了。

在回家的路上，我对巧妹讲起那些一起玩过的邻家男孩。他们曾经爬进这废弃的墓穴，捡些死人骨头出来，看看后又扔回墓穴。那以后我就再也没有来过这里，因为我怕鬼。

巧妹默默地听着，很奇怪地瞅了我一眼，没有吭声。

刚回到院坝，就看见母亲急匆匆地朝我们走来。“你们去看埋死人了？”

我们朝她点头。“妈妈，你为什么不去看？”

“我不喜欢看，小的时候看够了。”

“大孃，他们为什么要把纸钱烧掉？还有那些漂亮的纸房子、纸箱子，也都一起烧掉呢？”巧妹问。

“为了让死人在另一个世界也有钱花，有房子住。那是旧风俗，跟信不信有关。你们今天看见的，只是穷人的葬礼。富人的葬礼排场更大，浩浩荡荡一大帮人马，敲锣打鼓，子女后人个个都要披麻戴孝，还有宝塔、房子、仙鹤，成箱的金币纸钱什么的，当然都是纸糊的，到了墓地都要全部烧掉，那样，死人在阴间才能继续享受荣华富贵。富人的坟墓一般都在自己的土地上，要请风水先生来测风水，选地址，修建得富丽堂皇。逢年过节，尤其是清明，后人还得去上坟，为死人供奉些酒肉瓜果，带些他们生前喜欢吃的食物，再为他们烧些纸钱，让他们在阴间也不愁吃喝，继续享福。”

“死人在阴间还继续活着吗？”我很吃惊。

“那些信佛的人，相信死人在阴间也继续活着，还会再转世投胎回到人间。但我只相信哲学家说的，人死后只有灵魂还活着。你们现在还小，还不懂哲学。等你们以后长大了，我们再讨论这个问题吧。现在赶快回屋去写作业。”

到多洛丝家过暑假

放暑假时，父亲回来了，要我收拾东西，再次去多洛丝家度假。“哇!”我高兴得欢呼雀跃起来，同时注意到，巧妹的目光有些失落。父亲没说让她也去。

路上，父亲告诉我，多洛丝有妹妹了，名叫露易丝。

我们在正午的炙热中抵达，多洛丝很高兴，她的父母热情地拥抱了我。“汉娜，你又长高了。”威尔纳夫人打量着我。我不好意思地点点头。

“多洛丝，带汉娜去看看你妹妹。”

屋里传出了嬉笑声。我们来到浴室门口，看见保姆刚给露易丝洗完澡。一个白胖的婴儿正坐在水盆里咯咯笑着，用手拍打身下的水，弄得水花四溅。“她多么可爱，不是吗?”多洛丝骄傲地问我。

是的，她太可爱了，简直就像多洛丝的五斗橱上那个会眨眼睛的洋娃娃。哦，这是真的，她那双亮晶晶的蓝眼睛，就跟那个洋娃娃的眼睛一样，又圆又大，活像两颗晶莹的蓝宝石，睫毛又长又翘。她的一头金色的卷毛像开瓶器那样卷曲着，盖在她的小脑袋上。我情不自禁地伸出手去，摸了摸她可爱的脸蛋和柔软的卷毛。她咧嘴笑着，露出红润的没有牙齿的嘴，声音像银铃一样动听。我惊喜得手舞足蹈，一时不知道该怎么喜爱她才好。

第二天，威尔纳夫人决定带我们去黄桷垭赶集。她递给我一条多洛丝的漂亮裙子，问："汉娜，你想穿这条裙子吗？"我激动得猛点头，然后任由她为我穿上。那是一条粉红色的连衣裙，领子和袖口都带双层蕾丝花边。"你穿上这条裙子可真漂亮啊。"她帮我穿好裙子后，退后站着，上上下下打量我，脸上喜滋滋的，露出心满意足的表情。

"谢谢！"我羞赧地笑笑，感觉脸有点红了。

我久久望着镜子里的自己，都不敢相信，自己会变得这么美丽，好像整个人都不同了。我为自己的新形象而欢天喜地，甚至骄傲，同时也对威尔纳夫人心怀感激。她站在我身后，也对镜子里的我笑了，还走过来摸了摸我的脸蛋。

这时多洛丝不知从哪里钻出来了，盯着我先是一愣，然后就大叫起来。"哈哈，汉娜，你穿的是我的裙子，我的裙子。"她以为我误穿了她的裙子，自己却不知道呢。

那天威尔纳夫人穿的是华丽的浅黄色紧身裙，多洛丝穿的裙子跟我的同款，不过是浅蓝色的。我俩就像一对双胞胎姐妹，被威尔纳夫人一手牵一个出门了。走在清晨的微风中，听着鸟儿在树梢唱歌，看着满目苍翠的树林，路边盛开的野花，我身轻如燕，幸福得简直想飞起来。

沿树林间的盘山公路往下走，不久就到黄桷垭了。那里并不太大，却很热闹，像在过节。街两边都是卖菜的农民，还有很多店铺和馆子。我们先去了邮局，陪威尔纳夫人寄信，然后又去了卖布料和草帽的铺子。威尔纳夫人在买东西的时候，我和多洛丝就东张西望，看街上的热闹。尽管这里也有人对我们指指点点，交头接耳，也有孩子好奇地跟随我们。奇怪的是，我一点也不觉得难堪，相反还觉得很快乐，很享受。因为我发现，这里的人跟江北那边的人不太一样。这里有很多衣着整齐的先生和女士，他们的孩子也都干干净净。那些向我们投来的目光里，也少了些错愕，多了些友好，有的甚至还带点羡慕。是因为威尔纳夫人是美国人么？我不知道。但我能感觉到，她和多洛丝，还有我，在这里似乎很受尊重和欢迎。

威尔纳夫人还遇到熟人，是几个打扮摩登的太太和小姐。她们穿着好看的长旗袍，打着好看的遮阳伞，像年画上的美人。她们跟威尔纳夫人打招呼，还向多洛丝和我问好。有趣的是，那些太太和小姐都是中国人，却喜欢跟威尔纳夫人讲英文，而威尔纳夫人是美国人，却喜欢用中文回答她们。于是她们之间的谈话就混杂着英文和中文。这让她们自己讲着讲着也觉得好玩，会笑起来。

我很快就喜欢上这里，喜欢跟威尔纳夫人和多洛丝一起走在街上，并为自己能成为她们中的一员而暗暗高兴和自豪。

回去的路上，我问威尔纳夫人，为什么这里的中国人跟江北那边的中国人不太一样？他们不仅衣着打扮不太一样，嘴里讲的中文也不太一样。而且，这里怎么会有那么多会讲英语的中国人？威尔纳夫人告诉我说，这里住着很多从南京、上海搬来的人。他们很多人都是政府官员和大商人，非富即贵，都接受过很好的教育。有的还去外国留过学，所以会讲流利的英语。刚才遇到的那几位太太小姐，就是他们的家眷，也都是接受过良好教育的人。

她那句“接受过良好教育的人”，让我突然想起母亲警告过我的话，就是她惩罚我跟奶妈学洗衣服那次。原来区别在这里！如果我学习成绩好，成为“接受过良好教育的人”，今后就可以像这些太太小姐们一样，穿着漂亮的旗袍，撑着漂亮的遮阳伞，优雅地走在街上，受人敬重和羡慕。否则，只能像江北寨子坪乡场的那些农妇，穿着难看的粗布衣服，整天干家务，或者挑蔬菜去街上叫卖，脸和手的皮肤都很粗糙……哦，不！我一定要好好学习，成为“接受过良好教育的人”！

当我们走到一条岔路口，威尔纳夫人停下脚步，指着另一条马路对我们说，中国的总统蒋介石先生和他的夫人，就住在那边，沿这条马路一直往前，并不太远。我激动起来。我知道，蒋介石总统是中国最大的官，父亲还跟他见过面呢，而且不止一次。那是我亲耳听他对母亲说的。于是我问威尔纳夫人，我们能否去拜访总统？他认识我爸爸。如果我跟他说起爸爸的名字，他也许不会拒绝接待我们。威尔纳夫人摇头笑说：“不行。总统先生很忙，不是谁想见就能见到的。”

“那我们就不进去打扰他，只去他家房子外面散散步。总统家的房子，一定很漂亮吧？”我抬起头来，问威尔纳夫人。可威尔纳夫人还是摇头拒绝，说有卫兵守岗，外人根本过不去。

夏天的重庆很炎热，但山上绿树葱郁，凉风习习。知了在树上没完没了地叫个不歇，在午饭后的时光里，让人特别容易乏困。不爱午睡的我，也会跟多洛丝小睡一会儿。漫长的下午，有时我们会去露易丝的房间，跟保姆一起逗她玩耍；有时我们会去外面，到附近的森林里去摘野花，或者去文峰塔下看风景。天气好的时候，万里无云，站在塔下能看到很远的地方。

长江对面的重庆城，从文峰塔下看过去，呈月牙形。城里的房子依山而建，密密麻麻，灰扑扑的，还有些黑乎乎的废墟。多洛丝说，那是被日本人的飞机炸烂的地方。我想起父亲的讲述，想象那里满街都是被炸死的人，江面也到处漂着死鱼……顿时感到不寒而栗。

我们家所在的嘉陵江北岸，是一片平缓起伏的丘陵地带，没有南岸这样陡峭险峻的巍峨高山。嘉陵江水跟长江水也完全不同，在重庆城东边的尖角——朝天门码头，两条江泾渭分明，一个碧蓝清亮，一个浑浊泛黄，交汇处有一条明显的界线，看上去十分有趣。

可惜，快乐的时光总是过得太快。一转眼暑假就结束了。父亲来接我回家，我满怀惆怅，依依不舍跟他们挥手道别。

阿曼先生

重庆的冬天，到处冷飕飕的，令人很不舒服，只有生了火的房间会好些。我们家有两只取暖的火盆。火盆带有轮子，我们在哪间屋，就把火盆推到哪间屋。点火的时候，得先用碎柴引火，等它燃烧起来，再往上面放煤球。等煤球烧红了，房间就慢慢暖和了。

一个周末的早晨，我刚起床，就听见母亲在门廊为仆人们分派工作。

“先生今天要带客人回家吃午饭，”她对厨娘说，“周莲和李妈，你两个商量着备菜，但不要太辣，因为我不知道这个外国客人是否能吃辣的。豆腐最好也不要太辣。刘妈和曹妈，你两个先把堂屋打扫干净，然后是后面的地球仪天井，把那里的植物修剪一下，枯枝败叶都清理出去，看看蓄水池里的水是否干净。如果太脏，就换掉，灌上干净水。完工后，把堂屋的餐桌布置出来，铺上桌布，安排五个人的座位。其他房间就像平时一样打扫干净，收拾整齐。最后是门廊和所有的台阶。这一切都做完之后，你们就可以回家了。老邹，请你把几条狗都关起来，然后把大火盆推到堂屋，把火生起。这样等客人中午到了，堂屋就该暖和了。小火盆也把火生起，推到我们的客厅去。”

任务布置完毕后，母亲就转身回到堂屋，继续摆弄她那些插花。

我迅速跑到她身边问：“妈妈，爸爸今天带谁回家?”

“阿曼先生。他跟爸爸一样，也是德国人，跟你爸爸交往很久了，会说一口地道的四川话。但我们买了房子后，他还没到过我们的新家。”

“哦……”我嘀咕了一声。

母亲从一个很大的落地瓷花瓶里取出她做的旧假花，再插进她新做的白樱花和茉莉花，都是用丝光纸做的。她先把丝光纸剪成小片，然后用筷子裹成花瓣的形状，再粘贴在奇形怪状的树枝上，就成了，插在我们家的大厅堂里，也插在她自己的书桌上和我的书桌上，都一年四季常开不败。

“妈妈，妈妈!”弟弟突然大叫起来。他就在隔壁的厢房，刚爬上门槛，又被奶妈抱回去了。

母亲示意我过去，对我解释说：“现在尽量不让弟弟看见我，才好断奶。因此，得让他跟奶妈住一阵子。”

快到中午光景，父亲带着一个矮壮的男人回家了。男人圆脸，寸长的短发往后梳着，有一双快乐的蓝眼睛，笑起来嘴角拉得很开。他没系领带，棕色的夹克很随意地敞开着，这么冷的天也不怕冷；裤子还有点皱巴巴的，鞋子也旧了，还有灰尘，不像爸爸，鞋子什么时候都亮铮铮的。

他向母亲深深鞠躬，托起她的手亲吻了一下。“傅太太，您好吗?”他用中文很礼貌地对母亲说。

“谢谢，我很好，你也好吗?”母亲微笑着说。

“我也很好，谢谢!”

然后他就转过身来，握住我的手，用很流利的四川话说：“你就是汉娜吗？你爸爸可没少对我说起你。”

我朝他行了屈膝礼。

“这位漂亮的小女士是谁呢?”他指着旁边的巧妹问。

“是我们的外甥女，我太太妹妹的女儿，名叫巧妹。”父亲回答说。

他也跟巧妹握了手。

巧妹在伸手之前，犹豫了一下，还先朝他鞠了躬。这时候的中国乡下，很多人还不习惯见面握手。他们更喜欢打躬作揖，即双手抱拳拱在胸前，相互鞠躬。

他没有立即抽回手来，继续摇晃着巧妹的手，笑眯眯地说：“我知道，小姑娘，你还不习惯这种欧洲人的问候方式。其实鞠躬更好，更干净卫生。”

巧妹难为情了，又朝他更深地鞠了一躬，害羞地说了一声“谢谢”。

“你们的宝贝儿子呢，在哪里?”他有点急不可待地探头四望。

“在那边跟保姆玩呢。”母亲指了指旁边的偏房，“小家伙现在很好动，喜欢在各个房间里爬来爬去，让我们吃饭聊天都不得安宁。”

“多好啊，傅太太，好动至少说明他身体健康，精力充沛。”

“他不仅身体健康，精力充沛，简直就是体力过剩。”母亲笑着，深深瞅了父亲一眼。

阿曼先生缩着脖子，搓着双手，微微跺脚。“你们这里怎么比我们山上还冷啊。”

“那就请赶快进屋吧，阿曼先生。”母亲说着，把他请进厅堂，“来，请坐这火盆边。我们一大早就生火了。但这房间太大，挑空太高，烧了好几个小时，还不够暖和，就请直接坐在火盆边吧。”

“谢谢，谢谢，傅太太。”他搓着手随我们进了厅堂，同时朝房间里四处张望。“真是一幢漂亮的大房子啊，是1900年建的？”

“也许稍晚一点，我想。这个得问我先生，他清楚。”母亲看了一眼身边的父亲。

“建于1910年。”父亲说，随手指着通向后面天井的那两扇大门，“这后面还有一个天井，里面有一个地球仪。”父亲走前面，开了门。阿曼先生跟在他后面。

“天井没有封顶，春夏天好些，冬天还是太冷了。”

“哇，壮观！这么大的地球仪。”阿曼先生瞪大眼睛啧啧称赞，“是请专人建造的？”

“不是，早就有了。前房主一家回英国了。当时我们正在这附近找房子，很偶然听说这幢房子要出售，我和我太太就一起来看看。结果我们一眼就看中了。遗憾的是，我们必须连同它的大片土地也一起买，还有这后面的森林和下面的农田。好在这土地原来就有一家佃农在耕作，我们就让他继续耕种，但不强求他交租，只希望年底的时候，能给我们四分之一的水稻收成，意思一下。可即使这样，有时也不行。如果遇到旱涝天气，歉收了，我们就一颗稻米也得不到。”

“哈哈，你们真是太慷慨了！对农民太好了！”

“是啊，现在我们的生活还过得去。这些可怜的人，整天都在地里忙碌，如果遇到灾年，收成不好，他们自己都吃不饱，你让他们交什么呢？反正我们也不懂农活，其实还得感谢他们帮我们打理这些土地，让我们省心。你说是吧？”

女仆送茶来了，阿曼先生接过一杯茶。父亲说他想喝咖啡，阿曼先生赶紧对女仆说，他也想再来一杯咖啡。我静静地坐在角落，听他们讲话，看他们怎么喝茶和咖啡。

他们在谈论重庆城，说商店又开始营业了，甚至一些大批发商也忙碌起来。正说着，阿曼先生突然扭头看我。“汉娜，你这身衣服很漂亮，看起来很暖和，好像还有夹层。黑樱桃在红底色上很醒目，很好看。是妈妈缝的吗？”

我望了一眼坐在旁边的妈妈，摇了摇头。

“我只选了衣料，是我们家的裁缝做的。”母亲解释说。随后，她请我们都坐到桌子前去，要开饭了。

仆人们端着饭菜进来了，各式热气腾腾的美味佳肴很快就摆满餐桌。

阿曼先生使用筷子灵活自如，简直就像本地人。他拈起一大块肉，迅速塞进嘴里，一边咀嚼，一边赞美。“好吃！嗯嗯……太好吃了！”同时又伸出筷子，将第二块肉塞进嘴里，一口接一口，活像一只饿坏了的食肉动物，把母亲看得几乎想笑。但她努力忍住了，只是低头用鼻子“哼”了一声，假装咳嗽。

可阿曼先生一点也不难为情，还一脸幸福地咂着嘴。“好吃！真是太好吃了！只是不够辣。如果能再辣点的话，就完美了。”

“啊？”母亲很意外，“我特意叫他们别做得太辣，就是害怕你不能吃辣的。”

“我当然能吃辣的，而且，再辣对我都不成问题，哈哈……”

我和母亲面面相觑，抿嘴偷笑。

他喝酒也厉害，让仆人一杯又一杯为他斟酒。喝高兴了，他就跟父亲讲德语，还用德语问我：“太好了，你现在有弟弟了。你经常跟他玩吗？”

我迟疑着，因为我几乎不会德语，不太明白他什么意思，也不知道，如果我用中文回答，是否算失礼。他突然变得不耐烦了，用德语大声嚷嚷起来：“见鬼！你开口说话呀，哑巴了吗？”吓得我赶紧缩脖子。

他又立即意识到不妥，马上用中文跟我道歉：“哦，对不起，希望我没吓着你吧。我为我的坏脾气向你道歉。其实我并不是那个意思。”

父亲赶紧帮忙打圆场：“汉娜很害羞，她还不会德语。”

“啊？还不会德语？那怎么行！得赶快开始学，不然年龄大了，学起来就吃力了。”

“是啊，遗憾的是，我很少在家，没有机会教她德语。”

“她可以假期来我这里，我有时间，我来教她。”

“不！”我在内心强烈抗议。

“这主意不错。”母亲却点头表示赞同。

我简直不敢相信。她居然接受了他的建议。

饭后大人们用中文聊天，阿曼先生一边大声说笑，一边朝巧妹和我挤眉弄眼，扮鬼脸，想逗我们跟他一起笑。临走前，他对我说，他有一家小型花生加工厂。如果我去拜访他，他会带我去参观，让我敞开肚子吃个够。那些花生烘烤得又脆又香，非常好吃。我只默默地看着他，并不流露我的真实感受。

他又问父亲："你对汉娜说过教会学校的事吗？"

父亲摇头："还没有。我准备以后有时间了，再好好跟她谈一谈。"

我一声不吭地听他们说话，感觉他俩在密谋什么。

"再见，汉娜！"阿曼先生大声说。他紧紧握住我的手，摇来摇去，还朝我眨眼微笑。我也礼貌地对他说"再见"，行屈膝礼。尽管我觉得他风趣幽默，但我不喜欢他的大声武气，吃相不雅，感觉他是个粗俗的人，远不如威尔纳先生温文尔雅，和蔼可亲。我可不想参观他的花生工厂，也不想假期去他那里，让他教我学德语。

"汉娜，你过来。"一周后的某一天，父亲回家后叫住我，"我想跟你说说教会学校的事。"他拉来一把椅子，坐在我面前。"妈妈和我商量了，等你小学毕业后，送你去上寄宿中学。我们希望，你在上寄宿中学之前，假期里能先去教会学校上几周课。那是德国人办的，老师和同学都是德国人。你就利用假期的时间去学点德语吧。我已经为你报名了。阿曼先生会提前一周来接你。你先去他那里住几天，让他教你一些最简单的德语，然后你再从他那里直接去教会学校。"

"不！我不想去阿曼先生那里！"我惊恐地叫起来。

"让我先把话说完。你知道，以后我更多时间得待在城里，没有机会教你德语。而等你上了寄宿中学，就没有可能学德语了。根据阿曼先生的介绍，那所教会学校最早是由两个德国传教士创办的，为了教育他们自己的孩子。后来别的德国家庭也把孩子送去那里，比如多洛丝就去过。你只是假期去待几周。那里有德语环境，你可以多少获得一些德语的语感，有助于你今后学好德语。”

沉默，然后是使劲摇头，我几乎要哭了：“但是，爸爸，那里我一个人也不认识。另外，我不想去阿曼先生那里。”

“不认识也没有关系，你去了就慢慢认识了。为什么不想去阿曼先生那里？他可是我认识的人中最好的一个。他很爱孩子，不幸的是，他自己没有。去吧，孩子，你妈妈和我都商量好了，这事就这样定了。去了你就知道，所有的人都会对你非常友好。”他摸了摸我的头，继续说，“你不会后悔的。阿曼先生已经对我说了，他会好好照顾你。”

“但是，如果他们在学校都说德语，我什么也听不懂啊……”

“别担心，阿曼先生会提前教你一些简单的德语，这样你去学校后就容易些。另外，教会学校的人也都会中文。如果你有不明白的地方，他们会帮你。我甚至感觉，他们的中文比我的更好。”

“肯定不会！”我生气地反驳，“爸爸，请让我假期去多洛丝家吧，别让我去教会学校。”

他严肃起来。“汉娜，和他们一起学德语，对你来说很重要。”他语气平静，但态度坚定。又仔细端详了我几秒钟，就站起身来，默默上楼去了。

我努力克制住自己的情绪，不让眼泪滚落出来。我既不想学德语，也不想认识教会学校的那些人，尤其是那个粗俗的阿曼先生，我不想去他那里！

雪　人

第二天，当我起床后来到门廊，迎面袭来一阵寒风。我眨了眨眼，简直不敢相信自己的眼睛：眼前一片洁白的世界，远处的山峦和田野都银装素裹，近处的院坝也像覆盖了一层白面，天空中还有细碎的雪花在纷纷扬扬，飘飘洒洒。

这时父亲向我走来，兴奋地叫道："啊，下雪了，地面还有积雪呢，真是稀罕!"

母亲跟在后面也出来了，她拍拍我的肩膀说："汉娜，等爸爸走了，去叫老邹拿个大桶来，我们装雪。再叫他把洗澡的大木盆也搬出来，搁在门廊。我去给爸爸拿大衣。太冷了，你们也都多穿点，穿暖和些，把围巾也戴上，别着凉了。"

母亲进屋去拿大衣，父亲蹲下来拥抱我。"很遗憾，我得回城里，不然肯定跟你们一起堆雪人。但妈妈也很能干，她会教你们堆雪人的。"

巧妹出来了，双手抄在衣袖里，吃惊地看着外面的雪景，摇了摇头，走到我们面前来。父亲也拥抱了她：“再见，巧妹。”

“再见，大姨爹。”

“但是你曾经答应过我，如果下雪，我们要一起打雪仗。现在你得信守诺言。”我嘟着嘴在一旁抱怨。

“我也很想啊，但很不巧，今天下午我在城里有重要的事情，必须准点赶到。真对不起，让你失望了，小汉娜。请原谅爸爸吧。”他皱着眉头，朝空中长长地叹了口气，再次蹲下来拥抱了我们，拍拍我们的后背。

穿上大衣后，父亲在门廊和我们道别，从桌上拿起已经点燃的雪茄，把公文包挟在胳膊下，接过拐杖，就从旁边的台阶下去了。我们也跟到门廊的旁边，在台阶上跟他道别，靠在栏杆上，看着他小心翼翼走下积雪的阶梯。在坝子里，他再次转身跟我们挥手，还滑了一下，差点摔倒。幸好他手里拄着拐杖。我们都紧张而担心地目送着他，直到他高大的身影最终消逝在白雪皑皑的森林里。

我这才又想起母亲的指示，赶快跑去偏房，敲老邹的门。

奶妈抱着弟弟开了门，一脸惊讶。我把母亲的话传达给她，这时弟弟用他胖乎乎的小手指着我，嘴里还“嗒嗒”地嘟哝着。我笑了，伸出手去想搂搂他，奶妈却慌忙后退一步，朝我吼道：“赶快回去，多穿点！叫巧妹也多穿点。你们的皮靴在楼梯下的鞋柜里，围巾和手套在睡房衣柜的最上一格。快去快去，一会儿好帮你妈妈堆雪人。这雪要不了几个小时就会化掉。我叫老邹马上把桶和铁锹给你们送去，把大澡盆扛到门廊上去。”

回到房间，巧妹和我迅速套上棉袄，从奶妈说的抽屉里抓出围巾和手套。在穿皮靴的时候，我俩都很不耐烦地嘟哝抱怨，得把细长的鞋带穿进那么多小洞眼里真是麻烦。等我们终于绑好皮靴，就飞奔出去，穿过吱吱作响的积雪，向母亲跑去。她正在院坝边的斜坡上，用铁锹往桶里铲积雪。

她抬起头来看见我们，遗憾地说："雪不够厚，用大铁锹铲不起来多少。我们最好用手。你俩动作得快点，不然手套就湿透了，手就会冻僵。"

我们把桶平放在地上，尽可能快地，用手把积雪往桶里刨。母亲刨了一会儿就直起腰身，伸了伸胳膊，哀叹道："我的背都弯痛了，我们先回去。桶里这些雪也许够堆一个小雪人了。"

母亲正要拎桶，表妹也一把抓住桶柄，帮助母亲一起提着沉重的大桶往回走。我没去帮忙，还在雪地上蹦蹦跳跳，想感受雪被踩在脚下如何沙沙地发出声响。但我很快就失望了，在雪地上行走并不如我想象中的那样，像踩在柔软的棉花上。我的脚甚至还碰到坚硬的地面。

巧妹和母亲终于把那只沉重的大桶提上门廊。母亲把雪倒进大澡盆里，对我说："你快去厨房，叫周莲给你一些蔬菜，做雪人的眼睛、鼻子和嘴巴。另外，让她再给你一根小木棍，如果没有，就让她用旧竹竿砍一根。告诉她，叫她快点。"

我一口气跑到厨房，兴奋地把母亲的话传达给厨娘。她双手一把抱住脑袋。"天啦，说要就要。现在让我去哪里找这些东西？你来吧。"

我无助地站在那里，也不知道该怎么办，心中只有一个念头：一定要帮母亲堆成雪人。

厨娘给了我一把尖刀，放了一根红辣椒在菜板上。"切一个红嘴巴吧，但中间别切断，等会儿还得填肉末呢。"

我在切辣椒的时候，发现她把两个小黄瓜头切成圆形，中间插进一根小胡萝卜。我刚切完，她已经开始用锤子锤打一根竹筒，直到竹筒顶端裂开小缝，再用尖刀把竹筒削成细竹条，又用大剪子把它们剪短，最后再用锋利的刮刀把竹条头锉尖。

“辣椒嘴巴做得很漂亮。”她表扬我说，“好了，现在快把这些东西给你妈妈送去吧。”

我激动地飞奔出来，跑上门廊，无比失望地发现，他们已经把雪人堆好了。它坐在我们的木澡盆里，但并不像爸爸描述的那样，而更像一尊双手合十的弥勒佛。

母亲接过我手里的东西，冻得乌红的嘴唇浮现出笑意。“你削的嘴巴?”她问我。我骄傲地点了点头。

“马上就好了。你感觉这个雪人如何?”她的目光在我和雪人之间摇曳。

“我还以为，雪人会很大呢。”我笑着说，尽量掩藏我内心的失望。

“如果雪多，当然可以堆个很大的雪人。但你刚才都看见了，地上的积雪太少了，很难收集到更多的雪。另外，我们得抓紧时间尽快完工，不然雪就会融化了。”她一边说，一边把蔬菜嵌插在雪人的脸上，分别充当它的眼睛、鼻子、嘴巴。当雪人咧着红辣椒嘴巴，向我们露出滑稽的笑容，我们都忍不住大笑了。

“这胳膊还得加加工。”母亲说，继续在雪人身上这里拍拍，那里抹抹，然后把一根有稀疏叶子的树枝插入雪人交叉在胸前的手中。

“这雪人看上去真可爱！谢谢妈妈!”

“是啊，它太可爱了。大嬢辛苦了！谢谢大嬢!”

我和巧妹都开心极了，感觉像突然多了一个不会说话的好朋友。我们激动地围着雪人蹦蹦跳跳，哈哈大笑。

“我只希望，它能多管几个小时，别太快就化了。”母亲在旁边嘀咕了一句，瞥了一眼身后的奶妈。奶妈抱着哭哭啼啼的弟弟，不知什么时候上来了。“这里至少有十年没下过这么大的雪了。”她接过母亲的话头说，“经常是飘几朵雪花，就开始下雨。然后雪花就成了讨厌的雨雪。”

这时弟弟哭了，小手伸向母亲，嚷嚷道：“妈妈，吃奶奶……”

母亲朝他摇头，张开空手：“没有了，都被你吃光了。”

弟弟继续哭哭啼啼，要妈妈，却被奶妈紧紧抱住。她嘀嘀咕咕地哄着他，又走开了。母亲忧伤地目送着他们下了台阶，进了奶妈的房间。我知道，她肯定想自己亲手把弟弟放在小床上，逗他哄他，陪他玩耍。

突然，她转过身来对我们说：“你们快去捏雪球玩吧。不然雪就要化掉了。”

遗憾的是，已经有点暖和了。雪捧在手中，还没被我们捏成雪球，就化掉了。

吃过午饭，休息了一会儿。当我们下午再去门廊看雪人，澡盆里只剩一个小雪球在水中央。天空中飞扬的雪花也变成了毛毛雨，山峦和田野也不像早晨那么洁白了，渐渐显出暗黑的轮廓。

第一次进城

一个星期五的下午，当我放学回家，看见父亲在母亲的房间。他跪在床前，逗床上的弟弟搔痒痒玩，直到弟弟咯咯大笑，母亲也同样大笑起来。

“爸爸，今天你为什么这么早就回家了?”我很惊讶，迟疑着走过去。

“妈妈和我已经商量好了，这个周末带你进城，因为春天快到了，过不了多久，也许日本人的飞机又要来了。我们明天一早就出发，我要带你去看看这座你出生的城市。”

这个意外的惊喜，让我兴奋得差点跳起来，但我立即压抑住内心的狂喜，害怕妈妈会临时变卦，又突然取消这次计划。于是我只是面带微笑点点头，故作平静，轻声问：“我们几点出发?”

“八点。然后我们大概中午就能到城里，有足够的时间在城里逛逛。星期天下午，我送你去码头，让老邹接你回家。”

于是在这个初春的清晨，我跟着父亲，走过雾霭笼罩的山丘和田野。那些山丘都有宽阔的坡地，绿树掩映的农家院落孤零零的，在雾中影影绰绰。轻风吹拂着如烟的雾带，它们的倒影在水田的波光中游弋，好像巨龙在水里匍匐前行。

水稻田里秧苗整齐。当我们在细窄的田坎路上走过，我听见微弱的滴水声，看见草茎上挂满露珠。那些露珠像泪水一样滴落在地面，融进泥土就不见了。清晨的空气格外新鲜，我喜欢这种气氛，听着树叶在晨风中轻柔的沙沙声，我快活极了，父亲终于带我进城了。我早就盼望这一天了。

当我们穿过观音桥乡场，走向嘉陵江边的码头，我看见满街都是人。他们在店铺里进进出出，男人们挑着箩筐或者扛着麻袋，在街上来来往往。也有人站在街边，像唱歌一样高声吆喝叫卖货物。有些店铺卖的东西稀奇古怪，比如古旧的木椅，上面铺着五颜六色的绣花垫，还有藤编的扶手椅和相配的凳子，甚至大木蒸笼，各种陶罐。还有人在店门前叫卖自己做的灯笼。那些灯笼花花绿绿的，下面坠有漂亮的流苏，整齐地摆放在展开的竹席上。

轮船满载着拥挤的乘客起航了，沿嘉陵江往下行驶。透过雾幔，我看见对面山上的重庆城高耸的影子。随着嗒嗒的马达声，江对面的朝天门也渐渐显露出雄伟的轮廓。它陡峭的山崖在两江交汇处冲天而起，看上去十分巍峨壮观。

下船的时候，雾气稍微稀薄了些。江边横七竖八地泊满了各种小舢板。它们紧挨在一起，还不时传出说话声和吵骂声，或轻或重的捶打声。我小心翼翼地走完跳板，刚踏上满是污泥的石梯，就拥来一群轿夫。他们相互推搡着抢生意，要让我们坐他们的滑竿。但父亲都婉言谢绝了。

自从我的脚踏上第一级石梯，我的眼里就再也看不见别的，只有这满是污泥的石梯铺天盖地，填满了我的整个视野。也不知爬了多少级石梯，我抬起头来喘气，才发现两边还有些简陋的棚屋，都是用竹竿粗糙地捆绑搭成，上面盖着油毛毡，一边的墙像踩高跷似的，被粗大的竹筒撑起在下面的石梯上。越往上走，两旁的棚屋越成规模，有的甚至有两层楼。光线昏暗的棚屋之间，偶尔可见烧焦发黑的断垣残砖。

“你看，这么短的时间里，他们几乎把一切都重建起来，虽然只是暂时的。”父亲指着那些棚屋对我说，“去年夏天，这一坡的房子都被大火烧光了。”

突然，身后传来沉重的脚步声和喘息声。我本能地往边上退让，看见两个赤裸着上身的精瘦男人，正气喘吁吁地抬着一架带篷的滑竿往上走。滑竿里坐了一个胖女人，右手抓着栏杆，左手搂着怀里的小孩。

可怜的轿夫！我顿时对那两个轿夫产生了同情。

我们继续往上爬。这时我前方出现一条狭窄的横巷，两旁有些低矮的棚屋。横巷很昏暗，横过一段后就朝坡上延伸，一些鬼祟的人影在里面出没。

“汉娜，今后你如果单独进城，千万不能去那条小巷。你向我发誓?!”

“当然不会。”我望了一眼父亲严肃的脸，不明白他为什么紧张。那条小巷黑乎乎阴森森的，看起来很危险的样子。

又爬了几级石梯后，我们停下来，想歇一会儿。父亲回身望着辽阔的江面，喘着粗气感叹说：“唉，我们没什么行李，爬这一坡都很累。那些下苦力的挑夫和轿夫，肩挑背扛那么重的货物和人，更辛苦啊！”

我仔细打量那些气喘吁吁的苦力，惊讶地发现其中还有妇人。她们用粗大的扁担挑着沉重的箱子或竹筐，像男人一样在这陡峭的石梯上快步如飞。

这时两边的棚屋很多都是两层的，底层是商铺，木板门朝两边拉开，让行人对里面一目了然：有香烟柜台、藤编家具和木制器皿，还有蔬菜和水果，热气腾腾的包子馒头。有人在朝行人高声吆喝。楼上大概是他们的住处。

不同的气味从这些小店里飘出来。我闻到了茶香、水果香，还有诱人的油辣子香。这时我突然感觉饿了，就拉过父亲的衣袖，怯怯地问："爸爸，我们可以去吃碗小面吗？我饿了。"

他乐了，点着头笑问："我猜，你是闻到这香味才饿的吧？"

我不好意思地点了点头。

"好吧，现在也差不多到午餐时间了。也许，这家馆子的小面真的不错呢。走吧。"

小馆子里摆了几张简易的桌椅。我们刚走到门前，一个系灰色围裙的年轻男人就满脸堆笑迎上来，恭敬地向我们点头问候。他个子瘦小，黑色的短发朝两边梳开，围裙下是典型的中式衬衫。他请我们靠门边坐，又为我们拉开椅子。店里没有别的客人。我们按他的安排坐下后，他就指了指旁边墙上的硬纸板。那上面有几个用黑墨水写出的中文字，很潦草。

"我要一碗红汤小面。"我看都不看那纸板上的菜名，就对他说。

"你不怕会太辣吗？"父亲凑过头来问我。

"不怕，我喜欢吃辣。"我仰起头来望着父亲，有点得意。

“好吧，那我要甜辣炸鸡，配咸菜。”

旁边的大锅里响起“吱吱”的煎炸声。随着飘过来的刺鼻油烟，父亲连打了几个喷嚏，我捂着嘴巴偷偷笑了。没过多久，我们面前各来了一只大碗，父亲面前还多了一碗米饭。

白色的面条浸泡在红油麻辣汤里，上面还漂着绿色的葱花。我胃口大开，用筷子熟练地搅拌了几下，就捞起一夹面条，在汤里浸了浸，送进嘴里。我被噎得差点喘不过气来，便对着空气张嘴嘘气，额头也很快就冒出汗珠。真没想到会这么辣。

父亲不时瞅我一眼，偷偷笑了。

尽管很辣，我还是把一大碗面条全吃光了，吃得大汗淋漓，心满意足，浑身舒畅。

父亲忍着笑，用他的白手帕为我擦嘴巴，说：“我还以为你吃不完呢。”

“我说过我很喜欢吃辣的！”我嘟着像被火燎过的嘴唇，骄傲地说。

他摇着头咧嘴笑了，朝我扮了个鬼脸，就叫来那个年轻男人，付了账，然后我们出了门，继续爬最后几级石梯。因为肚子吃得太撑，我没有刚才走得快，只能跟在他身后，像只蜗牛慢慢地爬。

“我们不坐人力车，就走路，你行吗？”当我们终于爬完石梯，来到大街上，父亲问我。还没等我回答，他又说：“我已经没有从前那样的公寓了。德国大使馆关闭后，我只是私下里为德国工作，你知道的。”

我点了点头。

上面的街道也跟下面的码头一样，有很多挑夫。他们把货物从河边的码头挑上来，又把别的货物从上面的街上挑到河边去。我跟在父亲身边，一边走一边东张西望。我发现周围的房子上，那些格子窗户虽然都开着，但都被蒙着。“这些窗户为什么没有玻璃?”我问父亲。

“日本飞机来轰炸的时候，窗玻璃全被炸烂了。要换新玻璃，一是太贵，二是还会被炸烂。炸烂的玻璃四处乱飞，还很危险，会伤到人。所以他们就用牛皮纸糊窗，用来挡风。牛皮纸很便宜，坏了很容易又糊上新的。”

这里的街道，比我见过的江北观音桥和南岸黄桷垭，都更加热闹。那些不停地穿梭往来的车辆把我惊呆了。我从没见过这么多的人力车、小轿车、大巴士和大货车，同时在起伏不平的马路上飞奔。十字路口还有一个交通警察，站在带顶棚的高平台上，吹着响亮的哨子，指挥那些车辆。周围的宾馆、商店和银行，都是用混凝土建成的几层高楼，沿着主街排成排，还挂有醒目的招牌和彩色的旗幡。

“这些速建房的墙体其实都是木板，不过涂上油漆后，看起来像混凝土墙。”父亲用拐杖指着街边的建筑对我说，“那些房子之间的空地，曾经也是房子，后来被炸弹炸成大坑。”

街上还有很多行人，迎面而来，或从我们身后冲到前边，都瘦精精的，愁眉苦脸。他们行色匆匆，不笑，不语，不像散步，更不像逛街购物，而像被谁追赶似的，争先恐后，大步朝前。这情景让我既好奇，又兴奋。我问父亲：“他们走路为什么都这么快?”

“因为过不了多久，当太阳出来，浓雾散尽，这座城市又清晰可见，日本人的飞机可能又要来了。所以人们现在得抓紧时间，为接下来几个月跑警报的生活，尽可能多地储备食物和用品。有些人在附近的乡下有住处，也许会在那里待到秋天才能回来。”

“什么是跑警报的生活?”

“爸爸记得跟你讲过。日本飞机来轰炸的时候，城里会提前拉响预警。人们听到拉警报了，就会转移或者躲起来，直到解除警报，才能出来。这样的生活，就是跑警报的生活。”

“哦……”我想起来了，又闷闷地嘟哝了一句：“我讨厌日本人的飞机。”

父亲听见了，低头瞥我一眼，笑了笑说：“我也讨厌。”

大街一会儿上坡，一会儿下坡，两旁都是商店、餐馆、咖啡馆、电影院。我们沿大街走了一阵，穿过一个坝子，就来到一条长长的下坡小街。这里的街道很狭窄，我们还必须绕过很多大坑小洼，它们像人脸上的麻子一样密集，到处都是。尽管有的已被临时填平，却没能管多久。灰蒙蒙的薄雾中，马路边的一排临时棚屋像士兵一样排列整齐，其间有些裂开的地缝和窟窿，能看见烧焦的地面和黑色的废墟。这情景让我不寒而栗。我又想起父亲的讲述，人们在房屋之间像火柴棍一样被烧死呛死。他们凄厉的惨叫声，起初是锥心刺骨，后来就渐渐沉寂了……不由得后背发麻。

不久，我们拐进一条僻静的巷子。这里的房子与房子之间，也有很多黑乎乎的断壁残垣和坑洼，几棵被烧死的树桩孤零零地站立在雾中，像冤死的魂灵不愿离去。雾又浓了，似乎想掩盖战争给这里带来的满目疮痍。

“因为空袭，德国使馆总在搬迁。”我们一边走，父亲一边说，“我刚开始工作的时候，使馆还在城中心的使馆区，后来在空袭中遭到破坏，我们就搬到一幢灰色的两层楼房里，楼顶竖起高高的旗杆，挂上德国旗帜，楼前的坝子也铺着大大的德国旗帜。这幢建筑就在重庆宾馆对面的小山坡上。但在后来的空袭中，它又遭到损坏。政府出于安全考虑，建议使馆搬到城外。于是我们后来就搬到南山上，就是那幢阿斯密（Assmy）房子，直到政府派来的参赞——勒奥波德·冯·普莱森男爵（Leopold Baron von Plessen）先生说，阿斯密房子离城区太远，使馆不应该设在那么偏远的地方，我们才又高高兴兴地搬出来。确实，那里几乎与世隔绝，极不方便跟外界联系，也得不到任何外界消息。但我怀疑，这里面可能有日本方面的意思。那样他们就可以肆无忌惮地轰炸城区，不必考虑我们了。阿斯密房子就是现在多洛丝家住的房子。它是早年一个很有名的德国医生建造的，后来医生死了。使馆搬离后，那幢房子就空了。1941 年，威尔纳先生一家从上海来到重庆，要找房子，我把阿斯密房子推荐给他。他和他太太都很喜欢，就这样，他们一家搬进去住到现在。”

我吃惊地听着父亲的讲述，问他，为什么没早点告诉我这些。

“没有合适的机会。另外，以前你太小，讲了你恐怕也不明白。搬出阿斯密房子后，我们把办公地点设在龙门浩，离城区近点，在一幢临江山坡上的房子里。我们经常从那里坐船到城里的望龙门，这样就很方便跟城里的各界人士取得联络。但后来那里又被炸了。因此我们被迫无奈，又搬了。”

父亲停下脚步，望着我。“你还能走吗？还有十来分钟，我们就到了。”

我高兴起来，松了口气，终于快到了。

“现在，我只是非官方地为德国做事。”他继续说，“根据不同的季节，不同的情况，我得往返于城内和城外的好几处不同的办公地点。”

一幢斜顶的灰色两层楼房出现在面前，细长的窗户同样糊着牛皮纸。父亲用拐杖向上指了指，“你看，那上面就是我工作的地方。”说着他开了大门。我们爬上楼梯，来到楼上。

楼上的入口有两扇大门，父亲打开其中的一扇。我们走进一间昏暗的大房间，因为窗户上的牛皮纸完全遮挡了外面的天光。

“这就是我的办公室兼会客室。”说着他去开了窗户。日光携带着雾气和冷风一灌而入，让我不由得抱紧双臂，打了个寒战。尽管天光灰暗，开窗后，房间看起来还算亮堂，中间有一张大写字桌，围了三把竹编椅，桌上还摆了一些文具：两只插有笔的墨水瓶、拆信刀、邮件章、钢笔、橡皮擦、一个大的吸墨石和挂有很多印章的小架子。竹制的笔筒里插满毛笔和铅笔，前面有一个搁有烟斗的大烟灰缸，一盒雪茄。在这张写字桌旁，还有一张带抽屉的小办公桌，上面搁着一部黑色的打字机。旁边是一只长竹筐，里面装了些乱七八糟的文件废纸。

“来，我带你看看别的房间。”

父亲换了一身休闲服，朝我招手。“右边这扇门通向另一间房。”他打开门，里面的门廊有两扇小门，分别是卫生间和饭厅。

父亲教我如何使用卫生间。他先洗手，然后让我也像他那样洗手。这些东西对我来说是全新的，因为农村没有这样的设备。这也是我第一次看见墙上有排污管道的厕所。水龙头一拧，就有清水流出来，洗手，或者冲掉厕所里的脏物。

然后我们进去饭厅。饭厅很大，中间有一张圆桌，配有四把椅子。右边靠墙有一只橱柜，左边有一道没有完全展开的小屏风。屏风上有些中国字。我好奇地探过头去，原来屏风后靠墙放着一张小桌子，上面有一个带两座黑乎乎炉子的灶板。那是煮饭的地方。

“这里没有柴灶和煤灶，只有电炉板。”父亲解释说，“那后面有电源插头。我只要把开关一拧，电炉板就热了。我就可以在上面加热食物或者煮咖啡。”

我惊喜地盯着那块小灶板，几乎不敢相信，这么个小玩意儿居然是灶台。

“老陈很能干，他以前就跟我在使馆工作。现在他每天都来，帮我处理所有的杂事。我吃的饭菜也由他从家里带来，是他太太做的。他放在这电炉上热一热就给我吃。临走前，他还把这里收拾干净。我的脏衣服，也是他带回去让太太洗烫。他还兼邮差，帮我处理公务上的书信往来。他太太有时候也会来，帮我整理房间。”

说着他点燃雪茄，含在嘴里，说：“我带你看看我的睡房和浴室。”

当我们穿过有写字桌的大客厅，他又把窗户关上。房间立即暗下来。这时我注意到，头上的天花板有一把大吊扇。“它能转吗?”我仰头问。

“当然。”父亲走到门边，旋转墙上的开关。我立即听到轻微的“嗡嗡”声，同时感到有凉风吹来。父亲冲我笑笑，又关上风扇。

客厅左边有扇门，推开是一间带两扇侧门的小门厅。父亲推开其中的一扇，说："看吧，这就是我的睡房。"我跟了进去，看见里面有一张浅棕色的木架子大床，挂着关闭的白色蚊帐。父亲撩开蚊帐对我说："今晚我俩就睡这里。"

床头柜上有一只带米黄色褶纹灯罩的电灯，旁边搁有烟灰缸、火柴盒。窗前有一张跟床同色系的小条桌和单人椅。桌上杂乱地摆了很多书和本子。窗户的对面，是一面衣橱，侧面带一幅大镜子。这间房弥漫着父亲特有的雪茄烟香味。

然后他让我看浴室。我踏进一只脚，看见左边有一只带弧形脚的白瓷澡盆，搁在一个低矮的平台上，上面有水龙头，旁边有香皂盒。窗沿下还有一个两格小架子，上面晾有毛巾。右边靠墙有一个带双抽屉的白色小矮柜，上面挂有木框长镜。矮柜上有一个白碗和搪瓷罐子，旁边还有盘子和杯子，装着剃须刀和小刷子等剃须用品。

"明天早晨我给你烧热水洗漱。"他用食指把雪茄头上的灰烬弹进烟缸，叹息道，"希望电缆线还好。轰炸期间，电缆线经常会被炸断，那样我们就没电了。谢天谢地，城里有不少技术员，他们总能在解除警报之后及时抢修。那样我们用不了多久就又有电了。"

他深吸了一口烟，又说："这房子下面有一条石梯暗道。空袭的时候，我们就躲进暗道里。出于安全考虑，过几天我会收拾些重要资料，跟老陈一起，转移到城外的另一处办公室。我希望这幢房子能躲过轰炸，那样我们晚秋时又可以搬回来。"

他忧郁地瞅了我一眼。"很遗憾，重庆的德国大使馆1941年就关闭了，我的工作合同也随之解除。德国政府命令所有的德国人都返回德国。但有些德国人还想留在重庆，我就是其中之一，因为妈妈和你们。经过争取，柏林的德国外交部最终同意让我留下，继续观察中国的局势。他们通过在曼谷的德国大使馆，为我提供经济援助。我希望，在不久的将来，德国大使馆能在重庆重新开馆，恢复运作。”

他停下来，看了看腕表。“我原计划下午带你去看一场戏，一场中国的戏剧，你想去吗？”

我激动地点了点头。

“这场戏得演好几个小时。”路上他说，“如果你觉得无聊，我们不必看完，就凭兴趣感受一下，然后我们去咖啡馆。我经常在那里会朋友。那里有很好喝的可可，你可以来一杯，再吃点甜点。”他朝我调皮地眨了眨眼睛，“等你再大些，妈妈为你朗读了经典的中国文学作品，你就能看懂中国的戏剧了。它们主要跟民间传说和神话有关，通过舞蹈动作和歌唱来推动故事情节，表达人物感情。我不怎么懂中国的戏剧，但我喜欢看那些华丽的服饰，喜欢听他们的音乐和歌唱。他们高亢的嗓音充满感情，有很强的感染力。”

不久我们就来到戏院。那是一幢看起来很摩登的建筑，墙上贴有花花绿绿的有美人图的海报。入口处坐了一个瘦削的年轻男子，守着一张小桌子。桌上有一只灰色的小盒。爸爸向他买了两张票，他起身向爸爸鞠躬致谢。

掀开一道关闭的帘子，我们进入一间阴暗的小厅。一个男人打着手电筒，将我们带到离舞台不远的座位上。黑暗中，我看见台下只稀稀拉拉坐了些人。还在入口时，我就听到高亢的嗓音和吵闹的乐声。舞台上的演员果真穿着华丽的彩服，在旋转、打斗，背景是红色的帷帘，中间只有一张桌子和两把椅子，它们被打斗的人不断地推来推去，这让我失望。

在不同的灯光照射下，我看清了表演者脸上的浓妆和漂亮的头饰。在喧哗而有节奏的音乐声中，他们杂耍似的挥剑格斗，脸上表情丰富，举手投足都充满激情。尽管我听不懂他们唱些什么，但我能从他们高昂的嗓音中、脸上的表情里，感受到他们的欢乐和悲痛。

突然，一个战斗英雄模样的年轻男子，戴着铜绿色面具，背着四只小旗，在军乐的伴奏下阔步出场了。他手里拿着一柄长剑，激情饱满地挥舞着、旋转着，还高吼着什么。许多大旗被摇来晃去，五彩的长幡如波浪一样涌上舞台，随强烈的喇叭声和有节奏的锣鼓声，浩浩荡荡穿过舞台。年轻的英雄骄傲地在涌动的幡旗中舞蹈，像在大海中迎风斗浪。其他的战士在一面黑色的长布后蹲成排，手臂摇晃，好像在划一条大船。英雄头颅高昂，用更高的嗓音继续歌唱，然后突然一甩头，绿脸就变成红脸。波涛消失在黑暗中，闪烁的灯光打在手提大刀长矛旋转跳跃的舞者们身上。急骤的鼓声突然打断了音乐，年轻的英雄带着随从们恭敬地弯腰，保持鞠躬的姿势。在这沉默的瞬间，欢庆的音乐再次响起。黑暗中走出一个戴灰白面具的男人，美髯飘逸，头顶黑红绣花冠，在平静有力的声音中迈着庄严的脚步，被一束锥光笼罩着，走上舞台，身上金灿灿的刺绣红袍熠熠生辉。他那不同凡响的声音传递出独特的威严。他张开宽袍大袖的双臂，用剑示意，让年轻的英雄和他的侍从们平身。红脸的英雄以高昂的声音和胜利者的姿态，发誓要建功立业。灰白面具的老者耐心地听着，然后抬头挺胸地舞蹈起来，唱腔节节攀高，在急骤的锣鼓声中，最后变成了呼号。他张开双臂，用响亮而悠长的声音呼唤女儿。

从幕帘的缝隙处侧身出来一个娇美的年轻女人，头戴孔雀毛和珍珠链，身上裹着一件银锦缎氅，在笛声的伴奏下翩翩起舞，歌声温柔。她的脸也戴着红面具，两只眼睛被框在一只画出来的蝴蝶翅膀中。她深情地望了一眼年轻的英雄，舞蹈着来到老者面前，从腰间抽出一把扇子，手腕一抖，用打开的扇子挡住半边脸，围着父亲继续舞蹈。下一声锣鼓响起的时候，她收拢扇子，抖动身体，让锦氅上的小铃铛和着唢呐声、锣鼓声齐鸣共响。然后她就跪在老人面前，歌声婉转，悲情绵绵。老人弯腰扶她起来，一边激情高歌，一边望着那个年轻的英雄，对他亲切地点头。

女人挥舞红绸，飞也似的旋转起来。红绸围着她波浪起伏，像一条飞翔的火龙与她共舞。她以尖利刺耳的高音唱着忧伤的歌曲，仿佛是一首相思的情歌。她轻盈灵敏的双脚、优美舞动的手臂和柔软有弹性的手指融为一体，显得神秘而高雅。她就这样在年轻的英雄面前旋转舞蹈，饱满的红唇神秘地微笑，明亮的黑眸秋波荡漾，从彩扇后向他含情凝望。然后她扇子一收，头一扭，先低吟浅唱，后婉转高歌，倾诉对他的无限爱慕。在震天响的锣鼓声中，她的声音也越来越高，我感觉空气都颤抖起来，不得不迅速捂住耳朵。

“我想，你听得差不多了吧？”父亲拍拍我的肩，侧过头来冲着我的耳朵问，“想走了吗？”

我获救似的一边点头，一边迅速站起来，摸黑中牵着父亲的手，走了出去。

戏院外，湿润的寒风迎面而来，终于让我的耳朵如释重负。

“你觉得这部戏怎么样？”

"很好。但我不喜欢他们唱歌的声音，太高了，把我的头都震晕了。"

"哈哈。"父亲笑了，"这种高音其实很难唱。演唱者不仅需要有很好的嗓音，还必须经过多年训练，才能唱出这样的效果。有很多天才的歌唱家从童年就开始训练了。中国戏剧里，舞蹈表演，面部表情，脸谱化妆，都有特定的象征意义。"

我们慢慢往前走。父亲说："今天这部戏，并不是由著名的文学作品改编的。它很一般，讲的是一个朝廷大将，通过他的正义和勇敢，赢得了战争的胜利，率领部队，越过大海凯旋，请求他恋人地位显赫的父亲，同意把女儿嫁给他。他告诉老人，他不再是穷书生，而是朝廷大将，是受人尊敬的得胜将军。老人欣然同意了，女儿喜出望外，对他倾诉了她的思念和爱慕。你看懂了吗？"

"嗯，我大致看懂了。但他们的唱腔太高了，唱词的内容我没能全听懂。"

"我早料到了。我也一句没听懂。但我相信，通过这出戏，你对中国的戏剧会有一个大概的印象，对不对？"

这点我承认。

不久，我们就到了父亲说的那家咖啡馆。里面烟雾缭绕，半明半暗的烛光中，人头攒动，座无虚席。其中还有很多欧洲人。他们大声说笑，抽烟，喝咖啡，还东张西望，不时把目光投向门口，仿佛在观察打量每一个进出的人。

前面的小舞台上，有个年轻女人在钢琴伴奏下唱英语歌。我们走过几张客满的桌子，有人抬头认出了父亲，用"哈啰"跟父亲打招呼，或者点头微笑，挥挥手。一些好奇的目光落在我身上，让我有如芒刺在背。我低着头，有点尴尬地跟在父亲身后。服务员过来了，为暂时没有好座位向我们致歉，请我们随他去后面。他一路向我们点头哈腰，将我们带到一个角落，那里有一张带两把椅子的小圆桌。

烛光下，我们也开始享受“下午茶时光”。服务员端来一只小银盘，里面装有薄薄的三明治片，还有一只精美的小银碗，里面是包有奶油和果酱馅的甜点小丸。

父亲要了可可和咖啡，都装在亮晶晶的小银壶里。果酱馅的小丸子好吃极了，很快被我一扫而光。待我们用完点心后，父亲点燃雪茄，朝空中吹出一道道烟圈。我试着把手指穿进去，哇，成功了！

父亲仰靠在椅背上，眼睛半睁半闭，机智地观察周围的人。这些人跟我之前在街上看见的行人完全不同，他们衣着得体，神态悠闲而快活，用不同的语言聊天。

“汉娜，来这里的人，一般是政府的军政要人，有钱的商人，还有各国驻重庆的外事代表。大家都想在这空袭间歇，尽情享受这难得的和平和安宁。感谢上帝，这幢建筑至今还没被炸毁。但谁又知道，接下来的几个月会发生什么？他们很快就会收拾东西，转移到郊外。我希望这里能一直平安，幸存下来。那样的话，等秋天到了，我们又可以在这里聚会了。”

人们说笑的声音太吵闹，让我几乎听不到女人的歌声和钢琴声。香烟和雪茄的烟雾像厚厚的面纱，笼罩着人们的脸。幽暗的烛光摇晃着，让每一张脸都模模糊糊、影影绰绰，显得神秘而诡异。

这是愉快的一天，也是难忘的一天。能够跟父亲在一起，享受截然不同的生活，我感到无与伦比的骄傲和幸福。出来的时候，咂摸着嘴里残留的可可和点心的香甜，想到那场服饰华丽的中国戏，我不由得挽住父亲的手，充满感激地依偎着他。他的大手也温柔地搭在我的肩头。我俩几乎是亲昵地搂抱着，无比幸福地行走在重庆城热闹的街头。这美好的一刻，深深地镌刻在我的记忆深处，成为我对满目疮痍的重庆城那伤心回忆中最温馨的一幕。

在阿曼先生家

我不耐烦地看了看表，已经快到十二点了，父亲早该到家了，怎么还没有人影？中午的闷热混杂着食物的油烟，让我一点胃口也没有。我用毛巾擦干额头的汗，继续朝门廊边的楼梯口张望。父亲总是从那里上来。我很惊讶，厨娘今天怎么不嫌麻烦，把门廊的餐桌也铺上桌布，摆好待客的餐具。母亲还把所有的花瓶都插满鲜花。

狗叫起来了。

我迅速跑到门廊右边，从栏杆上面往外张望。父亲终于回来了，身边还跟了一个人。我一眼认出是阿曼先生，心里不禁“咯噔”一声。

父亲一上来，就朝我伸出手来：“你好，汉娜！我和阿曼先生一起来接你。”

我惊愕得后退一步：“为什么接我？”

“你忘了么，我们说好要去教会学校？”

“啊？可是……”我真的忘了。

客人的手也伸过来了：“你好啊，汉娜！这么小年纪就健忘吗？那可不好。那样就让我太失望了。”他一来就指责我，让我心里很反感。

我郁闷地笑笑，本能地跟他行了屈膝礼，很勉强地说了一声“你好”，就转身跑了，装出想去告诉母亲“来客了”的样子。我不想见到任何人，径直跑回自己的房间，关上门，把头捂进枕头里哭了。我哭得很压抑，生怕被人听见。我不想去教会学校，更不想跟阿曼先生走。可我竟然把这件事早忘光了。父母怎么可以随随便便把我打发出去，交给这个我一点也不喜欢的男人？还让我去他家待上几天，这太可怕了。

“汉娜，你在哪里？”我突然听到巧妹在唤我，便赶紧跳下床，擦干眼泪，把头发重新捋捋整齐。她的声音在门口又响起来：“汉娜，大孃叫你吃饭了，快点！”

我轻轻推开房门，用嘶哑的声音回答她：“来了。”

门廊上，母亲在用酒精火苗燎碗筷消毒，同时礼貌地请阿曼先生和父亲入座，然后瞥了我和巧妹一眼。我们也自觉坐下。

饭菜上桌前，仆人把热毛巾卷起来，放在盘里端上来，请我们擦手，然后又把毛巾收走。厨房里响起吱吱啪啪的煎炸声。不久，两个女仆就端着滚烫的大碗出来，把它们放在餐桌上。

“阿曼先生，请！别客气啊，就当在你自己家里！希望这次的饭菜比上次更合你的口味。”母亲递给他一碗米饭。

他微微躬身接过米饭：“谢谢傅太太！上次已经很好了。”

“知道你喜欢吃辣的，这次我让厨子特意烧了几道很辣的菜。但愿不要太辣了。”

“哈哈，您还记得？真难为你了。多谢多谢！哇，这香喷喷的辣味已经让我流口水了。”

母亲脸上掠过愉快的笑意。巧妹和我低下头去，忍住没有笑出声来。我们才不会这样说呢，太不得体了。

阿曼先生一边大快朵颐，一边高谈战争的事。父亲尽管同意他的说法，却只是默默地听着，偶尔点头，不怎么说话。

“嘘……哇！真是辣啊！”他啧啧叫道，目光炯炯，“但是我就喜欢川菜的辣！它使我精神抖擞，斗志昂扬。麻辣川菜是世界上最好吃的菜，味道重，回味长，吃起来太过瘾了。我的管家李嫂，做的菜也这么辣。嗯，今天这道麻婆豆腐尤其好吃。”他从每一道菜里都舀一大勺，用筷子把它们扒进嘴里。他吃得很多，也吃得很快，第一个放下筷子，然后就开始一杯接一杯地喝酒，还不停地夸我们家的菜好吃，并再次致谢。

“傅太太，很荣幸再次到贵府做客。您真是一位有思想的摩登女性，同时又继承了中国的传统文化，而且还把孩子们也培育成这样的人。您真是让人敬佩呀！”

母亲挥了挥手，谦虚地说：“我并不摩登，也没有继承好传统文化。我只希望，我们能在乡下安静地生活，并且能有一个好点的未来。”

阿曼先生若有所思地微皱起眉头。“傅太太，我也好长时间没进城了，暂时没有重庆的新闻告诉您。您知道，我的小厂在山上，大部分时间我都待在厂里，每天绞尽脑汁，想着怎么把我的花生卖出去，卖到别的城市、别的国家，而且能卖个好价钱。”

他发红的脸又黑下来。“这些杀人犯！恶魔！强盗！”他突然咆哮起来，“他们会遭报应的！”他紧紧咬住厚实的下嘴唇，两颊的红晕全消失了，额头上隆起深深的沟壑，眼里的忧伤变成了悲愤，然后又两眼空茫地喃喃自语：“不会太久了，不会太久了，日本马上就要完蛋了。可日本一完蛋，我们德国也完蛋了！上帝啊，这该怎么办才好呢？无论如何，德国毕竟是我们的祖国。一想到这个，我简直心都碎了！到目前为止，我的生意还不错。可如果德国完蛋了，我不知道今后会怎么样……”

“我懂你的担心。我们也一样忐忑不安。特别是，这还涉及我丈夫的工作。尽管这样，我们还是希望战争能够尽快结束！这场战争太残酷了，太不人道！你看死了多少人？都是无辜的老百姓啊！世界不会永远任由他们胡作非为，生灵涂炭，把一座好端端的城市夷为平地！”母亲抽着烟，愤愤地说。她半眯着眼睛，目光掠过前方的稻田，投向远处的山峦。

父亲伸过手去，紧紧抓住母亲的手。“对重庆的定期轰炸，似乎已经结束了。日本人很狡猾，想通过对重庆的轰炸，迫使盟军改变战略。美国空军已经摧毁了日本最重要的军事设施，现在又夜袭日军战舰，并大获全胜。盟军已经向日本发出最后通牒，要他们投降，但很遗憾，他们拒绝了。这种狂妄的固执其实意味着最后的毁灭。正如你刚才所说，阿曼先生，战争的结束，何时将中国从日本的魔爪下解救出来，是迟早的事。对我来说，重要的是，终止对重庆的轰炸。因为这种对平民的屠杀和对城市的摧毁，没有任何军事意义。至于以后会发生什么，我相信，不会比现在更糟糕。我跟中国政府关系不错，即使他们一直在暗中监视我。希望战争结束后，我们之间能够找到两全其美的解决方案。”

上茶了，巧妹和我想离开餐桌，母亲却把我叫住了，让我收拾几件换洗衣服，准备去教会学校上学。我闷闷不乐地回到房间，胡乱塞了些衣物进包里，然后就伤心地蜷缩在竹椅上，活像一只待宰的羔羊。

“汉娜，准备好了吗？阿曼先生要走了。”不久，母亲的声音在门外响起。

我挣扎着站起身来，气愤得跺脚，却又无可奈何，只得拿起我的洋娃娃，拨开它脸上的黑头发，在它脸上狠狠地亲了一下，算吻别：“再见了，你才是唯一懂我的人。”泪水哗哗地流下来。

当我擦干眼泪，慢腾腾来到外面的门廊，所有人都盯着我。

父亲过来拍拍我的肩。“很遗憾，我不能去送你，因为手头还有事情需要处理。但我会很快去看你的，暑假结束前，我会去接你。你先去阿曼先生家里待几天。祝你快乐，我的小汉娜。”

我别过头去，不理他，只是默默地盯着地面。

“好好利用这段时间，尽可能多地学点德语。如果你喜欢教会学校，今后就在那里上学吧。”母亲在旁边说，然后她又转向阿曼先生，“阿曼先生，让汉娜去你那里，不会太麻烦你了吧？”

“不会不会，我很高兴汉娜能去我那里。”说着他朝我走来，“走吧，汉娜，来，让我帮你背书包。”

“不用，不用。”母亲赶忙拦住他，“让她自己背，去学校她也得自己背书包。”

我固执地抱紧我的书包，不让他碰。

“好吧，那至少把行李包给我吧。”他一把抢过我手里的行李包。

所有的人都在说“再见”，只有我一声不吭。他们站在门廊的栏杆边，兴奋地朝我们挥手道别。阿曼先生也不断转身跟他们挥手，我只是冷冷地抬起头来，愤怒地瞪了他们一眼，就转身走了。

一路沉默。我们并肩穿过森林，经过那户农家大院。之后的路变得越来越窄，我们必须一前一后错开行走。他敦实的身体迈着沉重的脚步走在我前面，像一头笨拙的公牛。走着走着，他突然转身对我说："汉娜，你走前面吧。你父亲说，你知道怎么去江北渡口。你来带路。"

我依然不说话，只是点了点头，心里暗暗有点高兴，可以由我来决定走路的速度了。

天气潮湿而闷热，身上的书包越来越重。我抬起胳膊擦额头的汗，他一把抓住我的胳膊。"好了，现在把你的书包给我背，否则我要生气了。"

我吓了一跳，乖乖取下肩上的书包。

"我就知道，这个书包对你来说太重了。你父母怎么会同意让你背？真是！来，你拿行李包，这个轻多了。"

"谢谢。"我松了口气，接过那个只装了几件衣服和一双鞋的行李包。尽管卸下沉重的书包，我还是感到很不舒服。但我不想在他面前流露出虚弱，就强打精神，大步向前，一路走下崎岖的山坡，走过干涸的农田。远处的天空乌云密布，开始传来电闪雷鸣。

当我们抵达观音桥乡场，一场暴雨当头而下。闪电像刺目的银蛇，咝咝地划破阴沉的天空，瞬间将大地笼罩在虚幻的奇光里。与此同时，雷声大作，震耳欲聋，仿佛世界正在爆炸。大雨像瀑布倾盆而下。阿曼先生抓紧我的胳膊，拉着我钻进旁边的店铺。

店主友好地迎上来，对我们点头微笑。他太太还迅速拿来毛巾，请我擦干被淋湿的头发。

“小妹妹的头发都淋湿了，快擦擦吧，不然会感冒的。”她把毛巾塞进我手里，又感叹一声，“唉，一直干旱，盼着下雨。现在好了，雨终于来了。”

“是呀，农田都干了，庄稼都快旱死了。可是，突然下这么大的雷阵雨，还是让人吃惊啊。我们还得赶路呢。如果等到今天夜里再下雨，该有多好。老天爷真是不懂我的心情呀。”阿曼先生一口流利的重庆话，把他俩都吓了一跳。短暂的面面相觑后，他俩都又惊又喜地望着他。

“我也可以用一下这毛巾吗?”等我擦完头发，阿曼先生说，然后也不管人家是否同意，就已经抓起我手中的毛巾，往自己的脑袋上抹开了，然后还擦了擦被淋湿的衬衣和裤子，说了声“谢谢”，才把湿毛巾还给人家。我也赶紧对他们说了声“谢谢”。

阿曼先生很响亮地擤鼻涕，用手指将湿头发往后捋平，搓着双手在店里走来走去，打量架子上的货物。“汉娜，过来看看这双凉鞋，你觉得如何?”

我跟在他身后，看了一眼架子上那双浅棕色的皮凉鞋，冷冷地笑笑，不作回答。我即使喜欢又怎么样?我自己没钱，也不想让他为我破费。

“说话呀，你觉得怎么样?”

“很漂亮，但我不需要。”我礼貌地说。

“你当然需要。除了你脚上这双系带鞋，你的包里只有一双布鞋。”

那个女人迅速取下鞋子，递给我说：“小妹妹，试试吧。我感觉你穿正合适。”她让我坐在旁边的椅子上，把鞋递给阿曼先生。

“来吧，至少你得先试试，然后再说喜不喜欢。”

我是真的不想要，但我还是坐上椅子。女人弯下腰来，用灵巧的手指解开了我脚上的鞋带。尽管还湿着，她还是很快脱下我的鞋子，为我套上凉皮鞋。

我感到了奇妙的凉爽、柔软和舒适。光滑的、浅棕色皮鞋带十字交叉，上面还有很多小孔。我突然发现我多么喜欢这双皮凉鞋，但我不想让他买给我，于是就默默地摇了摇头。

“为什么？不漂亮吗？”

我抬起头来看着他，发现他的眼里充满不解和责备。“不是，很漂亮，但是……我不想你为我破费。”我结巴着，终于忍不住实话实说，感觉脸都红了。

“小妹妹，这双鞋你穿上很漂亮。这是手工做的。”

阿曼先生低声对她说了句什么，然后就决定：“买了！”

“不！”我大声抗议。

“现在我已经决定买了！我看出来了，你很喜欢。好了，就这样，别多说了！”他掏出钱包。我又惊又喜，不好意思地谢了他。

付账后，他接过老板娘递来的鞋子，又问她是否有雨伞卖。

“对不起，我们没有。但出门往前第三家店，他们有。”

相互鞠躬道谢后，我们离开了。雨还在下，我们迅速冲进老板娘说的那家店。那是一家杂货店，各种杂物放在大小不同的竹筐、篮子、纸箱里，盘形的大草帽、各种型号的草编鞋，都堆在角落。另一角落有一个竹篓，里面插了很多雨伞。阿曼先生从里面翻找出一把小花伞，问我是否喜欢，又为他自己挑选了一把米黄色的大伞。

出店门时，我们都撑开各自的雨伞。阿曼先生催促我：“快点，我们得赶上这班船。”

天空依然乌云低垂，雨还在下，噼噼啪啪地打在我们的伞上。突然一阵狂风袭来，差点吹掉我的伞。于是我用双手抱紧伞柄，紧跟着阿曼先生连走带跑，穿过大街，下了石梯，来到嘉陵江边的渡口。

捋开被大风刮到脸上的湿发，我看见江面漂浮着一些木板，被激流冲击得游来荡去。它们可能来自被冲散的木筏。平常绿色清亮的嘉陵江水，这时变得灰暗混浊，在密急的雨帘中与灰色的天空相连。打鱼船在水波里起伏摇晃，渔夫在拼命地划桨。一些菜渣、木块和油渍，在激荡的水面游来荡去，起伏冲撞。

我们的渡船也摇晃得厉害。客舱里闹哄哄的，乘客们你推我搡，挤成一团，在装满货物的筐篓、麻袋和箱子之间踉跄趔趄。我被困在大人们的腿脚和货物之间，头昏脑涨，恶心想吐，几乎窒息。我看不见外面，头顶偶尔能感受到一丝江风。我紧紧地抓住阿曼先生的胳膊，随他一起东倒西歪，同时感觉四肢被难受地撕扯着。每到一处码头，都有很多人匆匆下船，又有很多人带着湿漉漉的雨伞和货物上船。客舱里不断响起咳嗽声、吵闹声、说话声，嘈杂不休，还臭烘烘的。渐渐地，人终于变得稀少了些，我也终于可以望见外面灰暗的江水和雨雾中朦胧的山影。

“现在我们到长江了。”阿曼先生对我说。我感觉周围的人在打量我们。为了避开他们好奇的目光，我只好盯着地面，不抬头。

“汉娜，我们现在得下船了。你最好马上撑开雨伞，免得又被淋湿了。”他提醒我。

雨水在伞上噼噼啪啪不停地拍打，又在脚边四处乱溅。路面上到处都是水坑，让我几乎迈不出脚。小的我可以一跃而过，大的就只能绕道而行。我的鞋子和裤子都湿透了，还沾满泥泞。一直到我们爬上码头边的大斜坡，来到一片森林里，踏上黑乎乎的林间小路，疯狂的暴风雨还没有停歇。树梢在狂舞中呜咽哭泣，路面的枝丫横七竖八，阻拦着我们顺利前行，让我们不得不走走停停，挪开或绕过那些树枝。偶尔，我能看见树林外的电光一闪，听到远处沉闷的雷声。

一路上，我几乎是在拖着自己的躯体前行，双腿沉重，又软弱无力，似乎已无法支撑身体。我昏昏沉沉地跟在阿曼先生后面，重一脚，轻一脚，踉踉跄跄，感觉随时都会瘫软倒下，彻底崩溃。

突然，我听到狗叫。

“是瑞克斯和福克斯，我的狗。它俩已经发现我们了，正狂叫着欢迎我们回家呢。”

不远处的山坡上，我隐约看见有房屋的影子。一条黄狗和一条灰狗向我们跑来，摇着尾巴不停地叫唤。

“闭嘴！”阿曼先生下令了。两条狗立即安静地站着，眼巴巴地望着我们，只有小尾巴还在兴奋地摇摆。

阿曼先生从裤兜里掏出一个布袋，从中抓出一把狗零食，给了我几颗，说：“给它俩一个扔一点，然后摸摸它俩的头，或者捏捏耳朵之间的那块皮。它俩就把你当朋友了。”

“不，妈妈不允许我碰狗。”我大叫一声，后退了一步。

“我的狗例外。只有那些没人管的野狗和病狗，身上有细菌，会传染人，你不能碰。但我的狗不同。李嫂，我的管家，和我，我们把它俩照顾得很好，每天刷毛。它们从不吃我们的剩菜剩饭，都是单独煮食，身体也干净，是健康的好狗。好了，现在你快扔点食给它们，看它俩已经等着急了。”

我先还有点犹豫，然后就越来越快地把零食扔给它们。它俩很快就吃光了我手里的零食，还满怀希望地望着我，小尾巴仍旧摇个不停。

“现在你可以抚摸它们了。”

我小心翼翼伸出手去，摸它们的头。它们摇晃着尾巴，哼哼唧唧凑过来嗅我。我在它们的小耳朵之间轻轻揉捏。一停下来，它俩就跳起来，一只爪子搭在我的手上。我立即明白了它俩的意思，大笑起来，又继续揉捏，它俩又立即安静下来，一脸享受的幸福模样。

“好玩吧？”阿曼先生问。

“嗯，好玩！”我笑了。我们家有三条大狗，我从没摸过，没想到会这么好玩。

“好了，够了！现在滚回你们的狗窝，开始工作，好好看家！”他向它俩命令道。

我们继续走完最后一小段路。黄昏中，我看见前方的坡上有一幢欧式房子，一道宽敞的、由两根柱子支撑的木梯，通向上面的露台。露台的右边有四把木椅和两把藤椅，围着一张长方桌。大门前有个消瘦的妇人在等我们。她并不年轻，头发花白，笑容可掬地向我们鞠躬。“先生回来了，一路还好吧？”

“还好还好！这鬼天气把我们身上弄得稀脏！冒雨赶路简直是活受罪！家里还有什么吃的没有？”阿曼先生大声嚷嚷着进

了屋。

“我已经把饭菜热好了。”女人说着，点燃了一只大油灯。

灯光中我看见，这是一间大起居室，棕色的椅子围绕着一张圆桌。后面有一个小玻璃橱柜，里面摆满餐具。一切都是典型的田园风格。房间右边有一张很大的写字桌，上面摆了些文具，还有一台很大的打字机。后面有一张高大舒适的扶手竹椅。

“吃饭前我们得先换衣服，洗把脸。”他对管家说。

“我很累，不想吃了。”我对他小声嘀咕道。

“但你今天只吃了午饭。现在是晚上了，你肯定饿了。先去换衣服，休息一会儿，然后你就有胃口了。”

“不，我真的不饿。我感觉不太舒服，想去躺躺。”

“什么，你感觉不太舒服？不会生病吧？让我摸摸你的额头。”说着他走过来，把手按在我的额头上，“天哪，这么烫！你发烧了！为什么不早说你不舒服?!”

这句话他几乎是吼出来的，吓得我大气不敢出。随后他拿起桌上的油灯，弯下身来，仔细察看我的脸。“见鬼！这是什么？脸上怎么起了这么多红点！你出过麻疹或者风疹吗？上帝啊，我要疯掉了！”

“我不太清楚……好像出过。”我嗫嚅着。

“好像？什么是好像？好像就是不知道！”他骂骂咧咧地，朝李嫂转过身去，“快去找老简，让他立即下山去请医生，最好让医生明天一早就上山。哦，对了，别忘了让他把手电筒带上。回来后，你再给汉娜煮点什么喝的。”

李嫂点着头退出了房间。

“等李嫂回来，会带你去你的房间，给你送去凉开水。现在你必须多喝水。”

我望着他无力地点了点头。

“真是要命！你为什么早不病，晚不病，偏偏一到我这里就生病?!”他朝我大吼大叫。

“对不起，我也不想生病。”我难过极了，垂头坐在椅子上，后悔不该跟他来。可我有什么办法呢？是父母硬逼我来的，我自己根本不想来。

“算了，这也不能怪你。也许没什么大碍，睡一觉就好了。难怪你一路上那么安静，闷闷不乐，也不说话。我还以为，你是不喜欢我，不想到我这里来呢。”

我不敢抬头看他，违心地摇了摇头。他走过来，又轻轻摸了摸我的额头。

李嫂回来了，拉着我的手，把我带到客房。在昏黄的煤油灯光中，我看见一张挂着蚊帐的大床。她把油灯放在床头柜上，为我倒来一杯凉开水，请我喝光。我乖乖地照办了。

然后她弯下腰来，在床前的地面点燃一根厚实的蚊香，驱赶蚊子。又关上百叶窗，把束在床顶的蚊帐垂放下来，小心地把蚊帐三面的底边塞到竹席下压住，让床前的一面交叉着自然下垂，以便我一会儿能够上床。后来，她又带我去卫生间。在一张黑色的小柜子上，有一只白色的洗盆和一只水罐，旁边有一个盖板开着的黑木椅子，中间嵌有一只带盖的白搪瓷桶。

“需要我帮你脱衣服吗?”李嫂亲切地问我。

“不用，谢谢。”我疲惫地对她笑了笑。

“上床后，你得把这蚊帐脚塞到竹席下面，就没有蚊子能飞进去了。床头柜上有个铃铛，如果你有什么需要，就摇铃。我的房间就在你隔壁。”

我感谢地点点头。

尽管有这场雷阵雨，天气并没有凉快下来。我浑身滚烫，疲惫不堪，仍难以入眠。蚊香的浓烟钻进我的鼻孔，让我呼吸困难，感觉随时会窒息。不久我听到脚步声，门被轻轻推开了。透过蚊帐，我看见阿曼先生进来了。他悄悄走到我的床边，脸贴到蚊帐上朝我张望。“汉娜，你睡了吗？”他轻声问，“现在感觉怎么样？”

“我很热。另外，蚊香很熏人，我感觉……呼吸有点困难。”

“关了蚊帐怎么又点蚊香?！何况你还在发烧？这个李嫂，做事从来不动脑子想一想！”

他一跺脚，踩灭了蚊香，然后把手伸进蚊帐，摸我的额头。

“天哪，好烫！再热你必须摇铃铛。我马上叫李嫂给你一块湿毛巾，你敷在额头。油灯我就放在柜子上，今晚让它一直亮着，方便点。”

“好的，谢谢。”我气若游丝。

“对不起，让你一来就生病。医生明早就来了。我希望你尽快好起来，然后我就带你到附近走走。但现在你得先睡觉。如果有什么，马上摇铃铛，向我保证！”

我半闭着眼睛，“嗯”了一声。

这真是一个糟糕的夜晚。我浑身奇痒难受，辗转难眠，最后不得不坐起来。我怀疑床上有跳蚤或虱子，就把薄被子堆到一角，瞪大眼睛，在竹席上寻找小黑色。我挨着一寸一寸地查看，仍然什么也没发现，便在精疲力竭中再次躺下，却再也不敢盖被子，怀疑那些害虫是躲藏在被子里。

当我被一阵嘈杂声惊醒，睁开眼睛，李嫂正在开窗。日光让房间瞬间变得明亮起来。她来到床边，将蚊帐朝两边高高挂起，惊骇地瞥了我一眼，就匆匆走出房间，大声呼唤阿曼先生。

阿曼先生很快就来了，还带着一个德国医生。两人站在床前用德语交流。医生低头瞅了我一眼，就断定我在出水痘。

“水痘?！真是见鬼！怎么偏偏是水痘?！这不是要我的命吗?”阿曼先生惊恐地大叫起来，抱着脑袋在屋里打转。

“不要紧，我开个药方，吃了就好。”医生一边说，一边脱我的衣服。

他脱掉了我的睡衣，让我几乎全身赤裸着躺在两个男人面前，只剩一条小内裤。我害羞极了，同时惊恐地发现，我居然全身都是红色的小泡，并且立即又感到奇痒难耐，脸上也痒，就伸手去摸，手指立即触摸到许多小泡泡。天啊，居然脸上也有！我吓得失声大叫起来，几乎要哭了。

“千万不要用手去抓！”医生把我的手从脸上移开，突然用中文对我说，“如果水泡破了，只能用棉球轻轻吸干，然后水痘会慢慢缩小，结痂，掉皮。但如果你抓挠，就会留下丑陋的疤痕。我带了止痒粉，马上为你扑上，可以缓解瘙痒。你不用一直躺在床上，但你得等几天，等掉痂之后，才能出门。”

他打开一个大罐头盒子，开始往我的全身扑粉。粉末飞得床上到处都是。我尽量屏住呼吸，以免咳嗽。

“你的身体需要透气，最好穿宽松的棉布裙子，不穿裤子。如果实在忍不住痒，就把皮肤浸在冷水里。但擦干的时候不可以揉搓，只能用毛巾轻轻吸干，然后再扑上止痒粉。几天后就好了。记住，千万别抓挠！”

我点点头。

“好了，我还有别的病人，得马上赶去。再见，祝你早日康复。过几天我再来看你。”

“谢谢，再见。”

狗叫起来了，两个男人在门口用德语道别。

一会儿，阿曼先生返回来了，坐到床边。“如果你愿意，可以起床去客厅，穿上宽松舒适的棉布裙子，去椅子上坐坐。李嫂在为你炖鸡汤。我给你读一段童话故事。你觉得如何?”

“好的。我感觉不怎么发烧了，但痒得厉害。”

“我知道，瘙痒很不舒服。但你都听见了刚才医生的叮嘱：绝不能抓挠。星期一我就去教会学校，帮你请假。医生说，你八天以后才能去学校。因为水痘会传染。”

我冲他笑笑，第一次感到他虽然粗俗，却很热心，还懂得关心体贴别人。

李嫂为我剪了指甲，避免我抓挠，还在桌子上放了一大盆洋甘菊凉水，旁边搁了装有棉球的小盒子，并用脚把垃圾篓推到我面前，说：“如果水痘破了，就用棉球把水吸掉，用过的棉球扔进这个垃圾篓里，过几分钟，再扑些止痒粉上去。如果实在忍不住瘙痒，就用洋甘菊水止痒，然后擦干，再扑止痒粉。”

尽管我一次次这样做了，还是痒得难以忍受。我站起身来，穿上舒适的棉布裙子，来到客厅，坐在桌子边。阿曼先生拿着一本厚书朝我走来。

“趁李嫂为我们做饭，我为你朗读一段童话。每一个句子，我先读德语，再译成中文。这是一本《格林童话集》，是德国很有名的故事书。我决定先为你朗读一段灰姑娘的故事。你知道这个故事吗?”

“爸爸为我讲过很多童话。但灰姑娘的故事我没听过。”

他肉墩墩的手拿着书，短胖的手指夹住翻开的书页，另一只手静静地放在我的手上，用缓慢的语速，抑扬顿挫的声调，开始为我朗读。他先用德语读一句，再用中文重复一遍。有时他读着读着就手舞足蹈，以加强故事的感染力。然后他又降低声音，几乎像耳语，亲切地问我：“怎么样，都听懂了吗，汉娜?”

我点了点头。他这样不断地来回翻译，其实很影响我听故事，但我还是好奇地等着他继续朗读。

他没拿书的那只手在空中画了一道半圆，食指和大拇指捏在一起，好像捏着一支魔棍。这时他扮演的是仙女，用缓慢而神秘的细声软语念仙女的魔咒。过一会儿他又扮灰姑娘，一个人扮演不同的角色，不仅朗读故事，还模仿他们不同的表情和动作，眼睛生动地转来转去。当他读到“她的手在美丽的舞裙上滑过”时，他就弯下腰，慢慢抚摸自己粗壮的大腿，同时声音也变得格外温柔。

我强忍住不失声发笑，不是笑故事，而是笑他滑稽的样子。他敦实的身材，胖乎乎的手指，粗壮的大腿，跟童话中的灰姑娘一点也不像，甚至恰好相反。可他却很投入地模仿灰姑娘的动作、声音，甚至表情，好像他就是灰姑娘一样，太滑稽太好笑了。我被他的表演和朗读深深地吸引，一直到故事结束，居然把瘙痒也忘了。

从这一天起，我发现他真是个好人，而且还很有趣，于是就感到很内疚，后悔当初怎么那样看他，就因为他有点粗俗的言谈举止，就认为他是个坏人，不想跟他交往呢?

几天后，我感觉好些了，不那么痒了，只有几处我忍不住抓挠过的地方，留下了伤痕。

医生又来了，查看了我的身体后，表扬了我："你真乖，没怎么抓挠。那几处结痂很快就会好的，再过几天你就完全康复了。我再给你一盒止痒粉，这几天用。"

阿曼先生谢了他，把他送到半山腰。狗又开始狂叫起来，他冲它们咆哮："住口！该死的家伙！"

"我刚去了教会学校，帮你请了假，为你不能如约前往而道歉。"有一天他风尘仆仆回来后，对我说，"医生说的，你必须完全好了才能去学校，否则你会传染给别的孩子。你感到失望吗？"他看着我的眼睛。

"才不呢。"我说，心里其实还很高兴，我本来就不想去教会学校。

接下来的日子里，我们像亲密的好朋友，说了很多知心话，还谈论了关于德国的事情和这场无聊而残酷的战争。

"这该死的战争彻底改变了我的生活。我太太和我，二十年前就满怀希望到重庆来了。我们用了好几年时间，才实现了我们的计划。在最初盖建工厂的时候，我们遇到很大的麻烦，主要是语言障碍，因为工人不明白我们的意图。直到我们请到一位中国工程师，情况才好转。我们的工厂尽管在这偏僻的山里。可每到周末，我们都会进城，去跟我们的德国朋友们聚会。但是，这几年因为连续不断的大轰炸——该死的日本人，赶快下地狱吧——害得我们的德国朋友们都走光了。有的回了德国，大部分去了美国。我太太受不了这里的寂寞，两年前也回德国了。现在她暂住在亲戚家里，等我战争结束后，把工厂卖掉，回去跟她团聚。

唉，我迟早会卖掉这里的一切，这亲手盖建起来的厂房，还有这幢房子，告别这里，回到德国。”说到这里，他若有所思，黯然神伤。

“也许，你太太还会再回来吧，那你就不用卖掉这里的房子了。”我试着安慰他。

“哦不，她才不会呢。我们在这里已经没有朋友了——除了你父亲。另外，我们也渐渐老了，也想回去终老故乡。中国谚语怎么说？哦对了，落叶归根。我们也要落叶归根了。”他忧伤的目光让我动了恻隐之心。奇怪，我以前怎么会认为，他是个既粗俗又冷漠无情的人呢？

“那可就太遗憾了，我再也不能来这里拜访您了。”我轻声说，“但是我能理解您。”

他笑了，亲昵地摸了摸我的头。“等天气好些，你可以跟我的狗出去玩玩，去房子四周转一转。但一个人别过那座桥，想过桥必须有我陪伴，你向我保证？”

我点了点头。

接下来的几天，他又为我朗读了很多德国童话，先用德文，后用中文。我的身体也慢慢好起来，不再痒了。李嫂每天都为我们做好吃的川菜，很辣很香。我胃口大开，吃得很欢，感觉自己都吃胖了。

花生工厂

天气又热起来，我们早早起了床，早餐吃的炒蛋，吐司面包抹橙子酱，还有香喷喷的花生酱。那是阿曼先生自己工厂的产品。他喝咖啡，我喝可可。

“我过一会儿来接你。”当我们吃完早餐，他说，“然后我带你去我的工厂看看。现在你先在家里画画，等着我，好吗?”

“好啊，我喜欢画画!”我高兴起来。

他打开一扇嘎吱作响的柜子门，取出一只很大的木盒子和一本绘画簿，递给我。“这是纸和水彩颜料，你拿去随便画吧。”

“哇，太谢谢了。”我打开盒子，惊喜地看着里面五颜六色的颜料。

“好了，一会儿见，汉娜。”他向我挥挥手，转身走了。

“一会儿见。”我也朝他挥了挥手，然后就抱着这些宝贝到了客厅。“李嫂！李嫂!”我大声呼唤。

“什么事，小妹妹?”她从旁边的一扇门里探出头来。

“我需要一大杯水，画画用。”

“好的，我马上送来。我得把刚为你改短的裙子折叠起来。”她指了指搭在她胳膊上的布料。

“你为什么要改短我的裙子?”我望着她胳膊上的布料，很惊讶。那正是我的裙子。

“是阿曼先生叫我改的。他说你的裙子太长了，很土气，得剪掉十厘米，穿起来才显得摩登，才像大城市的姑娘。他说现在流行短裙子。”

我生气了。阿曼先生怎么不先问问我，征求一下我的意见，就一意孤行，擅自把别人的裙子改短?我真想发作，但我没有，只是把愤怒压在心头。

父亲古书中那些迷人的风景画又出现在眼前。我开始画画，努力画出记忆中嶙峋的山崖，西沉的夕阳，波浪起伏的大海，并陶醉其中。当阿曼先生回来的时候，我还没画完。他从我的肩膀后面探过头来，看我画。

“哇，画得很好啊，汉娜，我看你很有绘画天赋!”他激动地叫嚷起来，“我在你这么大的时候，绝对画不到这么好。”

我直起身来，他还惊喜地盯着我的画。我当然不会告诉他，这幅画是我从父亲的古书里看来的，我只是努力画出它留在我记忆中的样子而已。

“就摆在这里，别动，一会儿回来你再接着画。”

“我已经画完了。”

他笑了，鼓励我说：“汉娜，你很有绘画天赋，一定要继续画画。也许你会成为一个大画家。”

他的话让我飘飘然起来，迅速把刚才对他的气恼忘得精光。

母亲从没有给过我这样的赞美和鼓励。如果我做了让她满意的事，她最多给我一道赞赏的目光。可我多么渴望有人能够赞美我，肯定我，鼓励我呀。

当我们走出房门，对面的山峦笼罩在曚昽的阳光中。两条狗摇头晃尾朝我们跑来。我们蹲下身来抚摸它们。我伸手去捏瑞克斯的耳背，它的嘴伸过来，好像要亲吻我的手。

“好了！滚开!”阿曼先生一站起来就厉声呵斥。他的温和和粗暴，总能在瞬间自由转换。这让我觉得不可思议。两条狗立即垂头耷耳，伤心地返回它们的狗窝。

那座桥的桥头，锁着一道木门。桥的两边拦着高高的铁丝网。阿曼先生打开那扇嘎叽作响的木门，我看见桥后的右边，有一条上山的石梯小路。

“那上面是我为工人盖的宿舍，他们和家属都住在那里。”他转过身来对我说，“二十年前，我在这里投了很多钱。你必须方方面面都考虑周全。如果遇到意外事故，情况紧急，比如像雷阵雨引起山洪暴发，怎么办？工人必须能随叫随到。除了他们，他们的家属也需要得到妥善安置，他们才能安心工作。你说是不是?”

刚迈出脚步，他又突然停下来。“你看见桥下那些管道了么?都是当初建厂的时候就铺设的——哦，不，甚至在建厂之前。这样废水就不会流到下面的湖里，去污染湖水，而是通过这些管道流到山坡的另一边，一个加了盖子的废水池里，通过净化处理后，再流到下面的山沟里。”

那座架设在两座山壁之间的竹桥，桥面并不平坦，走起来还有点摇晃。当我们走到桥中间，还能听到潺潺的水声。我越过桥栏朝外张望，果然看见一条小溪朝山下的湖泊流去。

“那是我们的水源。”阿曼先生指着那汪蓝色的湖水说，“工厂需要很多水来洗花生，还要做清洁，保持车间干净卫生，以免生菌。如果长时间不下雨，湖里的水不够用，男工们就得去长江挑水。长江的水还必须经过净化处理，才能使用。他们用木桶从长江挑水，要走很远的山路，非常辛苦。”

“我知道！我见过那些挑水的苦力。”我想起码头上的那些挑夫。

“从长江挑水到这里的工厂，一趟就得好几个小时，太费时费工，也太辛苦。感谢上帝，只要来一场大雨，这湖里的水就又满了，又够我们用好长时间。所以我们总体来说，在用水方面问题不大。”

爬上山，又走了一会儿，阿曼先生指着前面一片庄稼地说：“你看，这就是我们的花生地。这边的已经收割了，那边的暂时还看不出什么，因为嫩绿的小芽还没冒出来呢。如果天气持续这样，阳光能穿透云层，照到地面，可能明天就会长出第一片绿芽。可惜开花的时间太短了，只有半天。但这半天也不错啦，绿叶间开满小黄花，看上去非常漂亮。那些小黄花颜色鲜艳，中间还带有粉色的花纹，看起来像小蝴蝶成群结队在绿叶间飞舞。早晨太阳升起的时候，花蕾会张开，在到中午的几个小时内，它们会被授粉，然后到中午就枯萎了。在接下来的几天里，那些花朵被授过粉的枝秆，会越来越长，弯腰钻进泥土里，有三到四厘米深。这些钻进泥土的枝秆，过不了多久就会长出小花生，差不多就在地表下面。等它们长得足够大，就会被小心翼翼拎出来，放起来晾干。有趣吧？这就是花生的生长过程。”他边走边说，还手舞足蹈，不时回头看我，顺走几步，又倒退着走几步。“当然，这片地里的花生还远远不够。我还得到附近的乡下去收购农民种植的花生，那样才能提高工厂的产量。”

“我再给你讲讲我的工厂是怎么加工花生的，你有兴趣听吗?”他眉飞色舞地望着我。

“有兴趣。”我机械地说，还朝他微笑点头，不想扫了他的兴致。

“今天你就会看见一些。有一小部分花生收割的时候还带着秆，必须先晾干。这个过程一般需要四周。然后，花生就跟秆分开了，再用一个筛子，把花生放在上面颠簸、摇晃，抖掉泥土，再用一定的温度烘烤，直到烤出香味。烘烤的过程，也是杀菌消毒的过程。烘烤后，花生会按大小分类、去壳，再次经过高温烘焙，装进大的密封器里，通过强力抖动，剥离花生衣。然后我们会按不同的用途，给花生加盐或加糖，或者打磨成花生酱，装进密封的罐子或瓶里。一部分还会榨成花生油。那些烘烤过的去壳花生或带壳花生，会分门别类地装袋出售，打包成一只只大麻袋，让男工们扛到码头装船，通过长江运到不同的城市。大箱和桶里的，就用集装箱运到国外。”

厂区有很高的铁丝网栅栏，入口处有一道大铁门。阿曼先生一边开铁门，一边说：“把厂区围起来，主要是防止陌生人和乱跑的野狗。这道大门，只有我和门卫有钥匙，能让工人们进进出出。”

在车间外一个带顶棚的坝子，我闻到了诱人的花生香味，是从敞开的车间大门飘出来的。阿曼先生把我带到旁边的小屋。“我们得先洗洗手，因为我们刚才摸了狗。”他指着一只大盆子对我说。盆子旁边放了两桶水。房间的右边还有几只马桶。他让我先在手上抹肥皂，然后就往我的手上淋水冲洗，最后递给我毛巾擦干。他自己也这样洗了手。

“在这里必须讲卫生，不能让细菌染污产品。当初我费了很大的劲儿，才让工人们明白，必须按我的要求做。有不听的，立即解雇。他们起初不听，直到我真的解雇了几个人，他们才明白，这可不是开玩笑的。”

工人们用点头向我们问候。全是男工。他们好奇而惊诧地望着我，从头到脚打量我，让我感到很不自在。阿曼先生也不对他们介绍我是谁。我只得低着头，避开他们的目光，紧紧跟在阿曼先生的身后。

当他向锅炉边的工人大吼大叫的时候，我停下脚步，仔细观察这个车间。屋顶是昏暗的玻璃板，能透进来稀薄的阳光。两扇敞开的大门相对而立，应该是车间的进口和出口。工人们几乎都光着上身，平头，戴着口罩和长手套。只有少数人穿着被汗水浸透的灰罩衫。一个年轻人站在大灶炉前，手握铁锹，正把没脱壳的花生在一只嵌进灶里的大圆铁锅里铲来铲去。灶台后面有个烟囱，穿过屋顶，伸向天空。我呼吸着香喷喷的烤花生香味，忘了车间里难受的高温。

阿曼先生又回到我身边。他对我说：“脱壳的带皮花生会在这里再次加热，用高温烘烤。其他的程序我都对你讲过了。遗憾的是，山上没有电，所有的程序必须手工完成。幸好有足够多的壮劳力，他们可以操作这些机器。”

有个工人站在一个大机器旁边的梯子上，慢慢将花生倒进一条安装在那里的大管筒里。另一个工人站在一个带手柄的大轮子前，双臂用力地摇动手柄，让轮子尽快地旋转。还有一个工人，正使劲用胳膊压一根杠杆，一下又一下，带着节奏，将打磨好的花生酱从管筒压进一个大缸。车间里的工人并不多，但个个都表情严肃地忙个不停。这里除了闷热难受，还闹哄哄的，“嘎吱”声、“咔嗒”声、“咕咙”声，此起彼伏，一刻不停，让我感觉头脑里一片轰鸣。

车间出口堆了许多装满花生的大麻袋，口边朝外翻卷着。我们经过的时候，麻袋里飘出的烤花生香味让我情不自禁地望了一眼。阿曼先生注意到了，大笑起来。“我就知道，你想吃我的烤花生了，是不是?”

“它们闻起来真香啊。”我有点不好意思地笑了。

他从钩子上取下一只中号麻袋，用铲子将烤花生铲进去，装满后，往肩上一扔，另一只手牵着我的手说：“走，我们回家。李嫂等我们吃饭呢。”

那以后的好几天，我都会想到车间里的那些工人，他们如此沉默，认真严肃，没有人说笑，也不拖沓怠工，只是像机器一样不知疲劳地工作。而对阿曼先生的大声呵斥和命令，他们也没有任何异议，一律恭恭敬敬地服从。他们有思想和感情吗？他们在想些什么呢？

我从麻袋里捧出花生，把一只小袋子装满后，就走了出来。两条狗热情地扑上来，把我手里的袋子都差点碰掉。

“瑞克斯！福克斯！别这么激动！”我大声吼道。

在我抚摸一条狗的时候，另一条狗就嫉妒地挤到我们中间，不停地朝我哼哼唧唧。我不得不把手里的花生袋子搁到一边，也去抚摸它，安慰它。大概是被花生的香味吸引吧，它俩都兴高采烈把头凑过去拱我的花生袋子。

“嘿……不可以！”我大喝一声，赶紧把袋子高高举起，“走，我们去散步吧。”我对它俩说。

于是我就率领着两条狗，哼着小曲儿朝竹桥走去。我们很快就来到竹桥前。木门关着。我正推开嘎吱作响的木门，突然想起阿曼先生的警告：不许一个人过桥。怎么办呢？我当然应该信守承诺。但我并不想过桥，只想到对面的山上去。况且我也不是一个人，还有两条狗陪着呢，于是我就轻轻推开木门。

“过来！”我命令它俩，又指了指对面的山，示意它俩走前头。桥身轻轻摇晃着，走在上面我有点害怕。但我还是很快就顺利地过了桥，爬上对面石板松动的梯坎，钻进森林里的一条小路。那条小路在圆形的山头下绕了一圈。我一次又一次从地面捡起树枝，向前扔去，让两条狗跑去叼回来。

突然，我远远地看见森林里有些低矮的棚屋，就赶紧唤回两条狗，让它们跟在我身后。我们慢慢朝前移动，直到能看清那些棚屋。它们是深褐色的木板屋，相互捆绑在一起，搭建在一块岩石上，朝山沟的一面有许多小窗。

棚屋前有一块狭长的坝子，有几个看似跟我同龄的孩子在那里玩耍。我慢慢朝他们走过去。当他们发现了我和狗，竟吓得惊慌地四下逃散。

“你们不用害怕。”我马上朝他们大声说，“这两条狗都很乖，不会咬人。”说完我回身命令两条狗趴下。跑开的孩子这才停下脚步，迟疑而好奇地朝我张望。

我笑眯眯地朝他们走近几步，问：“我可以跟你们一起玩吗？”

他们摇头，神色紧张地盯着我，好像我是鬼一样。

我立即意识到，我跟他们长得不同，穿得也不同。他们都脏兮兮的，裤子和衣服上有很多补丁。只有一两个孩子的衣服稍微像样点，却又长又大，腰间系了一根绳子。而我的白皮肤，高鼻子，被李嫂改短的亚麻裙子色彩鲜艳，又干净又摩登，还有我辫子上的白绸带，肯定让他们觉得很陌生，很奇怪。

突然，我灵机一动，有了主意，打开手里的袋子，向他们走去。“你们谁跟我玩，我就给谁吃一把花生。”

这下他们无法拒绝了，慢慢向我走近，伸出手来。我给他们每人一把花生。

我们就这样成了玩伴，一起吃着，笑着，相互扔花生壳，为四处乱飞的花生壳乐开了花。后来我们去树林里玩捉迷藏。但我的狗总是暴露我的藏身处，让他们轻易就找到我。他们为他们的获胜而开怀大笑，直到有母亲在棚屋里叫唤孩子，我才意识到，我和狗也该回去了。

阿曼先生下午很晚才回来，说他今天去城里见我父亲了。父亲明天会来接我，送我去教会学校，已经耽误太久了。

“什么，明天就去?”我大吃一惊。

“你已经在这里待了十天了，希望你没感到太无聊。我本来还想带你去附近的乡镇逛逛，也没顾上。最近实在太忙了。”

“没关系，这里也很好，我一点也不觉得无聊。我很喜欢跟瑞克斯和福克斯一起玩。我们还一起到旁边的山上……”啊——不！我差一点就说漏嘴了！怎么可以自我暴露呢？他明令禁止我过竹桥的呀。

让我意外的是，他并没有往下追究。只是从他的目光中，我猜，他大概知道我和瑞克斯、福克斯都去了哪里。

"很遗憾，你明天就要离开我了。"他沉默了一会儿，说，"你为我带来了我想要的生活。对我来说，这是一段短暂的幸福时光。但现在更重要的是，你得去教会学校上学。不过我相信，今后你肯定会再来的。我说得对吗?"

还好，他没看见我突然涌上眼里的泪花。我真想求他，余下来的假期就让我继续待在他这里吧。但我没有开口。

晚饭后，我来到露台，微风拂面。我一边呼吸新鲜空气，一边着迷地望着天边。在西沉的夕阳下，那里正不断地闪烁着红色、紫色和灰色的光芒。

阿曼先生出来了，递给我一把蒲扇。我们坐在藤椅里，摇着蒲扇，享受着微风。暮色渐浓，我们都默默无语，望着月亮从山后渐渐升起，像一只橘红的气球，飘上繁星满天的夜空。蟋蟀唧唧的叫声穿透了依然闷热的空气，在我们的耳边萦回。

"汉娜，你看，那上面是大熊星座，你认得吗?"阿曼先生仰起头，突然说话了。

我抬头望着一片星光闪烁的海洋，当然不认识什么大熊星座。但为了不让自己显得无知，让他看不起，我说了句"认得"。

"这些星星，全世界都能看见。我年轻的时候，经常去天文馆看星星。那时候我就有一个心愿，今后要到亚洲来看看。中国是亚洲最大最古老的国家，因此我就来了。我对中国的古老风俗和文化尤其感兴趣。"

我静静地听着，侧身看了他一眼，想象他年轻的时候会是什么样子。

"在德国的时候，我在一家进出口公司工作。我和我太太就在那里认识的。我们很快就相爱结婚了，一年后有了一个女儿。

遗憾的是，她出生不久就死了。”

他停了停，瞥了我一眼，又接着说：“为了化解悲痛，我们决定离开伤心地，移民中国。”他的表情和声音都如此悲痛，让我很想拉住他的手，安慰他。但我不敢，只是更加使劲地摇扇子。

“当我们刚到中国的时候，我们并不知道会遇到什么困难。我们的计划真的很冒险。有时候我们很绝望，甚至想放弃这里的一切，回德国。”

我又想到他死去的女儿，便伤心地说：“对不起，我很抱歉。”

“哦，我没想到会使你难过。对不起，我完全忘了你还太小，不应该听这些悲伤的事情。”

我冲口而出：“没关系，阿曼叔叔，你讲吧。”话一出口，我马上就感到尴尬和错愕。我怎么会突然改口称他“叔叔”？之前我一直叫他“阿曼先生”。

他站起身来，双手搭在我的肩头。在煤油灯的微光下，我看见他的眼睛正幸福温柔地望着我。“汉娜，对我来说，跟你在一起的这几天，是我很久都没有过的幸福时光。很遗憾，明天你就要走了。我希望，下一个假期，你能再来。”

“好的，我也希望能再来看你。”我的声音很低，为明天就要离开他而感到悲伤。

教会学校

父亲一大早就来接我。我郁郁寡欢地跟阿曼先生告别之后，就跟着父亲，踏上去教会学校的路。除了可以学点德语，我看不出教会学校对我有什么意义。

“因为你的病，你在教会学校学德语的时间不多了。”父亲说，“尽管这样，我还是希望，你能喜欢这所学校。”

我心不在焉，默默地跟在他身边。

尽管太阳还没出来，当我们走出森林，这闷热而潮湿的空气还是令我烦躁不安。山上云雾弥漫。父亲用拐杖指着山下，对我说：“你看，那山谷里就是长江。”

我沿着他所指的方向望去，看见一条模糊不清的灰黄光带在雾霭中闪烁，然后又消逝在群山背后。我无动于衷地望了一眼，又继续默默朝前走。也不知到底走了多久，父亲突然停下脚步。

“你看，汉娜，那下面就是教会学校。”他又举起拐杖，指着前方的山下。我隐约看见远方的山脚横竖着两幢不大的房子。

脚下是一条荒草杂生的下山小路，崎岖难行。越往前走，我心里越不舒服。

终于来到一个坝子上，它直接通向两幢房子中间的院子。这时我发现，和别的学校比起来，这所学校小很多。一幢两层楼的房子面对院子正中，应该是主楼。楼上的房间还往后退，错出来一个小阳台。右边有一排低矮的房子，窗户很小。前面有一扇较大的门。

父亲敲了敲门把手，不久就出来一个面目和善的中年男子，也是欧洲人，棕色头发，白短袖衫，黑长裤，高高的额头下，有一双非常仁慈的眼睛。

“你好，傅瑞德里西先生。我们正等候您和您女儿的光临呢。”他喜悦地说，“希望这一路没让你们太辛苦。”

“不辛苦，一点也不辛苦。您知道，我女儿刚刚出了水痘，不得已，在我朋友阿曼先生家休养了差不多两个星期。”父亲一边说，一边把行李包从肩上取下。牧师马上接过去。“当然，阿曼先生来过，为汉娜的生病道过歉。现在看来，汉娜姑娘已经完全康复了。”说着他把手伸过来，微笑着用德语对我说，“你好，汉娜！现在感觉好了吗?”

“你好！是的，现在我感觉完全好了。谢谢!”我用中文回答他。

“汉娜，你必须用德语回答。”父亲提醒我。

“傅瑞德里西先生，我们得有耐心。您的女儿肯定会在这里学好德语。”

说完他又向我转过身来。“汉娜，请尽量和我们讲德语。只有当你不明白的时候，或者，当你不能用德语表达的时候，才讲中文。好吗?”他继续用德语对我说，这次说得特别慢，态度特别温和。我听懂了他大概的意思，点了点头。然后他就请我们进屋，就座。

两个人用德语说着话，我默默坐在父亲旁边的凳子上，听不懂他们在说什么，只是通过他们严肃的表情，猜想他们在说重要的事情。

“我可以在这里抽烟吗?”父亲突然问。

“当然，我给您拿烟灰缸。请问您想喝点什么？咖啡还是茶?”

“咖啡，谢谢。”

“汉娜，你呢？我可以给你一杯茶吗?”

“好的，谢谢。”我很高兴听懂了这句德语，也能用德语回答他。

他们又继续用德语讲话。尽管我很认真聆听，仍然一句也听不懂。茶水很烫，我低着头，一口一口地小心饮茶。不久父亲就站起身来，准备走了。他从上衣口袋里取出一个信封来，双手捧着递给牧师。我猜里面装着钱。

“不早了，对不起，我得走了。汉娜就拜托给您了。”父亲说。

“感谢仁慈的主！感谢您!”牧师双手接过信封，微微朝父亲鞠了一躬。

父亲转过身来对我说：“再见了，小汉娜！好好学习，照顾好自己。”他低头吻了我的额头。我伤心地仰望着他，紧紧抓住他的手，不想松开。

他再次弯下腰来，冲着我的耳朵低声说：“也就短短的几周时间，然后我就来接你。另外，这里也有小孩子，你会很快就交上新朋友的。”他抽回了手，鼓励地拍了拍我的肩。

我目送着他，一手拄拐杖，腋下夹着公文包，另一只手里拿了一根雪茄，一步一步走远了。真希望他能转过身来，再看我一眼。

“来，汉娜，我们进去吧。现在我要把你介绍给我们的家人，还有我们的音乐老师兼德语老师，丽迪娅夫人，她也住这里，也属于我们这个大家庭。”牧师说着，带着我穿过两间布置简朴的房间，推门进入一间大屋。让我惊讶的是，他们都围坐在桌子边，好像等我很久了。

“我可以向各位介绍汉娜吗？暑假里的最后几周时间，她将在这里跟我们共同度过。”

我向他们友好地点点头，用中文说了一声“你们好”。

“你好，汉娜。”他们却都用德语回答我。

“你想先洗洗手吗？门后左边是盥洗室。”

等我洗完手回到房间，牧师正在对他们说：“她几乎不会德语，因此，请大家跟她说话的时候，一定说慢点。如果她有什么不明白的，你们再用中文给她解释。”

大家都友好地向我微笑。牧师指着一把空椅子，请我入座。左边是他的儿子昆特。等我坐下，他向我依次介绍在座的人，他的夫人和孩子，以及另一位牧师和家人。

“昆特的左边是赫伯特，对面是我夫人和我们的两个女儿，旁边是丽迪娅夫人和她的丈夫及孩子们。”

我挤出微笑，送给他们每一个人。有人摇响桌上的铃铛。身后的门开了，两个中国女仆端着碗盘进来，把饭菜放在我们面前的桌子上。

“谢谢。”牧师对她们表示感谢。

碗盘被挨着传递，每个人都从里面舀取食物，然后就被仆人端走了。我拘谨地为自己也舀了一勺，放进餐盘。正当我拿起刀叉，准备开吃，突然听到有人说话，声音响亮而清晰：“现在我们做祈祷。”

我一愣，这才发现他们都没有吃饭的意思，只是十指交叉放在胸前，目光低垂。于是我赶紧放下刀叉，缩回手来，也学他们，十指交叉放在胸前，继续偷偷打量他们要干什么。

“主啊，感谢你赐予我们食物和饮料。来吧，我主耶稣基督，做我们的客人，保佑你赐予我们的一切。阿门。”

他们嘴里嘀嘀咕咕，先念德文。发现我一点反应都没有，又用中文念了一遍。我这才勉强能跟上。其实中文我也半懂不懂。

“祝大家好胃口！”

终于可以吃了，我都有点等着急了。我迅速拿起刀叉，吃光了餐盘里的那一勺食物。我仍然很饿，可桌上光光的，什么也没有，我也不好意思开口再要，只好忍着。

我很喜欢玛丽，牧师最小的女儿。她大约五岁，金黄色的刘海几乎盖住了亮晶晶的大眼睛。她就躲在那排刘海下面，羞涩地打量这个世界。那两个男孩子非常野，总想让我上山跟他们玩捉迷藏。我本能地拒绝了。

“哎，来吧汉娜，跟我们一起上山玩。山上有很多大树和岩洞，在那里玩捉迷藏棒极了。”

我又想起了多洛丝，想起她在山上大喊一声“鬼来了”，害得我慌不择路，摔了一跤。

“如果你跟我们上山玩，我愿意把我的橙子给你。”昆特再次想说服我。

“好吧，我跟你们去，但不是今天。也许明天。”我终于妥协了，“你不用把你的橙子给我，我也有。”

于是，在一个有阳光的下午，我们出发了，穿过森林，用棍棒劈开灌木丛，一路披荆斩棘，来到一面山坡上。那里果然有很多粗大的树，可以很好地躲藏，玩躲猫猫的游戏。

游戏开始。赫伯特背对我们，双手捂脸，面朝一棵粗大的树桩慢慢数数，一直数到二十，昆特和我迅速在树林和灌木丛中找地方藏身。

过了一阵，我仿佛听见有人喊我的名字，便尽快穿过灌木丛，朝目的地奔去，却被一截树根绊倒，像一只轮子滚下山坡。树林和岩石在我身边呼啸而过，天旋地转中，我想我彻底完蛋了，再也见不到爸爸妈妈了。我滚啊滚，最后“砰咚”一声，撞到一棵大树交错的根茎上。那些粗大的根茎缠附在一块悬岩上，兜住了我，阻拦了我掉进更深的山沟。

“天哪，上帝！汉娜！汉娜！”我听到男孩们的呼唤声。头昏眼花中，我拼命往上看，只见两人在上面的峭壁上，正惊慌失措往下张望。

“等着！躺那儿别动！我们下来救你。”赫伯特朝我高声叫唤。

我昏昏沉沉撑起身体，脑袋却轰轰作响，身体也疼痛难忍。我感觉脸上湿漉漉的，仿佛有水，伸手一抹，发现是血，于是害怕得放声大哭。赫伯特和昆特连滚带爬下来了，气喘吁吁地跪在我面前的地上。

“啊，汉娜！你流血了！真对不起，一定很痛吧？”昆特焦急地叫唤着，掏出纸巾轻轻擦我额头的血。血已经流过脸庞，淌进我的脖子。

“别哭，我们帮你。你能站起身吗？来吧，我们扶你。”

他们用胳膊把我架起来。我全身都痛，衬衣上全是血迹和污泥，还有些枯草烂叶。他俩一左一右搀扶着我，我一瘸一拐地往回走。

“上帝啊！这是怎么啦？”丽迪娅一看见我就大叫起来。

“她滚了半座山。”赫伯特马上汇报说。

“把她扶到躺椅上去。我马上去拿绷带。”她把一块在碘酒里浸过的棉球压在我的伤口上。我痛得嗷嗷大叫，感觉伤口在被火烧烤。后来她又换了新棉球，命令昆特帮忙按住，她帮我换衣服，把满是血迹的脏衬衣脱下来，扔到一旁，用湿毛巾擦洗我的脸，又用干毛巾把我的脸揩干。

尽管我呻吟着扭来扭去，昆特仍然狠狠地按住我的额头，直到丽迪娅拿来一块止血胶布，他才松手。丽迪娅把止血胶布紧紧地贴在我的伤口上，又小心翼翼抬起我的胳膊和腿，试着朝不同的方向转动。最后她从头到脚轻轻敲打我，我龇牙咧嘴，扭曲着脸，因为到处都痛。

“头痛吗？”

我点点头，又摇摇头。因为到处都痛，我也比较不出哪里痛或者不痛了。

她轻轻拍拍我的肩。“你运气不错，骨头没断，只是擦破了皮，有几处淤血。额头上的伤口过几天就好了。现在先去躺下，晚餐我们来叫你。”

晚餐前，又要祷告。一个牧师说：“让我们一起感谢上帝保佑了汉娜。”然后他说了一长串德语，我没听懂。我不懂祷告。在我的记忆中，唯一跟宗教有点关系的，是我很小的时候，曾经在尼古拉斯日那天得到过礼物。

但是，当所有的人都说“阿门”的时候，我也赶快跟着嘟哝了一声“阿门”。

在接下来的日子里，我们所有的活动都离不开这两位牧师的祷告。上午我和别的孩子一起学德语，丽迪娅还单独为我开小灶补课，纠正我的发音。她个子高大，为人友好，浅色的头发束在脑后，脸形很好看，眼睛灰蓝，小鼻子，小嘴巴。当她专注地思考的时候，高高的眉头皱在一起，嘴唇也轻轻咬在一起，看起来像在生气。她说话时声音高亢，能传到很远。

因为父亲已经教过我字母，我很快就能朗读简单的课文。丽迪娅把课文内容翻译成中文，我必须把它又翻译成德文。没过多久，我就喜欢上用重音朗读有趣的小诗，比如，“雷霆滚滚，大雨倾盆”。我把“滚”字读得很重很大声，惹得他们都大笑起来。

一天，丽迪娅来对我们说：“来，今天我们学唱新歌。”

孩子们都嘟哝起来：“啊，又学新歌……”

“是的！必须！”她很严厉。

我牵着玛丽的手，跟在别的孩子后面，蹦跳着跑向主楼。

“好了，我们先复习《赞美诗集》上的歌。那是你们学过的。汉娜，你先听着，然后跟着一起唱。”

我恍恍惚惚地站在那里，既听不懂内容，也不能跟着一起唱。后来丽迪娅要我跟着唱，我才突然清醒过来，努力试着也跟着旋律哼哼唧唧。

星期天的早餐后，我们在院子里集合，男孩子穿着白衬衣黑裤子，女孩子穿着白衬衣黑短裙。两位牧师和他们的太太站在前面。牧师们穿着深黑上衣，浅黑长裤，太太们穿着白上衣，长黑裙。她们半长的金发从中间分开，然后在脑后绾成髻。丽迪娅给我们一人一把小蒲扇，说："如果太热，就用这个。"她还给我们发了《赞美诗集》。

"好了，孩子们，现在出发。"一个牧师宣布说，"今天我们只去几个附近的村子。等天气凉快下来，我们再去更远的村子。别忘了，要使劲唱，大声唱，才能吸引人们从房子里出来，听我们唱。都有《赞美诗集》了吗？"

大家异口同声大声答道："都有了！"

但我没有。丽迪娅走过来对我说："你跟我共用一本。"

我不太明白，这一切都意味着什么，只稀里糊涂地跟着他们。

大人们在前面带队。我们沿山坡上的小路前行。小路渐渐伸进森林，只偶尔有阳光在树梢跳动，除了鸟儿的啁啾声，我们什么也听不见。不知走了多久，小路又蜿蜒向下。经过了一片林中空地，我们来到一个山洼里。那里有一些绿树掩映的小木屋。

我们就在离小木屋不远的坝子上，站成半圆，打开手中的《赞美诗集》。牧师示意我们唱歌。丽迪娅把她的《赞美诗集》打开后，伸到我面前。我也跟着她高亢的声音一起唱。刚唱了几句，那些小木屋的门就打开了，有人探出头来朝我们张望，也有人走出来，站在门口听我们唱，主要是一些妇人和孩子。

唱了几段后，牧师开始用中文讲经布道。有几个围观者走近了些，十指相交，认真聆听。其他人仍然原地不动，莫明其妙地望着我们，甚至向我们投来怀疑的目光。我害羞地避开了那些目光。

“主啊，求你看看这些在黑暗中徘徊的人吧。主啊，仁慈的主，求你怜悯我们吧！阿门!”牧师终于结束了演讲，转过身来，举手宣布：“让我们一起唱《赞美主》。”

等我们唱完，两个牧师向人们走去，希望和他们交谈，聆听他们的烦恼，安慰他们。但没有人理解他们的善意，领他们的情。有人甚至害怕地躲开了，更多人满脸戒备，相互之间交头接耳，然后犹犹疑疑避开了，或者退回木屋，把门关上。

接下来，我们又走向下一个村庄，重复上演同样的节目。

这是第一次，我如此详细地听说上帝和耶稣基督的故事。父亲几乎从未对我说过这些，母亲只相信孔夫子。这种传教方式，对我来说很陌生，甚至让我感到尴尬。

有一天下午，牧师把我们叫进屋，郑重地宣布：“刚刚得到重要消息，战争结束了，日本投降了，再也不会来轰炸重庆了。”

他是用德语宣布的，我只大致琢磨出是这个意思。

“这个消息，对我们来说，一方面是好消息，”他表情严肃地说，“但另一方面，又给我们带来了新问题。对此我暂时不便多说。”

当天晚上，牧师把我们全部召集在一起，又做祷告，感谢上帝将人类从邪恶中拯救出来。我望着他身后墙上的十字架，望着那个被钉在十字架上的人。现在我知道他名叫耶酥，是上帝的儿子。可是我怎么也想不明白，他爸爸，那个被称作上帝的神，他在哪里？长什么样子？他是怎么拯救人类的？是怎么叫日本人停止轰炸重庆的？

临走那天，牧师问我，对教会学校感觉怎么样。

“好。”我只简洁地说了一个字。

他又问我，具体好在哪里？

“嗯……朗读、唱歌、游戏还有祷告，都很好。”我结结巴巴用德语回答，努力寻找让我感觉好的事情。

“我很高兴，你对我们这里感到满意。跟我来，到我的办公室。我要给你一样东西。”

跟着他，我们走进一间大房间。那里的墙上也有一个十字架，前面是一张办公桌，两边靠墙是黑色的书架，里面整齐地摆满了书。这间房里有一种书香弥漫的温馨气氛，那油墨的芬芳让我想起父亲的书屋。

他从办公桌上拿起一本黑丝绒封面的小书，递给我说：“我送你这本《圣经》作纪念。尽可能经常读读吧，它能给你安慰，还能让你坚强。希望你能继续学德语，那样你就能完全读懂《圣经》了。”

尽管他的话让我似懂非懂，我还是很感激地收下了。

他微笑着，用慈悲的目光低头看我，让我突然感到一股特别的温暖直抵心底。于是我用中文对他说：“谢谢！我会告诉父亲，让他继续教我学德语。”

下午，父亲来学校接我回家，表情一反常态地严肃。牧师送我们到院子外。他告诉父亲，他们明年要回德国了。父亲明显很惊愕，两人又用德语说了些什么，我们就走了。父亲一直缄默着，阴着脸，心事重重的样子。我默默地走在他身边，走了很远，才开口打破这难堪的沉默：“爸爸，牧师刚才是什么意思呢？他说他们明年要回德国。”

“是的，他们明年要回德国。因为重庆已经没有德国孩子了。”

“不是还有多洛丝吗?”

“多洛丝马上要去上海了。”

“啊，那我就再也见不到她了!”我惊惶地叫起来。

“小孩子读完小学，就上中学。在中国，只有富裕家庭的孩子才能读寄宿学校。多洛丝将去上海读英语寄宿学校。”

我不明白，多洛丝为什么要离开重庆，我也不希望她离开重庆。“我能再去见见多洛丝吗? 在她走之前。”我问父亲。

“我得问问威尔纳先生，看看是否有这个可能。”

我吊住父亲的胳膊，欢喜道:“谢谢爸爸!”

他这才勉强地笑了，瞅我一眼。“听了阿曼先生的介绍，我还以为，教会学校很大很正规呢。现在看来，这里并不适合你。”

我没吱声，暗暗为他的判断感到高兴。

“战争结束了，你知道吗?”父亲问我。

“知道。”我得意地对他说，“我们还做了祷告呢，感谢上帝拯救了人类。”

他眉头一皱，似乎有点吃惊。“你们是怎么知道的?”

“我也不知道他们是怎么知道的，最先只看见男孩子们在高声欢呼。后来，牧师就召集我们去做祷告。他知道我的德文不好，专门用中文告诉我说，战争已经结束了。”

“那确实是至关重要的一天。但对我来说，却意味着新的挑战，接下来我得好好处理一些事情。因此，明天我必须赶回城里，再过几天才能回家。”

“然后呢，你就可以一直在家了吗?”

“很遗憾，暂时还不行。战争结束了，德国成了战败国，政府不可能继续支付我薪水了。现在，我得想办法跟不同的机构取得联系，争取找一份新工作。”

那以后他就一直沉默。有好几次，我想跟他说什么，看他皱着眉头，心事重重的样子，我又把话咽回去了。我们乘船抵达江北，上岸后他走得更快了，依然不说一句话，一个人大步流星走在前头，好像有什么天大的急事得赶快回家告诉母亲。有好几次，我怀疑他忘了身后还跟着个女儿。我得一路小跑，才勉强跟上他的匆匆脚步。但我没有抱怨，我猜他一定在思考重要的事情，我不愿意打扰他。

离 别

多洛丝要离开重庆，去上海上英语寄宿中学，邀请了很多朋友到家里举办告别聚会。

到了她家，我才知道，她又有了一个妹妹，英格丽特。她没有露易丝那样的金色鬈发，看起来更像多洛丝，有一双棕色的大眼睛亮晶晶的，望着我。

我们一起享受美食，在户外玩耍，胡闹，大笑，疯疯癫癫。尽管气氛很欢乐，人多，也热闹，我却感到非常失落和忧伤。多洛丝居然邀请了这么多朋友，而我只是其中并不重要的一个。这能不让我感到失望和伤心吗？因为在我心里，她是我最重要的朋友。但我不愿意让别人看出我的真实感受，只是在聚会结束，告别的时候，我才让内心的忧伤稍有流露。我对她说："不知道今宵一别后，何日才能再相见？"

"我们当然还会再见面。"她哈哈大笑，很不以为然地朝我挥挥手，就转向身边别的女友，一副没心没肺的样子，完全不能体谅我受伤的心。

多洛丝走了，我心底的悲伤还没散去，家里又发生了更大规模的离别。

有一天早晨，客厅里闹哄哄的，我听见母亲用沉重的口气对仆人们说话："很对不起，现在我们家的情况有变化，我再也请不起这么多人。周莲，奶妈和老邹，你们三个请留下。其余的几位，我在信封里多放了一点钱，请你们好自为之吧。我很感谢你们几年来对我们家的帮助，希望你们尽快找到新工作。"

清洁女工突然"扑通"一声，在母亲面前跪下了，不停地叩头，哭着求母亲让她留下。

母亲把她搀扶起来，拉着她的手说："如果我还有足够的钱，我也不会让你们走。"她的眼睛红了，声音也带着哭腔。"这几年来，我们就像一个大家庭，我也舍不得让你们离开。但我们家的情况，目前非常非常不好，只能请大家另谋出路。对不起了！"

随后她又让老邹把家里的狗都送走，送给也有狗的邻居，请他们几条狗一起养。

我倚扶在客厅门框，不明白发生了什么，也不敢问，看了一会儿，又默默回到自己的房间。巧妹正在收拾东西，把她的衣服、书本、文具等用品，都装进她的小行李箱里。

"你要干什么？"我吃惊地问。

"大孃没有跟你说吗？我爸爸今天来接我回家。"

"啊？你也要走？为什么？"

"因为战争结束了，我应该回家。我妈妈爸爸，还有哥哥弟弟们都想我了，要我回去。"

"那你自己呢？难道你不想继续留在这里，跟我在一起吗？"

“我当然想。但我也很想跟爸爸妈妈和哥哥弟弟们在一起。我已经两年没有见他们了。现在要离开你和大嬢，我也很难过。”

“太遗憾了，你也要离开我……”我沮丧地呆立在旁边，默默看着她收拾东西。

这时，我突然想起曾经对她的嫉妒和欺负，便深感歉意，走过去一把抱住她。她也紧紧拥抱我。我们的眼睛都红了，都感到离别的不舍和悲伤。

“我会问问妈妈，看以后的假期，我是否还可以来看你们。”她安慰我说。

“好啊，等你下次来，我一定请爸爸带我俩去重庆玩。”

“真的吗？那就太好了。”她欢喜地笑了，眼里充满期待。

我知道，每次爸爸带我出门，无论是进城，还是去见多洛丝，她都很伤心。她很想跟我一起去，可爸爸从来没打算带上她。那时我还很得意，现在想起来很内疚。

在门廊，我最后一次听到我们家的狗叫，看见吕宝叔叔从门廊另一边台阶上来。巧妹朝他奔跑过去。母亲也从客厅出来了，弟弟摇摇晃晃跟在她身后。

“嗨，巧妹，你长高了。”吕宝叔叔朝他女儿喊道，两人幸福地抱在一起。

“哇，汉娜，我都快认不出你了。几年前，你们家还住在另一幢房子，我去做客。那时候你好小，现在你都长成大姑娘了。”

我微笑着朝他点点头。

“咦，这个小家伙是谁呀，我怎么不认识？”他弯下腰来朝弟弟走去。弟弟害羞地躲到母亲身后。母亲叫奶妈把弟弟带走，转过身去对他说：“我有重要事情跟你商量。你跟我来。”说完就转身进了房间，吕宝叔叔也紧跟了进去。

母亲的表情不太正常，她眼里多了忧虑的神色。我有点担心，又不敢问她发生了什么，就故意装作不经意的样子，放慢脚步，从母亲的门前走过去，隔一会儿又走回来，同时竖起耳朵，想偷听他们在说什么。可我来来回回走了好几次，也没听清楚他们到底在密谋什么。

第二天，当吕宝叔叔带着巧妹离开的时候，妈妈抹泪了。

“小女儿，我一直把你当亲生女儿。”她用沙哑的声音说，一只手还不舍地摸着巧妹的头，“真舍不得让你走啊。唉，我会一直想你的。向妈妈问好，告诉她，我会一直想着你们。”

我们悲伤地向他们挥手。当他们的身影彻底消逝在视野的远方，世界陷入一片寂静。

晚上，我孤单地躺在空荡荡的大床上，竟失眠了。无边的寂寞包围着我，只有苍白的月光照在窗口陪伴我。树枝像幽灵一样在窗棂上沙沙作响。我回想起和巧妹在一起时，当我们暂时不能入睡，一起干过的那些傻事。和她在一起的夜晚，我从来没有感到过寂寞。

然后我又想起父亲，他最近一直心事重重。傍晚回家，他几乎没跟我打招呼。这是我从未经历过的事。他阴沉着脸，急匆匆地，径直走进母亲的房间，从外套里掏出来一封信。透过关闭的房门，我听见他急切地对母亲说：“廷文，我有重要的事情跟你说。”

可到底是什么重要事情，我却没听清楚。我努力回想他俩在房间里嗡嗡的耳语，世界渐渐陷入漆黑，我也终于进入梦乡。

第二天早晨，醒来正是黎明时分。我来到窗前，看见天空渐渐升起的淡红曙光和正在天边悄悄消逝的一轮月牙。

过了一会儿，当我经过楼梯间去卫生间，我又闻到熟悉的雪茄烟味。我知道，父亲正在楼上的书房抽烟，便三下两下洗漱完毕，穿上衣服，轻脚轻手上了楼，去找父亲。

煤油灯幽微的光中，父亲正弯腰站在写字桌前，鼻子上夹着单片眼镜，专心致志研究着什么。他眉头紧锁，鼻翼翕动，右手颤抖地捏成拳头，手背上青筋凸起，还不停地摇头，时而冷笑，时而哀叹。“简直难以置信！他们竟如此指责我！”他在自言自语，“我怎么可以如此天真！”

这时他发现了我，十分错愕地看着我。“啊，汉娜，你在那里很久了吗？”

我摇了摇头，不想让他感到不安。看见他如此不快乐，我既诧异，又难过。

“对不起，今天我没有时间陪你玩。我必须马上赶回城里。”

“可是爸爸，你昨天晚上才回家，为什么今天又要回城？”

“唉，小汉娜，我不能什么都告诉你。事情很复杂，你还是孩子，跟你三言两语说不清楚。”

“可是爸爸，我想知道发生了什么，请你告诉我吧，别对我隐瞒。求求你了。”

他把桌上的文件折叠起来，对我摇头苦笑，走过来把我带进房间。

“来，坐下，让我试试把我目前的处境讲给你听，希望你多少能明白一点。”说完他长长地哀叹了一声，“我早就渴望战争结束，轰炸结束。这个你是知道的。我曾经跟德国政府联络，请求他们出面劝阻日本人轰炸重庆，这个你也是知道的。轰炸期间，我参加了红十字会的救援组织，帮助抢救受伤的平民，这个我也对你讲过。我们在重庆的几个德国人，跟重庆的国民政府关系一直不错。但是现在，在中国的美军代表团，要把在中国的所有德国人都当作战争罪犯来审判，尽管中美之间并没有这样的合作协议。他们还把重点放在重庆的德国人身上，因为重庆是中国的首都，军事重镇。即使德国大使馆几年前就正式关闭，我作为大使馆曾经的负责人，也必须前往上海，接受审讯。我相信，他们没什么可以指责我的，应该宣判我无罪。但所有在中国的德国人，从政治角度，都被他们当作德日联盟的帮凶，是盟军的敌人。我只希望，一切能够尽快澄清。我们在这里的工作和生活都无可指责。”

他忧心忡忡地看着我，停了一会儿，又说：“因此，今天我必须回城，把一些工作安排给助理。在起程去上海受审之前，我得尽快收集能证明我无罪的书面材料。”

“啊，爸爸，你肯定无罪，我可以作证。你一直都在诅咒战争，希望战争早日结束。如果让他们知道这个，肯定会宣布你无罪的。”我说得慷慨激昂，试图让他振作起来。

他苦笑了，摸了一把我的脸，无力地说：“遗憾的是，很多美国人，把在中国生活的德国人都当作纳粹。但我们从来不是纳粹。即使在大轰炸期间，我们在使馆挂起纳粹的旗帜，也不过是为安全起见的权宜之策，跟纳粹根本没有关系。但他们在寻找我们的罪证，企图证明，中国政府彻底误会了德国人在中国扮演的角色和所起的作用。这其实是美国人别有用心！他们把对中国的政治干预当成一次重要机会，想趁机在中国建立军事和经济的双重势力，以便以后获利。”

我没能完全听懂这些话，但我不再继续追问了，只感到害怕，为父亲担心。

早餐后，我们跟爸爸在门廊道别。他摸了摸弟弟的头，把他高高举起，亲吻他两边的脸颊，然后又一把拉过我，把我也紧紧搂进怀里。“汉娜，我的大宝，你要好好学习，成为妈妈的好助手，等着我回来。”他亲吻我的额头，悲伤的眼睛格外温柔。然后他站起身来，放开我们，跟妈妈紧紧抱在一起。

“我的电话号码还有几天有效。”最后他说，“过几天让老邹去观音桥邮局给我打电话，就知道这事的结果了。”

母亲沉重地点了点头。

我陪他走到门廊边。他拿起拐杖，默默走下台阶，然后转过身来，朝我们悲伤地挥了挥手。这时我突然害怕起来，害怕他凶多吉少，害怕他一直不回。望着他的背影越来越远，越来越小，我真想跑上前去紧紧抱住他，大声叫喊：“爸爸不要走!”但是，一切都无济于事。当他的身影最后消失在视野尽头，我的眼泪夺眶而出。

无数次站在这里目送他离去。可流泪相送，这是第一次。

又过了两天，当我放学回家，发现门廊上堆了些家具，是王医生的，还有几个光着上身、裤腿卷到膝盖处的年轻男人，在大呼小叫地跑来跑去。院坝上也放了些被绳索捆绑的杂物。一个头发蓬乱的男人跑出来，朝那些挑夫大声吼道：“你们可以走了，其他的由我处理。”

我飞快地朝妈妈跑去，想知道发生了什么。

“王医生要搬走了。”她说。

“为什么?”

“因为这里病人太少。战争期间为了躲避轰炸，她从城里搬到这里。现在战争结束了，城里人多，病人也多些，她就得搬回去了。”

“哦，好遗憾。”

“是的，但对她来说，在城里更好些。”

下午，王医生来向我们道别。

“傅太太，非常感谢您，在我困难的时候您帮了我的大忙。我会怀念我们在一起的那段时光，怀念我们说过的那些相互鼓励的话。欢迎你有机会到重庆城里来做客。”

母亲微笑着双手合十，向她鞠躬。“你搬走了，真舍不得呀。我还要感谢你呢，儿子的出生，如果没有你的及时帮助，我们母子都不知道是否还能活下来。这救命之恩，我永生不忘。另外，你讲的那些话，也让我很受鼓励。我会经常想念你的。”

两人相互鞠躬、道谢、祝福，依依不舍。

我和母亲靠在门廊边，目送王医生一行远去。

秋天了，天气渐渐转凉，院坝边上的橙子树上又挂起金黄的大橙子，却激不起我的半点欢喜。山下的稻田渐渐变黄，远处的群山青色依旧。爸爸好久都没有消息了，多洛丝已经去了上海，巧妹也已经回到成都，王医生和她的病人搬走了，那几个仆人也不知道去了哪里。曾经热闹的家现在突然冷清下来，房子空了，院坝空了，生活好像突然被什么掏了个大洞，空得让人心慌害怕。母亲常常呆望着远方，神情落寞；弟弟总是一个人在院坝蹒跚。他偶尔的哭声或者叫声，让偌大的院坝更显空旷和凄凉。

人生第一次，我深深地品尝到离愁的滋味。

强盗来了

白天静静地坠入夜晚，青蛙的鸣叫和蛐蛐的吟唱也渐渐停歇，温柔的月光拥抱着我们家的房子，也陪伴我入眠。

突然，一阵哄闹声和撞击声把我惊醒。我从惊恐中刚坐起身，母亲就旋风般地冲了进来。“汉娜，快！马上到我床上去！”她一把从床上拽下我。黑暗中我跌跌撞撞地跟在她身后，感到一种从未有过的巨大恐慌。一进屋，她就把我往前一推，低吼了一句，“赶快上床，蜷到床角去。”回身一把关了门，还试着拉窗前的写字桌去抵挡在门后，但没成功。这时床上的弟弟哭了。母亲只得迅速上床抱起他，企图让他安静下来。“嘘，别出声！强盗来了！”她把弟弟的脑袋紧紧捂在自己的胸口，同时又伸出一只手来摸我的头。

突然，訇然一声巨响，如天崩地裂。

“啊……他们撞开厅堂的大门了！”母亲惊恐地低声叫道，一把把我也拽进怀里。

杂沓的脚步声和说话声向我们靠近。很快，母亲的睡房门也响起沉闷的撞击声。紧接着，一块门板“咣当”一声，飞进房间，砸在母亲的写字桌上。我们被吓得挤到床角，三个人紧紧抱成一团，浑身发抖。弟弟又开始哭了。

“嘘！别哭！”母亲紧紧箍着我们，好像恨不得把我们摁进她的身体里。

他们进屋了，手电筒光在漆黑的房间里四处乱射，很快就射向我们的床。他们冲过来一把掀开蚊帐，用电筒光直射我们。我们本能地把头扭开。

“要钱还是要命！”一个男人率先朝我们咆哮，然后其他人也一起朝我们怒吼，疯了一样，还用铁棒猛击床柱和床头。砰！砰！砰！每击一下，我们都惊恐地抽搐一下，仿佛是打在我们身上。我赶紧用双手捂住耳朵。

失魂落魄中，我听见他们还用下流话辱骂母亲。每骂一句，就使劲捶打一下床柱：“你这条外国鬼子的母狗！赶快把钱拿出来！否则把你和两个狗杂种打成残废！”

我突然听到母亲的声音：“柜子左边门，上面一格，衣服下面的小木箱里，所有的钱都在那里。钥匙在那下面一格的钱包里。那是我们家最后的积蓄，都拿去吧。多的我也没有了，即使杀了我们！”

她的声音异常冷静沉着，还有条不紊，让我大惊。

在好多手电筒光柱的交织晃动中，那些人骂骂咧咧地跑来跑去。一个人抓起箱子，另外的从抽屉里扯出衣服，找到钱包，取来钥匙，迅速打开吱呀作响的盖子，把钞票窸窸窣窣地全都倒进一只袋子。

有人还在翻抽屉，在刺眼的光中，我看见他们把抽屉里的东西全倒在地上，然后把空抽屉“砰”的一声扔到墙角，用铁棒去拨挑地面四散的杂物。但没有找到什么值钱的东西。

一个人叫骂着冲到床前，又用铁棒猛击床柱。床摇晃起来，我们的身体也跟着一起摇晃颤抖。他朝我们号叫：“金银首饰呢？在哪里？赶快交出来！你这个鬼婆娘！”砰！砰！砰！再次响声如雷，震耳欲聋。

“妈妈……”弟弟被吓得大哭。母亲一直捂着他的嘴，哭声从她的手指缝间飙泄出来。

“写字桌上的笔筒里有把小钥匙。首饰在梳妆台后面右上方的第二格抽屉。”

“如果撒谎，小心狗命！你这不要脸的母狗！”砰——砰！又一阵乱棍飞到床沿。

一个人冲过去一把倒掉笔筒里的笔，找到钥匙，从抽屉里掏出一捧母亲的首饰。

“才这么一点点？”他很不满意，一步窜到母亲面前，愤怒地揪住她的胳膊，“看来非得狠狠地教训你一顿，你才会老实，把东西全部交出来！”

“我说的是实话。我只有这点首饰，没有别的。不信你们自己随便找吧。”母亲大声回答，仍然很冷静，好像并不害怕他们。

“给老子老实待着！不许乱动！走，再去别处看看！”一个低沉的男声命令道，然后他们就离开卧室，摔摔打打，骂骂咧咧，去了别的房间。

昏暗的月光下，一个高大的男人身影，还凶神恶煞地杵在床前。我们不敢动弹。

我的心怦怦乱跳，仿佛要从喉咙里蹦跳出来。

楼上又响起杂乱的脚步声和“砰砰咚咚”的摔打声，然后突然安静下来。后来就响起沉闷的拖拉重物的声音，楼梯间的杭育声和喘息声。有人抬着什么下楼来了。突然有人在门口大吼一声：“走，我们先把这个大家伙弄走。”

看守我们的那个黑影出去了。强盗们似乎正在撤离。我听到他们杂乱的脚步声渐渐远去，然后消失。夜晚的寂静再次降临，我们还麻木地蜷缩在黑暗中的床头，既不能说话，也不能动弹。

过了一会儿，我感觉到床在微微晃动，原来是母亲在不停地颤抖。她颤抖着，哭泣着，恍恍惚惚地摇晃着弟弟，完全没有意识到，她怀里的弟弟已经睡着了。直到我伸手去摸了摸她，她才清醒过来，把弟弟放下，抽泣了一下，低声说：“你今晚就睡这里。”然后颤巍巍地抓住床柱，在黑暗中摸索着下了床，去点燃油灯。

这时老邹跌撞着进来了，目瞪口呆地望着我们。“太太，您和孩子们没事吧？这帮强盗……恨不得一刀劈死他们！他们派两个人守在我们门口，不让我们出来。其他人就用木棒撬开堂屋大门，总共至少有六个人。”

说着，他把倒地的门板推起来，靠墙放着，又把四散在地面的衣服杂物收拢捡起，堆放在竹椅上。“我让奶妈天亮就来收拾，门我会找人修好。需要去报警吗？”

母亲摆摆手，沉吟了片刻，才哽咽着说：“这种事，报警也没用。去睡吧，明天再说。”

我躺了很久，仍无法入睡，感觉母亲的身体一直在抖。我们默默地并排躺着，想说什么，却最终什么也没说，直到黎明将至，我才渐渐睡去。

当我醒来的时候，清晨的阳光把房间照得一片明亮，也把昨晚的恐惧一扫而光，仿佛那只是一场噩梦。母亲和弟弟已经起床。我精疲力竭地爬下床，发现房间里一片狼藉，没有一件东西在原来的位置，全都乱七八糟躺在地上。几只抽屉也被砸得稀烂，破碎的木板散落在那些衣服、毛巾、文具、纸张、相框等什物上面。

我踮起脚尖，从遍地杂物的缝隙间跳出来，匆匆洗漱，穿上衣服，来到门廊。母亲和弟弟已吃过早餐。我强迫自己喝了几口稀饭，就来到厅堂，看那扇被撬坏的大门。当我走近，眼前的情景吓得我大叫了一声："不!"强盗们居然把门板砸了一个大窟窿，破碎的木块散落在地面。

"看看吧，能不能想办法修好。"母亲跟着也进来了，"但即使修好，也不可能恢复原来的样子了。"

我伤心地捡起一块残片，心痛地抚摸上面的镀金雕花，用手指感受它立体的轮廓，突然止不住泪水狂流。我放声大哭起来，跺脚咒骂："该死的强盗！该死的强盗……"

"这次遭抢太可怕了，我们损失惨重。但谢天谢地，人没受伤。"母亲试着安慰我，"物质上的损失，或多或少可以弥补。但如果人有个三长两短，就麻烦了。"

她说的当然对。但看着我最喜欢的雕花镀金大门被毁成这样，我还是心痛得要命。更何况，母亲的钱也被他们抢了，哪里还有钱来维修？

"他们还抢走了我们的钱，现在我们该怎么办啊？"

"是啊，所有的积蓄都没了。"

母亲说着，突然停止了抽泣，望着我，红肿的眼睛闪出一线希望之光。“哦，对了，爸爸的书！”

“什么书？”

“爸爸临走前藏了些钱在他的书里，怕他万一有什么事，长时间不能回家，我们可以用来应急。那本铁锈红的书应该在他书房右边的书橱上，最上面的左边。这事我几乎忘了。但我不知道，他到底藏了多少钱。走，我们上楼看看，但愿没被强盗发现。”

上楼的时候，我看见木楼梯上多了些刮擦痕迹。奇怪的是，楼上的几间房没什么变化。那些装有动物标本的大大小小的酒精容器，屋中间的动物骨架，玻璃柜里的蝴蝶和虫子，木架子上的骷髅骨，都原封不动。只有长廊后面的门开着，里面乱成一团。

“需要我爬上去看看吗？”我们来到父亲书屋的书橱前。

母亲打开书橱的玻璃门，指着最上面那排书说：“看见了吗？上面左边，那本铁锈红的书？在两本棕色的集子中间。”

我点点头，爬上梯子，取下那本书，递给母亲。她打开一侧的小铜扣，翻开盖子，哇，里面满满的全是美金。我和母亲面面相觑，捂着嘴笑了。母亲数点了那些钞票，说：“还好，目前尽管通货膨胀，美金的兑换汇率只是稍有下跌。”

楼上的几间房察看了一圈后，我们最后来到长廊后的储物室。这里一片狼藉，是楼上唯一遭劫的地方。“我就猜到了，他们把那只装满银器的大箱子抬走了，还有那些值钱的青铜大花瓶，也被他们偷走了。”母亲哀叹着。

我很吃惊地望着她说：“他们下楼的时候，嗨哟嗨哟地叫唤，好像是抬着很重的东西。我还以为，他们抬的是爸爸那只泡着蟒蛇的大玻璃缸呢。”

母亲“扑哧”一声笑了。“小瓜娃子，他们要那个做什么？他们又不懂。那间房他们碰都没碰。我想他们可能还害怕了。但他们知道，木箱子里的银器可以卖钱。那可是些值钱的东西。我记得有一个很大的烛台，还有几只大银壶，很多盘子和刀叉，都很漂亮。唉，我还想留给你以后出嫁当嫁妆呢。我曾经让你看过，问你喜欢不，你还记得吗？”

我点了点头，想起来了。可“嫁妆”这个词让我有点难堪，因此我对损失了它们并不难过。

接下来的几天，我们忙着收拾屋子。我问母亲，父亲是否知道家里遭了贼？他什么时候才能回家？

母亲沉默了很久，才长叹一声，说爸爸不知道，他目前暂时不能回家。

“为什么？”这个消息让我大吃一惊。

“尽管他有证据，证明他无罪，还是被他们判了三年。”

我简直不敢相信自己的耳朵。“什么？爸爸他被关在监狱里了?!”

“是的，他，还有很多别的德国人，都被美国人关进了监狱。”母亲平静地说。

“不——这太不公平！”我痛苦得大叫起来。

“我也知道这不公平。但我们无能为力，只能等待。我相信他们会善待爸爸。他们不能证明爸爸是战争罪犯，只是指控他，在德国使馆关闭之后，还继续为德国工作。”说着她转身离开了房间，不让我看见她脸上的悲伤。

我一个人站在房间里，呆若木鸡。愤怒和悲痛让我浑身不停地哆嗦。为什么？为什么爸爸会被判刑，必须在监牢里关三年？他没有伤害过任何人，也没有支持过战争。恰恰相反，他一直在谴责战争，希望战争尽早结束，还请求德国政府出面，劝日本人停止轰炸重庆。他还参加了红十字会的救援组织，帮助抢救被炸伤的老百姓，他何罪之有？！

妈妈又把我打发出去

又一个学期结束了，我难过地把成绩单交给母亲。她漫不经心地瞥了一眼，沉着脸说："凭这样的成绩，你永远升不了中学。我该拿你怎么办呢?"

我羞愧地盯着地面，轻声说："我可以在假期补习功课。"

"你相信你能补起来吗？以我对你的了解，坐在那里不到一刻钟，你就开始梦周公。"

我避开母亲的目光，继续盯着地面，耐心等待着，大概又会吃一顿竹片儿。但令我意外的是，她只是气呼呼地离开房间，不再理我。

我悄悄溜回自己的房间，从书包里取出所有的课本，一本一本全翻开，却不知道，该从哪里开始补习，只好又沮丧地把它们全都收起。无意中，我找出一个大本子，往砚台里倒了点水，开始磨墨，然后从笔架上取下毛笔，伸进墨水，机械地把笔尖在砚石边上抹呀抹，就开始画画。先是辽阔的大海，再是大雨从乌云密布的天空倾泻而下，最后再画上一个小小的人影，孤独地站在海边的岩石上。但我不喜欢那个人影，又把他涂黑。画着画着，我突然把画纸一把推开，把头埋进胳膊里，伤心地哭起来。我一边抽泣，一边自问，为什么爸爸不能回家？为什么母亲不能理解我？为什么没有人安慰我？

接下来的几天，母亲继续不理我，只在万不得已的时候，才开口跟我说一句话。我不明白，她为什么只按考试成绩来衡量我？家里的重心全都转移到弟弟身上。在冷漠我轻视我的同时，他们对弟弟的赞美和宠溺达到了令人肉麻的程度，让我几乎不能容忍。

有一天早餐的时候，母亲用冷冷的语调对我说："我为你找了一所重庆最好的学校。但这所学校不是谁都能进的，得先通过入学考试。我已经为你报名了。考试很难，以你现在的成绩，我估计你很难考上。因此，我让苏新高——我表妹、你苏三孃的儿子，帮你补课，希望你能通过一个月后的入学考试。吕宝叔叔今天中午会来接你，把你带去苏三孃家。吃完早餐你就收拾几件换洗衣服，别忘了把课本和文具都带上。"说完她就起身走了，把我一个人留在那里，也不问我愿不愿意。

我再也吃不下一口饭，捧着饭碗傻坐在那里，然后默默把剩下的半碗稀饭推到旁边，闷闷不乐地站起身来。我伤心极了，对不确定的未来充满恐惧。母亲对我如此冷漠，只想简单地把我打发出去，真让我心寒。我想念父亲。一想到他温柔的目光，亲切的拥抱，我的眼泪就簌簌往下流。如果换作父亲，他肯定会先跟我谈一谈，绝不会这样简单地把我打发出去。回到房间，我爬上床就埋头哭了，总是回想起跟父亲在一起的幸福时刻。

吕宝叔叔来了，我们鞠躬问好。他递给我一个袋子说：“汉娜，你妈妈让我在成都为你买了一双皮鞋，去试试，看合不合脚。”

我向他行了屈膝礼后，感激地接过袋子，跑回房间。那是一双棕色的尖头皮鞋。我一点也不喜欢。这种款式早过时了，现在流行圆头皮鞋。我失望地把鞋子塞回袋子，懒得试穿。

一起吃了午饭后，母亲问我，那双鞋子是否合脚？我点了点头。

“你的东西都收拾好了吗？”

我有点吃惊地摇了摇头。

“那就赶快去收拾，否则吕宝叔叔就来不及了。”

我闷头闷脑地回到房间，胡乱地塞了些衣服进行李箱。那双鞋子装不进了，我就把它放进一只麻袋里。

当我拎着箱子来到客厅，不经意听到吕宝叔叔跟母亲的谈话。

“我知道，你对这卖价很失望，我也不满意。但现在地价跌了。把钱好好藏起来吧，别又遭强盗抢了。或者尽可能买些东西屯起来，否则按现在的通货膨胀，还有这频繁的货币兑换，今天金圆券，明天银圆券，这样换来换去，你可能损失更惨。”

“我尽量吧。我会及时给你写信，也许还要麻烦你，帮我把剩余的土地也慢慢卖掉，因为我不知道，瓦尔特什么时候才能回来。”

“现在的货币变换太快了。我建议你，土地最好分期分批地卖。及时给我写信吧，我好帮你操办。”

“你说得对。唉，现在我心里很难过，也很愧疚。父亲辛苦了一辈子攒下的田产，到我手里，就这样一点一点地败出去了，而且还以这么低的价格。”

“别太难过，你这也是没办法了。”停了停，他又说，“对了，你妹妹向你问好，还有巧妹，她很想你们，经常说起在你们家里的趣事。这次她还想跟我一起来，我没同意，说下次吧。”

“哎呀，你不提巧妹，我都差点忘了。我还想给她一点钱呢。来，拿着，帮我为她买点她喜欢的东西。我的小女儿最乖了，我很想她。汉娜也经常问起她。”

“好的好的，那就谢谢啦。我会转告她的。”

我迅速溜开，不让母亲发现我在门外偷听。

不久他们就出来了。母亲上下打量我说：“去穿那条深蓝色带白领的连衣裙。那条裙子好看些。”她突然关心我是否好看。这温和的态度，关切的声音，立即冲淡我刚才涌起的对巧妹的嫉妒，让我感觉到一点温暖，甚至怀疑，她也许还是喜欢我吧？

我飞快跑回去换了裙子，又飞快再跑回门廊。他们都在等我。弟弟在那里转圈圈，兴奋得不停地跑来跑去。“把手给姐姐，说再见。”母亲对他说。他睁大眼睛望了我一会儿，才羞答答地把手给我。

我一把抱起他，亲了一下他的脸蛋说：“再见，我的小胖墩儿。”

他的小脸笑成了一朵花。我在他肉嘟嘟的脸上又狠狠地亲了一下。

母亲叮嘱我说：“你要乖点，好好照顾自己。表哥给你补课的时候，你一定要专心听，别总是想东想西，思想不集中。补课之后要复习。苏新高在大学读师范专业，现在放假在家，正好帮你补习功课。机会难得，你一定要珍惜。”

我使劲朝母亲点头，心里却发出一声叹息。唉，谁知道会怎么样呢?

“南开女子寄宿中学，是重庆最好的女子中学，实行的是西方教育模式。你苏三孃家，你也肯定会喜欢的。她有三个孩子，你的两个表哥和一个表妹。读大学的苏新高是你的大表哥。”

她一直拉着我的手，纤细的手温暖有力，让我有种想哭的冲动。

她轻轻摸了摸我的脸，笑盈盈地看着我说：“我让吕宝叔叔带了两个信封给苏三孃，一封里面装的是你的学费，另一封是你在学校期间的零花钱。如果你通过了入学考试，就只能在学校放假的时候才能回家。也就是说，你要把钱放好，不能丢了，要好好计划着花到学期结束，不能大手大脚的，三两天就花光了，等要用钱的时候又没有了。”

“如果我没考上呢?”我更关心这个。

她把我的手用力一扔，松开了。“那你就一直住在苏三孃家，继续补习，明年再考，直到你考上为止！否则永远不要回家！我彭廷文的女儿这么笨，连中学都考不上，我丢不起这张脸！这样的女儿，不要也罢!”

我吓得缩紧了脖子。“可是，那样的话……我就很长时间见不到你了?”我嗫嚅着，声音低得几乎自己都听不见，眼泪立即涌上来。我不敢相信她刚才的话，如果考不上，让我一直住在别人家里，不让我回家，甚至不要我了!

“别难过，我就不相信你考不上。”她伸手拍了拍我的肩膀，望着我，眼里有一种霸道又专横的自信，甚至还有一点点对我的爱和希望。

我和吕宝叔叔一前一后上路了，迈着大步，走在起伏不平的山路上。吕宝叔叔喘着粗气，因为他扛着我的行李箱。对此我感到很抱歉。他的上衣湿透了，紧紧黏贴在他的背上。尽管他很少说话，我对他仍然感到亲切。他身材瘦高，五官端正，看上去既善良温和又一身正气。在穿过半山腰上的小路时，我望了一眼山洼树林里的大庙子小学，忧伤地意识到，那里的时光已经一去不复返了。

嘉陵江的渡船上人挤人，空气中的汗臭味让人难以忍受。我屏住呼吸，直到抵达朝天门码头，才终于又能正常地呼吸。我们汗流浃背地攀登上那一坡进城的石梯。正当我感到有小风迎面，天空突然扯过一道闪电，随后响起一声闷雷，把我吓了一跳。

“汉娜，快点！马上要下雷阵雨了。”

还要更快？我已经使出全身的力气了。

乌云从四面八方涌向我们头顶的天空，像一张巨大的黑色毯子，覆盖住城市所有的房子。当我们终于爬完最后一级石梯，第一滴雨水打在我脸上。

“公交车站就在对面。快跑！”

我们冲了过去。那里已经挤满等车的人。公共汽车很快就来了，我们全身都湿透了。人们相互推搡着朝车上挤，我的脚几乎够不着踏板。是吕宝叔叔撑开胳膊，拦在车门，才让我从他的胳膊下面钻上车。被挡在后面的人气得骂骂咧咧，又无可奈何，只能对他干瞪眼。车上也已经挤满乘客，严重超载。我们被后面的人推挤着，一点一点朝前移。我几乎被挤得难以呼吸。

汽车颠簸着，叮叮哐哐朝前驶去。只有轰隆的雷声，不时打断车里乱哄哄的吵闹声。幸好我们在第四站就下车了，我这才终于缓过气来。路面到处是水坑和洼地，我们只能迅速曲线前行。吕宝叔叔腿长，走得太快，我必须小跑着才能跟上。

雷阵雨渐渐停歇下来。两旁那些即将完工的新房，有的还搭着脚手架，里面已传出“叮叮当当”的锤打声。在这些新房之间的空地上，总有些烧焦的残壁断墙，黑乎乎的，像从地里伸出的手臂和拳头，在向天呐喊：“看啊，他们都对我们干了些什么！”

在苏三孃家

那是一幢农舍一样的大平房。当我们走近，门开了，走出一个瘦高妇人。

“你们终于到了！啊，全身都湿了，快进屋。”说着她侧身让我们进去。

“你就是汉娜吧？”她没有鞠躬，只是把手伸给我。我朝她点头笑笑，也把手伸过去，然后又向她行了屈膝礼。

“我去给你们拿干衣服，把湿衣服换下。”她转身进去。

“不用了。我的已经快干了。”吕宝叔叔赶紧说，“天热，这样也凉快。但汉娜得换换，她的行李箱里有干净衣服。”

“你们想喝点什么？”

“我想喝口凉开水，然后得马上走。否则时间来不及了。”

这时，一个男孩子和一个女孩子跑过来，站在旁边好奇地打量我。

“叫吕宝叔叔好，叫汉娜好。”妇人对他们说。

他们向吕宝叔叔问好后，又羞涩地向我伸出手来。我笑眯眯地握了他们的手。

“汉娜，快去把湿衣服脱了，否则你会感冒的。”说完她又转过身去对孩子们说，“你俩帮汉娜把东西拎进房间去。”

“好的，妈妈。”两人高高兴兴地回答说。

房间布置得很简单，我的小床也挂有蚊帐，边上还有床头柜、小衣柜。我刚换完衣服，门就“嘎吱”一声推开了，吕宝叔叔探进脑袋来，“汉娜，再见，我得走了。”

我朝他奔去，“再见，吕宝叔叔！向小孃和巧妹问好。能让巧妹来看我吗?”

“看吧，也许等下次学校放假。”

他这话给了我极大的安慰。从此我就暗暗期待着，有一天巧妹会突然出现在我面前。但残酷的现实是，直到现在，年过八旬的我坐在德国北部的家中，在电脑里敲下这些难忘的往事，巧妹，那个远居中国成都的小姑娘，我聪明能干又可爱的表妹，我们再没见面。

苏三孃家的两个孩子也很可爱。我们一起玩耍打闹，扮家家酒，做游戏，就像从前在多洛丝家一样，每一天都过得很快乐。这是我在家里从没体验过的。即使在吃饭的时候，大家也都愉快地叽叽喳喳，说个没完。饭菜虽然很简单，我们也吃得有滋有味。饭后大家又一起收拾桌子，清洗碗筷。

有一天傍晚，苏三孃告诉我说，新高马上要回来了，明天就开始帮我补习。

听了这话，我愣住了。我几乎忘了为什么到这里来。于是我灰溜溜地回到房间，拿出课本，翻看起来。但我总在担心：新高会怎么对我呢？如果我功课不好，他也会像妈妈那样打骂我吗？我又陷入深深的恐惧中。

不知过了多久，有人敲门。门开了，我抬起头来，看见一个高大的年轻人向我走来，脸上挂着亲切的微笑。“你好，汉娜，我是你的新高表哥，很高兴能帮你补习功课。”说着他向我伸出手来。

我感觉整个房间都亮堂起来，惊喜得说不出话来。真没想到，新高表哥这么亲切和蔼，还帅气。他穿着一身休闲的欧式夏装，白短袖衫，米色长裤，配运动型的皮带和皮鞋，浓密的黑发搭在额前，有一双好看的黑眼睛。他站在那里就像一枚太阳，把一切都照耀得温暖明亮又可爱。

“别害怕，明天才开始补习呢。现在是我和弟弟妹妹的童话时间，你也可以来听。假期里，我几乎每天晚上都会给他们讲故事。”他牵起我的手，把我带到客厅。他俩已经盘腿坐在地上，我也在他们身旁坐下。

新高坐在凳子上。“上次我们讲到哪里了？”

“在山上逃跑。”表妹说。

于是他用平静的语调开始讲述。随着故事的发展，情节越紧张，他的声音越高亢。尽管我不知道故事开头，也被深深吸引了。我们一动不动，听得神情专注。让我吃惊又不解的是，他的手里为什么没有书呢？阿曼先生给我讲故事的时候，手里总是拿一本书。

突然，他双手一拍：“好了，今天就讲到这里。”说完抱起小表妹，亲了她一下，又亲了一下小表哥的脸，然后才对我挥挥手，说了一声，“汉娜，明天见！”就出了房间。

我依依不舍地望着他走出房间，失望地想，他为什么不抱抱我，也亲我一下呢？

第二天，正式补习开始了。新高先翻了翻我的课本，就向我提了几个问题，历史的、地理的、数学的。我们坐到大桌子前，他很郑重地告诉我考试应该注意什么，并指出我在哪些方面需要努力。他的讲解生动又详细，迅速激起我的学习兴趣。

我喜欢听他讲课，喜欢他出现在我面前。跟他在一起，我感到踏实、快乐，不再孤独，而且还很有安全感。他的声音悦耳动听，他的身体散发出一股涩涩的清香。是他用的香水的气味吗？我偷偷从旁边观察他，轻轻呼吸他身上那股独特的气味。那气味一钻进我的鼻腔，立即变成我浑身的惬意。

有一天，当我在房间写作业，从客厅里传出了说笑声。我好奇地溜出去，发现新高和两个年轻男子坐在那里，正兴高采烈地谈论着什么。他们开怀大笑，还有人表情陶醉地抽烟。待他们发现我在门外偷看，一个人就跳起来，笑眯眯地朝我走来。

“你就是汉娜，对吗？我听新高说，你在这里补习，准备考南开中学。我叫周基坚，也是你的表哥。我妈妈是新高妈妈的妹妹，也是你母亲的表妹。嗯，你叫新高的妈妈三孃，就该叫我妈妈四孃。”说着他瞥了一眼新高，朝我眨了眨眼睛，咧嘴笑说，“新高对你好吗？如果他对你不好，你告诉我，我帮你收拾他。”

我红着脸，不知道该怎样回答，就羞怯地笑了笑，准备离开。

新高向我走来，把手平静地放在我的肩头说：“汉娜，现在你也认识你的周基坚表哥了。对面坐的那位，是我们的朋友光利。我们喜欢开玩笑，别害怕。”

趁他说话，我悄悄瞟了一眼对面的光利。他也正朝我微笑。

我迅速机械地笑了笑，作为回应，又掉过头来看基坚，他还在亲昵地盯着我。我的脸一下子更烫了。

“我得回去看书了。”说着我转身跑开了。

“好，那晚上别忘了来听童话啊。”新高的声音在后面响起。

考试的时间临近了，我的快乐也随之结束，内心的紧张一天比一天更强烈。与此同时，我以从未有过的努力，每天都刻苦学习，做题，背诵。我不知道，这是为了我自己，还是为了新高？为了妈妈？但有一点我很清楚，我绝不能让新高认为我是一个大笨蛋。

入学考试

大厅里坐了很多女生，一人一张小桌子。我的座位在中间，桌上摆了很多卷子。

前面的讲台上，站了好几个老师。有人在广播里向我们问好，然后宣读考场规则，提醒我们在最上面一张卷子上，首先得填写我们的名字、出生日期和家庭住址，然后再对那些编上号的各科问题进行对错选择、填空和解答。

大厅里安静极了，只偶然听到翻卷子的窸窣声。监考教师们在我们埋头写题的时候，就在座位间的过道走来走去，监视我们。空气潮湿而闷热，汗珠不断爬满额头，我不得不常常用袖子去擦拭。衬衣粘贴在我的后背，脑袋里一直嗡嗡作响。我拼命集中精力，认真做题。几小时后，铃声响起，广播里宣布，时间到了。老师们来收卷子的时候，我们还必须坐着不动，直到所有的卷子都被收走，我们才可以离开座位。

很快，我获救似的跟着别的姑娘们冲出大厅。谢天谢地，考试终于结束了。

远远地，新高和基坚满面笑容地朝我走来。

“怎么样，汉娜？你怎么满头大汗，满脸通红？”新高问我。

“不知道。”我耸了耸肩，摸了摸脸。真的，我的脸好烫。

“肯定没问题。我刚才看了你们的试卷，好多题我都考过你的。”他过来拍拍我的肩。我的心又开始狂跳，感到幸福极了。但我害怕让他看出，只是不置可否地淡淡一笑。

“没问题，你肯定能考上。”基坚直愣愣地盯着我的眼睛。他的目光总是让我不安。我避开他的目光，盯着地面。新高的手还搭在我的肩膀上，继续安慰我说：“别担心，你肯定没问题。两周后成绩就出来了。到时候我们再来看。如果考上了，你的名字会公布在红榜上。”

他的话并没让我高兴起来。我企图摆脱内心的不安，就问基坚：“今天你怎么也来了？”

“因为你不仅是新高的表妹，也是我的表妹呀。作为表哥，我当然也应该关心你，对不对？”说着他抬头瞅了新高一眼，表情诡异地笑了笑，又说，“等会儿，我们还要和光利碰头，一起去城里看电影。”

“啊，我也能一起去吗？”我的兴趣来了。

“不行，你太小了，肯定看不懂。”

“是啊，这部电影少儿不宜。”他俩又相互瞅了一眼，然后哈哈大笑起来。

回去的公共汽车摇摇晃晃，他俩很快就谈论起一些我不懂的话题，表情也变得严肃起来。我听着无趣，扭头打望窗外的街景。

等待的日子特别漫长，似乎无边无际。为了打发时间，我每天都读书或者画画。白天新高总不在家，不知道跑去哪里了。但他傍晚会回来，从不耽误我们的故事会。于是晚上成了我最期待的时光。一吃过晚饭后，我们就早早来到客厅，盘腿坐在地上，把新高包围在中间，入神地听他讲故事。对他，我越来越敬佩和喜欢，并暗暗烦恼，为什么我只是他的表妹！我多想是他的亲妹妹啊。因为他每次讲完故事，都会抱起表妹亲一亲，有时还会让她坐在他的大腿上。

出成绩这一天终于到了。

尽管有新高和基坚两个表哥陪我，在沉闷的公共汽车里，我仍然神思恍惚，紧张害怕得要命，几乎感觉不到周围的存在。到站后，我跟在他们后面，快步奔向有门卫守护的校门口。由于我无法证明我是谁，就耐心等在旁边，等表哥们向门卫出示证件，验明正身，然后我们才获准入校。一进校园，我们就直奔告示栏。那上面的白纸上写满成排的黑色名字。我的心怦怦地乱跳不已。我用双手捂住胸口，睁大眼睛在上面寻找自己的名字。

太阳已经升起来了，刺目的阳光晃得我什么也看不清，只得用手掌在额前搭个小篷，挡住阳光，鼻子贴到玻璃板上，这才看清里面的小字。但我既没找到我的姓，也没找到我的名。我的双腿开始发软，战栗，身体开始慢慢下沉，必须使出全身的力气，才能支撑着自己不瘫倒在地。

新高和基坚也在帮忙找我的名字。他俩的眼睛在阳光下眯成一条缝，紧张地穿透告示牌的玻璃板，从头看到尾，又从尾看到头，最后都只能丧气地摇头。我羞愧得恨不得立即死去。

“奇怪！我就不明白……”新高嘀咕着，目光还在名单上逡巡，不甘心放弃。

夏日的烈焰在我头顶燃烧起来。我感觉头晕目眩，腿上的骨头正在融化，身体摇摇欲坠。基坚一把扶住我。“汉娜，别太难过！这次没考过还有下次，新高一定会帮你考过。”

我已经崩溃如泥，被他俩一边一个架着。刚走了几步，新高突然又停下脚步，似乎发现了什么，站着不动了。他猛一跺脚，拍了一把自己的额头。“我好傻！这里才是新生的名单啊。那边只是通过了期末考试的名单。”原来不远处还有一个告示栏。可我已经没有力气和勇气走过去了。我甚至不敢抬起头来，再朝那边多看一眼，就立在原地，任由他俩冲过去寻找我的名字，紧张得心脏都要蹦出来了。

“这里，这里！汉娜，你的名字在这里！”我听到新高欢喜的叫声。但我仍然双手捂脸，不住地摇头。“你哄我！我不信……”

“是真的！你自己来看。”一只手温暖有力地抓住我的手，把我拉着往前走，“你自己来看吧，这里，倒数第二行。”他几乎是拥抱着我的身体，把我轻轻往前推。

我慢慢移开手掌，果然见到了玻璃板后面自己的名字。怔了片刻后，我激动得“啊”的一声尖叫起来。我真的通过考试了，妈妈这下该高兴了！我兴奋得蹦跳起来。身边的基坚一把抱住我，也跟着我一起蹦跳起来。“太好了，汉娜，太好了！”他一边跳，一边说。

新高却站在告示栏前，只笑眯眯地望着我们，一动不动。我松开基坚，朝新高走去。

“谢谢你，新高……”我轻声对他说。又闻到他身体涩涩的清香，头有点晕了，我感觉整个人都快飘起来了。

“谢我什么？你本来就很聪明伶俐。即使我不辅导你，你也肯定会考上的。”

他的声音真好听！他这么夸我，让我开心极了。

这时，有几个家长带着孩子也凑过来看名单。新高和基坚就一左一右拥着我离开了。我们三个人一起朝校外走去，迈着欢快的脚步。我的左手轻靠着基坚的衣衫，右手轻按着新高的腰，用每一根指头去感受他衬衣下富有弹性的肌肤，感到幸福极了。

“现在我们带你去认路。从陈家湾到朝天门有校车。到了朝天门，你再去码头坐船回江北，就方便了。你要记住每一个车站的名字，以后无论来学校上学，还是放假回家，你一个人才不会走丢了。”新高说。

我点点头，努力记在心里，第一次意识到，从现在起，我得靠我自己了。

晚上，我正在收拾东西，为去学校做准备，苏三孃走进我的房间。

“三孃好！”我抬起头来跟她打招呼。

“汉娜好！”她把一只布袋子放下来，“我在你的内衣裤上都绣上了你的名字。”她看一眼我的行李箱，惊讶地把双手握在一起，“你装得太多了，衣服和裙子都用不着。学校有校服，即使放假回家，路上也要求穿校服的。你把衣服和裙子都取出来吧，暂时放在我这里。过几天你吕宝叔叔要来重庆，去你家。我让他把你的衣服带回家去。”

“啊，吕宝叔叔又要来了？巧妹也会一起来么？”我激动起来。

“不知道，应该不会吧。学校马上要开学了，巧妹难道不上学吗？”

三嬢帮我整理行李，把我的外套和裙子取出来，折叠好又放回衣柜。然后她递给我一个信封。“这是你这学期的零花钱。你妈妈为你拟了个清单，这样你就知道，每个月可以花多少钱。”

我接过信封，心情复杂地看着它，突然意识到，它意味着不可逆转的别离，跟母亲，也跟新高和三嬢。可是，我多么希望能留在这里，跟他们像一家人，天天都快乐地生活在一起。我突然有点后悔了，为什么要拼命努力补习，考上学校，离开他们？否则，按妈妈说的话，如果我考不上，就一直住在三嬢家里。那又有什么不好呢？可以永远跟新高在一起。可是现在，我努力的结果，却是让自己离开他。怎么会这样？我颓丧地一屁股坐在床边。

三嬢注意到我情绪不好，过来挽住我的胳膊，温柔地安慰我说：“汉娜，别难过，我会让新高去学校看你。另外，开学以后，你很快会交到新朋友的，放心吧。新高当时离开家里去上大学，也曾经像你这样难过。但你看他现在，在学校有那么多同学朋友，整天都高兴不过来呢。”

我望着她笑了，心情突然又好起来了。我喜欢听她讲新高的事，她却并不继续讲了，我也不好意思再问，便机械地说：“三嬢，谢谢你！也谢谢新高表哥！没有新高表哥帮我，我肯定考不上的。”

她轻轻拍了拍我的脸蛋，爱怜地说：“汉娜，不必谢。你是一个可爱的姑娘，我们都很喜欢你。我还为你准备了一份小礼物，你肯定用得着。”

说完她走向那个袋子，取出一个棕色的皮书包。书包前面还有两个带金属扣的小荷包。她还递给我一个胀鼓鼓的带拉链的长形小布袋，布袋边上绣有竹子。

“这个文具袋是我为你缝的。里面除了毛笔，还有圆珠笔和钢笔。以我对你母亲的了解，她应该只给你准备了毛笔和墨砚这类旧式文具。但这是一所很摩登的学校，毛笔只用来练书法，写字和写作业都用钢笔或者圆珠笔。”

我高兴得跳起来，情不自禁地拥抱了她，同时对她生出敬意。她比母亲摩登多了。

打开那只文具袋，里面有钢笔、长笔筒、两只被包裹起来的笔尖，还有铅笔、车笔刀和橡皮擦。

“另外，作为对你通过考试的奖励，你母亲还叫我把这个送给你。这样你在学校就能遵守时间，不迟到了。”说着她为我戴上一块有棕色皮带的手表，“小心点，别丢了，别沾水，洗东西的时候要摘下来，但不要忘了再戴上。记得每天上发条。”

那是一只非常精致漂亮的手表，表面像蓝宝石一样闪闪发光，里面还镶有白色的小星星，比我小学时戴过的那只手表华丽多了。我幸福得再次跳起来，妈妈原来还爱着我呀。

南开中学

开学了，新高表哥送我去学校。他穿着一身浅色的欧式运动服，拎着我的行李箱，看起来帅气极了。我穿的是那条母亲喜欢的蓝色连衣裙，挎着三孃送我的新书包，骄傲又幸福地走在他的身边。阳光暖暖地照耀着。新高不时扭头跟我说话，对我微笑，提醒我在学校要注意什么。

门卫很友好地跟我们打招呼。校园里到处是身穿黄衣黑裙的姑娘。很多人还拎着藤编小箱，由大人陪着。新高就是我的大人。他脚步坚定，目标明确，似乎熟悉这里的一切，带着我径直朝一排建筑中的第一幢楼走去。

新生们都由父亲陪着，在一间大厅里安静地等候。我和表哥也加入其中。

不久就有人叫我的名字。一位女士示意我们过去。她问了我的出生日期和家庭住址，点了点头，在名册上我的名字下面打了钩，就让我们去旁边的房间等着。

那间房里也坐了很多女生。我和新高坐下来，等了很久，才轮到我们进办公室。

里面有一张很大的办公桌，后面坐着一个中年男人，黑发整齐地梳到一边，瘦长脸，鼻梁上架了一副细框眼镜。他微笑着对我们点了点头，示意我们在对面坐下，然后很礼貌地称表哥为“傅先生”。表哥及时纠正了他。

“对不起，我只是她的表哥。我姓苏，名叫苏新高。傅安娜的父亲、我的姨父，很抱歉有事不便前来，所以让我代表他送安娜来报到。”说完，他把母亲的信和装有钱的信封，双手捧着递给校长。

校长立即改口，重新称他“苏先生”，然后浏览了母亲的信，抽出钱来数了数，又拿起笔来在信封上画了几下，在记事簿上草草地写下些什么，才站起身来，把信封放进旁边的高木柜里。最后他在一份文件上签了名，请新高把它转交给我父亲。

他抬起头来，双手交叉放在办公桌上，目光友好地望着我。

“傅安娜，我以学校的名义欢迎你。”说着他拿起一本小册子，“这里有学校的日程表和校规校训，请仔细阅读，严格遵守。如果违规，后果很严重。我们学校的声誉很好，不仅因为我们的现代西方教学模式，还因为学生的品德好，遵从校训，遵守纪律。新生入校的第一个学期，有一个生活辅导员，即一个毕业班的同学来关照你。这个同学明天会来跟你见面。你有问题可以向她提出，有困难也可以请她帮忙。她会在你的第一个学期里尽可能照顾你的学习和生活。”

我紧张地听着，接过他递来的小册子。

“苏先生，请带你表妹去旁边的教学楼领取校服。谢谢!”校长站起身来，跟我们握手道别。

在旁边的教学楼里，她们先测量了我的身高、腰围，然后从一个大竹筐里找出适合我的校服。同时，我还得到寝室号码和床位号，一把带号码的衣柜钥匙。

寝室在一幢大房子里。一推门，女生特有的叽喳声就迎面扑来。橱柜集中在寝室的一头，有人在那里收拾东西。她们立即向我投来好奇的目光，微笑着跟我打招呼，然后继续嘻嘻哈哈、交头接耳、喋喋不休。房间的两边各放了六张带栏杆的小床，中间是一条宽敞的过道。床上白色的被子折叠得像豆腐块。有人兴奋地跑进跑出，有人正跟亲友道别。

我的床在右边，靠入口处不远。新高打开我的行李箱，准备帮我把衣物放进壁橱。

“不要你帮，我自己会。”我赶紧叫住他。里面还有小内裤呢，太难为情了。

“我知道，但这样会快点。把校服拿着，一会儿就得换上。”他一点也不懂我的心事。

他把箱子里的信封取出来，放进壁橱最上面的抽屉里，然后把钥匙取下来，把钥匙链挂在我的脖子上。“你得一直这样戴着，才不会弄丢。记住，一定要锁好橱柜，不然可能会丢东西。”他低声地提醒我。

他这样叮咛我，关心我，真让我感动。我正呆呆地望着他，寝室门开了。一个表情严肃的女人走进来，叮叮当当地摇着铃铛。“请各位家长注意了，现在你们该告辞了。姑娘们，请你们马上换上校服，按新生手册上的安排，我们十一点准时在礼堂集合。半小时后，我来接你们。请大家务必准时。”说完，她又叮叮当当地摇了几下铃铛，就转身走了。

新高匆匆拥抱了我，拍拍我的背，笑眯眯地看着我的眼睛说：“汉娜，好好学习吧！这是一所有名的好学校。真高兴你能在这里上学，我为你自豪！希望你在这里学习进步，一切都好。有时间我会再来看你。”

我用悲伤的目光望着他。“你不能再多待一会儿吗？”

“你现在得赶快换校服，否则就会迟到了。别忘了，随时要穿皮鞋和白袜子。那是新生手册里要求的。把上面的校规好好读读，别犯规了。我得走了，再见了，汉娜！好好照顾你自己！”

他快乐地朝我挥挥手，眨眨眼睛，就转身走了。我忧伤地站在床前，噙着眼泪，目送他潇洒的身影从我的视野里消失，泪水突然夺眶而出。为了不让别人看见我的悲伤，我转过身去，背对她们。

崭新的生活开始了。

早晨六点，起床铃一响，过道也跟着响起击掌声和催促声：“起床了！起床了！请大家抓紧时间洗漱更衣，然后我教你们叠被子。”

我们并排在一个深色搪瓷小水槽前刷牙洗脸，然后迅速穿上校服：黄色的衬衣上戴有肩章，脖子上再系一条长领带，下面配黑色的百褶裙。女老师示范给我们看，怎么抖开被子，拉扯捋平，再用双手把它的边缘折成角。等她挨个检查完我们的床，她又让我们按个头高矮两人一排站成行，然后带领我们去操场做操。操场上已经排队站好其他年级的同学。我们被安排站在他们的中间。

主席台上的喇叭响了，高高的旗杆上冉冉升起红色的青天白日旗。我们昂首挺胸，高唱升旗歌：“山川壮丽，物产丰隆，炎黄世胄，东亚称雄……”然后早操开始了，有几个高年级女生在前台领操。

“一，二，三，四……”她们一边做操，一边有节奏地大声呼喊。

半小时后，我们站成两行，迈着整齐的脚步，去食堂吃早餐。

八点，我们在教室门前集合。老师向我们问好后，要求我们按高矮就座，矮同学坐前面，高的依次坐后面。尽管我悄悄缩脖子含胸，还弯着腿，努力使自己显得矮点，我仍然被安排坐在最后一排。

下课时，一个漂亮姑娘来到我面前，自我介绍说，她是我的辅导员。她也穿着校服，但却显得窈窕多姿，女性味十足。她的黑发梳向后面，用一枚像蝴蝶结的发卡别起来。

“你好，傅安娜，我是你的辅导员。我会每周来看你一次，你有什么问题可以问我。这半年之内，我负责帮你融入学校的生活。”

她说话的声音温柔而清亮，很好听。

“如果你愿意，我现在就带你熟悉校园。”

我答应了。她带我参观校园，耐心为我介绍每一幢建筑。而走在她身边的我，更享受聆听她温柔动听的声音，呼吸她身上的淡淡芳香。对我来说，此时她像一个关心我的大姐姐，亲切可爱。

班主任老师对我们要求很严格。她为人公正，经常要求我们发表对课本内容的看法。在文学课上，我们不仅要了解中国不同朝代的文化，还要学很多古诗。那些古诗我们还得大声朗读，抑扬顿挫，感情充沛。我们还学了中国历史和世界历史。每一周，我们都得单个站在讲台上，就某个主题作简短的演讲。当我第一次上台的时候，我紧张极了，因为大家都盯着我。我担心我的高鼻子和白皮肤会被她们取笑，心一慌，竟把准备好的内容全忘了，只是轻声地支支吾吾。老师站在教室后面，不断提醒我大声点，再大声点，要吐词清楚。

我们还有体育课，每人可以自选一项体育项目，定期参加训练。我选了棒球。

如果天气好，下午的课程结束后，我们就会去操场。操场地势较低，像一块盆地，一边呈半圆形，有几级依山而建的石梯，通常被当作观众席。另一边筑有半高的墙，防山体滑坡。周末电影，或者毕业班女生的舞蹈课，就在这里举行。离我们学校不远，有一所男子寄宿中学。那些高年级男生会定期来参加我们学校的舞蹈课。而我们这些低年级的女生只能坐在石梯上当观众。毕业班的女生占着下面右边的空地，那些男生五点钟就冲进操场，占据着左边的空地。他们好奇地东张西望，嘻嘻哈哈相互打趣，不时朝女生们挥手。

操场上的人渐渐多了，石梯上也坐满了人。无意中，我突然认出有个男生是我们家邻居的儿子，小时候还跟我扮过家家酒。“嗨!”我朝他挥手，叫喊他的名字。他转过身来，也认出了我，朝我挥了挥手，却只很简短地回应了一声：“是你呀，汉娜。”然后就再也不理我了，又转身回到他的同学们中去了。

我很失望，也有点伤心。童年时一起玩耍的小伙伴，现在居然对我没兴趣了。不过，也许，他只是害羞，不敢当众跟女生说话罢了。这样一想，我又感觉好些了。

广播里响起西式舞曲。女生们交头接耳，羞羞答答地说笑着。音乐又突然戛然而止，响起老师的声音：“请大家安静！”她稍停片刻，又继续说，“先生们，当音乐响起，请邀请自己的舞伴入场。”

华尔兹音乐响起来。男生们慢慢走向女生，向她们鞠躬，做出邀请的姿势。姑娘们害羞地站起身来，跟着她们的舞伴来到舞池中间。他们一对一对地相向而立，开始跳最基本的舞步。

这时音乐轻柔了些。舞蹈老师又讲话了：“今天我们复习慢华尔兹，别忘了，抬头，沉肩，按四分之三的拍子。”

慢慢地，一对一对的舞伴开始动起来。

老师转向站在她身旁的男子，两人也优雅而缓慢地跳起来，踩着音乐的节奏，时而前行，时而后退，时而旋转。同时她还越过男子的肩膀，观察大家的舞姿，嘴里高喊着“一，二，三；一，二，三……”

“女士们，先生们，身体别这么僵硬！放松，放松，再活跃些！紧跟旋律，让身体随音乐前进，后退，旋转，起伏！”

这样跳了一会儿，她又停下，离开舞伴，走进跳舞的人群中，去纠正学生们的动作。“一，二，三……长，短，短……长……伸腿！短，短，肩膀下沉，保持不变！不要对视，目光错开！”

看着他们成双成对翩翩起舞，我不仅羡慕，而且嫉妒。真想也成为他们中的一员，也站在舞池里翩翩起舞。可舞蹈课只有毕业班有，于是我失去了继续观看的兴趣，心灰意冷中悄悄起身，溜进附近的小树林。

本来只想随便走走，却被纵横的小路及两旁的花木迷住了。真没想到，这所学校这么大，这么漂亮。我深深地呼吸着植物的芬芳，不由自主地跑起步来。夕阳的余晖晃着我的眼睛，我抬起手来遮挡着，继续慢悠悠地朝前跑。跑着跑着，前面突然出现一堵高高的木栅栏，黑黢黢地耸立在火红的天空。我想，我大概来到了校园的最南端。出于好奇，我钻进灌木丛，从木栅栏的裂缝处侧身出去。遗憾的是，我认不出外面是哪里，便又失望地仄身回来，按原路返回，依然悠悠地小跑着。空气潮湿沉闷，夕阳照在我的背上。当我再次听到操场的音乐，也情不自禁地跳起舞来，伸出双臂，搂着想象中的舞伴，按音乐的节奏吹着口哨，在林间小路上旋转、前行、后退，一个人跳着轻快的华尔兹舞步往回走，直到有人看见我。

每一次辅导员来看我，我都很高兴。她向我提了很多问题，而我由于紧张或激动，通常只能用“是”或者“不是”来回答。有一天，她突然对我神秘地笑了。“傅安娜，今晚七点到校门口来，我在那里等你。我们一起去外面走走。我请你吃小面，怎么样？你晚饭在学校别吃太饱。”

“哇，好啊！”我惊喜地望着她。

晚上我准时到校门口，她已经在那里等我了。我们还得在门卫处签下我们的名字，才能出去。门卫告诉我们，最晚九点半必须回来，因为十点钟关大门，就再也不能进来了。

出校门时，她把手搭在我的肩膀上，让我觉得我们像亲密的朋友。没走多远，就有喷香的麻辣味迎面扑来。当我看见那么多露天小吃摊，惊得目瞪口呆。它们仿佛是专为这一带的学生摆的，因为小吃摊前挤来逛去的全是学生，有的在凳子上挤坐成排，埋头吃着木桌上的食物；有的还伸长脖子，兴味盎然地在摊前张望，或者走来走去。我们也融入热闹的人流，走了一会儿，经过一口沸腾着水的大锅时，辅导员请我坐下，大而黑的眼睛略带挑衅地望着我："怎么样，你能吃辣的吗？"

"当然！"我笑了，有点得意。

"两碗红汤小面。"她对柜台后的女人喊道。

不久，两只插有木筷子的大碗就摆放在我们面前。在喷香的热气中，我看见白色的面条浸泡在浓稠油亮的红汤里，汤面有一半覆盖着绿色的葱花。我俩幸福地相视一笑。

"希望合你的口味。"

"谢谢！肯定的。我已经流口水啦。"

那一瞬间，我再也感觉不到空气的沉闷，只感觉舌尖被辣得像火在燃烧。我快速地吸溜一口面条，又喝一口香辣浓汤。辅导员也一样，她一边吃还一边说："我看出来了，你也觉得好吃呢。"

"是的，太好吃了！谢谢！"我燃烧着的嘴里哈出灼热而幸福的气息。

吃饱之后，我们心满意足地从一个摊逛到另一个摊。有人在高声叫卖西瓜，他们把西瓜切成大块，摆放在扁平的竹篮里。还有人胸前挎着大箱子边走边喊："冰糕凉快！最后几支啦，想吃的，快来买呀！"

有几个女生买了冰糕拿在手里，用嘴舔吮。我瞪眼细看，发现那是一块隐隐冒烟的黑色食物，用一根小棍儿插着。"还冒烟，一定很烫吧。"我暗暗猜想。

"你也想吃冰糕吗？"辅导员看出我很好奇。

"不想，谢谢。"我违心地说。

“不会吧？你肯定想吃。”她似乎看穿了我的心事。在我再次拒绝之前，她已经买了两支冰糕，撕下包装纸，递给我一支。我既尴尬又惊喜，又让她破费了，后悔没有带钱出来。

与此同时，我发现手指头冰凉。那冰糕的小棍也凉津津的。

“快吃，不然会化掉。”她提醒我说。

我迅速把冰糕塞进嘴里，又惊慌地把它抽出来。它一点不烫，恰恰相反，它很冰。我怔怔地盯着这奇怪的食物，又小心翼翼地舔了几下，便迅速喜欢上它的凉快和香甜，发现它简直美妙极了，止不住大口大口地舔舐起来。

人们挤来挤去，高声喧哗，就像在热闹的市场上。时不时地，辅导员还碰到她的同学，跟她们大声打招呼，说笑打趣。她们也好奇地打量我，窃窃私语，交头接耳。

我很喜欢这里的热闹，一直逛到不得不离开，才依依不舍赶在门卫关校门前几分钟，匆匆返回。我们在宿舍楼前分手道别。我很感谢她的邀请，祝她晚安。

“别客气，再见，汉娜。晚安！”她朝我挥手，转身走向她的宿舍。

这是一个美好的夜晚，即使我常常不知道，该跟辅导员说些什么。

在天气渐渐转凉的时候，学校发了新校服，带夹层的上衣，黑裙和长袜也厚了些。

有时早晨下大雨，我们就不必去做早操，为此我感到很惋惜。

我跟同学们接触很少。我不喜欢她们总对我的外貌嘀嘀咕咕，说三道四。

尽管学校有很多活动，我还是想家，不知妈妈怎么样了，父亲是否已经回家。我多么希望能够睡在自己的房间里，自己的大床上，而不是跟这么多姑娘挤在一间大寝室，睡在一张小床上。

晚上十点，寝室准时熄灯。可我还想继续读书。为了不被巡夜的老师抓获，我就把手电筒塞进被窝里，悄悄读书。但我不久就放弃了，因为那样太闷了，让我无法呼吸。

辅导员来得越来越少了，半年后她就彻底消失了。也许，来看我，陪我逛街，请我吃小面和冰糕，不过是她在完成任务。意识到这点，我深深感到失望和遗憾。

新高也同样忘了我。我经常期盼他能突然出现在我面前，带我跟他回家度周末。我相信，苏三孃和小表妹也一定会高兴。可惜我望穿双眼，梦想终未成真。最后，我无比悲哀地发现，没有一个人想念我。他们似乎都已经把我遗忘。

只有一个姑娘，闵晓玲，愿意跟我做朋友。开初我对她怀有戒心，但我很快就发现，我俩有很多共同的爱好和兴趣，于是我们建立了深厚的友谊。

晓玲身材苗条，几乎跟我一样高。她瘦削的脸上蓄着半长的刘海，头发朝两边往后梳，用两只朴素的小发卡别起来。在教室，她坐在我的前一排。有一天，她约我晚上去逛夜市，我高兴地答应了。

我们在门卫处登了记，就来到外面的街上，汇入熙攘的人群中。来往的学生们喜笑颜开，像过节一样快乐。两旁的小摊生意兴隆，吃的，喝的，看的，玩的，令人眼花缭乱。一些木桌中间架着大锅，里面咕嘟着红艳艳的油汤，浓烈的麻辣香味随蒸腾的热气四处飘散。学生们围桌而坐，一边大快朵颐，一边谈笑风生。晓玲告诉我说，他们在吃火锅。尽管我已经口舌生津，但没敢提议也去尝尝。因为通货膨胀越来越厉害，这些小吃摊的价格也一路上飙，看得我心惊肉跳，几乎不敢动用我的零花钱。

迎面过来几个男生，他们跟晓玲打招呼。双方说说笑笑，还扮鬼脸，相互取笑。我也被他们的情绪感染，跟着一起嘻嘻哈哈，快活极了。

在天热的时候，我会偶尔吃一支冰糕。晓玲经常收到她父亲寄来的汇款，总是邀请我去逛夜市，要请我吃小面，或者凉粉，或者麻辣串，但我都惭愧地拒绝了。天气转凉之后，我一个月的零花钱仅够买一块黑芝麻月饼，我就买来跟她共享。我也企图透支预算，但我不敢。因为信封里的钞票所剩不多。我得保证到学期结束放假的时候，还有足够的盘缠。

我想回家。

在家过寒假

放寒假了，大家都坐上回家的校车。校车是一辆大巴士，挤得满当当的，像一只硕大的沙丁鱼罐头。里面的学生有我们学校的，也有附近其他学校的。

我没有座位，整个车程只能站着。车子摇晃着，一会儿急刹，一会儿发动，颠得我恶心想吐。但我注意到，有人向我投来羡慕的目光，也许是因为我的校服？我暗暗得意，便努力面带微笑，举止得体，尽管身体很难受。

终于到了朝天门车站，大家下车后四散而去。我肩上挎着行李包，沿石梯朝下面的码头走去。一些新建的多层房屋已经把周边曾经被炸毁的空地填满，很多新店铺是用深色的木板建成，门口挂着彩色的带流苏的灯笼。有些店铺把货物摆放在敞开的门前，其中还有卖雪茄的烟摊。石梯上的行人明显多于空袭期间，依然有很多苦力挑着货物，在陡峭的石梯上行走如飞。轿夫们抬着沉重的轿子和滑竿，嘴里“嗨哟嗨哟”地叫唤着。长长的一坡石梯，人上人下，川流不息。我小心地走着，不时瞻前顾后，左躲右闪，为那些挑竹筐的、扛麻袋的、抬轿子或者滑竿的让路。

船上也很拥挤，男人们站在他们的货物边，脚下的竹篓里传出鸡鸭的咕咕声，身边的人们在高声喧哗，夹着阵阵的咳嗽声。年轻女人们挤成一团，一直在叽叽喳喳地说笑不停。她们偷偷打量我，对我指指点点，咬耳根。一气之下，我转过身去，不看她们，宁愿望着栏杆外面的一江河水。冬日的嘉陵江平静地流淌，在稀薄的阳光下闪着碧蓝而温柔的波光。

终于靠岸了。回家的路上，我的脚步越走越疾，心也越跳越快。远远地，当我终于望见我们家那幢熟悉的白房子耸立在明亮的蓝天里，我三步并两步，整个人几乎飞起来。我一鼓作气爬上山坡，冲上一级又一级石梯。到家了，我站在院坝的坎边长长地舒了一口气，但眼前的情景让我错愕，张大的嘴巴半天也没能合拢来。院坝里空荡荡的，一个人影也没有；上面的门廊也冷寂无声，没有丁点人气，仿佛这里早已无人居住。怀着强烈的不安，我跑过过道，奔向上面敞开的房门，冲进客厅。那里有一个孤独的身影静静地坐着。是母亲！她正在低头缝着什么。

“啊，是汉娜回来了！我还以为你会晚些时间才回来呢。”仿佛她有所感应，我一出现在门口，她就突然抬头看我。

“妈妈，你好吗？”我嗫嚅着，十分担心地望着她，依然一动不动。

“你找得到路回家了？”她没有回答我的话，站起身来，朝我走来。

“是的，校车把我们直接送到朝天门码头。”

“哦，你一定饿了吧？我马上去给你做饭。你先休息一下。”

她接过我手里的行李包。

“为什么你做饭？周莲呢？”周莲是我们家的厨娘。

母亲沉下脸来，摇了摇头。“现在，除了奶妈和老邹，我们没有别的人了。由于不断的货币更换，我们家损失了很多钱。成都出售田产的钱，由于通货膨胀，货币贬值，也不值钱了。唉，幸好爸爸还为我们藏了些美元在书里，不然我们就得饿肚子了。”

一想到父亲，我就再次悲愤不已。目光四下一扫，仍然不见父亲的影子，我捏紧拳头，气愤地吼道：“爸爸还没回来?！他们凭什么把爸爸抓起来？简直太不公平了。这些该死的美国人！”

“战争总是残酷的，没有公平可讲。个人的命运，跟国家的存亡，民族的兴衰比起来，算什么？总有一天，你会明白我这话的含意。”她避开我的目光，平静得出乎我的意料。

她把我的行李包放在旁边的椅子上，突然转身瞪着我，厉声责问：“你为什么不给我写信？我一直都没有你的消息。吕宝叔叔只带回了你的衣服，没有你的只言片语。苏三孃开始还写信给我讲讲你，后来也没有消息了。你的成绩单呢，我倒想看看。”

她这样子，好像我不给她写信，是一件比爸爸不能回家更让她生气和伤心的事。我困惑地望着她，觉得她变得不可理喻，同时费力地从书包里翻出成绩单，心情复杂地递给她。

她低头看着，微微点头，脸上掠过不易察觉的笑意。“成绩稍有进步，但批评你上课不积极回答问题，不积极参与大家的讨论。这到底是怎么回事?”

“因为……我不知道，我的回答是否正确。另外，有时候，当我回答问题，同学们会取笑我，所以我就……”

“课堂上要积极参与，即使回答不正确，也没关系。别管他人的取笑，如果你经常回答问题，她们也就习惯了，没有理由取笑你了。”说着她把成绩单折叠起来，放进写字桌的抽屉里，就去厨房为我做饭。我又听到熟悉的煎炒声，闻到了熟悉的肉菜香。太好了，终于又能吃到家里可口的饭菜，而不是学校食堂里单调乏味的学生餐。

晚上，当我孤单地躺在我的大床上，我又想到父亲，想得厉害。他温柔的声音总在我耳边回响，黑暗中，我似乎又看见他慈祥的目光正凝视着我。可那目光却慢慢淡去，最后又被黑暗吞噬，只剩我孤零零地躺在这无边的黑夜里。他们为什么要关押他?！我想不明白。难道这个世界上没有公平和正义吗?

尽管家里没有父亲，冷冷清清，我仍然喜欢待在家里，享受温馨的家庭气氛：有妈妈和弟弟在身边，还有自由自在，充足的睡眠，可口的饭菜和熟悉的一切。

母亲又开始为我读书，一些古老的中国故事，一边读还一边讲解，将它们翻译成我能懂的白话文。黄昏时分，当田野里暮色升起，远山渐渐暗淡，我们又坐在门廊的椅子上，一起唱一些抒情的歌谣。

在天气好的日子里，我带着弟弟糊风筝。我们先削竹条，把它们捆绑成十字形，然后在上面敷上纸，涂上鲜艳好看的颜色，又剪下一些彩色带子当尾巴，把它们整齐地贴在下端。等风吹过田野的时候，我们就高举着风筝，跑到下面的石坝上去打开线团，迎风奔跑，让风把风筝送上天空。我们哈哈笑着，奔跑着，兴奋地仰望着自己的杰作在天空翱翔。有时候它盘旋着，仿佛要跌落，却又突然腾空而起，姿势非常优美，活像一只有生命的大鸟。

飞翔的风筝让我又开始想入非非。我多想也能像风筝一样高飞入云，俯瞰大地。这些山峦河流，田野农庄，我们家的房子，还有我和弟弟，如果从天上往下看，又会是什么样子呢？

弟弟突然大叫起来："风筝掉下来了！"

果然，只见一道巨大的黑影从天而降，"砰"的一声，我们美丽的风筝已经撞落在一块大石头上，粉身碎骨。

"现在我们该怎么办？"弟弟跺着脚，眼泪汪汪地哭叫起来。

"没关系，明天我们重新做一个。"

寒假的时光飞逝而过，我又该去学校上学了。

母亲为我收拾好行李。临别的时候，她告诉我说，包里有一双新皮鞋，还有一双她为我缝的新布鞋。她还递给我一个装有学费的信封，叮嘱我路上别丢了，一到学校就给校长。

我朝她点头，心里有说不出来的难过。

"给你的零花钱，我已经按现在的物价做了调整。但也许还会继续贬值，谁知道呢，先就这样吧。你尽量节约，别乱花钱。如果实在不够，你又急需，就给我写信，我会想办法给你寄点。新货币让我们大家都快完蛋了。好了，走吧。别忘了有空给我写信，几句话也行，让我知道你的情况。"

"好的，妈妈。"

"姐姐，再见！"弟弟在后面叫我。

我转过身去，看见他朝我跑来。我抱起他，冲着他的耳朵亲昵道："弟弟，再见！"

"好了，快走吧，别误了船，你得准时返校。"母亲催促着。我第一次看见她眼里的不舍。她靠在门廊的栏杆上，看着我一步步走下台阶。当我再次回头，她还望着我，带着忧伤的微笑，朝我挥手，

“再见，妈妈!”我心都快碎了，高喊了一声，转身就跑。

校园时光过得比我想象的快。一切都按时间和计划推进，教程内容也越来越丰富，很多课是按欧洲和美国的模式进行。英语是我们的外语。但更重要的是校训校规，总是被三令五申地要求我们遵守服从。

我和晓玲都参加了学校的舞蹈队，并从中得到很多乐趣。我们学会了通过丰富的面部表情、柔软的肢体扭动和优雅的手指变化，来表达不同的内心活动和情感；还学会了如何把人类感情与自然和音乐融为一体，作为一个和谐的整体，通过舞蹈语言进行表达。

我的棒球打得很好，进入了校队。比赛的时候，我经常把球打进外野，然后就拼命飞奔，过三垒，直抵终点，根本不给对手得球的机会，或者让他们把球击掉。这样我就能经常为我们队赢得一分。

学校每年有一次郊游，参观重庆的名胜古迹，它们中的少部分在战后得以修复。我记得一条短而狭窄的街道，两边都是黑漆漆的木屋，墙上挂着彩色灯笼，二楼的木阳台上有顶棚，下面是门窗。有些妇女，有时还有孩子，在昏暗的房间里兜售他们的手工产品，像布鞋、扇子、帽子等。有一家商铺的入口处，摆了几只大坛子，很多人站在那前面，我们也好奇地挤上前去，看见卖家揭开坛子盖，用勺子舀出腌制的酱，过秤后，就倒进顾客手中的碗里，然后赶紧把坛子重新盖好。那坛口围了一圈水槽，他把盖子小心翼翼地放入水槽里，又轻轻旋转，不让空气进入坛里。

因为被炸毁的房屋还没有被完全修复，我们的郊游一般很快就结束了。

最难忘的一次，是去参观一座寺庙。

那座寺庙气势恢宏，伫立在郊外的一道山坡上。远远的，我们就看见它金色的庙顶高耸入云，被一圈红的和黑的柱子撑着，在阳光下熠熠生辉。走完那些宽大的石梯，我们来到它的面前。大厅很空旷，有一尊巨大的镀金菩萨端正地坐在莲花上，细长的眼睛半睁半闭，显得神圣、慈悲、又安详。菩萨的嘴角挂着神秘的微笑，像欲言又止，意味深长。我久久地凝望着它，内心突然变得格外宁静。

大厅里弥漫着香火味，那是前来祭拜的香客们在烧香点烛。他们虔诚地跪在菩萨前面，用双手和额头去叩击地面，嘴里还念念有词。磕完头他们就半直起身，高举双手，对着菩萨念叨一些我不懂的话。

我们默默走过那些真人大小的神像。它们在半明半暗的庙堂里或站或坐，色彩暗淡，有的还缺胳膊少腿，严重受损，亟待修复。出来后，我们又看了一会儿那些色彩斑斓的大柱子，精雕细刻的屋顶。

不远处的城市热浪滚滚。那些低矮的房屋紧密相连，黑乎乎的，看上去像乌云笼罩下的海洋，在我们前方静静地起伏。

暑假来临前，我写信告诉母亲，闵晓玲想邀请我放假后去她家做客，小住数日。她家在重庆城里，我也正想去城里看看。出于礼尚往来的人之常情，我也想邀请她随后到我们家来做客。她还没到过江北乡下，正好跟我一起回家。信寄出后我忐忑不安，没想到很快就收到回复。母亲居然同意了，还说欢迎我带女朋友回家，这令我喜出望外。

和闵晓玲一起度暑假

现在我几乎认不出那条宽敞的大街。它的两边都是粉刷一新的楼房。汽车在我们身边呼啸奔驰，喇叭声在空中此起彼伏，人力车和搬运工穿梭不息，交通警察刺耳的哨声不绝于耳。行人们依然来去匆匆，好像害怕错过什么。有人愣头愣脑横穿马路，全不顾左右，害得汽车“嘎吱”一声急刹，又引起后面一连串的喇叭响个不停，像在上演街头音乐会。这座城市总是笼罩着潮湿闷热和混乱喧哗。

晓玲和我来到一幢灰色的三层楼房前。楼房有两扇入口的大门。

“你看，到了。”她说。

“这就是你家？差不多就在城中心啊。”我有点吃惊。

“是啊，我爸爸是医生，为了方便病人，诊所必须在城中心。”

我有点惊讶，她从没说过她父亲是医生，又突然想起租住过我们家半边房子的王医生和那个疯疯癫癫的女精神病人。听妈妈说，王医生也搬回重庆城了，不知是否就在这附近，也许晓玲的父亲还认识她。

进门之后，我们直接上楼。晓玲敲开了她母亲的房门。

“啊，回来了？快进来！”她母亲站起身来，笑迎过来。

“妈妈好！这是我的朋友傅安娜。”她向她母亲介绍我。

“您好！”我向她问好，行屈膝礼。

“你好！欢迎你来我们家做客。”她对我点头笑笑，“快请坐。你们这一路还好吧？”

“巴士都快挤爆了。我俩都没座位，一直站着。”晓玲生气地摆摆手，“妈妈，你肯定想看我的成绩单吧？”说着她从包里掏了出来。

“不急不急，有时间再看。”她母亲似乎不怎么关心晓玲的成绩。

这时，闯进来两个小男孩，争先恐后冲向晓玲，让她一个趔趄，差点跌倒。他们兴奋地抱在一起，相互亲吻。“她是谁？”一个弟弟好奇地用手指着我。

“我的朋友汉娜。快跟汉娜说‘你好’，别用手指着人家。”她一把摁下弟弟的手。

他俩朝我走来，怯生生地伸出小手，异口同声道：“你好，汉娜！”

“你们好！”我弯腰握住他俩的小手。

他俩马上丢下我朝母亲跑去，跟着去看晓玲的成绩单。

“我就知道，你肯定又考得不错。”她母亲喜滋滋地笑着，表扬道，“真为你骄傲！等你爸爸看了这成绩单，还不知道会怎么开心呢。”

这时门开了，一个漂亮的年轻女子探进头来，微笑着向我们问好。

“你又没事干了？”晓玲母亲立即收起笑容，朝她瞪眼怒吼。

那张美丽的脸马上又缩回去了，用一只纤秀白皙的手把门带上。

“这个懒婆娘，整天无所事事，东游西荡，东张西望，像做贼一样！”晓玲母亲咬牙切齿地愤愤道，露出一口发黄的龅牙。

直到这时我才发现，她瘦长的马脸和外凸的黄牙多么丑陋。她的棕色眼睛挂着很深的黑眼圈，皱纹从那里蔓延到脸颊。当她感觉没有人注意她时，她就目光忧郁，神情沮丧。她的深色旗袍让她瘦高的身材更加显眼，略为花白的头发在后颈绾了一个髻。

“你俩单独待会儿吧，我去做饭。等爸爸诊所的事忙完，我们就可以吃饭了。”说完她牵过两个男孩的手，上楼去了。

大厅里有几扇通往隔壁房间的门。我们推开其中的一扇，来到晓玲的房间。里面有一个衣柜，一张圆桌，三把椅子，一张单人床和一个床头柜。

在一束细长的光线中，我看见一张铺有白床单的行军床，正对着她的单人床。

她让我把行李包放在椅子上，拉开柜子门让我看。“等会儿，你想玩牌，还是下棋？”

“我不怎么会玩牌，但跟我父母下过棋。”

“好吧，那等会儿我们就下棋。”

“刚才那个女人是谁？”我还在想刚才那个探头进来的漂亮女人。

“哦，她是我爸爸的二姨太。我们跟她没什么话说。”晓玲回答得漫不经心。

我却被她的话震撼了。虽然我知道，中国古代的皇帝有三宫六院，七十二嫔妃，达官贵人也妻妾成群。那些可怜的嫔妃，每天把自己打扮得花枝招展，期待皇帝临幸，可很多人等成白发宫女，也没见到皇帝一面。太惨了！可那毕竟是历史，是过去好久以前的事，怎么今天还有姨太太?!

晓玲还在嘀咕着什么，但都成了我的耳边风，我还在想那个年轻漂亮的二姨太。

不久，大厅里的铃声响了。“走，吃饭了。”晓玲对我说。

她先带我去洗漱间洗手，然后带我进了大厅。一家人已经围坐在一张大圆桌旁。

她父亲起身朝我伸出手来。“你好，汉娜。很高兴能认识你。晓玲早就跟我们说起过你。欢迎你来我们家做客，也希望你在这里过得愉快!”

“谢谢闵医生，我很喜欢这里。”我有点紧张地支吾着，因为那个漂亮的二姨太就站在他身边。我的目光忍不住总朝她瞟去。

她在为我们上菜，面带微笑，动作优雅。闵医生问我们学校的事。令我诧异又困惑不解的是，这顿饭吃得愉快又和谐，像一个相亲相爱的大家庭。晓玲母亲态度温和，举止得体，对那个女人也很友好。饭后我们回到晓玲的房间，楼上响起两个女人的说话声和餐具清脆的碰撞声。

我们抱着棋盒子进了客厅，正想在桌子上摆棋盘，旁边二姨太的房门开了。她倚门而立，身后的房间里赫然有一台大钢琴。

“过来，我弹几支曲子给你们听。你们也可以一起跟着唱歌。”

她在朝我们招手，脸上带着迷人的微笑，目光真诚而友好，黑眼睛明亮动人，紧身的紫色丝绸旗袍衬托出曲线玲珑的身材，像戏院门口广告画上的女伶人。

我们走进她的房间。她递给我们一本有乐谱和歌词的本子。“翻到第三页。你们会识谱吗？”

晓玲沉默不语，我激动地说：“会！”便哆来咪地哼起来。

“太好了，那我们就可以开始了。”说着她屁股稍微一扭，就落座在钢琴前的独凳上。

晓玲依然闷闷不语，她却已经开始弹了，还领唱。我紧靠她站着，闻到她身体散发出的淡淡香味，感觉她薄薄的丝绸旗袍下面，丰满的胸部随她呼吸的节奏在微微颤动。

她摇头晃脑地弹着，轻轻哼唱着，突然用一个点头，示意我们开始跟她一起唱。

晓玲不为所动，依然倔强地沉默着。也许她早就会了，没兴趣。我不管她，轻声跟着她唱起来，同时仔细聆听她美妙的歌声，还死死盯着她白净的手。那玉葱般纤秀的手指在琴键上优雅地飞舞着，起伏着，滑来滑去，像两只天鹅在湖面飞翔，好看极了。音乐的旋律也把我带入缥缈的梦境，最后我完全忘了要跟着她一起唱。

“好了，够了。我们去下棋吧。”晓玲用胳膊轻轻推了我一下。

我点点头，朝那个女人道谢后，就随晓玲离开了。她还在弹奏，身体轻轻摇来晃去，继续陶醉在美妙的音乐中。

我和晓玲正专心下棋，不知什么时候，她也来了，静静地站在桌子旁边看我们下棋，薄施粉黛的脸上双眉微皱，半长的头发垂落在脸庞，饱满的红唇微微张着。说话时，她的声音有一种令人愉悦又亲切的韵味。她那双又黑又大的丹凤眼仔细盯着我们的棋盘。然后她的下巴稍微一动，用意味深长的目光瞟了我一眼。我心领神会，抓起棋子朝斜前方飞象，去进攻晓玲的帅。

“这步棋不算！”晓玲生气地嚷嚷起来，要赖了，“是她在帮你。”

“没有没有，我什么也没做。”她双手朝前一摊，一脸的无辜。但晓玲不依不饶，恶狠狠地瞪着她，她又立即示弱了。“好了，我不打扰你们了。你们继续玩吧，我走了。”

她刚一转身，晓玲的母亲推门而入，目光阴冷地盯着她，好像恨不得抽她一耳光。

“我在楼上忙家务的时候，你在干什么？在弹琴，在寻欢作乐！”她又开始骂她，“现在你又来巴结讨好我的孩子。难道你对这个家就没有一点责任心吗？衣服烫了没有？当然没有！”

年轻女人翻了个白眼，一扭腰就出去了，还把房门“砰”的一声带上了。

“不要在我面前摔摔打打！”晓玲妈妈朝那扇门吼道。

这情形让我很尴尬。我抬头看晓玲，她却低头不语，双眼一动不动地盯着棋盘，好像什么也没有发生。我很喜欢二姨太，感觉她很好，又漂亮，又亲切，还会弹琴唱歌，陪我们玩，是个非常可爱的人。我不明白，晓玲的母亲为什么对她态度恶劣。我很想问晓玲是怎么回事，又想起母亲对我的教诲：好的人品，包括不说三道四，不打探别人的隐私。因此我只好缄口不语。

在晓玲家的这几天，她母亲几乎每天都会骂二姨太，这让我感到非常难堪。我仔细观察，发现她也做家务，并不像晓玲母亲骂的那样，好吃懒做。奇怪的是，只要晓玲的父亲在场，一切就会不一样。晓玲的母亲会态度温和，不吵不闹。遗憾的是，晓玲的父亲整个白天都不在家，晚上有时候也会出诊。我默默为漂亮的二姨太感到难过。我们家从前最笨的仆人，我妈妈也不会像晓玲的母亲，恶狠狠地吵骂人家，还当着其他人的面。

有一天，晓玲带我去公园玩。经过一条商业街时，我们几乎被川流不息的人们推挤着前行。空气中飘浮着各种食品的香味，有两个女人站在灶台前，在一只巨大的漏斗形铁锅里翻炒着什么。透过烟雾，我们看不清锅里炒的什么，只看见她俩灿若春花的幸福笑脸。

旁边的小馆子门前，木桌上摞着层层叠叠的小蒸笼，里面是包子和蒸饺。店主在旁边朝过往的行人高声吆喝。有人停下脚步掏钱包，有人瞥一眼又走开了。买的人接过来就立即吃，一只接一只往嘴里塞，貌似饿极了的样子，或者食物太好吃了，停不下来。看得一旁的晓玲和我偷偷发笑。不远处的火锅店更热闹，人们围坐成圈，猜拳划令，把筷子伸进红油翻腾的汤锅里四下寻觅，一拈起食物就迅速放进小碗里蘸蘸，再塞进嘴里，一边“吧嗒吧嗒”地大声咀嚼，一边又将筷子伸进锅里去继续寻觅。

转角处的店铺门前支起一张大木板，上面摆着不同的烟斗和香烟。两个年轻男子蹲在旁边吞云吐雾。当我们经过，他俩嬉笑着站起身来，朝我们脸上喷吐烟圈。我们气愤地瞪他俩一眼，摇头走了。他们反而大笑起来，甚至尾随了我们几步，继续朝我们后背吐烟圈。我们加快了脚步，不再理睬。他们才无聊地返身回去。

快到街尾，我听到霍霍的磨刀声。原来旁边有人斩鸡。他将一只鸡放在菜板上，一刀砍下鸡头，再一刀，一只整鸡就成了两半。他扔了一半进大秤盘里，同时向顾客大声报价。

“什么，这么贵?!”一个顾客不满地叫嚷道，“上周绝不是这个价。”

“我的先生，你知道，新货币让价格又涨了。”

“不买了！不买了!”男人愤愤地嘀咕着，一甩手，转身走了。

我和晓玲相视一笑，走开了。

公园在山上，我们爬上一条上山的石梯路。这里的石梯不如朝天门的石梯宽敞，但两边同样有很多小店铺。

“空袭的时候，这里全都被炸了，但现在已经修好了一些。可被炸的小桥和寺庙，还得等到明年才能修好。”晓玲像个导游，一路对我介绍。遇到空旷的地方，她还告诉我，那里曾经有什么建筑。

“走，我们到上面的亭子去，那里可以看到长江和嘉陵江的美丽风光。”

公园分不同的区域，宽阔的石道边新种了不少花草树木。游人很多，我们走走停停，终于来到山顶的亭子前。亭子黑乎乎脏兮兮的，像被烧过或者烟熏过。站在这里，果然能欣赏到无与伦比的长江风光。下面那些平坦的屋顶紧密相连，层层叠叠，像一个巨大的灰色鸟巢，沿山坡一直铺展到江边。房屋间的石梯路都弯弯拐拐，有的通向江边，中途又横伸出许多巷道。我们在亭子里流连，被眼前的景色深深震撼了。宽阔的长江势不可挡地滚滚东流。南岸的青山连绵起伏，高耸入云，像一道坚不可摧的高墙，在无云的天空闪烁着绿光，守护着山脚的长江和临江的城市；另一侧的嘉陵江则温柔清亮，碧波轻轻荡击着岸礁。对岸的江北则地势开阔，起伏的丘陵一望无涯。

“现在从长江边进城有缆车了。”晓玲说，“买一张票，就可以从江边码头坐缆车到望龙门街上，或者坐下去。不用像从前那样爬坡上坎，很辛苦!”

“嘉陵江这边呢？也有那样的缆车吗?”我比较关心这个。

“暂时还没有。不过，也许今后会修建一条。”

这里还能望见南山顶上的文峰塔，它让我又想起和多洛丝在塔下玩耍的情景，想起那旁边不远处多洛丝的家，还想起父亲带我坐船，在对岸的林间山路上攀爬的情景……往事像电影，一幕幕在眼前回放。可是现在，就像古诗里写的，青山依旧在，几度夕阳红。物是人非事事休，欲语泪先流。

特别是父亲，一想到他我就悲愤难耐。这座城市到处是父亲的影子。我似乎看见他正风度翩翩地行走在那些房屋间的大街小巷，穿着整洁的西装，系着领带，一手拎公文包，一手拄拐杖，脚下是锃亮的皮鞋，多么清晰，犹在眼前。我还看见我们在城里漫步，他带我去看戏，坐咖啡馆，下馆子吃饭。我们亲昵地搂抱在一起，漫步在黄昏热闹的街头，多么幸福。可是，亲爱的爸爸，你现在在哪里？你什么时候才能回来?!

鼻子一酸，眼泪又涌上来了。我别过头去，装出眺望另一个方向，另一道风景，不让晓玲看见我的脸。

黄昏来临，天光暗淡，我们踏上返程。街上依然跟来时一样热闹喧哗。路边的建筑工地上，还有人在脚手架上忙碌，敲打声和钻击声不绝于耳。

“他们必须加班工作，才能尽快让那些房子被炸掉的人有地方住。”晓玲说。

越往前走，人越多。男人们拉着载货的板车在埋头前行，人力车夫拉着黄包车在拼命飞奔，卖冰糕的在大声叫卖，挑夫们挑着沉重的担子在人群里穿行，只有擦皮鞋的坐在路边，静静地等待着过往的行人能停下脚步。黄昏闷热的空气里，混杂着不同的喧嚣和气味。

暑假的最后几天，是在我们家度过的。

晓玲从未到过农村，我带她到佃农家去看牛拉磨，还有圈里的猪和鸡。我们跟那家的农妇挥手打招呼。那个名叫崽崽的小男孩，曾经跟我同桌吃饭，现在长得跟他母亲一样高了，让我差点没能认出来。

我们还在院子里跳绳、打球，去石坝上放风筝，蜷在床头叽叽咕咕，说悄悄话，交换彼此的小秘密。无论我们在哪里，我弟弟总是跟在后面，像个讨厌的小尾巴。我想赶他走，但母亲硬要我带上他。

我们也去田野上玩。我带她去看竹林，看那座古墓。可晓玲害怕，只站在墓前看了一眼，就跑开了。她说她害怕死人会从墓里钻出来。我哈哈大笑着跟在她后面。

“这所有的稻田都是你们家的吗？”我们站在半坡上，晓玲用胳膊在空中画了个圈。

“是的，但由佃农耕种。我们只在年底得几袋新米。”

“才几袋新米？没有别的？”

“没有。有时候甚至只得两袋新米，因为干旱，收成不好。妈妈对此不太满意，可爸爸总是说，我们应该知足，因为即使那样，我们也不会饿肚子。”

“你爸爸在哪里？他也在重庆工作吗？”

“他在重庆工作过，但现在去了别的城市。”我匆匆回答，当然不能告诉她实情，说父亲正在监狱里。谢天谢地，她没多问。

我也带她上楼，去参观父亲的那些收藏。奇怪的是，晓玲害怕坟墓，却一点不害怕父亲收藏的死人骷髅。她甚至对父亲的所有藏品都充满兴趣，非常仔细地一一查看。那些浸泡在酒精里的动物尸体，搁放在架子上的骨骸，她统统喜欢，还啧啧称赞，对父亲充满敬佩。“你父亲真棒啊！”在父亲的书房，仰望着满满三面壁柜的书，她再次赞叹不已，“这些书你父亲都读过吗？”

我点点头。“是的，我爸爸很喜欢读书。如果他在家里，除了吃饭的时候在楼下，其余时间他都在这里读书。”

“你呢，也喜欢读这些书吗？”

“还没有。这些书大部分都是外文的。”

说着我打开橱柜的玻璃门，顺手抽出一本，翻给她看。“你看，这是德文的。”然后我又抽出旁边的一本，“这是法文的。”

她惊得张大嘴巴，瞪圆了眼睛。“你怎么知道是法文的，或者德文的？你都学过？”

“德文我学过，”我有点得意地说，“是在一所教会学校学的。法文么，我只认得样子，是父亲告诉我的。”

走到旁边，我让她看那本父亲搁在斜面小桌上的大书。“晓玲你看，这本书是拉丁文的，很老很老了，我们只能看，不能碰。因为我爸爸说，它很脆弱，一碰就会坏掉。”

晓玲凑过头去，仔细看，还摇头。“天哪，你爸爸真是个博学的人啊。”

她对父亲的赞美，让我的虚荣心得到了极大的满足。

在天井的地球仪前，我像父亲那样，拿起旁边的长竹竿，指着地球仪告诉晓玲，哪里是重庆，哪里是德国。我们又一起在地球仪上寻找那些在地理课上听来的国家，仿佛把地理课上的知识重新复习一遍。最后她问我，今后会去德国吗？我摇了摇头，又点了点头。“我爸爸说，等我长大了，会带我去德国走亲戚。我还有两个姑妈在那里。”

母亲挑出一些书让我们读，都是些历史故事书，但是用白话文写成的。

假期结束。临走那天，母亲给了我学费。由于通货膨胀，学费又涨了。母亲再次叮嘱我不要乱花钱。她还给了我一双新鞋，几件新的内衣裤。她也学着苏三孃，在我的内衣裤上绣上我的名字。

告别了母亲和弟弟，我们又踏上熟悉的乡间小路。因为头天夜里下过大雨，路面的石板明亮光洁，在清晨的薄雾中犹如被磨洗过一样。我们大口地呼吸着稻田湿漉漉的芳香，笑着，唱着，直到我们来到江北渡口。江面的雾气厚重了些，但我们一眼就从无数打鱼船和小舢板中认出我们的大趸船。我们跑下沿江的石梯，踏上摇摇晃晃的跳板，登上趸船。虽然都背着很重的书包和行李，我俩仍然身轻如燕。

船舱里一如既往地人多拥挤。我们四目相视，兴奋得笑了，还悄悄打量周围的乘客，交头接耳取笑他们。他们明显感觉被冒犯了，转过身去背对我们。我们又大声模仿班里的老师和同学们说话，取笑他们，也取笑我们自己，丝毫不在乎旁边的乘客怎么想我们。

“爬朝天门这一坡，比从我们家那边的长江上来更累人。”下船后，当我们往上爬石梯时，晓玲说，“好在我们那边现在有缆车了，再也不用这么辛苦。”

“他们为什么不在朝天门也修一条缆车线呢?”我喘着粗气问。

“肯定会的，我听爸爸说，政府已经在计划了，就是不知道什么时候动工。”

终于又来到重庆城，我们先去晓玲家。

宽敞的马路两旁，新建了不少西式楼房。政府大楼飘扬着国旗，百货大楼、馆子、戏院、电影院、咖啡馆，大多数是两层的楼房，不少还挂着广告条幅。一队士兵迈着整齐的步伐在街上走过。汽车喇叭高鸣，大货车轰隆驶过。

“城里变化太大了，噪声也太大。我已经不认识这座城市了。”我感叹说。

“我爸爸说，重庆已经变成一座新兴的早期工业化城市。因为有港口码头，重庆现在是全中国非常重要的商品集散地。”

“那怎么还会货币贬值? 金圆券银圆券，全都不值钱了。”我想起母亲的哀叹，愤愤地埋怨。

“这个嘛，我也不太清楚。重庆现在有两个飞机场，但主要还只是高级官员和军官的私人飞机在飞。我很喜欢城里的热闹。遗憾的是，现在我们大部分时间得在学校度过。”

“城郊的那些学校也都是新建的吗?”我对街上这么多新建筑感到惊讶。

“当然。只有少数，比如像我们学校，离城区较远，在大轰炸中幸存下来。”

“你怎么知道这些？”

“听我爸爸讲的，他喜欢跟我讲这些事。”

“我爸爸也喜欢跟我讲这些，只是他一直没有回家。”话一出口，我就后悔了。怎么不小心差点说漏嘴了。但晓玲只是瞥了我一眼，并没多问。

回到学校不久，我们就听说，解放军又打胜仗了，国民党又吃败仗了。我问晓玲，她是否也听说了。她说她父亲在信里说，国民党大势已去，国民政府很快就会被毛泽东领导的共产党政府接管了。

“谁是毛泽东？”我迷糊了。

“共产党的领袖。”

“什么是共产党？”我更糊涂了。

她朝我摇了摇头。“我也不太清楚。我爸爸只说，共产党是为人民谋福利的。但他又说，不准我在学校参加任何政治组织。他要我小心，保持中立。”

说这话时她的表情很严肃，意犹未尽的样子，让我感觉到，她爸爸一定告诉了她更多的事情，但她不便言说。

父亲回家了

期末快到了，我收到母亲的来信，让我放假后立即回家，因为裁缝等着为我量尺寸，做新衣。她还告诉我，有个大惊喜在等着我。

放假那天，我和晓玲一起坐校车到朝天门。因为时间还早，她求我先陪她逛逛街，再回家。于是我们就随便走了走，无意中经过一家电影院，她惊叫起来，指着电影广告牌说："哇，汉娜，今天演《红楼梦》！这部电影我们必须看！"

我也跟着激动起来。母亲为我读过这本书，我也想看它拍成的电影。但随即我又担忧起来，看完电影会不会太晚？还有没有回江北的渡船？

"别担心，到江北的渡船半小时一班，不耽误你回家。"她拉过我的手说，"走吧，快点！我请你。看完电影回家保证不会太晚。"

"不用，我有钱。"我还在犹豫，担心回去晚了妈妈会生气。

“别跟我争了，我请你，就当庆祝放假。”说着她去售票处买了两张票。

那场电影看得我俩都不停地抹泪，直到在下午的街头默默拥别，我俩的眼睛还红肿着，也不知道是为电影里的故事伤心，还是为我们的短暂分离难过。

走在熟悉的乡间小路，已近傍晚，灰蒙蒙的天空开始飘起绵绵雨丝，但回家的路总是让人欢欣愉悦。

踏上台阶，穿过门廊，走进厅堂，我又看见裁缝的长木桌。他每年都会来一次，每次都带着这张可以折叠的长木桌。桌前坐着那个我熟悉的瘦高男人，浓发已经变得稀疏。他弯着腰，半眯着眼睛，细长的手指拿着针正穿过布料，在缝着什么。

我迅速从他后面溜走，不想跟他打招呼。

但母亲突然出现了，怒气冲冲地叫住了我。“你怎么现在才回来？天都黑了，师傅马上就要走了，还怎么给你量尺寸？就因为你回来得太晚，什么都得往后推。我还得多付一天工钱！我还专门写信提醒你，要早点回来。你为什么偏偏不听？”

“对不起，妈妈。”趁她背过身去点油灯，我轻声道歉，浑身又不自觉地哆嗦起来，本能地害怕，她会不会找出竹片儿来抽我。

“你知道我们没钱了，储蓄也都花得差不多了。我还得另外为你留出学费。”她生气地瞪着我，“这整整一天，你都跑到哪去了？”

“晓玲请我看了场电影，《红楼梦》。”

“《红楼梦》？”她一怔，停了停，再次开口时，语气居然变缓和了，“好看吗？”

“好看。但电影跟书里不太一样。”我暗暗松了一口气。

“电影都这样。书里那些诗意的描写，电影通常无法表现。但这部电影更适合成人看，你看得懂吗?”

“因为你以前为我读过，还讲解过，差不多我都看懂了。”

这时弟弟跑过来了，从上到下打量我。“姐姐，你给我带礼物了吗?”

“没有。学校里又不卖东西。”

他失望地转过身去，张开双臂抱住母亲，把头埋进母亲怀里。母亲爱怜地抚摸他的头。这时，我心中又陡然涌起妒意。母亲从没有这样抚摸过我。

老裁缝站起身来，向母亲道别。他明天上午会再来。母亲连声向他道歉，把他送到门口。看他半弯着腰，小心翼翼地跨过高高的门槛，步履蹒跚地走进外面的暮色，我心里也感到很歉意，觉得对不起他。

突然，我听到楼上有动静，好像有人下楼来了。我迅速跑进客厅，惊愕地看见一个佝偻的身影，拄着拐杖从我的房间里走出来。昏暗的光线中，我只看见他光秃的额头和稀疏的头发。

“妈妈，有人在我的房间里!”我小声叫道。

她双手一拍，得意地笑了：“成功了！我制造的惊喜。小傻瓜，那是你爸爸！难道你没认出来吗?”

我目瞪口呆地站在那里，不敢相信，眼前这个苍老的男人，萎靡不振，勾腰驼背，怎么可能是我那风度翩翩的爸爸?!

“是汉娜吗?”嘶哑的声音，和着沉闷的拐杖声音，向我走近了。

我迟疑着，无意识中却向他走去。在油灯颤抖的幽暗光线中，我认出来了，他是爸爸！

“爸爸！”我惊叫着向他扑过去，眼泪夺眶而出，“对不起，爸爸，我差点没有认出你来。”我惭愧极了。

“哎哟，我的小汉娜差点认不出爸爸了？不怪你，孩子，怪爸爸老了，背也驼了，让你失望了。”

我们紧紧拥抱在一起。他枯瘦的身体在微微颤抖。我突然轻轻推开他，想好好看看他的脸，却发现他的眼里愁云紧锁，遮住了曾经的光芒。他努力试着直起腰来，却痛苦得五官扭曲，干枯的手指紧紧捏住拐杖柄，手上的关节异常凸起，手背上青筋触目惊心。他看我的目光，那种从痛苦中挤出来的凄楚的笑，让我更加心痛如裂，泪奔如涌。

他用手擦了一把我脸上的泪水，就别过脸去，不再看我，只喃喃道：“真高兴啊，又见到我的小汉娜了！知道吗，我一直盼望着这一刻！”他还像从前那样，轻轻拍打我的肩。我却看见他侧过去的脸上，滚落下大滴大滴的泪珠。

最后他索性转过身去面对母亲。“廷文，晚饭前我还想再躺一会儿。家里还有吃的，对吗？”

“当然。我马上去做饭。”

母亲正准备离开客厅，又转过身来，一把拉我过去。“汉娜，先让爸爸去休息，现在他身体不好。听着，你明天得帮我做家务，抹屋扫地，做大扫除。现在我们很多事情得自己做。奶妈一个人忙不过来，老邹还得跑邮局。”

一整夜我都不能入眠，总在想父亲。这三年他都经历了什么？他们打他了么？虐待他了么？是的，他们肯定虐待他了，否则他不会这样憔悴，形销骨立，浑身只剩一把骨头，背都驼了。

另外，母亲对钱的担忧也让我不安。看来家里真没钱了，让裁缝多来一趟的工钱，她也要计较。今后的日子怎么过啊？

“把我女儿的衣服做大点，她正长个子，那样她可以多穿几年。”第二天上午裁缝又来了，我听到母亲对他说。

“好的，傅太太。我会像我们说好的那样，把小姐的衣服做大些。”然后他就为我测量尺寸，让我转来转去，举起双手，站着不动。那是一些色彩素净的棉布。裤子和外套的剪裁样式跟往常一样单调，都是直筒筒的，没什么款式。

父亲回家带来的欢喜很短暂，生活很快又恢复到他不在家时的冷清和郁闷。我得做很多我一点也不喜欢的家务。母亲除了照顾弟弟，还得为全家人缝布鞋，纳鞋垫。父亲一般只待在他楼上的书屋，只在吃饭的时候才下楼，也很少开口说话，更别说像从前那样开玩笑逗乐，讲趣事。家里从前的欢乐气氛并没有随着父亲的归来而归来，事实正好相反，我们每个人都郁郁寡欢，闷闷不乐，好像失落了什么。

有一天，我终于鼓起勇气，上楼去找父亲。他蜷缩在书桌前的扶手椅里打瞌睡，微微颤抖的手上，雪茄烟头还闪烁着火星。我轻脚轻手走近他，把手放在他的肩上，低声问：“爸爸，你好吗？”

他猛一抽搐，吓了一跳，半张着嘴，神情恍惚地看着我，目光混浊。慢慢地，他的嘴角才浮起温柔的笑意。“啊，小汉娜，是你啊。谢谢！我还行吧，你呢？”

“我也还行吧。”

他牵过我的手，端详了我几秒钟，说：“你长大了，长成年轻漂亮的女士了。差不多有妈妈高了吧？”

"我已经超过妈妈了，比她还高点。"

"喜欢你的学校么?"

"很喜欢。我交了一个很好的女朋友，她叫闵晓玲。她父亲是医生，在重庆城中心有一家诊所。"

"哦，哦，真为你高兴。"父亲点着头，双手温柔地摩挲着我的手。

"爸爸，讲讲你的事吧，这三年你是怎么过的?"我小心地问。

他松开了我的手，摇了摇头。"对不起，汉娜，爸爸不想再提那些事，只想尽快忘掉它们，让一切重新开始。可是在目前的政治形势下，要重新开始谈何容易。"

他低下头，默不作声，猛吸了几口雪茄烟，发现烟头早就熄了，又把它重新点燃，深吸了一口，同时大声咳嗽，朝敞开的窗户方向吐出白烟，然后长叹一声，很吃力地站起身来，佝偻着背，一手撑着腰，一手拄着拐杖，在房间里一瘸一拐地踱来踱去，时而唉声叹气，时而朝我苦笑。他喘着气，咳着嗽，来回走了几圈后，又撑着椅子扶手，长叹一声重新坐下，好像他已经无力支撑自己的身体。

沉默了片刻，他才盯着地面说："我跟德国政府已经没有联系了。现在我想试试，在中国的大学里找一份教外语的工作。妈妈已经帮我写了信，寄给几所大学。希望他们不久就会给我回复，让我去教书。那样我们家的经济就会好起来。"

"现在你会一直住在家里吗?"

"不，等我的关节痛好些了，我会去重庆城里找一套交通方便的小公寓。"

“为什么你会关节痛？”

他抬起头来，用苦涩的目光望着我，“哦，小汉娜，整整三年，我和很多德国人一起，被关在潮湿的房间里，这让我很难受。冬天不仅没有暖气，也没有足以御寒保暖的衣服。我想，我的关节痛可能就是这样得来的。现在，妈妈每天给我熬制中药。我希望喝了妈妈的汤药后，我的病很快会好起来。”

“为什么妈妈写信没有告诉我你回家了？”

“因为你必须专心学习。我们不想让你分心。”

“可是，如果我知道你回家了，我会很高兴的。”我有点埋怨妈妈，没及时把父亲回家的消息告诉我。

“我知道，小汉娜，我知道。”

他猛烈地咳嗽，撑着椅子的扶手，再次艰难地站起身来。我想去帮他，搀扶他，但他用手把我挡住了。“不——别碰我！我必须自己站起来。”

我束手无策地站在旁边，看着他吃力地从椅子里站起，一把抓住拐杖，半弓着身体，在房间里再次若有所思地踱来踱去。他的眼睛不再明亮，那清澈的蓝色和快乐而又调皮的目光不见了，连同他脸上阳光般温暖迷人的微笑，也一起消失得无影无踪。他似乎在茫然无助地寻找什么，曾经的满头浅棕色头发变得稀疏灰白，高额头上皱纹密布，与拧紧的眉毛连成一体，深凹的脸颊和花白胡子两侧如同沟壑的两道法令纹，使他灰暗的脸显得苍老而病态。

他看我的目光，也让我深感不安和悲伤。他不再是从前那个我熟悉并敬爱的父亲。我真想问他，我们能否再次一起翻阅他的藏书，像从前那样，一起聊聊书里的故事？或者一起聆听留声机里曾经放出的美妙音乐？但我不敢开口，不敢向他提任何问题，任何要求。我只是沉默而悲哀地站了一会儿，又沉默而悲哀地离开了。

那以后，我尽量避免上楼去看他。

当时我怎么也没想到，这次假期，是我学生生涯里最后的假期。

相反，我总拿它跟过去的假期做比较，觉得这次假期特别压抑，单调乏味，很空虚。因为我必须待在家里，帮母亲做那些没完没了的家务活，不能外出玩耍，不能去看望朋友，而弟弟却可以整天玩耍。出于无聊，他还总是找我的麻烦，用琐碎的小事惹恼我。如果我向母亲抱怨，母亲就说："你是姐姐，差不多比他大六岁，还为这种小事跟他计较，告他的状，真是可笑!"我压抑住对这不公平的怒火，转身走开，气鼓鼓地站在一旁，暗暗幻想，下一次假期，无论如何不能这样在家里度过。我不知道，我已经没有下一个假期了。

有一天吃饭的时候，父亲说，威尔纳一家搬到汉口去了，多洛丝去了香港，在一所英语寄宿学校读书。就这样，我想去威尔纳家看多洛丝的愿望也彻底破灭。

假期结束前的一周，父亲手里拿着一封信，激动地来到我面前。"汉娜，今天我得到第一个好消息。我重庆的朋友为我找到一套带家具的小公寓，在市中心。明天我就去看看，如果可能的话，我就住下了，在城里办事方便些。我会把地址写给妈妈，那样你就可以来看我了。"

我惊讶地看着他，问："明天我不能陪你去重庆吗?"

"不行，汉娜，开头几天我事情太多。我让老邹陪我，帮我把一些必需用品搬过去。”

“你能走那么远的路吗？坐轿子去吧，爸爸。”

“我从没坐过轿子，现在也不需要。拄着拐杖，慢慢走，应该能行。毕竟，几个月前，我也是拄着拐杖，自己从嘉陵江码头一步一步走回来的。那时的身体状况更差，现在经过妈妈的照顾，喝了那么多的汤药，我感觉已经好多了。”

我默不吱声，想象他艰难步行回家的样子，心里很难受。

几天后的一个清晨，母亲来找我。“汉娜，爸爸把他的西装忘在家里了。另外，他带的药太少，你能为他送去吗?”

“当然。我已经很熟悉重庆了。”我暗暗高兴。

“那你现在就收拾一下。我把去爸爸公寓的路线图画给你，那样你就容易找到了。你也可以向警察问路。我把他楼下大门的钥匙给你，爸爸住三楼。”

很快，母亲就给了我一个小箱子，里面装有爸爸需要的东西。“希望这箱子你拎着不会太重了。”她担忧地说。

“我能行。”我拎了拎箱子，发现真有点沉。但我不想让母亲看出来，因为我真的很想去看爸爸。

“累了的话，就多歇歇。路上小心点，照顾好你自己。”出门的时候，母亲提醒我说。

“对了，汉娜，忘了告诉你，爸爸的公寓斜对着银行。银行是一幢很高的楼房，你从很远就能看见。”我已经下了几步台阶，她还在后面补充说，生怕我找不到爸爸似的。

“放心吧，妈妈，我能找到。”我对她的过度担忧有点不耐烦了。

神秘的发现

尽管天气炎热，头顶烈日，我仍然兴高采烈地拎着箱子，穿过丘陵间的坎坷山路和蜿蜒曲折的田间小路，像往常一样，顺利地赶上前往重庆城的渡船。渡船上一如既往人满为患，让人闷得难受，也站立不安。当我最终上岸，脚踩大地，才能长长地缓口气。汗水流进了我的眼睛，让我不得不眨着眼睛辨别方向。衬衣被汗水湿透了，紧黏在我的皮肤上。我生气我自己，竟然忘了带上扇子。

最开初的几步石梯我还走得轻松愉快，但很快我就感到箱子越来越沉重，胳膊也越来越乏力。我几乎是拖着箱子和自己的身体在往上挣扎。越往上，呼吸越困难，越唇干舌燥。这里也永远人挤人，上的上，下的下，川流不息，还相互推搡。每次我都很紧张，不仅自己努力爬坡，还得注意不要挡了别人的道，那些轿夫和苦力挑夫们，常常埋头往前冲，稍微躲闪不及，就会被撞，总是让我担惊受怕。

好不容易爬到差不多一半，我又累又渴，正好看见一间挂有红灯笼的茶馆，便毫不犹豫地走进去，就像被海市蜃楼所吸引。

一个中年男子点头哈腰地迎上前来，欢迎我光顾。他的过度热情让我感到不太自在。

“小姐，请坐，请坐。”他一边说一边拖来椅子，还做了一个邀请的手势。他向我鞠躬，额头几乎碰到我的身体。我本能地后退了两步，不喜欢他这种待客方式。但我渴得厉害。

“小姐，我能为你做什么?”他咧嘴笑问。

“我想要一杯茶水。”我面无表情地说。

他鞠着躬向后退去，细长的黑眼睛依然盯着我。我避开他的目光，把手里的箱子放在身边，迅速掉头望着门外，身体僵硬地坐下歇气。没过多久，一只带盖和托碟的茶碗出现在我面前。“小姐请!”我听到身后甜腻的声音。

我说了声“谢谢”，他退开了。谢天谢地。

揭开盖子，一股白烟般的热气冒出来。来不及等待茶水变凉，我往水面吹了吹，就迫不及待地啜饮了一口，感到舌头都快燃烧起来。我张大嘴巴深深地哈气，享受着解渴的愉悦。直到这时，我才开始仔细打量这家茶馆，只见墙上挂着艳俗的红绸绣花帘子，之间还有一些字幅。有一幅上面写着：“享受吧，让香烟和芬芳带你去幸福的天堂。”

好奇怪的标语，到底是什么意思呢?我琢磨着。

房间里有几张涂漆圆桌，每一张都有四把相配的椅子，但我是店里唯一的客人。后墙有一扇挂着红色丝绒帘子的小门，将这间茶室跟隔壁的房间连在一起。那帘子后面不时飘出奇怪的气味，既不像香烟，也不像雪茄。我捧着茶碗，慢慢吮吸，同时努力辨别空气中那奇怪的气味是什么。

有人掀开帘子走出来，一个矮胖的中国男人，穿一件烟灰色带襻扣的旧式衬衫，配套的裤子和凉鞋。他的脸蜡黄浮肿，目光飘忽，厚实的嘴唇荡着微笑，稀疏的灰发在头顶梳得整整齐齐。他向我友好地点了点头，匆匆走出茶室。因为他的出现，红帘子被拨开一道缝隙。我无意间朝那里瞟了一眼，发现里面有暗光浮动。再一细看，便惊恐地发现，那幽暗的光下，竟然横躺着一个枯槁的男人。他闭着眼睛，鼻子扁平，撮尖的嘴里含着一根长烟杆，一脸陶醉地抽吸着。稀薄的烟雾升腾着，盘旋着，将奇怪的香味扩散开来。这时我突然想起一个词：鸦片！从历史课上我知道，欧洲人曾经用鸦片摧毁中国人的健康。

这时我才恍然大悟，我来错了地方。难怪那个男人用那种目光瞅着我。我的脸发烫，脑子轰响。幸好母亲永远不会知道这事，否则我就麻烦大了。我匆匆起身，买单离开。没想到这杯茶非常贵，我只好硬着头皮，吃下这个哑巴亏。刚把一张钞票递出去，那男人就一把抓过去，向我躹躬着后退离开，还带着不可捉摸的微笑。

接下来的路上，我一直都想着这家茶馆。哦，不，是鸦片烟馆，茶馆只是它披上的伪装，掩人耳目。政府明令禁止抽鸦片，他们为什么还顶风作案？

终于来到银行大楼斜对面，看见那幢灰色的三层楼房。我掏出钥匙，打开底楼的大门。里面是一条长而暗的过道，后面有一条窄而陡的楼梯，被二楼窗户洒进来的微光弱弱照着，显得昏暗。我登上楼梯，转过一楼的走廊，来到二楼，再继续向上，抵达三楼。那上面的楼梯前有一扇小门，那应该就是父亲的房间。

轻轻敲门，没人应答。我加大力气，用拳头捶打。

“来了来了——”我听到父亲沙哑的声音。当他打开房门，一见是我，高兴坏了，“啊，汉娜，我完全没想到，你今天会来。你是怎么找到的?”

我解释了前来找他的原因，发现他脸上露出为我感到骄傲的欣慰神色。

打开箱子，我把挂在衣架上的西装递给他，又把那些装满中草药的纸包递给他。

“谢谢啦，小汉娜，走这么远的路，辛苦啦。这些草药尽管很难喝，但多少有点效果。”他把西装挂进窄小的衣柜，把草药包摆放在桌子上。

这是一套布置简陋的两居室公寓，边上带一间小屋，有一扇小窗面朝庭院。那是厨房，有水槽和冷水龙头，还有一个小灶台，上面搁了一个带双灶的电炉板。卫生间在后面，非常小。我想起父亲从前那套气派宽敞的办公室兼住房，努力把失望和难过掩藏在心头。

“你身体感觉好点了吗?”

“好点了。但我希望有一天会更好些。尤其是久站和爬楼，我仍然感到很吃力。昨天我得到一条好消息，假期结束后，等学校开学了，我可以去一所大学教外语。”他的眼里闪烁出快乐的希望之光。

但他曾经的优雅不见了，现在他衣着简朴，甚至不太干净，有点不修边幅。

发现我在打量他，他搓了搓手说：“离这里不远有一家小餐馆，很便宜，但味道不错。你想和我去吃点什么吗?”他大概想转移我的注意力。

“好啊，如果你不觉得麻烦的话。”

他左手挽着我的胳膊，右手拄着拐杖，我们就这样慢慢下楼，来到街上。几个妇女从我们身边匆匆走过，背上用布兜背着婴儿，手里还牵着刚会走路的小孩子。一行士兵列队走过。汽车喇叭的嘟嘟声、大卡车和巴士的轰隆声，在我们身边此起彼伏。父亲的呼吸越来越急促。夏日午后的城市像一座巨大的温室，空气又热又潮又闷，几乎让人晕厥。

还好餐馆的天花板有一把吊扇，呜呜地旋转出一股股热风。我们总算可以正常呼吸了。厨房里传出的饭菜香味，让我们立即感到饥饿。餐馆里人不多，我们选了一个靠角落的座位。我要的炸酱面香辣可口，父亲点的姜爆鸡也很美味。吃完后，他心满意足地靠在椅背上，点燃吸剩的半支雪茄。我笑眯眯地望着他抽烟。

他抽了几口，显得心事重重。突然他朝我探过头来，像讲悄悄话那样对我耳语：“我不相信他们的宣传，说蒋介石会取得胜利。目前，很多人都在抗议美国的干预。他们呼吁民众，不要利用美国的支持来对抗自己的人民。我也认为，美国人应该滚回去。他们在这里充当了太久的法官。蒋介石早就应该来一场改革，而不是过分相信他那些腐败的官员。现在，共产党已经占领了很多地方。依我看，蒋介石政府撤离重庆，是早晚的事。毛泽东的队伍走到哪里都会获胜。他很擅长通过宣传和社会组织，把老百姓发动起来，跟他一起战斗。时局看来要发生变化。”

父亲疲惫地往后一靠，头抽搐了一下，眼珠子转来转去，好像陷入空茫之中。然后他又吸了一口快熄灭的雪茄，半眯着眼睛，警惕地看了看四周。

尽管我还不能完全明白他讲的事情，我仍然很高兴，他能对我谈论这么重大的话题。

1949 年底，学期快结束的时候，政治新闻总在讲：“蒋介石委员长已经率领随从离开了重庆”，“市长乘坐他的私人飞机逃跑了”，“共产党的队伍在毛泽东的率领下，已经进驻重庆。一个新的时代开始了”。

当我听到这些消息，我对当时的政治局势还不太清楚。但我总会想到父亲的这一次谈话，也大致明白，国民党被共产党打败了。

别了，南开

放假前我收到母亲的来信，让我回家的时候，把所有的东西都带回去。这让我感到困惑不解，还隐隐地不安，不明白母亲为什么做出这种决定。难道下学期不读了吗？或者是家里发生了什么？我把信放进柜子里，对晓玲讲了心里的担忧。

但她很不以为然，认为那只是我母亲的过分谨慎。

“别担心。今天放学后，我们最好出去逛逛。如果你下学期不读了，就当我们的分别纪念吧。”

黄昏时分，我们又来到校园外那条热闹的街上，随着满街的红男绿女一起挤来挤去，走过无数的大排档，欣赏五花八门的小玩意儿，比如，漂亮而廉价的各种首饰，还有草帽、纸扇、手绢等。我从一个摊位上拿起一只小巧玲珑的观景盒，里面有险峻的峡谷，在傍晚的天光下，它陡峭的岩石高耸入云，泛着玫红的光。

“晓玲，看这个。”我激动地叫道，“这里面的峡谷风光真美。”我把盒子递给她。

这时摊主过来了，礼貌地说：“小姐，对不起，你得先付钱买下，才能欣赏里面的风景。”

晓玲不理他，仍然眯了一只眼睛朝盒子里看，也跟我一样激动起来。我问摊主多少钱，可惜他要价太高，远远超过我的预算。不然我真想买下来，送给晓玲作纪念。

当浓郁的麻辣香味再次飘进我们的鼻孔，我俩不约而同停下脚步，相互瞪眼。

“为了告别……”我俩几乎异口同声，“再撮一顿！”

于是我俩手牵着手，兴奋地走向旁边的小摊，点了几样喜欢吃的小菜，又往小碗里倒了些蘸料。浓烈的辛辣刺激得我们满头大汗。我们吃着笑着，开心极了。

走的这天，晓玲行李少，主动帮我拎箱子，一直送我到朝天门码头。我们一路很少说话，只偶尔看看对方的眼睛，心里都明白，一切不再像从前。

当我拖着沉重的行李回到家里，已经精疲力竭，浑身湿透了。母亲在门廊迎接我，想接过我手中的箱子。

“不用了，妈妈，最后几步我能行。”

“对不起，让你拎这么重的行李回家。快进屋吧，先洗洗脸。我已经为你准备好凉水和茶。你吃过午饭了吗？”

我点了点头，累得再也说不出话了。

“好，那你先去休息一下。下午我得跟你说些事。”

尽管她朝我微笑着，但我能够感觉出，家里真的发生了什么大事。我从书包里掏出成绩单，有点得意地递给她。这次我考得很不错，我相信她看了肯定会满意，说不定还会表扬我几句。

哦，妈妈，我终于有机会让你为我骄傲了。

令人意外的是，接过成绩单，她居然看都不看，就顺手揣进衣兜了，只淡淡说了一句："考得不错吧？为你高兴，等会儿有空再慢慢看。"

我既失望，又惊诧。上学以来，这是第一次，她对我的成绩不感兴趣。

"哈啰，汉娜!"弟弟神采飞扬向我奔来。我们紧紧地抱在一起，小家伙又长高了。

当我走进房间，发现母亲的写字桌边支起一个大黑板，上面用粉笔写了几道算术题。

"你已经能做多位数的加法了?"我望着黑板上的算术题问他。

"当然!"他自豪地说。

"那你的算术已经比一年级的学生更好了。"我表扬了他。

他昂着头，分明为我的表扬而得意，却又有点不好意思。这时我突然有点担忧，联想到自己，真希望他上学以后，不要像我那样，因为在家里已经学过，就嫌老师讲得太简单无聊，从而不再喜欢上学。

一次严肃的谈话

夕阳的余晖照在我们房子正面的墙上，淡淡的红晕又反射向门廊。母亲坐在门廊椅上，笼罩在一片红光里。她上身微微朝院坝前倾，手里夹了一根烟，胳膊无力地搭在椅子边上。她仰头轻轻吸一口烟，就喷出一道袅袅的白烟。白烟渐渐消散在黄昏最后的霞光中，她忧郁的目光在远方游荡，只是在最后的一瞬间，她才注意到，我已经来到她身边。

于是她突然转过身来，示意我在她身边坐下，迅速把吸了一半的香烟掐灭在烟缸。

“汉娜，我得跟你谈些重要的事情。现在你长大了，肯定能够理解了。”

她的语气里有一种从来没有过的陌生。我默默地在她的身边坐下，不安地等待着，她会跟我说什么呢？

“你知道，现在爸爸在一所大学教外文。遗憾的是，那只是一份临时工作。因为学校目前不能聘请外国人，所以他的收入只按课时计算，很有限。而我在成都继承的土地田产，陆陆续续都差不多已经卖完了。还剩下不多的一点，暂时不能卖，也卖不掉。因为目前的形势不明朗，没有人敢买地。我们家的现金积蓄差不多也都用光了。现在社会上的形势，你也许在学校听到了一些。谁都不知道，接下来会发生什么。”

她平静地望着我，停了停，突然说：“汉娜，下学期你不能继续上学了，因为家里没钱了。很遗憾，妈妈不得不告诉你这个坏消息。我希望，共产党的新政府能够把从前的私立学校国有化。那样你就又可以继续上学了。”

我惊呆了，原来是这个事。我困惑不解地望着她，愣了片刻，才开口：“难道你不能写信给校长，请求晚点付学费吗？比如，欠一学期，等年底再付？”

“这种事，恐怕他再也做不了主。我听说，新政府要对整个旧的教育体制进行改革，甚至要关闭现有的学校，重新整顿改造后，实行全新的教育制度。”她摇着头，苦笑道，“这还得感谢国民政府，谁叫蒋介石执政时不改革呢。拖到现在，让共产党来帮他改革。”

“爸爸也对我说过这些政治上的变化。”

“你爸爸曾经代表德国的利益。但他反对德日结盟，反对日本入侵中国。尽管他的官方身份代表德国政府，私底下他却跟蒋介石政府的关系良好。作为一名外国人，你爸爸当然不可以干涉中国的内政。中国是一个传统意识很强的国家。如果能早点进行社会改革，促进教育和工业的发展，缩小贫富差距，中国就不会像现在这样贫弱了。”她长叹一声，“可惜啊，蒋介石让他那些军阀掌权。那些人只顾着贪污腐败，只想通过敲诈勒索和暴力执法，来搜刮民脂民膏，根本不顾老百姓的死活，也不关心社会问题。”

母亲大概注意到，我不太跟得上她讲话的内容，顿了顿，又接着说：“要理解这些政治关系，你得先搞清楚中国社会有三个阶层，也就是上层社会、中层社会、下层社会。上层社会主要是由高级军官、政府官员、大地主，以及富有的商人和外国人组成。医生、科学家、老师和小商人、手工业者、雇员，他们收入不多，属于中层社会。全国人口的绝大部分，属于下层阶层，比如那些打短工的、人力车夫、轿夫、挑夫、下苦力的，还有农村的农民、帮工、佃农等，也都属于下层社会。他们没上过学，没有文化，既不能读，也不能写，只能做一些简单笨重的体力活，挣到的钱仅够糊口。”

有几缕散落的头发被微风吹到脸前，母亲把它们捋到后面，露出一张光洁的脸庞。她不看我，只望着对面的远山，若有所思地说：“抗战胜利了，真让人高兴。城里建起了那么多房子，码头也扩建了，甚至两个飞机场都投入使用。遗憾的是，航空交通主要还是供高级官员和军官们使用，他们很快就忘了战争的血腥和残酷，甚至整个上层社会，战后都迅速变得肆无忌惮地自私和贪婪，只顾追权逐利，贪污腐败，完全忘了国家民族。”

“但是城里的那些人，现在看起来好多了，再也不像战争期间愁眉苦脸，凄凄惨惨。”我打断她的话，“另外，现在街上有了很多汽车和巴士。”

“当然，城市总体上又恢复了活力，毕竟，重庆是中国的工业大城，西南的交通枢纽。但表面的繁荣下，隐藏着很多社会问题。这些问题在一些报纸文章中被暗示出来，被间接隐晦地表现出来。记者们目前还不敢公开报道这些。但在字里行间，你可以清楚地读出这种糟糕的情形。即使中层社会，情况也不妙。频繁的货币变化，让他们的财产和收入都严重缩水。那些社会底层的人，更没有人去关心他们，毕竟他们头脑简单，地位低下，命如蝼蚁。即使朱门酒肉臭，这些人成了路边冻死骨，也没有人去同情他们。”

她扭过头来，表情沉重地看着我，“你知道这些人的存在吗？”

“当然。他们衣服破烂，举止粗野，唉声叹气，乱吐口水，身上还散发出难闻的汗臭。所以我不喜欢靠近他们，老远看见就躲开，或者干脆不看他们。”

“唉，我也忽略了他们，因为我们属于上层社会，忘了我在学生时代，自己也曾经挨过饿，受过苦，没有得到过关心和爱。是的，我甚至没有得到过母爱。我母亲离世那年，我才五岁。从那以后，再也没有人关心我、爱我，直到遇到你爸爸，有了你们两个孩子。”

我忧伤地看着她：“你妈妈离世后，你还有爸爸。难道你的爸爸不爱你？”

“母亲去世后，我爸爸很快又结婚了，说是为了有人能照顾我妹妹——也就是你的小孃、巧妹的妈妈。她当时才三岁。父亲娶了一个很漂亮的年轻女人。她过门后，又为父亲生了三个儿子。不幸的是，她专横自私。在她举行婚礼那天，我去向她鞠躬请安，她一把抓住我的辫子，冲着我的耳朵恶狠狠地说：‘记住，从现在起，我才是这里的主人。你得听我的！’我吓傻了，一辈子都忘不了她这句话。事实上她根本就没有照顾我妹妹。”

“啊，那谁照顾你的妹妹呢，当时才三岁的巧妹的妈妈？”

“她强迫我照顾妹妹，尽管当时我自己也才五岁。仆人们只为我们做些一般的家务活，没有人真正照顾我们。我尽量努力做好一切，稍有闪失，她就打我耳光，或者把手指弯成钩子，使劲敲打我的额头。我的额头经常被敲得乌青、发肿、起包。她还喜欢打我的耳光，有一次一巴掌过来，就打得我鼻血长流。她连着生下三个儿子后——也就是你的三个舅舅，在家里的地位就至高无上了，尤其是在她丈夫那里。她总对父亲讲我的坏话，故意挑拨我们的父女关系，还无事生非地制造矛盾。因为她的恶意诬陷，父亲经常打我。我们的父女关系就这样破裂了。”

“你为什么不辩护？告诉你父亲，她的诬陷是无中生有，是恶意中伤！”

“父亲很爱她。她不仅为他生下三个儿子，她还很聪明，知道怎么影响他，操纵他。在父亲眼里，我和妹妹都是家里的负担，是祸害。唉，老天有眼，她只得势了短短几年。在生下第三个儿子后不久，她就死了。死前的最后一个月，她只能躺在床上，因为她大出血。那年我十岁。临死前，她把我叫到床前，拉着我的手，眼泪汪汪地求我原谅。她后悔曾经虐待我，求我在她死后，好好照顾几个弟弟，尤其是刚生下的那个婴儿。她虚弱得几乎说不出话来。我不看她，也不说话，只是慢慢地抽回手来，在心里冷笑着想，现在知道后悔了？可惜太晚了。”

“后来呢？”我紧张地问。

“父亲第三次结婚了，娶了一个年轻女人。她带来一个小女儿。最开初，她还照顾那个第三个儿子。当他稍微大些后，她就再也不管了，对我们五个孩子都漠不关心，只关心她自己的女儿。我们五个孩子都成了没人爱的孤儿。因为我父亲什么都听他新太太的。”

她闭上眼睛，努力回忆当时的情景。

“作为家里最大的孩子，我感到我有责任照顾弟弟妹妹，特别是最小的弟弟。他小时候长得胖嘟嘟的，非常可爱。后来他长大了，参加了你爸爸在西藏的探险队。就是他介绍你爸爸跟我认识的，你的三舅舅。”说到这里，她瞥我一眼，浅浅一笑。

“当我自己开始读书写字，我就带着弟弟妹妹一起学习读书写字，等他们陆续进了学校，我又特别关心他们的学习。我自己非常热爱学习，在学校成绩一直很好。高中毕业时，我还获了奖，这样我就向父亲证明，我虽然是女生，也有能力读大学。但我必须向他保证，在我上大学之前，跟我的未婚夫结婚。他是父亲在我很小的时候就为我选择的男人。我们叫订娃娃亲。这是当时的旧风俗，尤其在上层社会，父母们总是在儿女都还很小的时候，就为他们选定以后的结婚对象。”

她站起身来，端起桌上的杯子，喝了一口水。

我急不可待，等着她继续往下讲。

她两臂交叉抱在胸前，怔怔地望着院坝，继续说：“我刚拿到高中毕业证，父亲就要我立即搬到未婚夫家里去，准备结婚。他说，‘乖乖地听从你未来婆婆的调教，注意言谈举止，为人处世，因为你嫁进了一个很受尊敬的正派家庭。他们慷慨大度，允许你结婚后还去上大学。女人上大学，这并不常见。’父亲一路都叮嘱我。婆婆是个很霸气的女人。在她严厉的管教下，我得学会很多事情，以便今后能更好地帮助她儿子，所谓的相夫教子。当然，即使在他家里，我和未婚夫也住在不同的地方。大户人家，房子多，庭院大。按当时的风俗，我们在结婚之前不能见面。我听人说，他已经参加了两次高中毕业考试，都没考过。我就想，这个人一定很笨。这样的笨人我不能嫁。有一次，不知有个什么机会，我碰巧看见他了。我发现他又瘦又矮，脸色苍白，既没有魅力，也没有朝气。我当即就决定，绝对不能嫁给他。主意一定，我就大胆地朝他走过去，先向他道歉，因为我不应该出现在他面前。在客套的问候之后，我说，‘听说你几次毕业考试都没及格。我已经毕业了。对我来说，毕业考试太简单了。你看这样好不好，我帮你补习，负责让你通过考试。作为回报，你解除我们的婚约，给我自由？’

“他吓坏了，一句话也说不出。不等他吱声，我又说：‘反正我们在一起也不会幸福，因为我们的性格不同，也没有爱情。我的高中毕业成绩很好，能上大学，我也决定要去上大学。我不能马上跟你结婚。’

“‘可是，如果我高中毕业考试通过了，我们也可以一起上大学。’他终于说话了。

“‘不会这么简单。首先你父母会催促我们尽快完婚。其次，如果结婚了，你父母绝对不会允许我再去上大学。让儿媳妇出去抛头露面，这不符合你们的家规。我父亲只是因为想让我跟你结婚，才答应了我上大学的请求。我向你保证，如果我帮你补习，你肯定能够通过毕业考试，然后上大学。那以后，你不愁找不到你喜欢的漂亮妻子。’

“他犹犹疑疑地接受了我的建议。

“我明确表示，他必须取得他父母同意，让我帮他补习功课。他想来想去，也没有更好的主意，就很勉强地接受了。在我的帮助下，他真的就通过了毕业考试，然后就解除了我们的婚约。双方家长都气坏了。我马上就离开了婆家，回到成都，住在我一个女朋友家里。我父亲托人转告我，因为我的毁婚让他颜面尽失，他要断绝对我的经济援助。”

“为什么你不先回家，自己把这一切告诉他？”

“我了解我父亲，他脾气暴躁，肯定会把我打得半死，然后把我永远囚禁在家里。我自作主张解除婚约，对他来说是奇耻大辱，家门不幸，他永远不会原谅我。”

“后来呢？他真的没有原谅你吗？”

“是啊，很遗憾，一直没有。我在整个大学读书期间，没有得到他一分钱的资助。我经常挨饿，有时候几天才能吃一顿饭。我没有钱，只得去小学做课外辅导，挣点生活费。我是在半饥半饱、经济极其拮据的情况下，读完了我的大学学业。”

“你跟爸爸结婚后，一起回过家吗？”

“回家？当他得知，我擅自做主嫁给一个外国人，他马上就宣布，断绝跟我的父女关系，取消我的遗产继承权。直到他去世，我才再次回到娘家，去为他奔丧。那时你已经出生了，一岁多不到两岁。虽然跟父亲关系不好，但我跟几个弟弟妹妹一直都有书信往来。因为共同的苦难童年，我们兄妹间一直关系亲密。当我带着你，从重庆回到成都，弟弟妹妹们强迫继母，把她继承的一半遗产，也就是本该属于我的那份，归还给我，还请来法官，大家一起签字画押。但最近几年，我把那块田产渐渐卖了，用来贴补我们家的生活。”

母亲注意到我神情沮丧，便换了个话题。“好了，现在你对我的过去了解得差不多了。我们谈点别的吧。”

我稍微想了想，就问：“那些穷人都住在河边吗？”

“河边的棚屋住了一些，还有很多住在小船上，一家几口就挤在一只小舢板上，孩子也不上学，女人们就在河里洗洗涮涮，一家人的吃喝拉撒全在一只小木船上，生活非常贫困。孩子们长大后，既不能读书，也不会写字，只能重复同样简单的体力劳动，跟他们的父辈一样。那些住在岸上的也好不了多少，几张油毛毡，几张竹篾席，用竹竿一捆绑，就是他们的家了。你去河边坐船的时候，看见的那些岸边的棚屋，密密麻麻搭建在山坡上，一边还悬挂在半空中，重庆人称作'吊脚楼'，里面住的全是穷人，空间窄小，冬不避寒，夏不避暑。还有更穷的，甚至住在岩洞里、悬崖下，跟原始人或者牲口一样。他们吃了上顿没下顿，每天都挣扎在生死线上。这些严重的社会问题，蒋介石政府视而不见。共产党说，要解放穷人，要为穷人谋幸福，当然就一呼百应，得到这些穷人的拥护。所以，毛泽东的政府取得胜利，早就是预料中的事了。"

母亲摸了一下额头，又一次望着前面的院子，像在自言自语："由于受到货币改革的影响，我们家在过去这几年里损失巨大，不得不一再变卖田产来维持生活。现在，新政府又发行一种新货币，叫人民币，还要重新调整财产所有制，进行土地改革，实现耕者有其田，把地主的土地分给农民。唉，好吧，我同意把我们家的地分给佃农。实际上，那些地早就是他们的了。他们春耕秋收，也不用给我们缴什么租子。我们不过挂个虚名，不是吗？至于房子，我考虑，可以把王医生住过的那边分出去，让给那些没有住房的穷人住。反正也一直空着，就当行善积德吧。我们一家，住这半边也够了。"

"妈妈，我们什么时候吃饭？"弟弟打断了母亲的话。他不知道什么时候跑来了。

“我马上去做。”母亲站起身来，温柔地摸了摸他的头。

“今晚吃什么?”弟弟问。

“你知道的，我们晚上一般把中午的剩饭热热就吃。但今天我会多做一个菜汤。”

弟弟疑惑地望着我：“你觉得如何?”

“肯定很好吃。”我安慰他说。

“我要去厨房，看妈妈怎么做。”他抓住母亲的手，两人一起走下台阶，进了厨房。

我思绪纷乱，独自坐在门廊的椅子上，回味母亲刚才的话。我从没见她像今天这样严肃过，她也从没像今天这样信任过我，为我讲述她的过去，跟我谈论国家大事。这时，我仿佛又听到她在问我：“你知道这些人的存在吗?”为此我感到有点惭愧，为我的傲慢，为我对他们的无视和冷漠。

同时我也担心，我再也不能上学了，从现在起必须待在家里。我竭力打消这个可怕的念头，想这肯定是暂时的。爸爸一定会帮我想办法的。反正在最后几个月里也很紧张，我们不断地写作业，不断被训导必须遵守新校规。我伸了个懒腰，暗暗高兴，终于又放长假了。

晚上，躺在我的大床上，透过蚊帐，我望着窗外朦胧的月影。淡淡的月光穿过半开的窗户照进房间，我的胸中开始涌动着难以言说的恐惧。那是一种我从未有过的害怕。我忘不了母亲说的那些话：“要重新调整财产的所有制”“把地主的土地分给穷人”。

尽管母亲说，我们家的房子太大，自己住不完，可以分一半给穷人住。我还是不太情愿。跟那些没有文化的农民住在同一屋檐下，对我来说，太荒唐了。我辗转难眠，心里充满对未来的忧虑。

卖盘子

母亲让我帮忙，把弟弟的裤脚加长。这很简单，我轻轻松松就完成了。但纳鞋底就太讨厌了，无论是现在，还是从前，它都让我备受折磨。尽管有顶针，我仍然很难把针穿过厚实的鞋底，并且在上面扎出细密均匀的针脚。有时候，针头还会从顶针上滑开，把我的手指扎出血来。每当这时，母亲从不理解我的辛苦，也不同情我的伤痛，反而只是责备我，教训我，手要灵巧点，别总是笨手笨脚的，好像我活该受痛，因为我笨。

我还得帮着扫地和熨烫衣服，都是我不喜欢的家务活。因为母亲也同样在做，我就不敢反抗，或者罢工不做。奶妈会做其他的家务，她丈夫老邹总在挑水，一趟又一趟，从下面的水井挑上来，把厨房里那两只嵌进地里的大水缸灌满，除了供厨房做饭用，还要保证我们晚上能在木盆里洗澡。每两天他还得去一次乡场和邮局，买肉买菜，寄信取信，跟父亲通电话，充当我们和父亲的联络员，让我们及时知道彼此的消息。因此我们很快就知道，父亲尽管在大学教书，但董事会已经通知他，他们不能继续聘请外国人。他被辞退只是迟早的事。

母亲听老邹说完这事，就默默上楼去。我听到她在楼上“砰砰咚咚”地折腾了一阵，然后就见她拖着一只沉重的箱子下楼。我赶紧跑过去帮她。“妈妈，我来吧。你的脚这么小，怎么能把这么大的箱子搬下楼！”

“谢谢！是有点麻烦，不过还行。”

“啊，这么重！你装了些什么在里面？”我有点嗔怨地问。

“一些欧式餐盘。爸爸称它们为‘藤叶纹餐盘’。我想让爸爸赶紧把它们统统卖掉，趁它们还没被没收之前，把它们多少换点钱。我们家现在需要钱。”

当我们终于把箱子弄到楼下，母亲问我，能否把这箱子送到城里，给爸爸。我答应了。

“为了不让别人发现，你得傍晚出发。”

“为什么？”我很吃惊。

“因为政府宣布了，要重新调整财产的所有制。如果被人发现，可能会去告发我们。”

我不太明白她的意思，但我猜想，这样做可能是违法的。

“试试，把箱子提起来。如果太重了，我得拿几个盘子出来。”

我提起箱子。“还行，我拎得动。”其实真的很重，但我想去城里见爸爸。

她有点怀疑地看着我。“你说的实话？真的能行？”

“是的，我拎得动，别担心。”我已经比母亲高一个头，明显比她强壮多了。

“那好，天一擦黑你就出发，再带几件换洗衣服，也许你得在父亲那里住上几天。”

晚饭后，母亲送我到门廊，提醒我说：“你得走快点，才能赶上两小时后的末班船。对不起，汉娜，妈妈让你做这么多事。”

“没关系，妈妈，我喜欢做这些。”我尽量安慰她。

我拎着沉甸甸的箱子出发了。穿过森林的时候，我意外地发现，灌木丛里居然开出一朵红玫瑰，我把箱子搁到路边，扒开枝叶，小心翼翼地把那朵玫瑰揽到面前，仔细看它娇艳的红色，呼吸它令人心醉的芬芳。在森林里居然开出这么漂亮的玫瑰花，真是罕见。

然而我突然想到母亲的嘱咐，意识到自己重任在身，不能错过最后一班轮船，便又匆匆上路了。在上坡的时候，箱子特别重，我不得不经常把它搁下，歇一歇，再继续赶路。还好，路上我没遇到什么人。

赶在天空彻底黑尽之前，我终于登上末班渡船。令人欣慰的是，船上人不多，还有空座让我休息一会儿。当船在中途靠岸时，岸边闪现着稀疏的灯光，而远处黑暗的山影上方，一轮新月正渐渐升起在夜空。嘉陵江水在月光下荡漾着银灰的波光。船越行越快，掠过两岸的山峦，凉爽的江风迎面拂来，将我的疲惫一扫而光。

在朝天门码头下船后，高高的一坡石梯显得漆黑阴森。定睛之后，我才隐约看出石梯的轮廓。我有点害怕了，打了个冷战，迅速踏上打滑的石梯。

突然，黑暗中冲出两个轿夫，让我坐滑竿。我很想不客气地拒绝他们，又想起母亲的那些话，便很礼貌地婉言谢绝。但他俩对我紧追不舍。“小姐，小姐。”一个叫道，“天都黑了，你又拎那么重的箱子。让我们抬你上去吧，你给个半价就行了。”

“不用，谢谢。我的箱子一点也不重，我看得见，能自己走。”

我一边说一边加快脚步，急急忙忙往上走，甩开他俩。周围几乎没什么人，两旁的小棚屋偶尔漏出暗淡的光，有模糊的人影从我身边闪过。每遇到一个，我都会紧张得抽搐一下。我从来没有这么晚一个人来过这里。还好，越往上走，光线越好。现在我终于可以看清那些上下的行人，还有两边的小棚屋前悬挂着的电气灯笼。有男人坐在灯下玩牌，还有人在聊天。当我经过那间曾经误入的茶馆时，我又闻到那淡淡的鸦片烟味。我把箱子搁放在脚边，情不自禁地吸了几口那奇妙的芬芳，突然被自己吓了一跳，又提起箱子，匆匆离开。

终于，灯火闪烁的城市出现在我的眼前。

尽管有很多街灯，城里还是半明半暗。因为商店都关门了，只有少数建筑还亮着淡黄的灯光。有人从我身边匆匆走过，偶尔能听到熟悉的巴士开过的嗒嗒声。这时我感到轻松多了，街上并非空无一人。我不是孤独地行走在漆黑的街上。

父亲的公寓楼终于出现在不远的前方，我几乎用尽最后的力气，挣扎着，把沉重的箱子拎上楼。

门开了，父亲一脸错愕。“汉娜！这么晚了，你怎么来了？还拖着这么重的箱子？”

我把母亲分派的任务转告他，并打开箱子。灯光下，我把那些包起来的盘子一个一个拿出来，骄傲地打开给他看。

但他满脸愁云。“这事并不像妈妈想象的那么简单。这些盘子来自欧洲，中国人并不懂它们的价值。而且，现在整座重庆城就剩我一个外国人，其他人早就离开了。我能把这些盘子卖给谁呢?”

“那我费尽千辛万苦把它们弄来，完全是徒劳!”我气恼得一屁股瘫坐在椅子上，甩着酸胀的胳膊。

“对不起，汉娜。你先休息一下，然后告诉我，家里发生了什么事?”

他从保温瓶里倒了一杯水，递给我。我在喝水的时候，他点燃了雪茄，若有所思地抽吸起来，轻轻吐出一口烟，自言自语道：“哦，我想起来了，有个人也许会买这些盘子。他是个中国医生，但在欧洲读过大学。他和他的家人都喜欢吃西餐，也许，他对这些盘子有兴趣。明天我就去问问他。”

医生？我立即联想到晓玲的父亲。但他好像没去过欧洲，否则她一定会告诉我。

这让我暗暗庆幸。如果父亲把这些盘子卖给晓玲的父亲，我一定会感到尴尬的。但我真的希望父亲能尽快卖掉它们，至少让我这一趟辛苦没有白费。

父亲只有一张大床。晚上我躺在他身边，翻来覆去，难以入眠。

我还从没跟父亲在一张床上睡过觉，即使是一张很大的床，也让我很不习惯，很不自在。另外，这闷热潮湿的空气也让人难受。没有一丝风，卧室也没有电风扇，只在客厅角落有一把立式老电扇，转动的时候“嘎吱嘎吱”地响个不停。

第二天早晨起床的时候，我浑身都湿透了。

父亲已经坐在客厅桌前的藤椅里，弯着腰，一手夹着雪茄，另一只手拿着报纸，凑得很近在阅读。桌子上，咖啡壶前的半杯咖啡还冒着热气，烟灰缸里的烟头堆成小山，烟灰散落得旁边都是。椅背上、凳子上，横七竖八地扔着他的外套和裤子。这里太乱了，我悄悄想，得帮爸爸收拾一下。

我走进房间，他抬起头来朝我笑笑。“睡好了吗，汉娜？”

“还行，你呢？”

他轻咳了一声。“天气太热，睡得不太好。你想出去吃早餐吗？”

“你这里没什么吃的吗？”

“没有，我忘了买。”他挤出一丝苦笑，“吃早餐现在有点晚了。如果我们再等会儿，就可以早餐和午餐一起吃了。”

“好吧，那我先洗漱，再帮你收拾一下房间。”

“别动我的房间！我的东西都放在我好使用的地方，否则我就再也找不到了。”

“我不碰你那些书。但烟灰缸满了，得倒掉。桌上到处是烟灰，也得擦擦。另外，衣服裤子扔在椅子上，会起皱的，得挂起来。”

“好吧，好吧，但其他的别动。”

我们又来到城中心那家咖啡馆。以前很多外国人都喜欢来这里，但现在没有外国人了。才到门口，就感觉到里面的冷清和萧条。现在连中国客人也少了，小圆桌不再像从前铺着雪白的桌布，摆有好看的餐巾纸。那台漂亮的钢琴也不见了。在幽暗的灯光下，稀稀落落地，只有几个中国人在比手画脚大声说话。服务员也不像从前，穿黑西装配白衬衫，而是穿着灰蓝色有口袋的外衣和长裤。这种衣服看起来像厂矿的工人穿的工作服。

我们在一个靠窗的角落坐下来。服务员懒散地走到我们的桌子前，没有鞠躬，也没有问候“你好”，只大声武气地问我们想要什么。

父亲为他自己点了一大份早餐，另加一壶咖啡。我要了煎蛋配烤面包，一杯可可。父亲微笑着点了点头，服务员把我们的订餐记录下来，一声不吭走开了。

父亲把椅子朝我拉近了些，轻声对我说：“战争结束后，这里换了老板，生意就大不如前了。随着外国人离开重庆，这里的生意更是每况愈下。太遗憾了，往日的气氛一去不返。但我偶尔还会来这里坐坐，喝一杯这里的浓咖啡。”

服务员来了，把装有咖啡壶和食物的托盘放在桌上，然后把账单往父亲的鼻子前一摊，也不说话。父亲把钱递给他时，他也不说谢谢，抓了钱就转身走了。

“我发现，这个服务员的态度非常不友好。”我生气地对父亲说。

父亲却仿佛无所谓，平静地说：“这不奇怪。现在是新社会了，人人平等。他们认为，从前的服务员对人点头哈腰，是低人一等。”

“哦。”我点了点头。

“另外，现在在这里工作的人，并没有接受过职业培训。他们都是没有文化的年轻人，临时在这里应付着。也许，过不了多久，这家咖啡馆会彻底关门。城里好点的餐馆都关门了。唉……好了，不说这些了，让我们享受美食吧。”

我们都饿了，从托盘里取出装满食物的餐盘，开始用餐。我喝可可，父亲喝咖啡。吃完后他摸出烟盒，抽出一根烟叶，把它放在桌上抹平，小心翼翼地卷起来，压一压，又在两头摁了一下，捋一捋，就用火柴点燃，很享受地吸了一口，朝昏暗的空中吐出一道大烟圈。

我感觉不好，问父亲："爸爸，你近来怎么样？身体还痛吗？"

"哦，身体好多了，但经济上又不好了。"

"为什么？"

"我在大学的工作已经结束。现在我打了些广告出去，准备私人授课。"

"你准备在哪里授课呢？"

"当然只能在我的公寓里。"

"但是你的公寓太小了。如果周末能在家里上课，不是更好吗？"

"不行，我们家在乡下，太远了，没有人会来的。另外，政府也许会把我们的房子分给农民。妈妈的意思，现在我绝对不能回家。我是外国人，农委会的人可能会把我抓起来。"

我吓了一跳，害怕地望着他，不知道该说什么。

"这样也不是长久之计。我必须另外想办法。"他突然站起身来，抓过拐杖，一手挽过我的胳膊。我们默默地离开了咖啡馆，朝外面的大街走去。

"目前，我们只能朝好的方面想。"过了一会儿，他说，"我想，新政府很快就会停止他们的仇外宣传，公平公正地进行改革，让长期饱受战争伤痛的中国人民，首先从经济上站起来。"

尽管他的观点很乐观，我还是听出他心中的忧虑，就安慰他说："爸爸，我也希望，一切都会尽快好起来。"

回去后，爸爸拎着沉重的箱子一离开，我就开始收拾房间。到处是灰尘和脏衣服。我把脏衣服放进箱子里，准备带回家洗，然后就蹲下来，整理写字桌旁边地上的一摊报纸。等我把一切都收拾得干净而整齐，我的心情也随之愉快起来。

父亲回家的时候，递给我一袋饺子，让我热热就吃。他搓着手，笑眯眯地说："感谢上帝，那些盘子顺利脱手了。"

"真的？"我高兴得欢呼起来，"箱子呢？"

"箱子暂时先搁在那里，以后去取。医生很喜欢那些盘子，也很识货，一眼就认出是迈森瓷器，1900年出厂的藤叶纹餐盘，在欧洲只有王室和贵族才用得起的。"说着他递给我一个装有钱的信封，让我回家时带给母亲。

"哦……不！"我接过信封，正想问他卖了多少钱，就听他突然一声惨叫，"上帝啊……汉娜你都干了些什么？我的那些报纸呢？！"

"扔了。我帮你把房间收拾出来了。"

他突然勃然大怒，瞪着我，举起右手，似乎想狠狠揍我一顿，却在最后几秒钟又放下来，眼里却依然闪着愤怒的火光。"我跟你讲得清清楚楚，别动我的东西！别动！你为什么不听？"他朝我咆哮。

"这里必须收拾出来，你还准备上课呢，乱糟糟的，怎么接待学生？"尽管被吓得魂飞魄散，我还是努力保持镇静，因为我自认有理。还从没见他发过这么大的火。

"你还是不明白，一点都不明白。这里的一切，在你看来乱七八糟，对我来说却井然有序。那些你眼中的废报纸，都是我需要的重要资料，对我意义重大。如果你仔细点，会发现上面有我的批注和笔记。我禁止你今后动我的东西！没有我的许可，你绝对不可以整理我的房间，更不允许扔我的东西。现在你明白了吗？”

我慌忙点头，害怕极了。虽然我也意识到自己的过失，但他居然这么粗暴地对待我的一番好心，这真让我生气，甚至伤心。那是我在他身上从来没有体验过的。

吃饺子的时候，我们也一直默默无语。

回到家，我把装钱的信封递给母亲，她笑了：“怎么样，卖了多少钱？”

我耸了耸肩。“不知道，爸爸没说。他现在失去了大学的工作，想在他的小公寓里私人授课。可他的公寓太小了，桌子和椅子也太少，甚至没有一个书架。他把衣服乱扔在椅子上，屋里到处都是灰尘，桌子上，烟灰缸满了也不倒掉，烟灰撒得到处都是……”

正滔滔不绝一吐而快，我突然闭嘴，意识到，不应该这样讲父亲。这好像是向母亲声讨他的罪状。我后悔了。

母亲默默地听着，没有说话，若有所思地皱起眉头，似乎在琢磨着什么。

“等奶妈把爸爸的衣服洗好烫好，我会请老邹为爸爸带些桌椅去，还有一个小书架。”过了一会儿，她说，“我明天就把这些家具准备好。老邹去送家具的时候，你最好陪他一起去。”

“不，妈妈，老邹知道爸爸的地址，让他自己去吧。”

“随你吧。我还以为，你喜欢去爸爸那里呢。”

“喜欢。但我可以自己去。我已经很熟悉那条路了。”

她严肃地看着我：“汉娜，在困难的时候，我们必须团结，相互支持。”

第二天早晨，我被“砰砰砰”的敲打声惊醒。起床后我来到门廊，看见老邹正在母亲身边，把拆散的家具堆在一起，用绳子把它们捆绑起来，然后把奶妈为父亲洗好熨好又包好的衣物，小心翼翼塞进家具间的空当，又在外面套上绳索，防止衣服滑出来，最后用两根粗绳子，分别把两堆家具捆紧系好，再把两端绕个大环，套进扁担的两头。

出发前，母亲塞了一点钱在他手里，叮嘱他路上累了就休息一下，吃点东西，喝点水。他向母亲鞠躬道谢，请她放心，说他会按她的吩咐办的。

他低下头，把扁担平稳地放在肩上，然后腰一伸，两堆巨大的家具散件就悬空起来。同时他伸开双臂，抓住两头的绳子，胳膊和肩膀的肌肉嘟隆起来。他稍微颠了颠，便迈开脚步出发了，晃晃悠悠地下了门廊前的台阶，朝远方走去。他熟练而灵巧的挑担动作，以及巨大的力气，给我留下深刻的印象。

然后母亲朝我转过身来，问："你能今天下午去爸爸那里吗?帮他布置房间。以前他一直有助手，现在他一个人，我担心他不习惯。如果你能在他身边待一阵子，帮他料理一些杂事，就好了。现在你不仅长大了，而且变得能干又独立，对此我很欣慰。我会尽量想办法，让你再去学校上学。所以，你最好把书包也一起带上，有时间就复习一下，不要把学过的功课荒废了。"

吃过午饭，稍微休息，我就带上我的东西出发了。天空飘着云朵，凉风习习迎面而来，稻田的谷穗沉甸甸地低垂着，鸟儿在呼唤，好像在寻找家园。四周空旷无人，只有枯叶在风中盘旋。我知道，又一个秋天来到了。

我把父亲的书籍分门别类放上书架，把他的衣服挂进衣橱，清空他的烟灰缸，再把桌椅擦干净。只要他一离开公寓，我就不顾他的反对，收拾房间，但不破坏房间的格局，也不再扔掉他的报纸。这套小公寓虽然没有什么装饰，但现在看起来整齐清爽，兼当小教室给学生上课不成问题。

通过在报纸上打小广告，很快就有几个年轻人来学外语。他们主要是学英语，也有几个学德语，还有一个学法语。爸爸在家上课的时候，我就出去买菜或逛街，有时也溜达去坡上的公园。我想起晓玲，想起我们一起爬到山顶的亭子，俯瞰重庆两江三岸的情景。一想到此时她正和同学们坐在教室，我就既羡慕又难过。我多想也跟她一起坐在教室，而不是在这里游手好闲地东逛西逛。我暗暗希望，也深信不疑：爸爸能尽快挣到钱，尽快送我重返南开。

免费的新学校

那几个月，我每周都往返于乡下的家和城里的父亲公寓之间。在家里我帮母亲做家务，在城里我帮父亲做家务。重返校园的希望越来越渺茫，我不由得在心里暗暗着急。

突然有一天，父亲高兴地告诉我："汉娜，今天上面来人了，建议你去学习，是一所专门为年轻人办的新学校，几个月前就开学了，离这里不远。你不是一直想去上学吗？你看，机会来了。我们明天就去报名。"

我也跟着高兴起来，可马上又犹豫了，因为我想回原来的学校，不想去别的学校。

父亲不高兴了。"你那所学校太贵了，我们暂时没有那么多钱。这所新学校不收学费，难道不好吗？另外，听说旧式学校都停课了，国家要统一改造。不知道你的学校是否也停了？如果没有，等我挣到足够的钱，我马上送你回去读书，我向你保证。但你现在无所事事，虚度光阴，也不行。我建议你暂时先去这所学校，不然从前的功课都会忘了。”

我勉强接受了他的建议。

那所学校离父亲的公寓不远，在一条安静的小街上。学校很小，只有一幢楼，带有细长的窗户，像一只灰色的大盒子，旁边就是街道和别的楼房，连自己的操场都没有，这让我感到很失望。

上两级台阶，过一道黑门，就进入一间小门厅。门厅有几个身穿制服的年轻人。我们一进去，就有一个人向我们走来，很不客气地问我们想干什么。我们朝他友好地点头问好。父亲说，想为我报名参加学习。那人也不向我们问好，就从左胸口袋里掏出本子和笔，问了父亲的名字和住址，以及他有几个孩子，年龄多大。

他一声不吭登记下一切，然后转向我，又问了我的姓名和年龄。

回答完他的问题之后，我又骄傲地补充说：“我是南开女子中学的学生。”

他斜瞅我一眼，没有理我，只对父亲说：“叫你女儿明天早晨八点钟再来，不准迟到!”像下命令。

我从没听人这么粗鲁无礼地说话，无比吃惊地望着父亲。

父亲却老练地微笑着，很有礼貌地点了点头，问：“我们可以先看看教室吗?”

“不行！会打扰别人!”他一边说，一边挥手，示意我们可以走了。

“这个人以为自己是谁呢，对我们这样倨傲无礼!”一出门我就对父亲抱怨。

父亲宽厚地拍拍我的肩，解释说："新政府希望我回德国，只让你和弟弟留下来，因为你们的妈妈是中国人。毛泽东主席需要年轻人建设新中国。"他苦笑着摇头，想说什么，又欲言又止。

第二天早晨，我背着书包，八点钟准时来到学校。很多年轻人正低着头，匆匆走进那幢楼房。一个穿制服的女人向我走来，问了我的名字，在她的名册上看了看，然后点点头，递给我一叠问卷，让我填写，比如：名字，出生日期，民族，读过什么学校，父母的民族，父母从事什么工作，家里拥有什么财产，兄妹的数目，等等。最后还问我对毛主席的看法，对毛主席的伟大思想知道多少，我有什么人生理想……

有些问题我无法回题，尤其是对毛主席的看法。

我把问卷递还给那个女人。她正在埋头整理文件。接过我的问卷后，她很认真地阅读起来，渐渐皱起眉头。我紧张地站在办公桌前，手足无措。

读完后，她把问卷放在一边，严肃盯着我看了几秒钟，"关于我们伟大的领袖毛主席，你好像一点都不了解。看来你尤其需要好好学习，彻底进行思想改造。"

我愣愣地望着她，不懂她是什么意思。

她从桌子后面走出来，"走，我带你上去，把你介绍给他们。注意，我们革命同志的讲话重点，你要记录下来，认真领会，牢记在心。"说着她递给我一本笔记本和一支铅笔。

"我都有。"我拍了拍我的书包说。

"叫你拿着就拿着，都用统一的笔记本。把名字写上就不会搞混了。"

她固执地把笔记本和铅笔塞过来，我只得收下，默默地跟着她上了楼。她推开一扇黄色的木门。里面大大的一间房，黑压压地坐满了人，都是些年轻男子，穿着灰色或蓝色的衣服。我惊慌起来，以为她搞错了。

“同志，对不起，我打扰一下。”她已经迈着坚定的步子走进去了，大声说，“我为你们介绍一个年轻姑娘，她叫傅安娜。从今天开始，她也和你们一起学习，进行思想改造。”

所有的人都看着我，满脸惊愕，好像我来自另一个星球。

那个女人示意我坐靠门边的一个空位，然后就走了。我紧张得大气不敢出，迅速把书包搁在旁边，僵硬地坐在一个大学生模样的年轻人身边。

讲台上那个老师模样的男同志干咳了两声，开始继续讲话：“就像我刚才提到的，因为日本的侵略，我们国家遭受了严重的破坏，也因此变穷。蒋介石政府的腐败无能，又把我们国家的经济拖入崩溃的边缘。他的政府是帝国主义和封建主义的帮凶，制造了阶级的对立和分裂，让广大的劳动人民生活在水深火热之中。孩子们流落街头，没钱上学，成为文盲，长大后继续成为苦力，继续遭受剥削和压迫。我们的工农兄弟们，起早摸黑，累死累活地当牛做马，仍然吃不饱穿不暖，长期遭受残酷的奴役，过着饥寒交迫的生活。今天，在伟大领袖毛主席的领导下，广大的劳苦大众获得了解放，翻身做主，成为新中国的主人。我们为人民革命的胜利而骄傲！我们要打倒资本主义，打倒美帝国主义。我们再也不能容忍美帝国主义插足干涉我们的内政。他们耀武扬威，貌似强大，不过是一只纸老虎。我们一定要紧紧勒住纸老虎的咽喉，直到它低头。如果它亡我之心不死，还想骑在我们头上作威作福，我们就用无产阶级的铁拳把他们打回老家！”

然后他从讲台后站起身来，宣布我们休息一会儿。

大家都默默地站起来，表情严肃地离开房间。我也很快站起来，收起空白的笔记本，下到底楼，鼓起勇气，走向那个穿制服的女人。她坐在桌子后面，正在埋头读报纸。

“我想请教你一个问题。”我胆怯地说。

她抬起头来。“你可以叫我陈同志。你想问什么?”

“陈同志，请问，为什么不把我分到我的同龄人班上？这个班好像是高年级的。”

她先是一怔，然后就“扑嗤”一声笑了，“这里不是学校，是青年思想改造学习班。他们虽然年龄比你大，但你们的家庭成分都一样，父母都属于剥削阶级。你们应该一起学习，好好进行思想改造。只有这样，才能摆脱你们的资本家父母对你们的影响，今后加入劳动人民的队伍中来，为建设社会主义新中国做出贡献。”

仿佛看出我还不太明白，她又继续解释：“这样的学习，有助于你们开阔眼界，提高政治思想觉悟，让你们认识到，我们的国家还有不公平和贫穷，帝国主义的威胁还无处不在。你们出身不好，要想成为新中国的新青年，必须好好改造思想，把你们的资产阶级思想改造成无产阶级思想。”

说完她用责备的目光看着我，“你的表格填错了。国籍栏里，你填的中国。你是德国人，应该填德国。”

“我当然是中国人！我是在重庆出生长大的。”我昂起头来，理直气壮地说。

“没错，你在重庆出生。但我们的法律规定，孩子的籍贯随父亲。因此你是德国人，可以不用来参加我们的学习。这是为中国青年办的学习班。当然，如果你自愿来参加学习，主动接受思想改造，我们也欢迎。我们会尽力帮助每一个需要帮助的青年。”

“我只想上学！”我不太明白她那些话，有点气呼呼地说，“我想回我原来的学校。”

“回原来的学校？你就别做梦了。现在所有的学校都停课整顿。即使今后整顿好了，又复课开学，你也不可能再回去上学，因为你是德国人，而且还是地主的女儿。新中国的学校是为广大的穷苦人家的孩子办的，要取消你们的上学特权，让穷人的孩子上学读书。”

我感到喉咙发紧，想说什么却说不出来，就半张着嘴巴呆呆地站着，一动不动地望着她。她转过身去，不再看我。这时，楼梯上有人叫喊：“休息结束，继续学习。”我又悻悻地上楼了，沮丧地回到我刚才的座位。

“我想，我已经把一切都讲清楚。大家还有什么问题吗？”我感觉那个同志的声音像从云雾中飘来。大家都缄默无语。

我抬起头来，望着那个矮小结实的年轻男子。他坐在讲台后面，穿着制服，留着短发，正目光炯炯地环视大家。突然他站起身来，双臂交叉抱在胸前，挨个打量我们。

他来到第一排听众前，举起手来放在耳边，做出认真聆听的样子。“有问题吗？”他大声问，保持那姿势片刻之久，“没有？看来你们都听懂了。”他自问自答说，“那好，我就继续往下讲了。”他大声宣布。

“现在我要跟你们讲讲我们的政治规划和伟大领袖毛主席对青年的期望。我们计划对财产的所有权进行社会主义的重新分配，因为在新社会，工人和农民才是国家的主人。我们要建立以工人阶级为领导、工农联盟为基础的人民民主专政的社会主义国家，要把我们国家建设成伟大的农业国和富强的工业国。我们必须把农业放在首位，让农业迅速成为我们社会的坚实根基。因此，政府需要你们的帮助。你们是明天的人民，有体力也有智力帮助农民。你们必须跟我们一起，彻底推翻帝国主义和封建主义，消灭阶级，消灭地主和资本家。”

停了一会儿，他微微昂头。房间里静悄悄的，听不见丝毫声响。

他把双手背在背后，目光扫过每一排，向着后面踱步而来。“你们年轻人，必须大踏步前进，就像早晨升起的太阳，为大地带来希望和光芒。你们必须把毛泽东思想带回家，向父母进行宣传教育，向父母要求平等自由。你们是青年，有这个权利。如果你们在父母那里遇到麻烦，随时可以向我们求援。我们会帮助你们，我们始终在你们身边，维护你们的利益。为了我们伟大的祖国，乘风破浪前进吧！为平等自由而奋斗，为幸福的明天而奋斗！你们年轻人朝气蓬勃，就像早晨正在升起的太阳。祖国的希望就寄托在你们身上了。用你们的双手，用你们的力量，去克服困难，把腐朽落后的旧中国，建设成繁荣昌盛的社会主义的新中国！”

他又停了停，然后意味深长地说：“永远别忘了，时刻进行批评与自我批评。现在，我要为大家朗读几句毛主席的指示。”

在他开口朗读之前，他的目光再次扫过大家的脸。

“‘青年是整个社会力量中最积极最有生气的力量；青年应该把坚定正确的政治方向放在第一位；没有正确的政治观点，就等于没有灵魂……’你们要经常扪心自问，是否把毛主席的话牢记心头，并付诸实践。”

这节课我听懂了很多，收获很大。出门的时候，我的脸在发烫，激情在燃烧。这位同志高昂的声音一直在我耳边回荡，有些话让我倍受鼓舞：“你们就像早晨升起的太阳，为大地带来希望和光芒”，“为了我们伟大的祖国，乘风破浪前进吧！为平等自由而奋斗，为幸福的明天而奋斗！”——多么激动人心的句子啊。我甚至有点自豪了，为自己能成为这些青年中的一员。

没做笔记，我反复默念着这些话，把它们全都牢记在心里，回家了。

“汉娜，这新学校的第一天，怎么样？”父亲问我。

“爸爸，那不是学校，是青年思想改造学习班。我们今天的讲座很有趣。但是，他们说我是德国人，不用去学习，除非我自己愿意。而那些中国青年，就必须去。”

父亲眉头一挑，仿佛明白了什么，“哦？原来是这样！对不起，我没搞清楚，还以为是一般的学校呢。你感觉怎么样？”

“我在的那个学习班，全是男生，只有我一个女生，而且他们都比我大很多。但我很喜欢听那个同志的演讲，他讲话充满激情，很有感染力。”

他很吃惊地看着我，“你先休息一会儿，然后我们一起吃饭。今天我买了麻辣豆腐，饭后还有茶和咖啡。等你休息好了再告诉我，你今天都听了些什么。”

“今天下午有学生来上课吗？”

“没有。上节课，有两个该来的学生也没来，不知道是为什么。”

“门厅的那个女同志说，所有的学校都停课了，要进行整顿。”

“哦，那可能大学也停课了。最近我没怎么关注这些。好吧，小汉娜，我马上把饭菜热热。你肯定饿了。”

我笑着点了点头。

饭后我们坐在一起，我喝茶，父亲喝咖啡。他问我，最喜欢今天学习的什么内容。

刚开始我还慢慢回忆，机械地复述我所听到的那些话。后来我就稀里哗啦，竹筒倒豆子一样停不下来，还加上我自己的看法。“……他还讲了地主对农民的压迫和剥削。我也认为，这个必须消灭。还有，我们年轻人应该积极帮助农民种田，把新中国建设成经济强国。这个我也支持。我特别喜欢的是，他说，我们年轻人就是中国的明天！我们就像早晨的太阳在东方升起。我们要为自由平等而奋斗！要为幸福的明天而奋斗！还有，我们要打败美帝这只纸老虎。这个我尤其赞成！爸爸，你忘了吗？就是美帝这只纸老虎把你关了三年，不让你回家？”

“哦——当然，我的孩子。但那是另一回事，跟你讲的这个没什么关系。”他望着我，“不过我发现，宣传对你们好像已经起作用了。”

我糊涂了，怔怔地望着他。

他握住我的手，“汉娜，你应该自己决定，是否还要继续参加这个学习。我认为，这样的学习还是有可取之处。如果你多去几次，也许了解得更全面。如果以后你不喜欢了，就不要去了。”

“我当然还要去继续学习。我很喜欢听这样的课。”我激动地说。

在接下来的几天里，我们被抽查，重述听过的内容。幸运的是，一直没有轮到我。每天都是政治讲座，相似的主题，不过换了别的说法。

那个同志站在讲台前，左手叉腰，右手捏成拳头在空中挥舞，以加强他的讲话效果。他的两眼放射着激情的光芒，大声问我们，对他的讲话有什么看法。

我弯着腰，把身体缩成一团，躲在前排人的背后，以免被他点名。

他指着坐我前排的年轻男子："你，用简短的句子概括共产主义的意义！"

"共产主义就是人人平等的社会制度。"

"正确！"他高兴地笑了，接着又问下一个，"到目前为止，我们共产党的政府都做了些什么？"

"实现了国家独立，建立了人民共和国，让工人和农民成为国家的主人。"

"太对了！下一个：毛主席对青年的指示是什么？"他用手指指着后面的某个人。

"青年应该支持和维护工农的利益。"

"还有呢？"他又指着旁边的那位。

"应该为自由和平等而奋斗，跟反革命分子作斗争。"

"对此你怎么看？你叫什么名字？"说着他向我走来，突然用手指指着我。

我紧张得说不出一个字，最后只能结结巴巴地说："我……叫傅安娜。"

"现在，傅安娜，我问你，你怎么理解毛主席对青年的指示？"

"我觉得……很好。"

"'好'只是泛指。你必须为我们解释清楚，具体好在哪里?"

我脑子里嗡嗡乱响，乱作一团，笨嘴拙舌地结结巴巴："嗯……他关于青年的指示……我们应该反对美帝国主义……"

"类似的话，他们都已经说过了。好吧，你来得比较晚，可能没听到。因此你必须更加认真仔细地听课，把重点全都记下来，回家再复习，这样你才能通过考试。"

我羞愧得脸都红了，只是一个劲地点头。坐下来后我的身体开始哆嗦。"考试"一词像一盆凉水，让我的学习热情迅速降温。

第二天，我虽然坐在那里，但已经有点三心二意。他依然精神饱满，斗志昂扬，声音铿锵有力，有时甚至像在怒吼。我却没能记下多少。我在担心一件事情：考试。我不认为我会考及格。

他踱着步，掏出手帕擦额头的汗，又清了清嗓子，用低沉而带责备的语调继续说："你们的父母都是不劳而获的资本家，靠剥削人民赚了钱。在他们的支持下，你们已经上够了学！而穷人的孩子吃不饱穿不暖，没钱上学，成了文盲。现在国家必须帮助他们。上学不再是富人的特权，我们要消灭特权，让穷人的孩子也接受教育。而你们，现在必须去劳动，去自食其力。这是对所有人的公正公平。"

他又擦了擦额头，瞪大眼睛，"你们要随时进行自我批评！要悔过自新，改造思想，重新做人！"

所有的人都低下头，仿佛在忏悔，空气中弥漫着压抑沉闷的气氛。

他终于平静下来，口气也温和了些，"你们要把学习重点牢牢记住，反复背诵，这样才能通过考试。只有通过了考试的青年，才有资格成为新中国的新青年，成为对国家民族有用的人。"

回家的路上，我的心情很矛盾，脚步很沉重。一方面是国家对青年的重视，要我们高举红旗，帮助中国进入自由平等的新时代，让人很受鼓舞。另一方面，我不喜欢他对我们父母的批评。还有，他说我们已经上够了学，再也不用继续上学。这不对。我才十三岁，我不认为我上够了学。

家里要办成一所学校

周末了，我很高兴能够回家，跟母亲和弟弟一起度过。

当我背着装满父亲脏衣服的行李包踏上门廊前的石阶，一阵闹哄哄的声音传进我耳朵。厅堂里，有几个身穿制服的男人正跟母亲争论着什么。我放下行李包，迅速凑过去。

“我本来就计划腾给你们半边房子。”是母亲的声音。

“寨子坪附近有那么多农民需要来上识字班，半边房子怎么够?”一个男同志说。

“那我和孩子们住哪里?”

“你们最好住后面靠左的那间房。这样跟学校分隔开来，互不影响。”

还没等母亲回答，他就转身对另一个人说：“尽快把这里布置出来，老师的办公室，学生的教室。我们要在秋收之前开课。”

他轻咳了一声，又接着对那些人说：“现在，除了留给彭老师一家的那间房，其余的，都在门上贴上封条，任何人不得随便进去。”

“妈妈，他们想干什么？”我扯了一下母亲的衣角，轻声问。

“他们要在这里办一所学校。”母亲不动声色地说。

那个领导模样的同志这时发现了我，对我笑了笑，却不理我，继续对我身边的母亲说：“彭老师，听说你以前是老师？我虽然是个大老粗，没有文化，但我很尊重有文化的人。学校办起来后，你可以来帮忙上课，教我们的农民兄弟姐妹认字写字，读书看报，怎么样？”

“谢谢。帮助别人学文化，也是我一直的意愿。”母亲淡淡地说。

等他们走后，母亲说：“汉娜，过来帮我。”

我跟在她身后，朝她的房间走去，低声问：“我们睡哪里？”

“睡你的大床。你睡里面，弟弟睡中间，我睡外边。是有点挤，但凑合能睡。现在先把我房间的床单被子都抱到你房间，然后你把我衣柜里的衣服取出来，折紧点，跟你的东西放在一起。还要请老邹来帮忙，把我的梳妆柜搬到你的床边。我得把写字桌和五斗橱里的重要资料收拾出来，装进箱子，塞到你的床下去。”

“三个人睡一张床？太挤了！”我不满地嘟哝了一句。

母亲瞪了我一眼，“想想那些穷人吧，一大家人挤在一艘小渔船上，或者不关风的吊脚楼里。相比起来，我们这是正经的睡房，还带厨房和厕所，已经算奢华了。”

“爸爸的那些东西呢？他收藏的那些古书和动物标本，怎么办？”

“你刚才没听见吗？门上要贴封条，谁都不能动。”

我不再说话。尽管对她的答复并不满意，同时我又对她的冷静沉着感到震惊。家里发生这么大的事，她居然不急不躁，如此淡定，而且还积极配合。我一直以为她是个思想保守的旧式女人，没想到，她的思想比我还先进。

晚上很凉爽，我们三个人并排躺在我的大床上。蚊帐敞开着。弟弟呼吸均匀，母亲一动不动。我不知道她是已经入睡，还是装着入睡的样子。而我，却总是想着白天的事，想着那些身穿蓝色制服的革命同志，想着我们家办成学校以后，会是什么样子？

这样的结果，似乎比我预料的好点。与让农民搬进来住相比，我宁愿他们只来上上课。何况还是让妈妈教他们。妈妈又要当老师了，她是不是很高兴呢？可我们一家人挤在我这间小屋，其余的房间全都给他们，还是让我不甘心。但妈妈好像也没有别的办法。还有爸爸楼上的房间都贴上封条，也不知道是什么意思？如果爸爸知道了这一切，他会怎么反应呢？成千上万的疑问在我的脑里翻腾，我想不明白，也找不到答案，在昏昏沉沉中进入梦乡。

“起床了，汉娜！赶快去洗漱穿衣，吃早餐。等他们来了，可就有的忙了。”第二天一早，母亲就匆匆把我叫醒。

我头昏脑涨地爬起来，收拾好后到门廊吃早餐。桌子是空的，厨房里传来说话声。于是我走下石梯，来到厨房，看见他们都在，妈妈和弟弟，还有奶奶和老邹，都围着木桌坐着。我在空位上坐下来。

“今天为什么不在门廊吃早餐？”我问。

“他们要用门廊。”母亲淡淡地说。

所有的人都沉默无语，甚至弟弟，也只是默默地喝他的稀饭。我为自己舀了一碗稀饭，就着泡缸豆，吃了几口，感觉没什么胃口，就把碗推到一边，不想再吃了，只呆呆坐着，等他们吃完，帮着奶妈洗了碗。

当我踏上石梯回屋，那些男人正在搬家具。他们在厅堂里摆好书架，又把一些文件堆放上去。办公桌被横摆在大门入口，上面搁了些文具用品，好像是用作登记的。一些桌子凳子被搬到门廊，又被搬进房间。我坐在门廊的椅子上，好奇地观察他们的忙碌。

好几个小时，他们都在那里忙来忙去，一会儿把桌子搁在这里，一会儿又把桌子搬到那里，把一些报纸和文件先放进书架，又取下来放进书桌抽屉，然后又不对，全部又重新来过。

“汉娜，过来帮忙理菜！”直到母亲在厨房门口叫我，我才起身离去。

城乡之间

我又该进城了。母亲让我以后尽量多待在城里，照顾爸爸。奶奶再也不能帮我们洗衣服了。她和老邹都被他们解放了。

就这样，顶着霏霏细雨，我又出发了，手提箱里装着父亲的干净衣服，穿过起伏的山峦，跌宕的小路，走过熟悉的农家院落，远远地望了一眼山洼里我童年的小学。这时我意识到，我已经不再是小姑娘了，而是肩挑重担的大人了。我回想起曾经跟黄丽敏的短暂友谊，不知她现在怎么样了？我悲伤地走着，不知不觉就到了江北的渡口。

这是我第一次有意识地发现，城里很多人都穿着毛主席穿的那种衣服，不仅国家干部和商人，甚至有些人力车夫和苦力。那种衣服一般是灰色或者蓝色，长袖，带两个衣兜，小高直领。国家干部一般都紧紧地扣着小衣领，人力车夫和苦力却让它很随意地敞开。

“爸爸，我回来了。”一推门，我就故作轻松地叫道，“你好吗？”

“还可以吧。”父亲坐在椅子上，用奇怪的眼神望着我，“汉娜，我听老邹说，我们家的房子要充公了？”

我点了点头，心里很难过。父亲这么快就知道了。

坐下之后，他认真听我讲了家里的事。当我讲到楼上他的房间门被贴了封条，他的脸悲痛得变了形。

“如果他们只占用房子的一半，为我们留一半，我还能理解。”

“可农民太多，一半不够用。”我重复那天听来的话。

他站起身来，半弓着腰，背着双手，在房间踱来踱去，灰白的脸上满是愤怒，忧伤的目光让我痛心。他那向后梳得整齐的头发松散开来，有几绺还耷拉在高高的额头上。踱着踱着，他突然长叹一声：“唉，现在来学外语的人也越来越少，这一切该如何结束？”他又沉重地坐回椅子上，房间变得死一样沉寂。

天气越来越冷，偶尔会有几个学生来上课。在没有课的日子里，父亲就去城里，傍晚才回来。他经常显得神思恍惚，文件乱七八糟地堆放在桌上。

我不敢再收拾他的东西，也不想问他，他去城里都干了什么。但我经常提醒他，得换干净衬衣了。他总是独自坐在那里，出神发呆。我猜，也许是因为家里发生的事情，让他忧心，郁郁寡欢。

有一天，外面歌声嘹亮，鼓声震天。我跑到窗前，看见大街上有一支浩浩荡荡的游行队伍。最前面的人高举着毛主席和斯大林的巨幅头像，然后就是敲锣打鼓的乐队，红绸翻飞的舞蹈队和步伐整齐的合唱队。那些舞蹈队的姑娘们踩着音乐的节拍，挥舞红绸，身轻如燕。她们跳跃着，旋转着，红绸带随她们的手臂在空中起伏盘旋，仿佛飞舞的红蛇在缠绕着她们。合唱队的人们昂首阔步地边走边唱，歌声震天：“东方红，太阳升……”“毛泽东，斯大林……”同时还有人挥舞红旗，或振臂高呼：“打倒帝国主义！”“打倒资本主义！”“打倒美帝纸老虎！”

一支由年轻男女组成的队伍跟上来了。他们气宇轩昂，春风满面，一刻不停地挥舞着手中的小旗，昂首高呼：“我们是中国的新青年！”“我们是正在升起的太阳！”“毛主席万岁！斯大林万岁！”“中苏友谊万岁！”……

我趴在窗口，几乎带着羡慕和嫉妒，听他们唱歌和高呼口号，看他们威风地行走在街上，载歌载舞。我多想也成为他们中的一员。于是我有点后悔了，为什么没有继续参加学习班的学习？否则，也许我此时也意气风发地行走在他们的队伍中。

我很喜欢父亲这套小公寓。这里的窗口，就像绝佳的观景台。我每天都会趴在窗口看下面的街景。那些往来的车辆嘟嘟地按着响亮的喇叭，街边的行人或者三三两两，或者踽踽独行，或者横穿马路，或者走走停停，都让我感到很有趣。

但是有一天，父亲突然告诉我说，我们要搬离这套公寓，因为政府要拆除这幢建筑，盖新楼。

对此我并没多想，我更担心的是，来学外语的学生越来越少，我们的收入也越来越少，生活该怎么维持下去？去餐馆吃饭，现在对我们来说太贵了。我已经学着自己做饭。尽管我在家时偶尔看过奶奶做饭，但我从没自己做过。现在尝试着做出来的饭菜，有时一点也不好吃。可父亲从不抱怨，相反，他总是安慰我说，很好吃，或者说，嗯，还行。

有天早晨，当我正在清洗早餐后的餐具，听到外面有可怕的撞击声。我跑到窗前，看见工人开着吊机正在拆我们楼上的房子。我惊恐地打开窗子大叫起来："你们在干什么？"

"干什么？拆房子。你得赶快离开！"他朝我大吼。

父亲迅速下楼去。我听见他跟工人求情，还看见他塞钱给工人。回来的时候他喘着粗气。"我给了他们一点钱，换来一点时间搬家。"

"多少时间？"我惊慌地问。

"他们后天早晨再来。"

"啊？我们怎么可能这么快就找到房子搬出去？"

"几周前，林医生答应过给我一间房，但我很犹豫，希望找一套便宜的两居室。我现在就去找林医生，把那间房要下来。你最好马上回家，请老邹今天就过来，帮忙搬家。"

"那你的学生怎么办？他们还不知道你的新地址。"

"我会想办法通知他们，也许把新地址留给邻居，请他们转告。"

"我也要新地址，否则老邹和我怎么找到你？"

"哦，我差点忘了。"他慌慌张张在桌上的文件堆里翻来找去，终于找到了，就用微微颤抖的手把那地址抄到一张纸条上，递给我，"也在城里，离这里不远。但在一条上坡的小街上，房间较大，在房子的背面，一楼。如果老邹今天下午来了，让他在外面大声叫喊我的名字，我会出来为他开门。"

"是通往公园的那条小街吗？"我突然想起什么来。

"是啊，你怎么知道？看来你很熟悉啊。"他有点惊诧地瞥了我一眼。

我没多说，把纸条塞进裤兜里，上路了。

到家的时候，差不多中午了。所有的房门都大开着，身穿制服的人们进进出出，不知道在忙什么。我进了客厅，一个同样身穿制服的年轻男子坐在母亲的写字桌前。他抬起头来，认出了我，脸一下就沉下来，用命令的口气对我说："这是我们的办公室！你出去，你母亲在厨房。"

我这才意识到，这客厅已经成了他们的办公室，便不再看他，拎着行李箱一言不发转身走了，匆匆来到石梯下的厨房里。

母亲和奶妈正把饭菜端上桌，两人见了我都感觉意外。

"没想到你回来了。把箱子放下，过来坐下吃饭吧。"母亲表情冷冷的，但我依然看出她目光里有看见我的喜悦。

老邹牵着弟弟进来了。

有白萝卜汤，煎咸菜，姜炒南瓜。虽然没有肉，相比起我在父亲那里乱七八糟做出的菜，这些菜简直是美味。

吃饭的时候我告诉母亲，父亲住的房子要拆了，请老邹今天进城去，帮他搬家。她皱了皱眉头。老邹却加快了吃饭的速度，马上就准备出发，我把写有地址的纸条递给他。

"明天上午，村里要开大会。"当我们收拾厨房的时候，母亲淡淡地说，"所有的村民都要求参加，我也要去。至于你，去或者不去，你自己决定。"

"我当然跟你一起去。"我甚至有点激动了。村里开大会？我还从没参加过呢。

晚上弟弟跟奶妈睡，母亲和我躺在床上，入睡前还可以说说话。

"现在我很担心你爸爸。"黑暗中我听到母亲平静的声音。

停了停，她又接着说："现在的排外形势很严峻。你父亲是唯一的一个没有政府支持、还留在重庆的外国人。新中国为了争取独立，已经跟所有的国家断交了，目前又在朝鲜跟美国打仗。你父亲的最后几个学生，很有可能不会再来。我不知道，以后我们家靠什么生活。"

"爸爸不能从事别的工作吗？"

"在目前的形势下，不能。没有人愿意雇用外国人，或者说敢雇用外国人。我也一样，没有学校愿意或者敢聘我去当老师。尽管我有四川省立女子高等实业学校的毕业文凭，学过完整的大学应用化学专业，还当过老师，有教学经验。但是我嫁了外国人，而且还是大地主，就失去了当教师的资格。"

"可是，妈妈，上次他们不是说，让你在家里上课吗？教那些农民认字。"

"我是说正规学校，识字班不算。何况识字班还没有办起来，他们只是说说而已。到时候，是否真的让我去上课，还不一定。不说了，睡觉吧，明天还要去开大会，需要充沛的精力和清醒的头脑。"

一晚上我都辗转难眠，噩梦不断，胜利的欢呼声，喧天的锣鼓声，游行队伍震耳欲聋的口号声，像惊雷一样在我脑里轮番轰响。黎明的时候，窗户咣当作响，原来一夜的狂风暴雨，把我们昨天忘了挂上钩子的百叶窗一阵阵击打在窗条上。

人民大会

这一年的冬天比往年更加漫长，寒冷的阴雨绵绵无期，不见天光。我努力把雨伞低低地斜撑着，挡住朝我们迎面袭来的苦雨凄风。森林中的小路泥泞而坎坷，枯枝败叶在我们脚下嘎吱作响。等我们终于走出林子，我们的鞋都湿透了。但我们都没有抱怨，只是默默行走在森林通向乡场的路上。烟雨中的村庄灰扑扑的，是清晨的时辰，又仿佛黄昏已经来临。

终于看见那些灰色房子的轮廓，雨中的它们显得更加暗淡和荒凉。我们穿过房子之间的巷道，走过用乱石砌成的街面，来到乡场。母亲碰到几个熟悉的村民，跟他们点头微笑，打招呼。看上去，这一天跟平常的任何一天并无二致。

雨终于停了，我们收起雨伞，看见不远处为今天搭建的会场。

“我们过去吧。”母亲说。

我紧张地搀扶着母亲，来到会场。

会场上已经聚集了很多村民，前面搭起一个像舞台的台子。几个身穿制服的男人在指挥安排新来的村民到适合的位置。我们穿过人群，径直来到台前一个干部模样的人前。母亲跟他点头问好，做了简短的自我介绍。

“你也想上台发言吗?”那个人有点吃惊地打量母亲。

“如果可以的话。”

“好吧，大会马上就要开始了。你最好就在这里等着。”

母亲点了点头，然后双手交叉垂放在胸前，微昂着头，一副满怀期待的样子。我站在她身边，十分不解地看着她。这种农民大会，来看看热闹也就罢了，她为什么还有兴趣上台发言?

站在一群衣衫褴褛又闹哄哄的农民中间，我很不自在，甚至感到羞愧和屈辱。我偷偷环顾四周，发现他们在兴奋地推来搡去，大声说笑，比手画脚，同时也悄悄打量我。有人在抽烟，有人在大声咳嗽，还把痰液吐到别人的脚边。

“汉娜，端庄点！别总东张西望的!”母亲命令我。她一把把我拉近了些，微微侧过身来，低声而严厉地对我说，“记住，等会儿我上台发言，无论发生了什么，你都站着别动，不准流露任何感情。记住了?”

“嗯，记住了。”我立即像木头人一样站着不动，目光直视前方。

“同志们，请大家安静!”喇叭突然响了。一个身穿制服的男人，拿着喇叭在台上讲话。

哄闹声立刻消失，会场安静下来。他这才又接着说：“首先，我要以伟大领袖毛主席的名义，欢迎各位的到来。是伟大的领袖毛主席，伟大的中国共产党，让你们翻身做主人。”

他面带自豪的微笑，目光环视整个会场。“吃水不忘挖井人，翻身不忘毛主席，幸福不忘共产党。”突然他提高了声音，振臂高呼，“毛主席万岁！”下面的村民也不约而同振臂高呼：“毛主席万岁！”“共产党万岁！”他又高呼。下面再次响应。

大家的情绪都高涨起来，口号声一遍又一遍如雷声响起。我悄悄打量四周，见他们挥舞拳头，涨红着脸，脖子上青筋直跳。我害怕得闭上眼睛。

“不忘阶级苦，牢记血泪仇。请大家踊跃上台，有冤申冤，有苦诉苦，有恩感恩，有情抒情。今天的大会，是人民的大会，是胜利的大会，是民主的大会，是自由的大会。你们要拿出主人翁的精神，积极上台，畅所欲言，歌颂新中国，声讨旧社会。好了，现在大会开始，请大家依次上台。”

会场又变得闹哄哄起来，像一锅煮开的稀饭。我紧紧挽着母亲的胳膊，看见一个小个子男人上台了。他微微佝偻着腰，穿一件带补丁的灰黑棉袄，腰间系了一根带子，头上还歪戴着一顶旧蓝布帽。他有一张似乎没洗干净的瘦脸，咧嘴笑着，露出一口黑黄的牙。他站在台子中间，左顾右盼，抓耳挠腮，好像不知道该讲什么。台下又响起零星的掌声和哄叫声。他终于结结巴巴地开口了，说过去地主只给他吃剩饭菜，虽然不打他，却三天两头吵骂他。他没钱没地，快四十了也讨不到婆娘。现在好了，政府分给他田地和住房，还让他讨上婆娘。虽然是地主的女儿，需要教育改造，但好歹是个女人。感谢毛主席，感谢共产党……

下边又响起阵阵喧嚣，有人喝彩，有人取笑，也有人谩骂，还有人哀叹，嗡嗡嗡地。人群骚动起来。一个衣服肮脏的男人在我身边蹭来蹭去，几乎触碰到我的身体。这让我恶心。我悄悄告诉母亲想上厕所，就从人群里溜了。

我没头没脑地跑出乡场，来到田野。望着面前的大片稻田，我一时不知道该去哪里，想吐，却吐不出来，只愣愣地站在那里发呆。这时我突然又想起，母亲还在人群里，还要上台发言。她叮嘱我站在那里，无论发生了什么，都别动，不准流露任何感情。我怎么溜掉了？这会儿，她也许已经上台了？如果发现我不在，肯定又会生气了。于是我掉头又往回跑。

当我穿过那些伸长脖子看热闹的人们，来到前面我刚才的位置，母亲已经不在那里。抬起头来，我看见她正缓缓走到台子中间，双手垂放，微微抬头，身体笔直。我惊恐不安地望着她，紧张得大气不敢出。

“同志们，感谢新中国，让我们终于废除了阶级，实现了人人平等。”

“大声点！”不知谁在人群中大吼了一声。

她顿了顿，提高了声音继续说：“我年轻的时候，也经历过饥饿和封建社会的男尊女卑，因此我知道贫穷的滋味和遭遇不公平待遇的痛苦。当我靠辅导小孩子认字读书挣生活费，自食其力读完大学，成为一名老师后，我总是教育我的学生，后来也教育我的孩子们，要关心穷人，帮助穷人。因为，只有人人都有饭吃，有衣穿，我们的社会才能和谐，我们的国家才会富强。”

会场鸦雀无声，大家都认真地望着她，好像学生听老师上课。

母亲停了停，目光平静地望着远方，又接着说：“我们家里虽然也有佃农，也请过帮工，但他们一直是自由的。我和他们之间的关系，是平等友好的互助关系。佃农种的土地，名义上是我们的，实际上早就属于他们，因为我们从来没有强行收租。他们收获的一切，都是他们自己的。遇到丰年，他们会主动送我们几袋新米，表示感谢。来我们家里帮忙的人，我每周发一次工钱。后来我们家道败落，请不起人，他们都舍不得走，有的还哭了，请我让他们留下来。他们都是寨子坪附近的农民。如果你们不相信我说的话，可以去问他们。”

“她说的没错，我三嫂在她家帮过忙，尽说她好话。”我前面一个妇人说话了。

“是啊，彭老师是个大善人。崽崽的婆婆死了，她还送墓地给老人下葬呢。”旁边的另一个妇人说。

母亲停了停，脸上露出淡淡的微笑：“现在，我把我们家的房子腾出来，支持政府办学校。识字班很快就开学了，欢迎大家积极报名，来学文化。社会主义的新中国，需要有知识有文化的新农民。大家要同心同德，一起努力，才能实现毛主席的伟大理想，把中国建设成民主自由、富强发达的新中国。”

台下响起掌声。我简直不敢相信，弱小的母亲站在台上，怎么有那么响亮的声音，巨大的能量，让刚刚还闹哄哄的会场安静下来，甚至让人们为她鼓掌?

母亲下台时，脚步有点摇晃。我兴奋地迎上前去，激动得真想拥抱她，却不敢，只是带着骄傲的微笑对她说：“妈妈，你讲得太好了!”

她双眼微闭了片刻后，嘴角浮起满意的微笑，轻声说：“走，汉娜，我们回家。”

我迅速挽起她的胳膊，同时瞥了一眼她的小脚，知道它们一定累坏了。

糟糕的一天

接下来的几天我待在家里，帮助妈妈做家务。奶奶负责打扫和整理那几间被充公的房间。除此之外，她还得为他们做饭。老邹也得为他们工作，搬家具，干杂活，不得停歇。现在父亲的衣物都由母亲洗涤和熨烫，然后折好放入行李箱，由我进城带给父亲。

有天早晨，我们正在厨房吃早餐，外面就闹哄哄起来。母亲朝外面望了一眼，嘀咕了一声："今天他们怎么来得这么早?"

她带着弟弟去了院子，想看个究竟，没过多久又返回来了，表情严肃。"房门上的封条都撕了，说要把我们的家具全都搬到堂屋，那几间房子也要当教室。"

说完她递给我一本书，让我拿到旁边的门洞里读。那里安静。等她和奶妈把爸爸的帘子缝好了，让我晚点给爸爸送去城里。

"什么帘子?"我问。

“当房间里的隔墙，可以拉开，也可以拉拢。爸爸现在只有一间屋，学生来上课的时候，把帘子拉拢，学生就看不见你们的床了。老邹已经把竹竿安装好了，你把它取下来，穿进帘子的扣眼里，再挂上去。”

我很惊讶地看着她。她笑了，拍拍我的肩膀说：“你是个聪明能干的姑娘，肯定能行。爸爸需要你。你知道，他的动手能力很差。你现在是他的得力助手。”

母亲难得表扬我。这让我高兴，于是就乖乖拿了书，坐到门洞里的长木桌边读起来。门洞就在厨房旁边，正对着储藏室。

在江北的渡口，我赶在最后一秒钟跳上轮船。船上依然人挤人。摇晃的船体让我的身体也随之摇晃，于是我迅速抓住栏杆，把箱子放在脚边，享受着江面吹来的舒适春风。嘉陵江水波光潋滟，在黄昏的光中，江面如一道起伏荡漾变幻莫测的人间奇景，在两岸的山峦间蜿蜒而行，祥和安宁。只有行船的马达声偶尔打破这份宁静。

我爬上通往父亲公寓的旧木梯，怯怯地敲响了阴暗过道里的小门。

门被拉开一条缝。父亲一见是我，非常惊喜。“汉娜，你今天来了，太好了。”他亲吻我的额头，拍拍我的背，“又拎这么重的箱子，累坏了吧?”

“里面是你的衣服和帘子。”进屋后，放下箱子，我好奇地打量这间新公寓。让我吃惊的是，它比我想象的大很多，尽管不是很宽，但差不多有十米长。朝向后院的窗户不大，只有少量的光线进来。架子床大而结实，挂着蚊帐，只有几件简单的家具。这房间看起来阴冷空寂，像一间库房。

我不想让父亲看出我的失望，问道："你喜欢这间新公寓吗?"

"光线不太好，太暗，太窄。另外，墙也不隔音。"

"隔壁住的什么人?"

"一个年轻女子，可能白天在办公室上班。但周末经常有朋友来，然后就放很闹的音乐。夜里她可能感到寂寞，总是开着收音机。幸好目前我周末没有学生上课。"

"你已经在这里上课了吗?"

"还没有。我把上课时间往后推了一周，因为我想先等你来。你才知道接待客人的房间该怎么布置。"他充满希望地看着我。

"明天我会先挂上帘子，那样看起来就好多了。等我再把房间布置一下，你就可以开课了。"我冲他笑笑，安慰他说。

他点了点头。"妈妈在家里怎么样了?"

"她去参加了一次村里的大会，还主动上台发言了。她的发言精彩极了，他们还为她鼓掌了。"

父亲先是紧张地听着，随后就咧嘴笑了。"你妈妈不愧是老师啊。"

父亲这间房朝向房子的背后，厕所和盥洗间是分开的。从大门进来上四级台阶，有个稍高的带石栏的阳台。阳台两侧各有一扇小门，里面就是厕所和盥洗室，供同楼层的两家人使用。厕所里有个方形木箱，装着冲洗马桶的水。两间屋的屋顶和大门进来的过道顶，都挂着同样的绿色盘子型灯罩，罩着一只光线微弱的白炽灯。

晚上躺在床上，隔壁的收音机经常传出俗气的歌声。我们敲打墙壁也无济于事。我就只好用被子捂着耳朵，努力入睡。但这一招有时灵，有时不灵。对我来说，最糟糕的还不是这个，而是跟邻居共用厕所和盥洗间。为了能每天第一个先用，我通常很早就起床了，先把马桶坐垫擦干净，再用刷子把里面刷干净，才使用。

几周后，我又回家了，不仅因为父亲的脏衣服要带回家洗，还因为，我想知道家里的学校办起来没有，妈妈是否已经当上老师，教那些农民识字了。

到家已近黄昏，院坝里冷冷清清的。母亲在厨房，手里夹了一根烟，坐在灶前。踏进厨房门槛时，我喊了一声“妈妈，我回来了。”她瞥了我一眼，却没有说话。弟弟坐在旁边的柴堆边。他也不像往常，见了我就兴高采烈地跑过来，抱着我撒欢叫“姐姐”，而是向我举起一根木棍，嘴里“嗒嗒嗒”地朝我射击。我向他走去。“嘿，安慈，你好吗?”

“不好!”他呼地一下站起来，横眉鼓眼地瞪着我，“今天来了一帮坏蛋，把我们家的东西全搬走了！还烧了爸爸的书!”

还没等我反应过来，他冲到门前，再次举起木棍，对着外面也“嗒嗒嗒”地射起来，还咬牙切齿地愤愤说：“等我长大了，一定要把他们全都杀死!”

话音未落，母亲已经冲过去，一把捂着他的嘴，还抓过他的木棍，顺势在他身上猛抽了一下。“小祖宗，你再乱说我先打死你!”

弟弟挣扎着，“哇”的一声大哭起来。我正要去安慰弟弟，奶妈不知从哪里冲出来，抢在我前头，一把把弟弟拉进怀里。“太太你有气就朝我出吧。他这么小的孩子懂什么呀……”她弯腰紧紧护着弟弟，也一把鼻涕一把泪地呜咽起来，还不时低声地诅咒着什么，又对弟弟“心肝宝贝”地叫唤着。

一阵混乱后，奶妈把弟弟弄走了。母亲颓丧地坐在桌边。我这才知道，家里今天遭分家了，所有的家具和什物，从大到小，全都被人分走了。爸爸的藏书没人要，被他们一把火烧了。

这个消息如五雷轰顶，让我全身痉挛，五脏俱裂，拳头紧握，牙齿咬得咯咯作响。我感觉大地在摇晃，整个世界都变成虚幻，像陷入一场巨大的噩梦。

空气凝固了。死一样的寂静中，只有灶膛里的火在熊熊燃烧，仿佛要烧掉整个世界。

也不知道过了多久，母亲掏出手绢，为我擦泪，我才知道我已泪流满面。

“别哭，汉娜，那些都是身外之物，散了就散了。但弟弟那样打胡乱说太危险了。还有你，经常在外，一定要当心，绝不能像弟弟那样孩子气，流露出对政府的不满。我们家发生的事情，无论是过去的、现在的、将来的，你只能跟爸爸和我说，绝对不能对别人说！你向我发誓保证？”

“嗯，我保证。”我嘟哝着，泪水还如决堤的洪水在往外奔涌。我想起父亲那些宝贝藏书，心痛得几乎无法呼吸。“可是，我该怎么对爸爸说呢？”

“你最好什么也别对他说。你爸爸不够坚强。”

她从烟盒里抽出一根香烟，塞进嘴里。点火的时候，她的手颤抖得厉害。她靠在木桌边，望着门外空空的院坝，随后她又重重地长叹一声，“今天是个糟糕的日子。我们家恐怕再难有出头之日。”

说罢，她把燃到一半的香烟摁进木桌上的烟灰缸，问我：“饿了吧？你喜欢吃面，我马上下面给你吃。”

吃面的时候，我的泪水还在继续流。母亲坐在我对面，红肿着眼睛，心事重重，用筷子在碗里东挑一下，西戳一下，还不时用手帕擦擦眼角。我们谁都没有说话。

吃完面，我在洗碗的时候，她才说："以后你尽量待在爸爸那里，没有我的许可，不准回来。"

我望了她一眼，没有说话。

"以后你和爸爸的衣服，你就自己洗。爸爸的水房里有一只箍有铁丝的木盆，你肯定见过，那是老邹帮爸爸搬家的时候扛过去的。以后你就用它洗衣服。"

我想起来了，那只木盆，我一直以为是女邻居的。

最后一个外国人

我不喜欢洗衣服，尤其是冬天，双手浸泡在冰冷的水里，用力揉搓，再加上肥皂的刺激，让我手上的皮肤干燥皲裂，起很多小皱褶，看上去很丑。但是现在，父亲的衣服和我自己的衣服，都得由我洗。为此我感到很痛苦。

春天的早晨，太阳还躲在云层里，我就去市场买菜。挎着菜篮子走在街头，我经常会想到家里的事，想象他们如何分掉我们的家什，如何焚烧父亲的藏书。这样的想象让我心痛欲裂，脚步沉重。为了甩掉这种糟糕的心情，我就努力幻想该买什么菜，该做什么菜。一路上我都沉浸在想象中，对身边往来的行人几乎视而不见。

那天买菜回来，推开房门，我看见屋里有一个穿制服的年轻警察。

“我女儿汉娜回来了。”父亲对他说。

我放下菜篮子走过去，朝那个警察微微鞠躬，友好地说了一声“你好”。

他朝我表情严肃地点了点头，很勉强地回应了一句“你好”，又转向父亲。

“尽快安排回国。你不能再私下开班授课。我们新中国的青年不需要外语，我们的政府也拒绝跟任何外国人合作。我已经跟你说了，现在所有的外国人都离开了中国，全重庆城，就剩你一个外国人还赖着不走，成为历史遗留问题。这个问题必须解决。以前考虑到你的孩子还小，我们对你宽宏大量，一直容忍。但你不能总这样拖下去，永远赖在我们的国家。”

父亲低咳了两声，“可我的太太和孩子们需要我，我还得继续养家糊口。”

“他们不需要你！他们有手有脚可以劳动，可以自食其力。他们在农村，可以跟农民一起下地干活，一样有吃有住，不会饿死。”

“孩子们还太小，还不能干农活。”

他冷笑了，“解放前那些穷人家的孩子呢？还不是小小年纪就给你们当牛做马，受你们的剥削和压迫。现在轮到你的妻子和孩子们去劳动干活，怎么就不行了？傅德利，我再次提醒你，我们国家不欢迎你。你必须尽快离开！这是国家的政策！”

“不！这太不公平！”我愤怒了，“我父母从来没有剥削压迫任何人。你的要求，是剥夺我们的自由；你对我们说话的态度，也违背了毛主席的指示。难道你没有读过毛主席的书吗？难道你不进行自我批评吗？”

“啪！”一记响亮的耳光把我的头扇到一边。“你怎么可以这样无礼！”父亲勃然大怒，朝我吼道，“马上认错道歉！”

绝不！我在心里反抗说，咬紧牙关，缄默不语。我茫然不解地望了一眼父亲，不理解刚才发生的一切，转身冲出了房间。

“请原谅我女儿不懂事。”父亲的声音在身后响起。

父亲怎么可以这样卑躬屈节，自轻自贱！他外交官的不卑不亢哪里去了？我跑下台阶，转身冲进旁边的盥洗室，不让任何人看见我。当我反手把门关上，我的泪水夺眶而出。我再也不懂这个世界。父亲不仅对人低三下四，还动手打我。他从来都爱我疼我，今天怎么舍得打我?！这个自以为是的警察，我们当然不能听任他的摆布！他对爸爸提出的要求，完全没有人性。

不一会儿，我听到警察下楼出门的声音，便用衣袖擦干眼泪，轻手轻脚又返回去。房门开了一道缝，我侧身溜进去。父亲冲上来，一把紧紧抱住我。

“对不起，汉娜，请原谅爸爸。我不想打你，那只是一种本能反应，我只想立即阻止你的胡说八道。你不知道，你那些言论多么危险。”

听他这么一说，我也害怕起来，半张着嘴，盯着他。他忧伤地望着我，抽动着嘴角，用手拂开额前的头发，拍拍我的肩膀说：“对不起，我的小汉娜，希望我没把你打得太痛。那只是我为避免灾难的过激反应。”

我无法说出我当时的感受。我们默默地拥抱了一会儿，我开口了，怯怯地问他：“爸爸，你必须离开中国吗?”

“我已经跟他解释了，目前我跟德国没有任何联系，也没有回去的路费。但我向他保证，一旦经济条件许可，我就走。他们允许我把你和弟弟带走，因为你们俩是德国籍。但妈妈不能一起走，她是大地主，得首先接受劳动改造，为她的过去赎罪。如果她实在想见你们，今后等她改造好了，可以向政府提出申请，到德国来看望你们。但政府是否批准她的申请，还不知道。”

然后，父亲就几个小时都默默坐在角落，神思恍惚。他笨拙地从烟盒里抽出烟叶，小心翼翼地裹烟卷，把边角捏紧，中间捋平，闭上眼睛，放在鼻子下闻了又闻，最后才点燃，大口大口地吸起来，直到烟头的火星变大，整只烟几乎要燃烧起来。他默默地抽着烟，目光迷茫地飘来荡去，好像在绝望中寻找希望，苍白的脸膛因为愤怒而一鼓一偃。

我找不到话来安慰他。警察最后那句话又在我的耳边响起：“现在轮到你的妻子和孩子了。”还有母亲叫我少回家，都让我感到很恐惧，不知还有什么厄运会降临。

父亲越来越少言寡语，我们几乎无话可说。他通常双目紧闭默默抽烟，心不在焉。如果我想问他一个问题，必须重复好几次，他游走的思绪才会回来，猛然抬头，无比吃惊地望着我，但也经常答非所问。

孤苦中我也越来越内向，每天只干些必干的家务，内心感到无法言说的空虚和恐慌。偶尔有学生来，父亲不得不对他们解释，他不能再公开为他们上课。有的学生出于害怕不再来了，只有少数几个还在坚持。

春天到了，风和日丽的景色，仍然不能驱散我内心的空虚和寂寞。不仅没有人分担我的忧愁和痛苦，我还得不断安慰父亲，鼓励他振作。而我也多么需要安慰和鼓励啊。我拿起纸笔，开始给母亲写信，希望她允许我回去看她。我向她讲述了我们的情况，父亲再也不能公开授课了，我的烹饪技术有所提高，但发挥还不稳定。我还能把房间收拾得非常干净整齐。

越往下写，我越悲伤，最后几句话，几乎是噙着热泪写的：“妈妈，我想你，我渴望能见到你，请你允许我回家。”

几颗热泪滴落到信纸上，在我擦干它们之前，已模糊了字迹。我就让它那样，把信纸小心折叠起来，装进信封，最后在上面写了地址，请爸爸带到邮局去投递。

几周过去了，一直不见母亲回信。我开始不安，就问父亲，我是否可以回家看妈妈。

“你最好马上动身。谁知道呢，也许妈妈根本没有收到信。”

“可我走了，你一个人，行吗？”

“别担心，小汉娜，我每天去外面随便吃点就能对付。我得给妈妈写几句话，还有点钱，你带给妈妈。”

趁父亲埋头写字，我匆匆收拾了行李。

父亲给了我一个信封。“代我向妈妈问好，告诉她，我很想她和弟弟；告诉她，她不让我回家，我很难过。我很想和他们在一起。问问她，我该怎么办，才能见到她和弟弟？我希望，妈妈能度过现在的困难期。”

“我会转告妈妈的。”临别时我们默默拥抱，相视一笑。

一出门，我就听到天边一声炸雷。我几乎是一路狂奔到了码头。船一离岸，天空就开始电闪雷鸣，乌云从四面涌向江心，大雨倾盆，浊浪排空，渡船东摇西晃着，在滚滚巨浪中缓慢前行。

在江北码头，我撑着雨伞跳上岸。密集的雨帘让世界变成一片模糊，我几乎什么也看不见。暴雨不停地击打着雨伞，我的全身都湿了，幸好只是雷阵雨，没过多久，雨又停了。但天空还是阴暗昏沉。我越往前走，湿漉漉的衣服越让我感到不舒服。我索性把紧贴在腿上的裤管卷到膝盖上，才能更好地迈步前行。乌云渐渐散去了，远远地，我看见田里还有人在劳作，他们头戴斗笠，身披蓑衣，弯腰站在没膝深的水田里，顶着这样的坏天气，仍然在一株一株地插秧子。

重回花园房

踏上最后几级石阶，我猜母亲可能在厨房，便横穿院坝，对直走向厨房，正碰到奶妈朝门口走过来。一眼看见浑身湿淋淋的我，她吓得一动不动，像一根拄在门槛的木头。

“妹妹，你怎么回来了？看你这一身，都湿透了。”她瞪大眼睛望着我。

“我妈妈呢？”我伸长脖子朝里面张望。

“她不在这里……你赶快去房间换衣服，当心感冒。”

母亲不在厨房，我转身就朝房间跑去。为了避免和那些人见面，我绕道房子的侧面，走后门进屋。可屋里空荡荡的，也没有母亲的身影。我正站在门口琢磨，母亲会在哪里呢？奶妈跟来了，轻轻把我推进屋，随手关了门。

“妹妹快擦擦吧，然后先换衣服。”她把手里的干毛巾递给我，又去打开衣柜门，翻出我的衣服。

我迅速擦了擦脸和头发，换上干衣服，发现奶妈坐在旁边低头抹泪。她告诉我说，母亲被人带走了。

我惊呆了，让她告诉我是怎么回事。她摇头说她也不太清楚，没亲眼看见。昨天早晨带着弟弟吃早饭，半天没见母亲出来，就到房间来看。房间乱糟糟的，也没人。后来她去向那些人打听，才知道母亲被带走了，说政府要找她问些事情。

“他们把妈妈带去哪里了？”我的心都捏紧了。

“好像是你们家曾经住过的那幢有花园的房子。”

我的心情顿时复杂起来。虽然他们带走了母亲，让我担忧。可妈妈住在那幢花园房里，又让我有点欣慰。那幢花园房里有我幸福的童年记忆。多少年了，我还不时梦到它满园盛开的鲜花。母亲也很喜欢那幢房子，现在她又住回那里，是不是会高兴呢？

“可是，政府有问题，为什么不在家里问，一定要带她去那里问？而且，到底是什么问题，从昨天问到今天，还没问完？”我感到此事很蹊跷。

她茫然地望着我，悲伤地摇头：“政府的事情，我怎么知道？”

弟弟推门进来了，瞪着一双疑惑的眼睛向我走来，好像不认识我似的。

“安慈，你好吗？”我上前想拥抱他。

他却推开我：“我很好，你呢？”

“我也很好。”我亲昵地摸摸他的小脸。

他一把打掉我的手，朝我翻了个白眼，语气变得阴阳怪气：“你当然很好啦，可以一直待在城里，跟爸爸一起享福。我只能待在农村，无聊透顶。”

“你姐姐在城里没有享福。”奶妈在旁边插嘴说，“她很辛苦，必须帮你爸爸做家务，洗衣煮饭，而你在这里可以整天玩耍。”

“这里根本就没什么好玩耍的！”弟弟闷闷地盯着奶奶。

“当然，你有那么多东西可以玩耍，比如捏泥巴呀，看蚂蚁搬家呀……”奶奶伸手要摸他的头，他却倔强地把头一偏，避开了，仰头问我：“妈妈什么时候回来？”

“我怎么知道？”我瞅了一眼奶奶，她还爱怜地望着弟弟。

“政府的问题，什么时候才能问完？我想她回家！”他开始跺脚。

“可能很快就问完了。”奶奶安慰他说。

晚上我们在厨房吃饭。我问老邹，怎么去那幢花园房子，我明天一早要去看望妈妈。

“过了寨子坪，横穿过一个大坝子，然后左转，沿着那条大弯道一直向前，走第一个右转的岔道，过一段田坎路。那条田坎路就直通那幢房子。你一踏上那条田坎路，老远就能看见那幢房子的围墙和大门。”

我点了点头，心里基本有谱了。

“你自己去行不？或者我陪你去？”老邹问。

“不用陪，谢谢。我肯定能找到。”

第二天早晨，奶奶很早就把早餐弄好了。我们默默地吃了稀饭咸菜，我想尽快上路。奶奶却把我叫住了，说现在去太早了，政府的人可能还没上班。她让我等等，她要为妈妈烙几张饼，让我带去给妈妈吃。

她对妈妈这么关心，让我暗暗感动。

穿过森林通往村子的那条小路，现在走起来阴森森的，让我害怕。寨子坪乡场的很多店铺还没开门，只偶尔有几个男人扛着麻袋在街上走过，几条瘦狗在跑来跑去，东闻西嗅，间或抬起后腿撒尿。尽管天光昏暗，街景荒凉，但这个小乡场还是透出宁静和安详。

过了最后几间房，我左转前行。乌云低垂，似乎随时要下雨的样子。我加快脚步，不时用手摸摸口袋里的饼，想知道它们是否还温热。不久我就远远看见那堵围墙，我兴奋得心跳加速，终于又重返童年的乐园。那时我整日流连其间，多么快乐。那洁白娇美的茉莉花还在盛开吗？我似乎又闻到它醉人的芳香，被风吹送到入口的门廊；那修剪漂亮的篱笆小路呢，是否依然曲径通幽？我还记得，当年我把它唤作“我的秘密小通道”。

我快步如飞穿过田野，来到带坝子的大门前。这时我惊讶地发现，这里完全变了样。院门两侧的石狮不见了，只剩基座的残石。木门上的铁环把手也不翼而飞。我四顾茫然，一时不知如何是好。我怯怯地敲门，没有动静；我用力地拍门，也没有动静。从门缝朝里张望，没有一个人影。难道是地方错了吗？我开始用拳头捶打，仍然没有人出现。最后我从地上捡起一块石头，在门上拼命猛砸，并声嘶力竭地大声叫喊：“开门！开门！有人吗？开门！”

精疲力竭中，我几乎绝望了，正准备放弃，转身离开，身后传来“嘎吱”一声，门开了。一个持枪警察出现在门口，用警惕的目光打量我，厉声问：“你想干什么？”

我被吓了一跳，愣了愣，才惊慌地回答：“我想……看我妈妈。”

“这里不是公用场所，不对外开放。”

“我妈妈在里面，我有东西带给她。”

他疑惑地看了我几秒钟，命令道：“跟我来！保持距离，不准说话，也别提问!”

我赶紧点头，大步跟着他往里走，同时悄悄偷看两旁的花园。天啦，这里哪有花园的影子？简直像长满荒草的垃圾场，除了齐腰的杂草，到处堆着破铜烂铁、旧家具、烂杂物。我不敢相信自己的眼睛。

上了石梯，来到院子上面的房子，警察转身命令我：“你就在这里等着，不许四处走动!”同时用奇怪的目光从头到脚打量我。

我机械地点点头，还沉浸在巨大的失望和震惊里，怀疑自己是在梦游。我童年那幢美轮美奂的花园房子，怎么会变成这个样子？我一定是走错地方了。

警察进了一道敞开的大门，就朝旁边的偏房走去。大门正对着一扇通向天井的门。那扇门半开着，有些人影在门后面晃动，偶尔还传出奇怪的声响，像在训斥、吵骂、哀求、呻吟，或者重物撞击。我紧张地盯着那些晃动的人影，不知道他们在干什么。恐慌中我想到母亲，莫非她也在那里面？便下意识地朝大门走去。刚探进去半颗头，天井门边的墙上，几个醒目的黑色大字赫然跃入我的眼帘：坦白从宽，抗拒从严!

我一个寒战，立即明白了什么，吓得心脏几乎停止了跳动。

母亲终于颤颤巍巍地出现了。我赶紧迎上去，发现她面容憔悴，眼圈发黑，嘴唇发乌。

“妈妈……”刚一张口，我就泪水长流。真想扑上去拥抱她，但我不敢。

她的嘴唇很干，必须先努力吞咽几下，才能说话：“你怎么来了？”

“我给你写了信，你没收到吗？一直没有等到你的回信，我和爸爸都很担心，所以我就想回来看看……”

“什么信？现在老邹被解放了，没有人替我们去邮局看信。”她皱着眉头打量我，好像很不高兴我来看她，“你怎么知道我在这里？”

“是奶奶告诉我的，说政府找你问些事情，把你带到这里来了。怎么样，事情还没问完吗？你什么时候能回家？”

“你爸爸还好吗？家里呢，弟弟怎么样了？”她并不回答我的问题。

“爸爸还好，就是担心你。他也催我回来看你。弟弟正在闹情绪，说我在城里享福，把他一个人扔在乡下太无聊。他也问妈妈什么时候能回家，他说他想你回家。”

她闭上眼睛，一动不动。尽管她努力让自己显得镇静，我还是看出她有难言之痛。我再一次想上前拥抱她，亲吻她，安慰她，但我依然不敢。我只能像石头一样站在她面前，无助地看着她。我这是怎么啦？为什么不能拥抱亲吻自己的妈妈？啊，亲爱的妈妈，多年来我一直尊敬你，害怕你，此时才发现，我原来是多么爱你。泪水蒙住了我的双眼，蒙眬中，我看见妈妈也睁开眼睛，用忧伤而温柔的目光看着我。

“妈妈，我这里有爸爸给你的信和钱，还有奶奶为你烙的饼。”我一边流泪，一边把手伸进包里，掏出信和饼给她，“饼是奶奶今天早晨刚烙的，可惜已经冷了。你快吃吧。”

她轻轻推开我手里的饼，只接过信封，从里面抽出信笺，迅速展开读了，嘴角浮现一丝笑意，又把它叠起装回信封，递还给我，干燥的嘴唇嗫嚅了一下：“钱给爸爸带回去，你们自己留着用。我这里现在不需要钱。告诉爸爸，我很好，不用为我担心。饼也带回去，谢谢奶奶。但这里不能吃外面的食物。”

“为什么？他们不能剥夺你吃东西的权利和自由！”我压低嗓音愤愤道，“妈妈，政府到底要问你什么问题？为什么把你带到这里来，不让你回家？他们这是剥夺你的人身自由。我要去向城里的革命委员会汇报！”

“住口！你知不知道你在胡说什么！”她迅速环顾四周，好像害怕有人偷听我们的谈话，眼里充满恐惧。一股寒意袭遍全身，我突然意识到，问题并不像奶奶说的那样简单。我用低得几乎听不见的声音问她：“妈妈，他们打你了吗？”

她摇了摇头。“看在你父亲的份上，还好吧。因为国际法规定，不能虐待外国人。”她的鼻翼颤抖着，轻声道，“我的问题还没说清楚。家里的小衣柜抽屉里，有一份中英文的文件。那是我们家的房契，你明天把它带来，我要给他们看，解释清楚我们家的房子是怎么来的。好了，你走吧。现在我们一起过去，我告诉他们，你明天会把房契带来，好让他们明天放你进来。”

我默默跟着她，来到门口。母亲敲了敲门，刚才那个警察就出来了。“我女儿现在想要告辞了。”母亲说。

“那你先进去，我带她出去。”警察瞥了我一眼。

“再见，妈妈！”我望着母亲，依依不舍。

母亲看着我，点了点头，就转身进去了。

警察走过来，用尖锐的目光打量我，然后做了一个“跟我来”的手势，就朝前走去。

我紧跟着他，走过门岗，下了台阶。他不时转身看看我是否跟着。走过下面甬道的时候，我的目光再次朝两边扫去。那颓败的花园，像一块巨大的伤疤，引起我阵阵疼痛。

打开大门，他居然微笑着问我：“你什么时候再来?”

我愕然地望着他，想了想说：“明天上午。我要把家里的房契带来给妈妈。”

他想了想说：“你明天上午十点来，我在这里等你，带你进去。”他的声音突然多了某种温柔，让我感到极为不安。我避开他的目光，点了点头，然后大步迈出大门。

一出大门我就开始奔跑，也不看方向，只想尽快离开这里。我甚至没感觉到凄迷的烟雨和小风。泪水混着雨水在我脸上流淌，让整个世界都模糊不清。但我的双腿仍在不停地狂奔，直到我突然“咚”地一下撞着什么，巨大的疼痛让我迅速清醒过来，我才发现我撞到一棵大树上。我用手捂着发痛的额头，无力地靠在树干上，以平息狂乱的心跳。悲愤在我的胸中燃烧。我双手紧紧捏在一起，闭上眼睛，扯开嗓子尖叫起来，把内心的愤怒和悲伤一起朝远方吼去。我绝望的叫声划破了田野的宁静，又如回音一样在空中盘旋，直到我最后声嘶力竭，近乎气绝，瘫倒在地。我慢慢把身体蜷成一团，双臂交叉抱着膝盖，捂着脑袋抽泣着，也顾不上额头的疼痛。哭着哭着，现实的残酷再次翻江倒海向我袭来，让我止不住一边号啕大哭一边呐喊：“妈妈！妈妈！我该怎么救你……”

气喘吁吁中，我张开眼睛，看见一片苍茫阴霾的天空。“啊，上帝，你在哪里？你能帮帮我们吗?”教会学校，牧师的话，此时就像一道光，突然从天而降。

我慢慢站起身来，才发现全身都湿透了。我把手伸进口袋里，想摸摸烙饼，结果抓了一把糊糊，恶心得赶快抽出手来，在湿裤子上擦干净。

雨雾像巨大的纱幔，挡住了视线。除了丘陵和稻田，我什么也无法分辨。我在哪里？老树边有一条荒凉的田间小路，通向雾的深处。我不知道我从哪里跑来，也不知道该往哪里跑去，便四下张望，努力辨识我来时的方向。周围都是丘陵，有些铺着层层梯田，有些长着灌木或树林。我希望，山坡的后面就是村庄。

那条杂草丛生的乡间小路穿过稻田，爬上山坡。我的鞋子湿了，还糊满稀泥。我小心翼翼地踏上狭窄而泥泞的小路。有几次我踩滑了，身体失衡，摇晃着差点掉进水田。等我好不容易爬上山坡，眼前的景象让我再次崩溃：前方仍然是连绵的丘陵和稻田。凄迷的雾中既不见村庄的影子，也没有一条像样的路。我该怎么回家呢？惊慌失措中，我害怕了，迷路的恐慌让我浑身颤抖，甚至冲淡了那幢房子给我留下的阴影。雨不知什么时候已经停了，雾也稀了。由于鞋底沾满了泥浆，我走路越来越费力，双脚像灌了铅一样沉重。

不知在陌生的田野和山岗胡乱地跑了几个小时，我终于登上一面山坡，远远地望见了我家的房子。一瞬间我泣涕横流，但这一次的眼泪不再苦涩。这山坡离我家还有一段距离，我得再绕过一条山湾，跨过一道低洼，穿过一片菜地。天色已晚，黄昏将近。当我终于来到我家熟悉的石梯前，我停下来，再也挪不动脚步。

这时奶妈正好到坝子上来张望，一见我，她就大步迎上来，惊慌地叫嚷：“哎呀你终于回来了！我这一整天都提心吊胆！为什么这么晚才回来？看看你像什么……全身都湿了，还有这鞋子！你是去泥坑里打滚了吗？你到底去哪里了，要这么长时间？”

我气恼地盯着地面，说不出话来。她一把抓住我的胳膊，把我拽回房间。

“赶快把脏鞋子脱了，我去给你打热水。等你收拾好了，就到灶房来。我先把饭菜热热，然后你再给我说说你妈妈的情况。”

在我洗漱和更衣的时候，我发现那些人不在。于是我就穿过客厅，来到门廊，从旁边的石阶下到灶房。弟弟坐在灶门槛上，一见我就站起来：“妈妈怎么没跟你一起回来?”

我摸着他的小脑袋，摇头说：“妈妈今天回不来。”

“为什么?”弟弟瞪大了眼睛。

“现在我跟你说不清楚。你太小了，还不懂。”

“我当然懂！我什么都懂！你就是不想对我讲，不想带我去城里玩!”他噘着嘴，愤愤不平。

他的话让我既想笑，又讨厌。我一把推开他，懒得再理他。

“姐姐今天很累了，所以不能跟你说那么多。”奶奶从灶台边走过来，爱怜地摸摸弟弟的头说，“好了，弟弟，去叫老邹来吃饭。”

弟弟前脚一走，奶奶就转身问我：“快告诉我，你妈妈怎么样了?”

我粗略地讲了母亲的情景，告诉她，明天我还要去看妈妈，把她需要的文件带去。他们不准她吃外面的食物，所以她没敢吃我带去的饼子。

奶奶愤怒地把手一甩，转身走到灶台后，一把抓起锅铲，在铁锅里胡乱铲了几下，然后又长吁短叹，骂骂咧咧，阴沉着脸，像赌气似的扔了一块猪油进铁锅。等猪油在锅里嗞嗞地冒出热气，她把备好的蔬菜倒进锅里，迅速用锅铲吱吱地翻炒，倒酱油，撒盐和胡椒粉，再盖上盖子，撩起围裙擦了擦双手，就朝我走来，一把把我抱住。

“别怕，妹妹，一切都会好起来的，还有我呢。”说完她拍拍我的背，转身拿起旁边凳子上的一个布包对我说，“我给你们缝了几件衣服。现在是新社会，你妈妈不能再穿她的旗袍了，得跟那些人一样，穿解放服。前一阵子，我跟他们借了衣服，比着那样式，也给你妈妈缝了几件。我想，你妈妈穿上会合适的。另外，我把她的旧旗袍改成短上衣了，明天你也带上。剩余的布料我还给你也缝了一件解放服，但没有荷包，因为布料不够了。你现在必须跟他们穿一样的衣服，不然他们会骂你是地主的女儿。”

我很惊讶，她居然对我们这么关心，想得这么周到。“谢谢奶妈！”我说。

她很不以为然地摆了摆手，“这都是我该做的。”

乡村的黑夜，寂静得让人恐惧。我紧绷着身体躺在大床上，一次次试着深呼吸，仍然难以入眠，直到窗外晨曦初露，东方泛白。

第二天清晨，我拎着小箱子，孤独地穿过湿漉漉的晨雾，在心里默默祈祷：亲爱的上帝，如果你真的存在，请帮帮我妈妈，让她尽快回家！

花园房的大门还关着，我早到了半小时。于是我把小箱子搁在门前，望着我来路的方向，努力回想，昨天我到底在哪里走错了？也许在交叉路口我对直跑了，没有左转？

这幢灰暗的建筑被一道高墙包围着，沿高墙有一条细窄的小路。我木然踏上这条小路，想起童年时在这里玩耍的情景，如何在花园里观察那些小动物，用树枝把彩色的甲壳虫拨来弄去，听小鸟在灌木丛里歌唱。我特别喜欢那些五彩缤纷的花蝴蝶，它们漂亮的翅膀上都睁着大大的眼睛。我还回想起茉莉花那甜美的气味。那些洁白芬芳的小花朵，被我收回家晾干，然后藏在衣柜里和石桌下。在夏日漫长的午后，听着窗外的知了叫唤，我趁大人们午睡正酣，独自悄悄爬起床，溜到开满鲜花的长廊……

可现在这一切都不复存在，多么遗憾。我压抑着心中的忧伤，继续木然前行，直到前面没路了，杂枝乱草挡在我面前，无处下脚，我才不得不转过身来，往回走。

十点钟时大门开了，昨天那个年轻警察出来了。让我感到意外的是，他居然亲切地向我问好，友好地请我跟他进去。他并不走前头，而是跟我并肩而行。“你把妈妈需要的房契和衣服都带来了吗?”

我点了点头。

突然，他侧过身来面对我，直愣愣地盯着我的眼睛：“你喜欢这里的农村生活吗?”

我尴尬地避开他的目光，点了点头说：“嗯，还行。”那种奇怪的不安又悄然向我袭来。

来到上面房子前的院坝，他对我咧嘴笑笑，“你在这里稍等，你妈妈马上就出来了。”然后就转身进了房子。

不久妈妈就朝我走来。她看上去比昨天好多了，头发梳得很整齐，脸也干净，衣襟上的襻扣也全扣上了，跟昨天的样子判若两人。这让我惊讶。

我把手提箱里的房契拿出来，递给她，“另外我还给你带了些衣服，都是奶奶特意为你改的，那样你就不必再穿旗袍了。”

她似乎完全不懂我在说什么，只站在那里，手里拿着那份房契，却不看，只默默地看着我的眼睛。

死一样的寂静笼罩了我们。我惶恐不安地望着她，一时不知该做什么。这时她抬起头来，黑眼睛若有所思地望着天空，好像在空气中寻找她想对我说、却一时没能说出的话。她这样子让我害怕极了。

突然，她垂下眼睑，看着我，神情异常严肃。“过来，靠我近点。”她低声说，“我得跟你说一件重要的事。”

我向前一步，靠近她，忧心忡忡地看着她。

“你必须今天就走，去爸爸那里，越快越好。把衣柜上面小抽屉里的两个信封都带上，交给爸爸。有一个里面装的钱，那是我们家最后的积蓄。”

“为什么？就因为要把钱给爸爸？那些钱你也需要啊。”

“不……我不需要了。他们可能马上要把我送去农场，领导已经找我谈话了。”

“他们不是说，要让你在家里教识字班吗？”

“他们又改变主意了。”

“为什么我今天就得去爸爸那里，要这么仓促？”

“带你进来的那个警察，看上你了。昨天你走后，他来跟我说，如果我答应把你许配给他，我们可以跟他一起生活。你知道这意味着什么吗？”

没等我回答，她又继续说：“我对他说，同志，现在是新社会了。新社会不允许包办婚姻。作为母亲，我最多只能问问她。但她现在才十四岁，太小了，还不懂这些，虽然她长得比同龄人都高。另外，她在城里参加了市革委办的青年学习班。那里的革命同志对她说，如果有人强迫她或者引诱她做违法的事，无论是谁，即使是自己的父母，也必须跟政府检举揭发。尽管这样，我仍然会跟她谈一谈，听听她的意见。但她也许不会立即答复。这样一件人生大事，她需要时间去思考。”

说完她看着我，似乎在揣摩我的想法。我皱了皱眉头，还没完全反应过来，她又说：“就这个事。我警告你，千万不要得罪他。等会儿你走的时候，要尽量对他态度友好。所以你最好今天就去爸爸那里，绝对不能再回家，否则可能有危险。你向我发誓?!”

我愣在那里，似有所悟。难怪他用那种目光看我！“嗯，我发誓。”我轻声说。

母亲忧郁地望着我，颧骨微微抽动，嘴巴拧得像手风琴褶子。

“但是，妈妈，如果我不来看你，你怎么办?”

“不用担心我，我没事。”

“我们什么时候才能再见，妈妈?”我难受得想放声大哭。

“现在还难说。去农场后我会给你们写信，把那边的情况告诉你们。”

我真想拥抱她，永不松开。但我仿佛被什么绑住手脚，无法动弹。为什么我和妈妈之间总会这样？我无法解释，为此我感到痛苦。我就这样无声地望着她，任由泪水在眼眶里打转。她牵过我的手，放在她的手心。“别伤心，汉娜，总有一天我们会再见。坚强些，好好照顾爸爸，他需要你的帮助。我知道我可以信赖你，你长大了。你看，你现在比我高出这么多了。”她突然微笑了，伸手摸了摸我的头顶，又往下滑向她自己的头顶，目光里闪烁着为我骄傲的神情。

“别忘了，把那两个信封带到重庆，给爸爸。”她抽回手去，“家里的事，你托付给奶奶，她肯定会帮你。好好安慰弟弟，告诉他，我还得在这里待一段时间，让他听奶奶的话。”

我的嘴嗫嚅着，说不出话，因为泪水堵塞了我的喉咙。我呆呆地站在她面前，只是一个劲地抽泣着。她用双手抹去我脸上的泪，然后把手搭在我的肩上。

“我们就在这里告别吧。汉娜，别哭，我们一定会再见的。你必须坚强，永远不要放弃希望!”她紧紧握住我的手，低声说，“别忘了我对你说的话。”

“嗯!”我抽泣着。

“好了，现在我们一起去那边。那个年轻警察还在等着带你出去。注意，态度要友好，不要说不经考虑的话。如果他问你，对他提的事怎么看，你就说你得考虑考虑。”

我拎着箱子，与她并肩而行。我感觉那个警察一直在窗后偷偷监视我们。到了大门前，我把手提箱递给妈妈。我们再次悲伤地四目相望，无语凝噎。最后她对我不自然地笑了笑，就转身走向那扇半开的房门，轻轻敲响。

年轻警察走了出来，看看我，又看看妈妈。“想说的话都说完了吗?”他面带微笑，语气轻松，像在跟朋友说话。

母亲朝他友好地点点头，我则迅速低下头，只听他说：“那我现在送你出去。”

我抬起头来望着母亲，她无助而担忧地瞥我一眼，就转身走进那扇大门，再没回头。我一直目送她瘦弱的身影最后消失在门廊深处。

“你妈妈把我的话转告你了吗?”

“转告了。但我还要考虑考虑。”

“有什么好考虑的！好吧，理解，我可以等！而且我现在就可以向你发誓，我一定会照顾好你们全家。”

我笑了笑，第一次直视他的眼睛。“谢谢你！但我现在还太小，才十四岁。我真的要好好想一想。毕竟这是终身大事，不能轻率就作决定。”我尽量用温柔的声音对他说。这时我发现，我居然不比他矮多少。难怪他以为我已成年。

“但别想得太久了，我需要你的承诺，然后才好安排你的未来。我希望你能尽快给我一个答复！”他的语气又变得强硬起来，像下命令。

我被吓得赶紧点头，再也不敢说话。

开院门的时候，他的身体故意靠我很近，并再次用那种奇怪的目光看我。我感到背脊阵阵发凉。直到出了大门，听到身后的关门声，我才长长地松了口气。

这次我再没走错路，但一路上，我总想着这个穿制服的年轻警察。他有着高高的额头，瘦长而骨感的脸。我再次感到他尖厉的目光追随着我，让我浑身不自在。

到家时，正碰到老邹挑着水，上坡回家。我快步从他身边走过，上到院坝。弟弟一脸惊讶迎面而来。“妈妈呢？为什么妈妈还不回来？”他脸上的惊讶迅速就变成失望和愤怒。

“妈妈让我转告你，她暂时不能回来，还得在那边待一段时间。”

“为什么她还得待在那边？”他疑惑不解地望着我。

“因为政府要她待在那边。”

“为什么?!”他生气了，愤怒得跺脚。

“那是政府的命令，我跟你也说不清楚，因为对你来说太复杂了。”我试着平静地跟他解释。

“政府为什么要这样命令她？我就是不明白！你没有对我说实话！”

“如果你不相信我，等会儿让奶奶给你解释吧。”我朝他耸了耸肩，朝厨房走去。

他愤愤地瞪了我一眼，就掉过头去不再看我，继续埋头玩玩具，用麻绳把很多火柴盒拴成一串，当火车在地面拖来拖去。

不久奶妈就进来了，手里端着几只大土碗。“快来吃饭，趁热。今天他们同意我把剩饭剩菜端过来吃。”她把几只碗放在桌子上，朝我得意地笑笑，悄声说，“其实我在做饭的时候，故意悄悄多做了些。”说着她揭开盖子。热气伴着肉香升腾而起，弥漫了整个厨房。她迅速为我们摆好碗筷，把那些饭菜分给我们。

老邹和弟弟进屋了，我们坐在一起吃饭。饭后，等弟弟出去了，我对奶妈讲了这一切，把母亲请她暂时帮忙照顾弟弟的愿望也转告了她。我还告诉她，妈妈让我今天就去重庆，跟爸爸在一起，以后别再回来。她睁大眼睛，满脸惊愕地望着我，愣了很久。

“妹妹你放心，只要我还有一口气，就会照顾好弟弟。我只希望，农场的那些人对你妈妈好点，别让她干太重的活儿。她没什么力气，也没干过农活儿，还缠过脚。唉，可怜的太太。好在去了农场，就能躲开那个家伙了。他可能还不知道你只有十四岁吧？”

“妈妈跟他说过我的年龄。”话一出口，我才意识到，还有几天就是我的生日了。但没有人想到这个，连我自己都差点忘了。

奶妈注意到我的错愕，安慰我说："别想太多，一切都会好起来。好在到了你爸爸那里，他会好好保护你的。"

我没吱声，不想让她知道爸爸现在也自身难保。

等最后几个同志离开后，我迅速关上睡房门，把装有钱和文件的信封塞进我的大包。奶妈帮忙把一些衣服装进小箱，让我带走。

临走前，我依依不舍地在屋檐下彷徨，从侧门走进天井，想再看看那个地球仪。它脏兮兮地隆起在墙上。我童年的记忆瞬间就在痛苦中苏醒，仿佛父亲正站在身边，手拿长竹竿，为我讲解那上面的陆地和海洋，而我是多么喜爱那上面漂亮的蓝色和绿色。这时我耳边又响到父亲的声音，只是听起来沙哑无力。他告诉我说，那最上面左边的一小块，就是他的祖国。它叫德国，那里有他的故乡和亲人。我怔怔地仰头看了一会儿那小小的德国，父亲的故乡，便悲伤地转身，不忍心继续往下联想，一脚踏进堂屋。现在这里空荡荡的，所有的家具都不见了，都被分给附近的农民。我想走过那道通往外面的大门，但大门被紧锁，便不得不从原路返回。一种如同墓穴般可怕的空寂笼罩着每一间房屋，没有一丝生机，没有丁点声响，只有令人欲哭无泪的落寞和凄凉。

我想再看一眼那扇有镀金花瓶的大厅门，像从前那样，用手指轻抚它凸突的轮廓。但当我来到大厅前的门廊，发现那扇门已经变了模样。那几处被强盗损坏后又修复的地方，我还能认出，但当初金碧辉煌的花瓶，现在已经蒙尘暗淡：金粉差不多全掉光了，到处是破损和裂纹。从花瓶口支出的花朵和枝叶不仅残缺，还失去了颜色，灰扑扑的，藏垢纳污。这惨不忍睹的景象，让我的心痛得滴血。

这幢我度过了童年和少女时代的美丽气派的大房子，即将被改建成一所学校。可惜母亲不能在这里教书。我孤独地站在空荡荡的厅堂，感到强烈的失落和心酸。家的安全感消失了。我所有的美好记忆，都成了穿堂而过的死亡之气。

悲痛中我再次环顾四周，用目光抚摸这里的一砖一瓦，一草一木，每一扇窗棂，每一道门扉，还有这门廊，这长着老橙子树的院坝，都凝结着我的欢乐和梦想。可是现在，我将和这一切告别，或许永不再见。

沉浸在无尽的忧伤和遐思中，我拎着箱子，疾步穿过雾中熟悉的田野。微风似乎吹淡了我的忧伤。我抬头问天，为什么会这样？为什么？灰蒙蒙的天空没有答案。

那座山洼里绿树掩映的大庙子小学静谧无声。我停下脚步，再次想起我的童年，在这条路上总被几个男生追赶辱骂，想起妈妈因为我糟糕的成绩而对我的责备和体罚。我多想在这宁静的地方再多待一阵，但是不行，我还得赶路。雾已散去，温暖的阳光又照耀大地，让稻田的水波泛起漂亮的彩光，仿佛要为我把这离别之痛一扫干净。

带着沉重的心情我转身离去，寂寞而孤独地踏上弯曲的山路。鸟儿在我头上盘旋飞过，好像也在跟我告别。穿过稻田边的小树林，那些绿色的树叶在微风中晃动，我似乎听见它们在对我轻唤：再见，汉娜，再见！

再见了，我亲爱的朋友们！

和弟弟在城里

我把两个信封递给父亲。他抽出钱来数了数，就把它放进外衣口袋，并示意我坐下，自己也在我对面坐下。我向他讲了家里发生的事，他的脸色越来越苍白，眼里弥漫着痛苦和悲伤，无助和震惊，头越垂越低，最后几乎到胸口。

“哦，汉娜，现在我该怎么办呢？怎么办呢?!”他惊惶无措地望着我，好像我能给他答案。他缓慢而吃力地撑着椅子站起来，五官痛苦地扭曲着。我赶紧起身，过去扶他。

“别碰，我一会儿就好了。”说着他伸手抓住拐杖，一动不动地呆站了片刻，才移动身体，心事重重地踱来踱去。

我把箱子推到床下，因为衣柜里没有空间了。这时我发现，到处都是父亲的书。帘子后的床边，还堆着他的脏衣服。咖啡机里，煮过的咖啡渣也没倒掉，烟灰缸里的烟蒂也满了。于是我马上动手收拾，把一部分脏衣服抱到盥洗室，先泡上。

“汉娜，别动我的书，否则我又找不到了。你可以收拾整理房间，但千万别制造新的不便。”他带着责备的口气说。

重庆的夏天，白天结束后，夜晚依然闷热难当。父亲有一个旧台扇，但我们晚上不能用，因为有起火的危险。邻居的收音机仍然像从前，一到夜里就哼哼唧唧地唱个不停。我想去跟邻居提意见，父亲不准。那是个年轻漂亮的姑娘，在门道里碰见时，她总是友好地冲我们笑笑。有时候，我还看见她的男朋友来看她。

有一天我们在盥洗室碰见，她告诉我说，她很快就要搬家了，因为她要结婚了。她现在的房间太小，两个人住太挤。这个消息让我高兴。我暗暗计划，等她搬走后，我们也许可以把她的那间房也租过来。

可父亲听了我的计划，只淡淡地说了一句：我们没钱。

他的话引起了我的担忧。难怪最近他少言寡语，闷闷不乐。也许就是因为这个。他没什么钱了，只有少数几个学生偶尔还会来学外语。他经常一大早就离开房间，下午很晚才回来，也不怎么吃东西，整个人神思恍惚。有时候，我一个问题得问好几遍，他才勉强回答我，也多半只有三言两语，或者只是点头或摇头。

有一天清晨，父亲刚出门，就有人敲门。我开了门，惊喜地发现是老邹带着弟弟来了。

进屋后，老邹把背上装得满满的大背篼放下来，说：“这些东西，都是奶奶从你们剩下的家什里挑出来的，我把它们背来了。现在整幢房子都腾空了，只等着课桌凳子搬来后，学校就可以开学了。他们不准奶奶再带弟弟，还警告我们，如果再不把弟弟送走，就要把我们也抓起来。我们实在想不出别的办法，只好把弟弟送过来。唉，奶奶伤心得哭了。你晓得，她一直把弟弟当亲生儿子。”

弟弟可怜兮兮地望着我。我拉过他的手，用双手捂着。“我还没煮饭。你想先喝一杯茶吗?”我问老邹。

他使劲摇头。“不了，我得马上回去，否则会有麻烦。代我向你爸爸问好。”

“你们的房子，你们还能继续住吗?”

“到现在为止，他们还让我们住着，因为我们两口子都在为他们工作，我当邮差和杂工，奶妈当厨娘和清洁工。我想，他们会让我们继续住吧。”

临走的时候，他蹲下身来抱住弟弟，不停用衣袖抹眼泪，“再见了，弟弟！你奶妈昨晚哭了一夜，她舍不得你啊!”

弟弟默默地点头，也哭了。

我牵着弟弟，把老邹送到台阶前。他一步一回头，朝我挥手。

“向奶妈问好！谢谢你们多年来对我们的照顾!”我也朝他挥手。

父亲回家的时候，看见弟弟在房间里，惊喜得睁大眼睛，“你怎么来了，约翰?”

弟弟怔怔地望着他，好像并不认识他。

我把老邹对我讲过的话，又对父亲重复了一遍。他一动不动杵在那里，靠拐杖无力地支撑着身体，双目茫然，直摇头。

然后他突然直起身来，朝弟弟走去，拍拍他的肩膀说：“约翰，真高兴又见到你!”说着他长长地叹了一口气，“我们一定能克服困难，渡过难关！但是我得首先知道，该做什么!”

压抑沉闷的气氛很快就取代了和弟弟重逢的欢乐。我们默默坐在桌子边，大眼瞪小眼。

为了打破这令人难受的气氛，我故作兴奋地叫起来：“好了，现在我得为你们做点好吃的！”

其实家里根本没什么好食材，只有老邹带来的一点蔬菜和腌咸菜。我往锅里放了一勺猪油，把蔬菜用大蒜和花椒海椒一起煎炒，另外还煮了米饭，配上咸菜。

没过多久，我们就围坐在一起吃饭。我以为有人会抱怨说不好吃。没想到他俩都胃口大开，吃得津津有味。父亲还连声称道说“好吃”。听了他的表扬，我松了口气。祥和的家庭气氛又回来了，没人再提那些伤心事。

女邻居搬走后，房间终于安静了，不再有吵闹的歌声穿墙而来。只是，三个人睡一张床，太挤了，大家都难受。我经常翻来覆去，难以入眠。这时总会浮想联翩：无忧无虑的童年时光，父亲曾经多么风度翩翩，幽默开朗，脸上挂着狡黠快乐的微笑。我怀念他那些生动有趣的讲述，怀念他身上让我迷恋和敬仰的气质。我又想到母亲，不知她现在怎么样了？我永远忘不了临别时她眼里的无助和忧伤，尽管她多么想把它们隐藏起来，不让我发现。我的思绪又飘向那些幸福的时光，妈妈教我唱歌的时候，那美妙的旋律多么快乐而温柔地充盈我幼小的心间。当我坐在她身边，闻到她芬芳的呼吸，我感到多么幸福。真希望昔日重来，让我再次依偎在她身边——

不知不觉中，我的眼泪又流出来，湿了枕巾，我也不管它，就任其流淌，直到它流进我的梦乡。

第二天早晨，父亲对我说：“最好你每天上午带弟弟出去买菜，好让我在家里能安静工作几小时。”

于是每天早晨吃完早餐，我就带着弟弟出门，去菜市场，或城里逛荡。因为兜里没什么钱，我只能买最便宜和最必需的食物。弟弟就跟在我身后，十分好奇地东张西望。

“安慈，我教你唱歌吧。”我一手拎着菜篮子，一手牵着弟弟，走在清晨还没热闹起来的街头，哼起了母亲曾教我唱的一首歌，“小小姑娘，清早起床，提着花篮上市场……”

弟弟也喜欢唱歌。但他总是记不住歌词，要么把歌词搞混，要么瞎编乱唱。后来我发现，其实自编歌词更有趣。于是我唱：“小小安慈，清早起床，跟着姐姐上市场，穿过大街走过小巷，买菜买菜声声唱。肥肉虽香，瘦肉虽好，包里没钱怎么办，空空菜篮，空空荷包，如何回去见爸爸。”

他咯咯笑着，毫不示弱：“小小汉娜，清早起床，提着菜篮上市场，穿过大街走过小巷，买肉买菜声声叫。我想吃肉，我想吃蛋，姐姐没钱怎么办，篮子空空，肚儿咕咕，我想回去找奶妈。”

我们先是开心地比赛着唱，你一句我一句，都乐呵呵的。有一天，唱着唱着我突然发现，这哪里是唱歌？完全就是唱的我们自己的窘迫。

“爸爸，今天能多给我一点钱吗？弟弟想吃肉。我们已经好多天没吃肉了。”有一天我对父亲说。

“对不起，汉娜，学生付的最后一笔学费，我们也都用完了。我不知道还能从哪里弄到钱，我准备给上海的领事馆写信求助。我知道它还在，也许他们能帮助我们。”

几个月过去了，什么都没有发生。做菜的时候，我在咸菜里多加些水，以便能多吃几顿。但弟弟尝了一口就抗议了。“咦——太难吃了！我不吃这个！”

“知足吧，至少你现在还有吃的。再过几天，恐怕连这个也没得吃了。”我朝他吼去。

“你别吓唬我！”他也生气地朝我吼，还一把就把饭碗推开。

“别吵了！约翰，吃吧！我们确实没有别的可吃了。”父亲愁眉苦脸，也很苦恼。

冬天带着绵绵无尽的毛毛雨来了，寒冷的雨水从屋檐滴落到街沿，又在地面四处乱溅横流，形成泥泞和水洼，把我们的鞋子都湿透了，每走一步都“嗒嗒”作响。我撑着伞迎风而行，弟弟在旁边叽叽咕咕，说他讨厌这样的鬼天气，根本不想出门。骂着骂着他就真抗议了，停下脚步不走了。于是我答应马上回家。

在房门前，我俩使劲跺脚，尽量把鞋子弄干些，然后一前一后跑上台梯。我打开房门，弟弟在后面推了我一把，我俩咯咯笑着扑进房间。可眼前的情景让我目瞪口呆：父亲斜坐在椅子上，裤子脱了一半，右手拿着一根针管，针尖扎在赤裸的屁股上。他在为自己打针。

“你们怎么这么快就回来了？”他气恼地问。

“外面下雨，我们都被淋湿了——爸爸你为什么打针？”惊惶中我语无伦次。

他半闭着眼睛，轻声说：“我需要。”

“你病了吗？必须自己打针？”

“哦，汉娜，别问那么多，我需要打针，才能止痛。”

“你哪里痛？”我蹑手蹑脚地走过去。

他轻声咳嗽，摆了摆手。“这一时半会儿，我没法跟你说清楚。”

“姐姐你有干衣服给我换吗？我好冷！”弟弟走过来，朝我撩起身上的湿衣服。

我推着他走到旁边，默默为他换了衣服，也为我自己换了衣服，然后把湿衣服抱去盥洗室，再去厨房，考虑该做什么吃的。

从这一天起，父亲不再赶我们出去。他每天都给自己打针，好像那是理所当然的事。我也不再刨根问底，只在他脱裤子打针的时候，我会感到有点尴尬。但随着时间的推移，我也渐渐习惯了，甚至暗暗高兴，因为他打针之后会感觉好些。

但如果有学生来上课，我和弟弟必须离开。我们就各抱一本书，坐在盥洗室外的阳台上，或者又去外面的街上溜达。没课的时候，父亲常常在椅子上独坐好几个小时，像在思考，也像在发呆。但每次打完针后，他的精神就会好些，话也多些，还会去城里拜访朋友。

不久，隔壁搬来一个瘦高的中年男人。他通常早出晚归，晚上也不放收音机。我们暗暗庆幸，终于来了一个安静的邻居。有一次我在走廊碰到他，发现他戴着薄薄的眼镜。他见了我有点不好意思，只微微笑了，点点头，算打招呼。他总是身穿制服。我不知道他在哪里工作，是政府部门，还是国营企业?

春天终于姗姗来迟。

有一天，父亲又收到一笔学生的学费，我问他，能否给我一点，让我去看妈妈。

“看在上帝的分上，别去！他们会把你也关起来!”他惊慌起来。

“我不管。这个周末我一定要去看妈妈。”我的态度很坚定。

他哀叹一声后，终于同意，还帮我出主意：“你先去找老邹，也许他知道你妈妈在哪里。最好让他带你去。”

“我也要去!”弟弟冲过来，一把抓住我的手，“姐姐，我也要去看妈妈!”

“不行，你会坏事的!”父亲严厉地拒绝了他的请求。

“为什么汉娜能去，我不能去？另外，我还想去看奶妈!”

“如果你去看奶妈，奶妈会被他们抓起来。你想奶妈被他们抓起来吗?”我问他。

他哭了，摇头跺脚地叫嚷起来：“为什么？为什么他们要把奶妈抓起来?!”

“因为她不可以见地主的儿子。”我耐心向他解释，一边努力安慰他，一边把心头的悲伤压下去。

“我不懂！我就要去看奶妈，我不要当地主的儿子!”弟弟伤心地哭起来。父亲沉重地长叹一声，走过去抚摸他的头，同时跟我相视无言，摇了摇头。

探望母亲

出了森林，我一眼就望见那幢熟悉的房子。这时，母亲的叮咛再次在我的耳边响起：绝对不能再回家，你向我发誓……

亲爱的妈妈，请原谅我再次空许诺言，违背你的意愿。可是我一定要见到你，哪怕上刀山，下火海，都在所不辞！仿佛有一股巨大的力量推着我，我快步登上石阶。家里房门紧闭，四周无人。我小心穿过下面厨房这面的偏房入口，进入院坝，迅速奔向老邹的房间。途中我瞥了一眼上面的门廊，想看看是否被人发现。还好上面鸦雀无声，空无一人。老邹的房门半敞着，我闪身进去，同时听到一声尖叫。

我的突然闯入吓坏了奶妈。她呆呆地望着我，一手捂着胸口，大张着嘴："天哪，你回来干什么?"

"对不起，奶妈，让你受惊了。我怕有人发现我，所以就悄悄溜到你这里来。"

"没关系，你先坐。老邹挑水去了，马上就回来。现在那上面没有人。尽管这样，你回来还是太危险了。”

“我知道，但我想妈妈了，无论如何要见她一面。这都过去几个月了，一直没有妈妈的消息。我和爸爸都不放心。”

“我也经常想你们，特别是弟弟。他还这么小，什么都不懂，怎么能接受这样的事情?”说着她低下头去，哀叹一声，望着地面。

“我想请老邹带我去看妈妈。他肯定知道妈妈在哪里。”

话音未落，老邹挑着水出现在门外。他惊喜地看着屋里的我们，迅速放下水桶。

“我说嘛，我没听错，是小姐的声音!”他一边擦着额头的汗，一边笑着跨进门槛。

我也朝他笑笑，“你知道我妈妈在哪里吗?能带我去看她吗?”

“我知道。我有她的地址，是这里的一个同志告诉我的。但我不知道今天能不能找到她。这几天农忙，他们都在地里干活儿。”

“让我们先吃点东西吧。”奶奶说，“吃完你们再商量。汉娜，走，跟我到灶房去，讲讲你们在城里的生活。”

在她做饭的时候，我就站在旁边，大致给她讲了城里的情况。她总是问弟弟，他怎么样?每天都做些什么?想她了没有?她特地做了我爱吃的菜，蒜苗煎肉，还有麻辣豆腐。吃饭的时候，她不停地往我碗里夹菜。她从来没有像今天这样关爱过我。我鼻子一酸，又要哭了。我一直以为她不喜欢我，只喜欢弟弟，甚至在悄悄怨恨她。现在看来我错了。我不停地对她说“谢谢”。

我问她，学校是否已办起来了?她说办起来了，前一阵子还有人来上课，最近是农忙季节，全都下田栽秧子，课又停了。可能等忙过春耕，到农闲的时候，又会开课。

不一会儿，我就向她道谢，辞别。她不舍地问：“今天你还回来吗?”

我摇摇头，歉意道：“不了，奶奶，否则回城就太晚了。”

“那你等等，我再给你些咸菜，是我从你们的储藏室里偷出来的。”然后她就把几罐咸菜装进一只大麻袋里，递给老邹，“你先帮小姐拎着，等你们分手的时候，再给她。”

“太谢谢了，奶奶。”我真的很感动。从前不觉得咸菜好吃，现在到了城里，尤其在没钱买菜的时候，把咸菜用猪油炒炒，简直是美味。“奶奶，你对我们家太好了。我们都很想念你们，尤其是弟弟，这次死活要跟着来看你，但爸爸不同意。”

她一怔，突然就眼睛红了，一把紧紧搂住我。“妹妹，我心里好难过啊，你们全家都不在了……”她浑身颤抖，呜呜咽咽，泣不成声，“这么些年来，我们就像一家人……”

“奶奶，我们就是一家人。现在一家人分开了，我们也好难过。”我也紧紧抱着她，“再见，亲爱的奶奶，请多多保重！”我对着她的耳朵轻声道别。

“再见！向爸爸妈妈问好！别忘了，替我多亲亲弟弟……安慈我的小心肝啊……”她嗫嚅着嘴，几乎要号啕大哭，却努力忍住，低头一手捂着眼睛，另一只手向我们挥别，直到我和老邹走进森林。

我们一前一后穿过坡上的梯田，谁也不说话，好像我们都不想提及那些伤心事。就这样默默地走了好长一段路，他才停下脚步，指着前方说：“你妈妈就在对面的坡上。”

远远地，我看见一片松林间的平顶棚屋。

当我们爬上山坡，走近棚屋，突然窜出几只狗朝我们狂吠。我害怕得迅速躲到老邹身后。他朝前猛跳一步，弯腰捡起一根树枝，朝它们一边挥舞一边吼叫："滚开！滚开！"几条狗就"汪汪"地叫着跑开了。

我们沿棚屋中间的通道来到内院。里面空荡荡的，没有人影。环顾四周，发现旁边有一间棚屋敞开着门。

"你就等在这里，我先进去看看，是不是有人。"老邹叮嘱我后，就进了那棚屋。我站在外边东张西望，打量四周。这些棚屋像临时搭建的营房，敞开的窗口之间横着晾晒衣服的竹竿。妈妈就住在这里吗？我想象着她在这里出没的样子。

老邹终于出来了。"现在他们全都在田里栽秧。里面有个老婆婆对我讲了，怎么才能找到你妈妈。"

于是我们出了院子，朝外边坡上的梯田走去。站在梯田边的小路上，我看见不远处的水田里有人栽秧。他们都弓着身体，像盘子里的大虾。

"你最好等在这里。去那边的田坎路很滑，我穿的草鞋，不怕。我去找你妈妈。"

太阳当顶，我站在稻田边，用手支起小篷，挡住倾泻而下的阳光，朝老邹走去的方向瞭望，努力寻找母亲的身影。但我认不出谁是她，因为那些人都戴着草帽，弯着腰，让我看不清他们的脸。也许妈妈不在这里。我想，她那双被缠过的三寸小脚，怎么能走过这条狭窄泥泞的田坎路？怎么能在水田里长久站立，弯腰干这种栽秧的农活？我转过身去，又朝那边的棚屋望去，想她也许在棚屋里吧，煮饭？缝补？做清洁？写工作总结，思想汇报？或者教人念书？对，当老师才是她最合适的工作，毕竟她当过老师，上过大学，有文化，还写得一手漂亮的毛笔字。

遐想中，我仰望天空。一小片白云正飘过我的头顶，遮住了太阳。轻风拂过新种的秧苗，这些翠绿的小生命在荡漾的水波里轻轻摇晃。

“汉娜!”我突然听到母亲的声音。一转身，她已经站在我面前。但她看起来如此陌生：身体枯瘦，颧骨高耸，眼窝深陷，白皙的皮肤变得棕黄，全是风霜的痕迹；赤裸的小脚糊满淤泥，辨不出脚趾；裤子卷到膝盖上，用麻绳绑着，下面露出两条仙鹤般细瘦的腿。她穿了一件短袖衫，双手和胳膊都湿漉漉的，糊有淤泥。

“你怎么来了?”她惊愕地问，“我不是警告过你不准回来?!”

“可是，妈妈，我一定要来。这几个月我天天都在想你，担心你。我再也无法等下去了，不管发生什么，我都要来看看你!”我恳求她能理解我。

她表情严肃地瞪了我几秒钟，长叹一声。“我当然高兴能见到你，但是……怎么样，你们好吗?”

“很好……爸爸变得安静多了，也许，因为……最近几个月，来上课的学生很少。他只能给我很少的钱去买菜。”

“弟弟呢？他怎么样?”

“他很好。但经常觉得无聊，故意捣蛋。”我深吸了一口气，“妈妈，讲讲你吧，为什么你会下田干活？你的脚缠过，怎么行?!”

“怎么不行？大脚趾抠进泥里，也能勉强站稳。只是，弯腰的时间长了，我会腰酸背痛。”

“这里的人对你好吗？你每天都是怎么过的？请告诉我，妈妈，我想知道，爸爸也想知道。”

“他们对我不错，知道我干不了重体力活，平常只让我干轻松的工作。这两天插秧，要抢时间，是我主动跟着下田。”她朝我腼腆地笑笑，“可惜我的动作太慢，又不熟悉。他们一块田都插完了，我才插几行，很不好意思。”

“平常呢，你每天都干些什么？”

“平常我跟他们一样，早晨六点，外面天刚蒙蒙亮，就起床了。第一件事，吃早餐。我们有专门的炊事员，负责每天的三餐和厨房的杂务，还兼管喂猪。我主要负责做清洁，打扫院子，还负责每天的两次政治学习，上午一次，读报纸，下午一次，思想工作会议，进行批评和自我批评，由我记录。农闲的时候，这里也有识字班，我教附近的农民认字。”

“这么说，你又当老师了？”我很意外，暗暗松了口气。

“算沾点边吧。”母亲抹了抹额头的汗，对我笑了笑，“我的毛笔字写得好，农场和附近村里，逢年过节，开大会，写标语，也都会找我。所以，总的来说，我的情况不错。你们不用担心。”

她爱怜地看着我的眼睛，把垂落在脸颊的发丝拨到耳后。

“可是，妈妈，我还是很难过，我们一家人不能在一起。”我不想哭，但泪水自己往下流。

“这是暂时的，都会过去。”她拍了拍我的肩膀，“汉娜，看见你哭，我心很痛。别再难过了，否则它会把你拽入深渊，让你彻底垮掉。你得学会从内心寻找力量，对自己说：‘我能、我要、我必须！降临在我身上的一切，我都能承受。’把痛苦和厄运当成一场噩梦吧。当黎明来临，所有的噩梦终将消散，新的一天又在面前。”

我点着头，仍然继续抽泣，同时惊讶地发现，母亲弱小的身体里，竟然藏着如此巨大的能量。

“好了，汉娜，现在是农忙季节，大家都在忙，我也不能闲得太久。”说完，她朝不远处松树下等我的老邹招招手，示意他过来，又叮嘱我说，“今天很高兴见到你。但是，以后你不准再来！如果再来，我不会出来见你。等忙过这一阵，我想办法去看你们。代我向弟弟和爸爸问好！”

“再见，妈妈！”我依依不舍，再次有拥抱她的冲动，却依然不敢。

“快走吧！再见！”她猛地转身离去。

我跟在老邹的身后，一步一回头地走开了。母亲瘦小的身影坚定地走向对面的农田，再没有回头看我一眼。下午的阳光在农田水面泛起白光，很快，我就只看见一些弯腰劳作的人影，再也辨不清谁是母亲。

黄昏时分，我背着一只沉重的大口袋推开房门，父亲和弟弟都满脸惊愕地望着我。“谢天谢地，汉娜你终于回来了。”父亲明显松了口气。

“你怎么没把妈妈接回来?!”弟弟探头朝我身后望了一眼，非常失望。

我朝他摇头。“很遗憾，妈妈不能跟我回家，她还得在乡下继续工作。”我一边说，一边把包里的咸菜罐子拿出来，摆放在屋角的小桌上，又对跟在我身后的弟弟解释，“现在是农忙时节，妈妈有很多工作要做，走不开。她向你们问好，说她在农闲的时候，会想办法回来看我们。”

“真的?”爸爸兴奋起来。

“妈妈说，农场革委会计划，等农闲到了，如果能缴一笔保证金，他们可以请几天探亲假回家。”

“哦，但愿这样！你先给我们说说，妈妈现在怎么样？”

“是啊，快说！妈妈现在怎么样了?!”弟弟早就不耐烦了。

于是我对他们讲了妈妈的情况。父亲默默地听着，紧皱的眉头慢慢松开。弟弟双臂交叉在桌子上，撑着头。“还有奶奶呢？她什么时候能来看我？”

“妈妈和奶奶都让我向你问好。她们说，她们很爱你，一直都想着你；还叫你乖点，要听爸爸和我的话。妈妈有一天会回来的，但奶奶就不一定能来了。”

他一下子就蹦起来。“为什么?! 为什么奶奶不一定能来?! 但我想见到她！”他气呼呼地冲我叫嚷，双手捏成拳头，在空中乱挥。

我一手握住他的小手，一手抚摸着他的小脑袋说：“我也想奶奶来看我们。遗憾的是，这件事由不得我们。我们只能希望，有一天她能得到允许，来看你。”

他仰起头来望着我，“我们真的有希望再见到她吗？”

我避开他满怀希望的目光，点了点头。

天黑了，我关上窗户，拉开电灯。呆坐一角的父亲仿佛受到刺激，突然惊慌地叫起来：“啊，汉娜，太刺眼了。”他颤抖着，举起双手，捂住眼睛。

“可是，不开灯我们什么也看不见啊！”我有点烦了。

他不再吱声，过了一阵才慢慢松开双手，随之发出一声长长的叹息，仿佛思绪这才回到现实，也慢慢适应了电灯的光明。

有一天，我突然很想念闵晓玲，不知道她现在怎么样了？是否还在继续上学？我忘了她家的地址，但还记得他父亲诊所的样子。那诊所就在市中心。我就问父亲，他知道市里的几家诊所，是否认识一位姓闵的医生？可惜他不认识。他建议我们第二天去附近转转，也许能找到闵医生诊所。

“我也能一起去吗?”弟弟兴奋起来。

“当然，我们明天一起去城里走走。”父亲微笑着对他说。这让我诧异，他怎么突然心情好了?

第二天临近中午的时候，我们出发了。街上依然很多人，都身穿蓝色或灰色的制服，很好奇地盯着我们，有的走过后还回头张望。重庆已经没有外国人了，父亲是唯一的一个，走到哪里都引人注目，惹人围观。人们的目光让我尴尬。我仰着头，尽量不看他们，只看那些店铺的招牌，希望能找到闵医生诊所。遗憾的是，我们走完整条主街，都没找到。这时我突然想起闵晓玲说过，她家在一条小街上。我叫爸爸又倒回去走另一条路。我似乎想起什么来了。

我们就这样先走过去，又走回来，让弟弟感到很无聊。他嘟哝着，怨声不断。我就让爸爸带他去小摊吃点什么，我自己去找我的同学。

跟他俩分手后，我快步沿主街走了一段，就拐进第一条小巷。小巷沿缓坡而上，通向一条岔道。快到小巷尽头的时候，我看见那幢房子，上面挂了诊所的招牌。我激动地按响门铃，稍后，门拉开了一条缝，正是闵医生，在门背后警惕地朝外张望。等看清是我，他拉开了大门。“你不是晓玲以前的同学吗?”

我笑着对他点了点头。

“真对不起，晓玲不在，她去成都我妹妹家了，因为重庆的学校都停课了。她可能再过几个月才回来。你进来吧，我太太如果见到你，肯定会高兴的。或者，你可以把你家的地址留下，等晓玲回来，我让她去找你。”

“谢谢了，闵医生，今天就不了。我爸爸还在下面等我，我以后再来吧。最近我总在重庆城里和江北乡下两头跑，暂时没有固定地址。”

他略为惊讶地望着我，点头道：“那好。我们很高兴见到你。晓玲肯定会特别高兴，如果能再次见到你。”

“再见，闵医生。”我朝他挥了挥手，就转身走了，心里却很闷闷不乐，不仅因为没见到晓玲，还因为我再次撒谎。但我怎么能把父亲的地址告诉他呢？那里太寒碜了，我不想让晓玲去那里找我。可我又无法向他解释清楚，我们家在江北的房子，已经被国家没收了。

回想起消失的校园时光，我的心又开始忧伤。那时候，我们一起上课、唱歌、跳舞、逛夜市、吃小吃，多么快乐。我真想能再次见到晓玲，与她重温往日的欢乐！

意外的来客

又一年过去了，麻木地活着，每天都为面包奋斗，成了我们生活的主要内容。父亲只剩下两个学生。他经常去看望他的老朋友——那个为我们提供公寓的中国医生。他姓林，中等身材，圆脸，微胖，秃顶，六十多岁的样子。也许正是他，时不时在暗中接济我们。

“爸爸，你什么时候能为妈妈请探亲假呢？那样她就可以来看我们了。”有一天我问他。

“你说过，请探亲假需要缴保证金，可我们没有那笔钱。我目前的收入，还不够我们填饱肚子。”

我不再吭声，暗暗盘算，如何能在每天有限的菜钱里再抠点出来，存起来为母亲请假。

于是在买菜的时候，我总是买最便宜的凉粉。那是一种灰白色像果冻的食品。我把它切成条，放在热油里稍微煎煎，放些佐料，比如花椒粉、辣椒粉、酱油，再加一碗开水，最后用面粉勾

[illegible]起锅，配上米饭和奶妈给我们的咸菜，就是一顿。我尝试过不同的凉粉做法，父亲都说好吃，只有弟弟会抗议，我不理他。他抗不住饿，最后还是得吃。

这样紧巴巴过了几个月，总算攒下一笔钱。可我不知道，该向什么机关递交申请，就给江北最高革命委员会写信，希望以二十元钱作保证金，请求他们给我母亲彭廷文几天探亲假。这封信我写了撕，撕了写，反反复复写了好几次，才稍微觉得满意，去邮局投了。可是之后我等啊等，很久都没等到回复，最后实在忍不住，就向父亲说起这件事。

没想到父亲勃然大怒。“你怎么能背着我寄申请书！”他大声呵斥，“那会给我们惹出麻烦。另外我也给你说过，我们没有钱作保证金。”

我悲哀地望着他，没有辩解，觉得他变得不可理喻。我想，我们曾经美好的父女关系到此为止了。我对他不再有爱和敬仰，只有同情、可怜和担忧。

有一天刚过中午不久，门铃响了。

“今天有人来上课吗？”我问父亲。他摇了摇头。

我迅速跑到门后，透过门缝往外看，惊喜地发现是母亲。“哇，是妈妈！”我兴奋得大叫起来，开门后拉着妈妈的手，激动得跳起来。

“好了，好了，先让我进去。”母亲面带笑容走进大门。我取下她肩上的包，想搀扶她。她却推开我的手。“不用，我自己能走。”

我跟着她慢慢上了台阶，听见自己的心怦怦跳。她身上穿的蓝色制服太大了，走起路来晃来荡去。我快步冲到她前面，一把推开房门，朝里面大声宣布：“妈妈来了！”

父亲和弟弟都大吃一惊，好像我宣布鬼来了，愣愣地望着母亲从我身后走进来，一时没有任何反应。

“妈妈！”弟弟率先清醒过来，大叫一声跳起来，张开双臂扑向母亲。

“好了，好了。我都没法呼吸了。”她幸福地笑着，亲昵地抚摸弟弟的头。弟弟这才松开手，抬起头来望着母亲。她还在笑吟吟地揉搓弟弟的短发。

父亲微微佝偻着向母亲走来。“啊，廷文，又见到你，真是太好了！”他嘶哑着嗓子，亲吻她的手，又亲吻她的两颊，然后揽过她的肩，眼含热泪望着她傻笑，却再也说不出半句话来。静默了一阵后，他长长地舒了一口气，问：“你没受罪吧，廷文？我日夜都在想着你，为你担惊受怕，急得人都快疯了，却不知道该怎么办。我到处求人，把我认识的人都求遍了，想救你出来，可没有人能帮我的忙。”他已经泪流满面，不时响亮地抽吸着鼻子，不能继续往下说了，就捧起她的双手，贴在自己脸上，痛苦地抽泣。我第一次见他哭得这样伤心。

母亲小心地抽出双手，瞥我一眼。“汉娜没跟你说吗？我在那里挺好的，每天扫扫地，读读报纸杂志，写写思想汇报，工作很轻松。偶尔下田参加劳动，也是我自愿的。劳动能够锻炼身体。”

“我知道，我知道。可你毕竟没有人身自由啊。”

“其实，偶尔的不自由也没什么不好。好了，今天走了这么远，我的脚可受够了。现在我想坐下休息一会儿。”

我赶快为她送去椅子。“坐吧，妈妈。想喝茶吗？我为你泡。”

“谢谢，给我倒杯白开水吧。”

我为她倒了一杯白开水，发现她在低头喝水的时候，目光掠过杯沿，悄悄观察房间。

父亲清了清嗓子，“我们都坐下，听妈妈讲讲农场的情况。”

“没什么可讲的，每天差不多都是简单的重复。吃饭，睡觉，劳动，学习，听广播，开会。现在是农闲，几乎没有什么活，所以我可以请假回来。”

“吃得饱吗？”父亲担忧地问。

“我们吃大锅饭，自己随便舀，随便吃，饿不着。”她淡淡地说。

弟弟还依在她怀里。她轻轻拍打着他的肩说：“你长高了，安慈。给妈妈讲讲，你整天都在干些什么？”

“我也不知道。有时候去外面东游西逛，有时候在家写字画画，或者发呆，无聊死了。”他嘟着嘴，一脸不满。

“我以前给了你那么多书，你没读吗？”母亲一把推开他，愠怒地盯着他的脸。

“哦，那些书我早就读完了，搁一边了。我觉得它们都很无聊。”他做了一个很轻蔑不屑的手势。

母亲掉头望着父亲。父亲朝她耸了耸肩：“很抱歉，城里也买不到新的儿童书。”

母亲摇了摇头，沉默了。过了一会儿，她再次转过头去对父亲说：“瓦尔特，我跟农场领导保证了，在家待两天就回去。这次回来，我没有按正规程序办理请假手续，是领导开恩，特准了我两天假。因为汉娜给江北最高革命委员会写信了。领导说，他们不能接受汉娜随信寄去的钱，就把二十块钱又退给我了，说这次是特例。以后想请探亲假，必须直接向农场革委会提申请。”说着她站起身来，从行李包里取出一个信封，递给父亲。“你拿去收好，是二十块钱的保证金和一张申请表。下次再为我请假时，也许还用得着。”

父亲扭头看着我，满脸歉疚。“汉娜，对不起，为这事我还责怪过你。我不知道，我给你的那么一点伙食费，你居然也能省出钱来，为妈妈请假。你能原谅爸爸吗？”

我朝他大度地点了点头，原谅了他。

母亲这时走过来，温柔地牵起我的手。“真没想到，原来我的女儿这么能干。谢谢你，汉娜！妈妈的事让你费心了。”她感激地望着我的眼睛，让我感到莫大的幸福。

父亲把信封放进书桌的抽屉。“我得去一趟城里，和朋友处理点事，下午回来。午饭就别等我了。”说着他更换了外套，跟我们挥挥手，出去了。

歇了一会儿，母亲把她的背包解开，给弟弟和我一人一套新衣服，就是街上的人们都穿的那种制服，说是奶奶为我们缝的。裤子是蓝布的，上衣是灰布的。她抖开衣服在我身上比了比说：“你的这套正合身。但弟弟的裤子有点长了，得把裤脚边卷起来。”

然后她问我中午准备吃什么？我说有一颗白萝卜，准备做汤；还有一块凉粉，准备煎煎。

“我先看看，你怎么做。”

她的话让我紧张起来，因为她肯定会批评我。她一贯对我要求很严。我开始小心地切凉粉，准备像往常一样，用猪油煎，她就在旁边问我，家里有没有豆瓣酱？我摇了摇头。“那就先切点葱花和蒜末，放在一边，再煎凉粉。凉粉煎好后，起锅，锅里再放猪油，等油冒烟，把葱花和蒜末倒进去，再洒辣椒粉，倒点酱油和水进去，调成汁，加点盐，焖一会儿，用面粉勾芡，最后再把凉粉倒进去，轻轻搅拌。吃之前再撒点葱花。汤汁不仅使凉粉入味，还能保鲜，到第二顿吃时味道更好。”

妈妈这么耐心而详细地教我做菜，我打心底感到高兴。

父亲下午很晚才回来，兴冲冲地递给母亲一盒香烟。

“哦，谢谢你，瓦尔特。我很久没有抽烟了。”她喜滋滋地接过香烟，走到敞开的窗口，仔细看了看烟盒子，打开抽出一支点燃。我们还坐在桌子边，我在改弟弟的裤边，弟弟在画画。父亲也在我身边坐下，掏出烟叶，慢慢卷好一根烟卷，含在嘴里，用洋火点燃，很享受地抽吸起来。他背靠着椅子，朝着窗户的方向，吹出一朵大烟圈。母亲回头一望，俩人四目相接，都意味深长地笑了，不约而同又闭上眼睛。一种久违的温馨和幸福悄然降临这阴霾简陋的房间，沉积已久的抑郁和悲情就在这一瞬间全部消散。

弟弟画的是街上十字路口的车祸。他的画还跟从前一样，乱七八糟的，没什么进步。我探过头去瞥了一眼，懒得再说他。

晚上我们四个人挤在一张床上，一头睡两个。我紧靠着床沿，不敢翻身，害怕随时会掉下去。

当窗外露出隐约的天光，我悄悄爬下床，溜出房间，钻进厕所，然后去盥洗间洗漱，以免碰到邻居。当我返回房间，他们正在起床。于是我赶快去做早饭。我们的早饭一直都是稀饭和泡菜，只有父亲会为他自己多煮一杯咖啡。

早饭后父亲又要进城，说去朋友处有事。他前脚一出门，母亲就分派我做家务。“汉娜，你们的床单、枕套、被子、门帘，统统得洗。”现在她俨然成了这里的女主人，“我先把它们都拆下来。我帮你洗大的，你洗小的。不然你一个人洗太多了。”

“不用了，妈妈，我今天不想洗。留着以后再慢慢洗吧，比如隔两周洗一次大的。”

“别顶嘴。让我帮你。”

我们默默地卸下帘子，又换了床单、被子和枕套。在盥洗室，我们轮换着用搓衣板搓洗。为了有足够的热水，我还得不断在电炉上烧水，然后一锅一锅端到盥洗室，倒进洗衣的大木盆。清洗之后，我们又一起拧干，抖开。因为我比母亲高，由我把衣物挂到晾衣绳上。

母亲接管了做午饭的活儿，猪油煎冬菜，小葱拌皮蛋。饭后我洗碗的时候，母亲一边抽烟，一边教弟弟剪纸。两人还用纸做了一盏灯罩。弟弟兴趣来了，缠着母亲要继续剪纸。母亲就为他画出图案，由着他笨手笨脚地剪。她大概想找什么东西，起身拉开旁边的抽屉，发现里面有一个烟盒，就小心翼翼拿出来，翻开盖子，不料却大惊失色，尖叫起来。

“哦不……不……”

正在这时，房门开了，父亲回来了。母亲疯了似的冲过去，手里高举烟盒。“为什么你又开始了？为什么?! 为什么?!”她高声叫嚷着，把烟盒朝他脸上挥来挥去，仿佛恨不得用它砸他的头。“告诉我这是为什么？难道你对孩子们就没有一点责任心吗?!”

“廷文，你听我解释，廷文……”父亲也慌张起来，却只是不断低声求她。

“解释什么？对我说你很痛苦？难道我不痛苦么？可是为了你和两个孩子，我从没提过我的痛苦。你知道我承受了多少屈辱和折磨？不，你什么都不知道，因为我从没告诉你。我把一切都藏在心底，就是不想增加你和孩子们的痛苦。可是你呢？你呢?!”她像个泼妇似的朝他张牙舞爪，大吼大叫。

“我已经猜到……你会受苦，也想象过……会有多糟糕。但我不知道该怎么救你……我没有办法……”父亲笨嘴笨舌地结巴着。

“你以为，你用吗啡麻醉自己，一切都会好起来吗?!你有没有想过，你每打一针花掉的钱，都是孩子们的活命钱?!”

“廷文，针药是林医生免费给的。他是我的老朋友，你知道。他也是唯一的一个，每个月都资助我的朋友。否则我早就不可能独自负担这一切。”

“因此他给你针药……作为安慰？这是什么混账友谊！”

“哦，廷文，你知道，我不像你那样坚强。”父亲的声音带着哭腔。

母亲靠桌边坐下来，双手捂脸，号啕大哭。她浑身剧烈地颤抖，哭声越来越大，还不停用拳头击打桌面，仿佛要把内心的愤怒和绝望都发泄出来。她的声音之大，我感觉整幢房子的人都能听到。

弟弟和我呆呆地站在旁边，不明白母亲为什么会失去理智。她这个样子让我们害怕，也让我们感到很难堪。

父亲转过身去，拄着拐杖朝门口走去。母亲冲着他的背影咆哮起来：“逃吧，逃吧！无论发生什么，你从来都想一逃了之！你以为逃避是灵丹妙药，是万全之策，一逃问题就解决了吗?!”

父亲不理她，沉默而固执地离开了房间。我们只听到过道里拐杖轻轻戳击地面的声音。

母亲含泪望着在他身后关闭的大门，又歇斯底里地号叫起来。“我再也受不了了！受不了了……”她又继续用拳头捶打桌面，让弟弟的画纸和橡皮擦都跳起来了，“这样活着还有什么意思?！我再也无法忍受了！”

我实在不明白，父亲打针这件事为什么就刺激她了？真的有那么糟糕吗？父亲不过需要打针止痛。我不知道吗啡是什么。但一向沉着冷静的母亲会如此情绪失控，太出乎我的意料了。她反常得让我害怕，那种绝望的呼天抢地，我从没见过。我向她走去，想抱住她，劝劝她，安慰她，但我的双臂不停地颤抖，最终无法向她伸出。这时弟弟慢慢走过去了，怯怯地抓住她的胳膊，摇晃着叫道：“妈妈，妈妈，你为什么哭成这样？你不要再哭了，我害怕！”

她这才停止了哭泣，望着弟弟，擦着自己红肿的眼睛，哽咽说：“哦，我的小安慈，妈妈太绝望了。你还小，很多事情还不明白。”

她摇晃着站起来，一手撑着桌沿，一手摸着弟弟的头。“如果我能一直在你们身边，照顾你们，该有多好！”她的声音细如游丝，只能勉强听见，“可惜我又得离开了。你们要好好相互帮助，相互照顾。”

“不许你又离开我们，妈妈！求你了，别走！我求求你了！”弟弟哭着抱紧母亲。

“我必须走，孩子们。但我会再来看你们的。”她小心挣脱弟弟的拥抱，静静地摸着他的脸，然后蹒跚着向我走来，哽咽着对我说："汉娜，我为你自豪，也感谢你，把这里料理得井井有条。同时我又很难过，你还是个小姑娘，现在竟然这么成熟！对不起，汉娜，妈妈让你过早挑起家庭的重担，又让你目睹了刚才的一幕，为此我会永远自责，永远愧疚。因此，有些事我得跟你说一说，让你多少能够明白和理解，也为将来的事有个心理准备。"

她又坐下，擤了一把鼻涕，长叹了一声："很遗憾，爸爸的忍耐力不如我。在德国的时候，他参加过第一次世界大战，受过重伤，是被房子倒塌砸伤的。在医院里，他们给他注射吗啡止痛，从此他就依赖上了。我们结婚的时候，他向我保证一定要戒掉。我也帮助他，在他身边监督他，很高兴他真的戒掉了。后来我也一直留意着，不让他旧瘾复发。吗啡，也就是他现在打的针药，有很强的麻醉作用。如果他需要一定剂量的吗啡止痛，才能正常工作，说明他已经上瘾了。那个林医生，即使是他的老朋友，也不可能永远为他提供免费的针药。"

停歇了片刻，她忧心忡忡地看着我："爸爸给你的钱，尽量节省着花，把省下来的每一分钱都悄悄存起，以防万一。你明白我的意思吗？向我保证？"

我心情沉重地点了点头。

"我知道我可以信任你。好啦，现在我收拾一下就该走了，还能趁天黑之前赶回去。"说着她站起身来。

"不！"弟弟和我不约而同叫起来，声音像手枪里射出子弹。

她看着我们，摇了摇头，"你们不希望妈妈回去晚了，挨批斗吧？"

弟弟和我顿时哑了。"我以为——你还可以再多住一天。"我嘟哝了一句。

她忧伤地看着我，“首先，四个人睡一张床太挤了，我睡不好。其次，如果我明天走，得天不亮就起床，才能赶在开工前回到农场。而我这小脚，等我回到农场，累得根本就站不起了，哪里还能马上工作？所以我必须今天走，休息一晚上，明天才能缓过劲来，好好工作。第三，我不想跟你们的爸爸吵架。你们代我转告他，我恳求他别再打针了，以免给你们造成糟糕的影响。但我怀疑，他能否做到。”

她一边说，一边收拾东西，又去盥洗室洗脸。

弟弟和我站在那里，不知道该怎么办。一想到很长时间又见不到母亲，我就想哭。我曾经无数次幻想过与母亲重逢的情景，应该是欢乐的，和谐的，温馨的，甜蜜的。没想到会这样匆匆，不欢而散，像一场梦。

母亲洗脸回来，往我手里塞了十块钱。

“不，妈妈，这是你的钱!”我不想要。

“别顶嘴！快藏起来，万一哪天揭不开锅了，还能应急。我在农场反正用不着。好了，我得走了。”

“我们送你去码头吧。”我说。哪怕能跟妈妈多在一起一秒钟，我也要争取。

“是啊，妈妈，让我们送你吧。”弟弟也附和道。

“好吧，我们走。”

我挎着妈妈的包，三个人并肩出了门。街上车水马龙，人来人往，我们穿过熙熙攘攘的人群，走过大街小巷。下午的阳光很刺眼，我们不得不用手遮挡住眼睛，才能看清方向。终于来到朝天门码头，走下陡峭的石梯。有人好奇地朝我们张望，也许是因为，我还穿着漂亮的花衬衣，弟弟还穿着浅色的格子衫，我俩的衣服在黑压压的人群中太醒目了？我猜想。

已经有人上船了。我们默默站在岸边，执手相看，泪眼凝噎。弟弟抽搐着，突然抱着妈妈大哭起来，让我心都碎了。

“好了，船要开了，我得马上上船了。”她捧起弟弟的头，朝他笑笑说，“乖，等着我，我很快就会回来的。”然后她接过我手里的包，挎在肩上，一把抓住我的手，紧捏了一下，“再见，汉娜，好好照顾自己和弟弟，尽量去理解爸爸，帮助爸爸。”然后就转过身去，汇入上船的人流。

我和弟弟站在岸边的石梯上，不舍地望着她弱小的身影摇摇晃晃地走过跳板，进入船舱，再没有回头望我们一眼。

哨声响起，缆绳从岸边的石墩上松开。江水翻腾，波涛拍岸，轮船摇晃着离岸了，载着妈妈渐行渐远。我和弟弟泪流满面，像两个弃儿，呆立在岸边，直到船影在江面消失，浩荡的江声把我们淹没，急匆匆的路人在我们身边来来往往，不小心撞着我们的身体，才把我们从巨大的悲痛中撞醒过来。

我们这才擦干眼泪，转过身去，牵着手慢慢往回走，爬石梯。当我们经过一家小面摊，那诱人的麻辣香紧紧缠住了我俩的脚步。我摸了摸衣兜里妈妈给的十块钱，想起她叮嘱过，不可以乱花，又把空手抽出来。弟弟乞求的目光可怜巴巴地望着我，让我的心缩成一团。

“快走，否则回家就太晚了。”我只好用力拖着他走。

饥饿的日子

冬天来了，凄风苦雨中的城市又变得灰蒙蒙冷飕飕的，寒风从街巷穿过，呜呜作响，好像有人在哭泣。

因为没有钱买炭取暖，我们就尽量多穿衣服，一件套一件，即使有些衣服有点小了，我和弟弟也套在身上。实在太冷，我们就喝滚热的开水，捧着开水杯子暖手。晚上我们紧紧抱在一起，用一只装有开水的瓶子轮流取暖。父亲几乎不再有收入。母亲留给我的十块钱早就用光了。有时候，如果能买回一块五花肉，我就在每天做菜的时候切下几片，再切成丝，先放在油里煎煎，再加上小菜，混炒成一份香喷喷的荤菜，这样勉强让大家一周都能尝到肉味。但更多的日子里，我们的饭桌上没有肉的影子。

父亲多次给德国外交部写信求援，都石沉大海。他分析说，那些信也许根本没能寄出去，而是被扣下销毁了。德国政府不可能对自己的国民见死不救，何况他还曾经为政府工作过。

有一天，我和弟弟在菜市场逛荡，我想找更便宜的蔬菜和大米，无意中发现，有人在后面盯梢我们，是两个男人，就在隔我们几米远的地方。我们走，他俩走；我们停，他俩停。我赶紧拉过弟弟，悄声说："快走，有人跟踪我们了。"

"啊？不会吧？你是不是见鬼了？"他不相信，往后张望，"我怎么没见有人跟踪？"

"别嚷嚷，也别往后看。我不会看错的！快走！"我拉着他的手加快脚步，一路匆匆跑回家。在开门之前，我又转身四下张望，却什么也没发现。也许我真的见鬼了？

几个月后，爸爸的最后一个学生也不来了。我们彻底断炊了。房间里笼罩着阴郁而令人绝望的气息。家里最后的贮存，是一小袋大米和一点猪油。

"爸爸，你不能想想办法，去挣点钱或者借点钱吗？我们没钱买菜了。"他半闭着眼睛在打针，我站在旁边哀求他。

"好的，好的，我去问问我的朋友，看他能否帮我找点事做。"他把针头从臀部抽出，用棉签给针眼处消毒，然后换了衣服，拿过拐杖，默默离开了房间。

我为弟弟出了几道算术题，让他做作业。他烦腻地嘀咕着，把本子"砰"地扔到桌上，盯着上面的数字发呆。"你不是为我写作业，是为妈妈写！"我提醒他，"现在我得去一趟盥洗室，马上就回来。"说完我就抱起脏衣服去了盥洗室，把它们扔进洗衣筐里，站着发呆。这日子该怎么过啊，难道真的无路可走了吗？

这时，我突然想起教会学校里每天的祷告。遗憾的是，内容我几乎全忘了。牧师送给我的那本漂亮《圣经》，也被他们烧毁了。但我仍然双手合十，放在胸前，开始祈祷："亲爱的上帝，如果你真的存在，就请帮帮我们吧，把我们从困境中拯救出来。

请让爸爸快点找到工作，挣到钱；请让我快点有钱买米买菜，让我们继续活下去。阿门。”

这是我此生中的第一次，自觉自愿向上帝祈祷。在内心深处，我竟然真的得到一点安慰，仿佛看到一线远方的希望。

那天回家，爸爸当真从朋友处得到一点钱，让我们勉强度过了寒冷而潮湿的冬日时光。

春天到了，天气渐渐暖和起来，但爸爸的春天还迟迟未到。现在他基本不说话，只有在必须说话的时候，才支吾一声。房间里的气氛令人窒息，我不仅感到紧张和压抑，甚至感到恐惧和绝望。爸爸再也没钱了，我们几乎揭不开锅，甚至一天吃不上一碗稀饭。

我向爸爸要钱，去买米买菜，他哭丧着脸，双手一摊：“对不起，汉娜，我什么办法都试过了，仍然找不到工作。我想通过广州，跟一个德国官员取得联系，可惜没能成功。我还给德国驻香港领馆也写了信，遗憾一直没有收到回复。我真的怀疑，我的信是否都寄出去了，否则他们怎么可能不管我？现在我实在想不出别的办法了。”

他蜷缩在床边，打最后一针。他很想抽雪茄，但很久已经无钱购买。他烟灰色的脸上沟壑纵横；干枯的手背上隆起粗大的青筋，像爬满蚯蚓；灰白的头发粘在一起；目光浑浊不清，眼睛里曾有的充满生机而晶亮的蓝色，也荡然无存。他的下巴更尖了，因为小胡子更长了。这个蜷缩在床边的男人不再是我亲爱的父亲，他只是一堆放弃了生存希望的人形苦难。

“姐姐，我好饿！”弟弟总跟在我身后叫唤。

尽管我自己也很饿，但我不能说出来。我强打精神，强装笑脸，去安抚弟弟。

有好几天，我们什么吃的都没有，只能喝水。喝进肚子里的水，都快从喉咙里溢出来。最开初，我们的胃还咕咕乱叫，还有力气发出饥饿的信号。几天以后，胃就彻底沉默了。身体越来越虚弱，我们走路也摇摇晃晃，最后竟然无力起床，只能长时间躺着，昏昏沉沉。我麻木地望着天花板，感到死亡正在步步逼近。可我的眼前，还总是出现美食的幻影。我似乎又闻到香喷喷的麻辣味，本能地张大嘴巴，蠕动我干涸的嘴唇。

喉咙干涩，通体燥热，我几乎不能呼吸，挣扎了几下，也终究无力爬起床，去为自己倒一杯水，只得闭上眼睛，静候死亡光临。但奇怪的是，此时我眼前竟然重现童年的光景，在夏夜的门廊，追逐满天飞舞的萤火虫，把它们装进玻璃瓶里。我惊喜地看着那些神奇发光的小虫子在我身边飞来飞去，而遥远的夜空还有一轮淡红的月亮。它高高地悬挂在满天闪烁的星星里，充满了诱人探究的神秘。

我的思绪又回到残酷的现实。美丽的太阳、月亮、星星，将再也不会为我升起，一切都黯然无光，令人绝望。天空只有乌云，美好的一切都离我远去。我们正在坠入无边无际的黑暗和孤寂。我渴望再次见到妈妈，告诉她，我多么爱她。啊，妈妈，如果你在我面前，我一定要紧紧拥抱你。可惜，也许我再也无法见到你了。

我又想到我的女朋友们，大庙子小学保护过我的黄丽敏，南开中学请我吃小面的闵晓玲，但她们的样子都模糊不清，迅速消失在黑暗中。

突然间我又想到上帝，那个对我们的绝境无动于衷的上帝：

啊，上帝，你在哪里？为什么不肯帮帮我们？你真的存在吗？哦，不，也许压根儿就没有上帝！因为我所有的祈祷都徒劳无效，于事无补。我们即将饿死在床上。

黑夜再次来临，我却感受不到，只昏昏沉沉坠入梦中：我孤独地坐在一间巨大的电影院里。电影还没开映，一切都影影绰绰。突然，银幕前出现了一个巨人，他庞大的身躯几乎占据了整个舞台。我惊愕万分地坐在那里，惶恐不安地盯着他。他手里捧着一本翻开的大书，嘴里诵读着我听不懂的内容。然后他把大书合上，张开双臂，很严肃地看着我，对我开口了，声音浑厚而平静："我读到了你的故事，我会帮助你。但不是现在。你必须有耐心，要相信我。"

我激动起来，想跟他说话，问他几个问题。但我的喉咙被什么勒住了，发不出声音。正在这时，他慢慢淡了，然后消失无影。我朝他叫喊，呼唤他等等我，依然发不出一点声来。就在我拼命挣扎着叫喊的时候，我突然醒来，也终于"啊"的一声，叫唤成功。可那个梦里的巨人早已彻底不见了。

我想坐起来，试了试，强撑到一半又无力倒下。黑暗中我什么也看不见，只听见父亲的鼾声在夜里的房间回荡。那只是一场梦。我瘫软着，连翻身都困难，却再也不能入睡，总是一次又一次地想到梦中的那个巨人，奇怪他为什么会突然消失。莫非他就是上帝？或者是上帝派他来跟我说话？我再次双手合十，默默地祈祷。上帝啊，是你吗？刚才给我带来消息？如果你能实现我的愿望，我将永远信奉你。阿门。

接下来的几天，我们继续在床上昏睡，等候死亡来临。弟弟瘦成一把骨头，静静地躺在床角，只偶尔睁开眼睛，转动一下眼珠子，随后又闭上。我使出最后一点力气，挣扎着下床，双腿剧烈地颤抖着，几乎无法支撑身体。我只得扶着床沿、椅子，才能勉强移动身体。外面天气炎热，我却感到刺骨的寒冷，不得不费力地披上外套，去烧开水。

再回到床上，我浑身哆嗦，感到死神已经站在我面前，正对我狞笑。我怎么能相信上帝，幻想上帝跟我对话，会拯救我们？尽管这样，我还是总想到那个梦，想象上帝就像梦中的巨人，硕大无比，强壮得无所不能。但遗憾的是，那只是梦。

我又一次在被子下双手合十，悄悄祈祷。我们已经不能再等了，亲爱的上帝，如果你还不来拯救我们，就再也没有机会了。我们即将死去。从前那个牧师对我说过，你是仁慈的。那就求你可怜可怜我们吧，帮帮我们，求求你了！

做完这种徒劳的祈祷后，我又开始懊恼，以为那不过是自欺自慰，便把祈祷的双手松开。

沉闷而绝望的一天又开始了。昏沉中突然听见父亲一声大叫。我睁开眼睛，看见他正捂着胸口，摇晃着企图站起来，大滴的汗珠从脸上滚落。他双手扯开睡衣，喘着粗气，十分痛苦地挣扎着，叫唤着，呻吟着。

“你怎么了，爸爸？”我气若游丝。

他没有回答，吃力地拖着自己的身体，在房间一步一步艰难地挪动，双手按着胸口，大睁着空茫的眼洞，头朝天花板，嚯嚯地喘着粗气，不时发出瘆人的叫声，好像有人要杀死他。

“需要我起来……为你烧开水吗？”我吓坏了，想要试着爬起床。

他摇摇头，继续大声叫唤，呻吟。

“爸爸……怎么啦?”弟弟也有气无力地眨了眨眼睛。

“他肯定很痛。我也不知道……他怎么了。”

我俩都惊慌地望着他，想起床去帮他，脑袋刚刚支起来，却又无力地垂落下来。就这样持续了一阵子，爸爸颤颤巍巍又躺回床上，痛得一会儿直挺身子，一会儿又蜷成一团，浑身剧烈抖动，甚至让床也抖动起来。我们躺在他身边，害怕极了，却不知道该怎么办。

在接下来的几天里，他的疼痛一再发作，不分昼夜。我和弟弟惊惶失措，感觉床会随时垮掉，世界也会随之坍塌。

早晨，我被一阵窸窸窣窣的声音惊醒，看见父亲正在缓慢而吃力地穿裤子。他的裤子变得宽松肥大，得用带子系起来。他挣扎着弯腰站在床边，像个幽灵，空洞的大眼睛望着我，颤抖着，结结巴巴对我说:“我要像乞丐一样……去求朋友……再借我点钱……不然我们真的要饿死了……我还要告诉他……我会从德国……或者香港……得到帮助……然后我一定会……把所有的欠款加倍偿还。”

“但是……爸爸，谁会帮助我们……给我们钱呢……”我几乎说不出话来。

“我已经……又给香港和德国……写了几封信……”他已经接不上气来，随时要断气的样子，“我对他们描述了我目前的绝境……希望他们能帮助我。”

“你的身体……好点了吗?”我吃力地挤出几个词。

他空洞的眼睛还在茫然地望着我，顿了顿，说:“我还给……威尔纳先生写信了。目前他在汉口……他会跟德国外交部联系，汇报我在重庆的困境……”一阵剧烈的咳嗽打断了他的话，他再次痛苦地喘着粗气。

“我希望，那些信……他们至少收到一封。”最后他说，“他们必须帮助我！我为德国工作过！”

他倒了一杯开水，喝了几口，然后拿起拐杖，踉踉跄跄朝门口走去。我悲伤地目送着他佝偻的身影趔趔趄趄出了门。这时弟弟转过身来，弱弱地问我：“爸爸去哪里了？”

我抚摩着他干瘪的小手，轻声说：“爸爸想去借点钱，为我们买点吃的。”

他哼唧了一声，又重新陷入半昏迷中。我还想着爸爸，担心他这样虚弱，能否走到林医生家里？想着想着，我再次陷入昏睡中。

当爸爸进屋，拉开电灯，我醒了。外面天已经黑了。

“孩子们，起床了。我为你们买了点吃的，马上就热热给你们吃。”他干涩的嗓音透着欢喜。

我艰难地用胳膊撑起身体，不相信地朝他望去，看见他拎着两只重叠捆绑的竹笼子。我想起床去帮他，却再次无力地瘫软下来，只看见昏暗的灯光下，父亲干瘪的脸上浮着笑容。他笨手笨脚地解开绳子，打开竹笼，把里面的食物分别倒进两个锅里，拧开两只电板灶，然后拉开桌上的小灯。

不久他就把热好的食物分别装进两只碗里，放在桌上。我又闻到久违的带姜味的鸡肉香。

“好了，孩子们，你们现在可以慢慢起床了。”他的声音里终于有了生命的气息。

我和弟弟带着颤抖的双腿，在桌子边坐下。

“我的朋友，林医生说，我只可以给你们少量的食物，因为你们的胃得先慢慢适应。我特地买了清淡的炖鸡肉汤和米饭，都是厨师专门给你们做的。汤里我又加了些水再烧开。我先给你们盛一小碗，让你们的胃先适应一下。你们得先喝点汤，吃饭菜的时候得细嚼慢咽，边吃边喝汤，身体才能吸收。千万不要吃得太急。”

“你呢？吃了吗？”我问。

“我吃过了。我的朋友请我吃了点东西。”他一边说，一边分了少量米饭在我们碗里，然后把剩余的米饭端开。

我愁苦着脸，没说什么。但弟弟盯着他的碗，不满地嘀咕：“才这么一点点，我根本吃不饱。”

“明天你才可以多吃点，否则你会肚子痛的。”

尽管我们都听父亲的话，细嚼慢咽，两只碗还是很快就见底。但我们的身体终于有了一点力气，双腿也不再像刚才颤抖得那么厉害，走动的时候也不再摇晃。可奇怪的是，夜里睡觉的时候，我们的胃叫得更响亮了，“咕噜咕噜”地像在唱歌比赛。

父亲又有了两个新学生，是他的朋友悄悄介绍来的。我们的身体渐渐复原了，又勉强支撑了几个月。

在一个阳光明媚的日子里，我带弟弟去公园玩。我们慢慢爬到坡顶，在那座亭子前流连，眺望城市的风光。长江正在涨大水，肆虐的洪水淹没了两岸临江的房屋，宽阔的江面携带着汹涌的波浪，像一只发怒的巨龙在咆哮奔腾，吞噬和席卷江边的一切。即使相隔遥远，我们也能看见它滚滚东去的雄姿，感受到它的一泻千里和不可阻挡的气势。湍急的江面上，还漂浮着棚屋的木板和别的杂物。

乌云又聚拢了，太阳偶尔才能找到云缝，向这座正在遭遇洪灾的城市投下丝丝缕缕的温暖金光。我和弟弟慢慢下山回去。沿途那些有人吆喝叫卖、顾客可以讨价还价的小店小摊都不见了，我和弟弟百无聊赖地往回走。

尽管我们的房间在整幢房子的背后，我们还是经常听到外面的街上敲锣打鼓，吼声震天，并由高音喇叭将气氛一再推向高潮。游行的队伍总是从我们房子前面的大街经过。我和弟弟每次都兴趣盎然，跑到门口看热闹。可父亲一点兴趣也没有。他宁愿躲在屋角的椅子上继续发呆或者冥想。

那两名新学生，来上了几堂英语课后，又不来了。我们的钱又开始紧巴。我只能在稀饭里加点油盐，让大家凑合糊口。可断炊的危险又近在眼前。忍饥挨饿、喝开水度日的人间悲剧，难道又要重演吗？我心里再度充满恐惧。

获 救

家里只剩一点大米。我只能煮稀饭，米放得越来越少，水加得越来越多，再撒点盐，让大家每天喝一碗，不至于饿死。这样又挺过了好几天。弟弟叽叽歪歪的，强烈要求吃干饭，说稀饭越喝越饿。但最后他还是跟着我们一起喝，因为实在没有别的可以糊口了。

有一天，我听到有人打门，声音很大，就跑去开门。一个穿制服的青年站在门外，向我微微鞠了一躬，说："我有一个重要的包裹，是给傅德利先生的。他住这里吗？"

"是的，他是我父亲，但他下楼很困难，你把包裹给我吧。"

他用怀疑的目光打量我，然后笑了："好吧，我相信你。但我需要你签名。"说着他从外衣口袋里抽出笔来，还有一张折叠的表格，一起给我。我激动地签下自己的名字，甚至没看表格内容。然后他把包裹递给我，再次向我微微鞠躬。我惊喜地目送他转身离去。

“谁在下面?”关门时，我听到父亲在房间里问我，便小跑着进屋，把包裹给他。

“这是什么东西?”他也很惊诧。

“一个很重要的包裹。我还帮你签了名。”我既紧张又兴奋还很好奇。

“谁送来的？你为什么不请人进屋坐坐？我还有问题想问呢。”父亲责备地盯着我。

我沉默了。我不想让那个青年进屋，看见我们的生活窘况，太难堪了。但我不能对父亲说。

父亲接过包裹，颤抖着用剪刀剪断绳子，又急不可待地撕开胶带，从里面抽出一个密封的牛皮纸大信封和一个普通小信封。

他剪开小信封的一侧，抽出里面折叠的信纸，皱着眉头，有点紧张地展开阅读。越往下读，他脸上的表情越轻松，还惊喜地“啊”了一声，最后竟开心地笑了。

“孩子们，终于盼来好消息了。”他浑浊的眼睛也发出明亮的光芒。

“我的朋友，Bidder 博士，现在是德国驻曼谷的大使。我寄出去的那么多信，终于有一封转到他手里。因此他向上海的德国社团，还有德国的东亚协会，以及别的机构，为我申请返回德国的经济援助。现在，通过无数中间人的努力，这笔钱终于到了。太好了，孩子们，现在我们可以收拾行李，准备离开中国，回德国了。”

“离开中国?”我巨大的惊喜一瞬间又变成巨大的不安，“妈妈怎么办？你说过她不能离开中国。没有妈妈，我哪儿也不去。”我轻声嘀咕说。

爸爸没有回答我，盯着信想了一会儿，才抬头看我，“妈妈当然一起走。我来想办法。嗯，也许，她上次留了一张申请表在家里，我把它填上，再多夹一些钱在里面，请他们多给妈妈几天假。另外，我再给江北的农村革命委员会最高领导写一封信，请他给妈妈另外开一张证明，允许妈妈离开她现在生活和工作的地方。我们就用这个证明去试试，也许妈妈能侥幸出境，离开中国。但你们要绝对保密，不能对任何人透露我们的出国计划。”

弟弟瞪大眼睛静静地听着，我却大声抗议：“这个计划不好。万一被人发现是假证明，妈妈被抓起来了，怎么办?”

“那不是假证明，是正规证明。我会请他们盖上公章，上面写明，妈妈可以离开她目前工作的地方，也就是农场，回家探亲。这是事实。当然，这个要求是有代价的。但我相信，只要我多给些钱，他们肯定会答应。”

我不再说话，但心里依然反对父亲这个计划，感觉风险太大。万一不成功，妈妈的麻烦就大了。偷渡出境，可能属于叛国罪，后果简直不堪设想。

爸爸坐到桌子边，打开那个牛皮纸大信封，从里面抽出厚厚的两捆钞票。弟弟和我顿时惊喜得合不拢嘴，盯着爸爸用手指沾上唾液，一张一张先数那捆美金，然后又数那捆人民币。他的脸上露出满意的微笑，往日的愁苦瞬间如同被风吹散。

数完钱他长长地舒了一口气，轻轻拍着弟弟的头，“约翰，我们马上要开始新生活了。”

“德国不能继续资助我们，让我们留在中国吗?”我带着最后一线希望问。

“汉娜，中国政府已经多次警告我，甚至给我施压，要我离开中国。而且，我跟这里的机关干部关系也不好，但我没有对你说，怕你担心。他们一直在催促我离开，说我是重庆城最后一个外国人，不能总是赖着不走。我向他们多次保证过，等我有了路费，就自觉离开。可他们不相信，怀疑我不走是另有企图，是想破坏他们建设新中国，还派人暗中监视我，看我在城里干了什么，去了哪里，买了什么。我实在忍无可忍了。"

"难怪——我也发现有人盯梢，我还以为是我看花了眼呢。"我忙说。

"是两个男人，在菜市场跟踪我们。"弟弟马上补充说。

爸爸哀叹一声，深深地吸了一口气。"我会先等农场的通知，看他们什么时候能让妈妈回来。然后再订到武汉的船票。我们将在长江上航行几天，到武汉后，也许能与威尔纳一家在火车站见面，再坐火车去广州，越过边境到香港。在香港我们很有可能得逗留几周，等到开往欧洲的远洋轮起航。这期间我们就暂住在香港的宾馆里。"他望着天花板，想了想，突然低下头，很严肃地对我说，"动身之前，不能对任何人透露我们的出国计划，否则可能害了妈妈。你们向我保证?"

我和弟弟都使劲地点头。

"好了，孩子们，现在换衣服，我们去好好吃一顿。"

幸福安宁和美好的希望终于又重返我们的生活。尽管这样，我仍然在快乐和忧愁之间徘徊摇摆。我不想离开重庆，离开中国。我还想重返我们家的大房子，再看看那棵茂盛的老橙子树，硕果是否挂满枝头；我还想再去竹林间散步，童年的我曾经轻抚那些青翠的竹叶，悄悄告诉它们我心底的秘密；我还想念那个有地球仪的天井，想念那些不复存在而熟悉的一切。但我知道，我所有的想念再难实现。

不过，我还是感谢仁慈的上帝拯救了我们。夜里我仰望星空，双手合十放在胸前，向上帝发誓，要忠诚于他，终生信奉他，并请求他再帮我一次，让妈妈尽快回到我们身边。

再见闵晓玲

为妈妈递交的请假申请，迟迟没有得到回复。我们就利用这等待的时间，为即将来临的漫长旅行添置衣服。遗憾的是，商店里只有蓝色和灰色的制服，没有好看的花衣服。有一天下午，我又去逛街，在一家背街的小店里，发现了几件蓝白相间的衬衫，有不同型号。我为自己和弟弟各买了两件。

出店以后，行走在拥挤的人群中，突然听到后面有人叫我的名字。转身一看，我惊喜地发现，是闵晓玲站在我面前。太意外了，怎么会在这里遇见她？我激动得跟她抱成一团。

我现在已经比她高了。我们背对背比高低，我居然比她高出大半个头。想起我们在学校时，我们也这样比过高低，还一样高呢。她问我吃了什么好东西，长这么高？我刚想说，我都差点饿死了，哪里吃什么好东西？话到嘴边又被迅速吞回去了。我不想让她知道我那段挨饿的悲惨经历。于是我只淡淡地笑笑说："没吃什么。"

“你什么时候回来的?”我问她。

“好几周了，但我明天又要走。我还等着你来找我呢，你也没来。我早就想去找你了，可惜你没有留下地址。正伤心呢，你看，我们就不期而遇了。”她望着我，笑得嘴都合不拢了。她穿了一件浅蓝色的衬衣，配深蓝色长裤，留了时髦的齐耳梭梭头短发，前额有一排整齐的刘海，不像我，还梳着两条齐腰的辫子。

“我知道，如果我们家不发生那么多事，我早就去看你了。”我遗憾地说。

我们手挽手在人群中行走，快乐得几乎尖叫起来。来到一条相对僻静的小街，我们开始讲述这些年来各自的经历。我讲了我们家的遭遇，政府把我们家的房子改成了一所学校，土地、家具和所有的东西都充公了，母亲也被迫去农场接受劳动改造。

晓玲听得呆住了，不停地摇头，看我讲到伤心处，还一把紧紧抱住我。她也对我讲了她的经历，说学校早就停课整顿。她在家闲了一段时间，被她爸爸送到成都的姑妈家。她姑妈是中学老师，学校也停课了，但在家里辅导学生。姑妈没有孩子，一直非常喜欢她。她也很高兴到姑妈家，跟那些学生一起在姑妈家里上课。后来有些学校陆续复课，但主要以政治学习为主。

我告诉她，我不能再去上学了，因为我爸爸是德国人，我也算德国人，外国人不能在中国上学。她瞪大眼睛，盯着我想了一会儿，建议我跟她去成都。等成都的学校复课后，她求姑妈走后门，让我在她姑妈的学校上学，她姑妈是学校校长。只要我自己不说，没有人知道我是德国人。

我为这个主意激动不已，同时，她对我真诚的友谊也让我感动。但我很快就拒绝了：“谢谢你，晓玲。你对我真好！可是，如果我走了，我父亲和弟弟怎么办？他们都需要我照顾。还有我母亲，我也放心不下。”

她摇着头，脸上流露出失望的表情，又点头说，她能理解。

我们又讲起最近街上的大游行。我问她去参加了么，她说她没去，她父亲不准她参加任何政治活动。她又问我呢，我说我很想参加，可惜没有人来找我。

我们边走边聊，直到城市的万家灯火把我们包围，我才发现天已经黑了，该回家了。

这时我再次感觉到，有人在附近鬼鬼祟祟地跟踪我。

“汉娜，把你的地址告诉我。下次我一回重庆就去找你。那样我们就有更多时间一起玩了。”她一边说，一边从包里掏出小本本。

我很犹豫，最后还是决定告诉她实情。“对不起，晓玲，现在我得告诉你一件重要的事情，但你要发誓，一定为我保密，不会告诉任何人。因为我跟爸爸发过誓，不会告诉任何人。”我悄悄对她说。

她探过身来靠近我，举起右拳。“汉娜，我们是好朋友，你可以绝对信任我。”

于是我告诉了她，我们全家马上要去德国了。

“其实我一点也不想去德国。我到现在还说不好德语呢，去上学功课肯定跟不上。”我向她诉说内心的苦恼，“即使我们家最近几年走了霉运，我还是喜欢重庆，常常想起我们在南开校园的时光，想起你，还有其他的亲戚朋友。我怎么舍得下这一切呢？可是，我爸爸是一定要走的。所以我们全家都得走。”说出最后一句话时，我鼻子一酸，眼泪再次流出来。

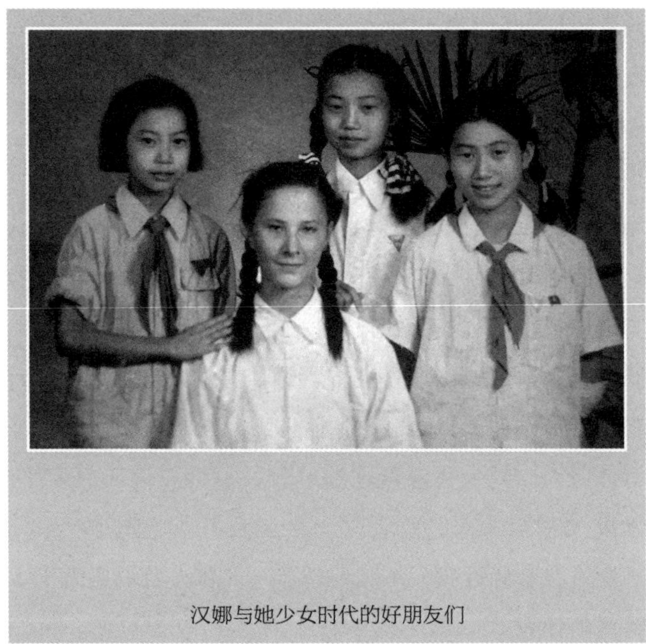

汉娜与她少女时代的好朋友们

晓玲听得目瞪口呆，“啊，原来是这样？我太难过了，我要哭了！我们好不容易别后重逢，没想到你又要走，而且要走那么远！”

她又一把抱着我，“汉娜，别忘了，你是我最好的朋友，过去是，现在是，将来也是！我们一定会再见面，肯定会再见面。即使你去了德国，我相信你今后也会回来。我会一直在重庆等你！”

我说了声“谢谢”，又耸耸肩说：“但愿吧。可今后的事，谁知道呢。”

“别太悲观，汉娜，一切都会变的。不是吗？你看，城里的学校又复课了，我很快就会回来上学。他们现在催促你爸爸走，没准今后还会请他再回来呢。”

“我爸爸身体不好，不太可能再回来了。”

“那你就替他回来吧，一定的。我有信心！”她亮晶晶的眼睛充满希望地望着我。

“也许得等到下一个世纪，猴年马月，我们都成了老太婆？”

“也不错啊，我们两个白发苍苍的老太婆，拄着拐杖，颤颤巍巍，手牵手去逛南开校园外的夜市。我说：‘呃，汉娜，你还记得吗，那时候啊……’”

她弯着腰，模仿着老太婆走路的样子和说话的声音。我们俩笑得前仰后翻。

分手的时候，我们又一次紧紧拥抱在一起，任热泪在脸上恣意流淌。我不知道晓玲心里在想什么，但我强烈地预感到，这一松手，就是永别。

亲爱的晓玲，当我此时在电脑上敲下这些字，我的泪水又流下来了，仿佛你就站在我面前，在 1952 年的重庆街头。夜色笼罩，华灯四起，行人在我们身边走过，车辆在我们身边穿梭，我们像恋人那样依依不舍地抱在一起。如今光阴飞逝，岁月流走，当年花季少女的我们，转眼青丝已变白发。这些年你过得好么？是否已经把我遗忘？或者依然在等我归来？不管怎样，你当年的好朋友傅安娜，一直在默默地思念你，祝福你。我希望你能读到这本书，读到我为你写下的这些文字。这是我的回归，这是我们的重逢。我不要让你的等待成空。

准备启程

我们每天都在等待母亲的到来，白天我尽量让房门开着，以便母亲来了能及时进屋。父亲依然常去城里，跟朋友们道别，安排我们旅行的事。

有一天我正收拾行李，归类整理要带走的东西，弟弟把他自制的铁路玩具摆到桌上。“这个我也要带上。”他专横地说。

“不行，已经没有地方了。而且这个会被挤烂的。”

正当我俩争执不休，有人敲门，我抬头一看，是母亲和基坚表哥来了。我俩都惊讶地望着他们。

“今天真巧，刚接到农场的准假通知，基坚就来了。这次他们很慷慨，给了我整整一周的假。”妈妈一进屋就喜笑颜开。

“哇，汉娜，你都长成大姑娘了，竟然比我还高了！”基坚激动地朝我走来。

弟弟已经奔向母亲，跟她拥抱在一起，冲着她的耳朵说着什么。

基坚朝我伸出手来。“汉娜，怎么样？你还好吗？”

“我很好，谢谢。”跟他匆匆握手后，我就朝母亲转过身去，“妈妈，你怎么样？累坏了吧？”

“还行。安慈说我们要去旅行，是真的吗？”

“是真的，妈妈，德国给爸爸送钱来了，让我们去德国。我们要一起离开中国。”

房间顿时安静下来。母亲脸上的笑容消失了。她表情严肃地在桌子边坐下，看看我，看看弟弟，又看看地上的行李，目光在整个房间逡巡了几圈，才平静地说：“也许，这是我们最好的出路。”

基坚还站着，妈妈请他坐下。他在坐下的时候，瞥了我一眼。我避开他的目光问：“新高呢？他怎么没来？”话一出口，我的脸就红了。我为什么要问起新高？

“他大学毕业后去当了老师。解放后，他们那批老师都得进行思想改造，现在他又回公立学校教书了。”

新高没有一起来，太遗憾了。也许我再也见不到他了，我伤心地想。

“汉娜，我现在工作了，当工程师，和我母亲在一起，离这里不远，大约坐二十分钟的公共汽车。”基坚坐得直直的，双手在膝盖上搓来搓去，说，“在你们走之前，我想请你去我们家坐坐，可以吗？我妈妈前几天还问起你。”

我没什么兴趣，却不好意思直接拒绝，就耸了耸肩，淡淡一笑。

“好啊，今天就跟基坚去看看吧。”母亲帮我做了决定。

“可是，妈妈，家里还有好多事，我怎么可以甩手就走？我还得去买菜做饭呢。”

“你不用担心，现在家里有我呢。”

“大嬢说得对，走吧，汉娜，我妈妈很想看看你。她说好几年没看见你了。今天晚上你就住在我们家吧，明天早晨我送你回来。”

“不行不行。”我赶紧摇头。

“汉娜，去吧，今天我走了这么远的路，累坏了，晚上想好好休息一下。我们四个人睡一张床太挤了，我睡不好。你四嬢家宽敞，肯定有地方让你睡觉。”

我只好勉强答应了。

午饭后，我默默跟着基坚，走向不远处的公共汽车站。

这次我们很幸运，都有座位。表哥让我坐窗前。为了避开他看我的目光，我把额头抵在污脏的玻璃板上，观看外面街上的热闹。马路上那些往来的车辆，小汽车、大卡车、带拖斗的货车，不要命地你追我赶，有的差点擦刮到我们的车子。司机不停地按喇叭，但货车司机并不让道。一辆载满货物的人力板车在我们前面迟缓地前行，害得我们的车子也得放慢速度，像蜗牛爬行。司机气得大声叫骂，狂按喇叭。直到人力板车转弯上了另一条马路，我们的车子才又顺利地轰隆前行。

城里的马路很不平坦，车子一路都在颠簸。不断的刹车、启动，很快让我感到恶心，我拼命地忍着。

“汉娜，你不舒服吗？”

我点点头，同时把刚刚冒起来的胃液又强吞下去，嘴里一股酸臭味。

“深呼吸，深呼吸。我们马上就到了。我跟你讲讲我的事吧，转移你的注意力。”

我没回头，任由他的声音在我耳畔响起。

“毕业后，我进了一家建筑公司当工程师助理。解放后，公私合营。我们公司也国有化了，归属国家管理，接受上面的监督。员工们必须定期参加政治学习，进行思想改造，接受共产主义思想教育。新中国讲平等，尽管工种不同，大家工资都差不多。目前，我们单位正在拆一条老街的房子，准备等扩建街道后，盖上新楼。我们工程师，主要负责建筑的设计和施工监督。新中国的单位福利很好，我分到一间单身宿舍，还为我妈妈也申请到一套小公寓，就在离我的宿舍不远的地方。”

车子突然急刹，我俩都猛然向前一冲。基坚跳起来，一把抓住我的胳膊。“快，汉娜，我们到了。”

由碎石铺成的小街坎坷不平，两旁都是灰色的两层楼房。拐过转角，基坚指我看一幢只有一层的小房子，它被夹在一群模样相同的建筑中。当我们径直走到门前，基坚正想敲门，门就开了。

四孃站在面前，惊喜地叫道：“哎呀，是汉娜吗？我简直认不出来了。”

我朝她微笑着点点头。“是啊，四孃，我是汉娜。好久不见了。你好吗？”

“我很好！谢谢！快进屋吧。”她侧过身子让我们进屋，“你现在长得这么高。如果不是跟基坚在一起，我肯定不会相信是你。”

进了屋，她请我坐下。“汉娜，你们家的事我都听说了。唉，我早就让基坚去看你妈妈，他一直太忙，直到最近才抽出时间。”

离开中国前，与母亲、弟弟和表哥的合影

她一边跟我说话，一边忙着为我倒茶。我双手捧着茶杯，低头喝了一口清香的茶水，瞥了身边的基坚一眼，不知道他去农场看望母亲，母亲都对他说了些什么。我抬起头来，正想跟四孃说点什么，只见她满脸悲伤地望着我。

“你知道吗？你成都的小孃家，房呀地呀，也跟你们家一样，都被国家没收了……”

“巧妹呢，她怎么样了？”

“听说去矿山了。”

“去矿山了？她去矿山干什么？”

“地主子女，都得接受劳动改造。”

我感到背脊发凉。巧妹比我还小一岁，能接受什么样的劳动改造？哦，亲爱的巧妹，真对不起，当年我还嫉妒你，嫉妒妈妈喜欢你多过喜爱我。是我太傻了。现在我多想抱抱你，安慰你，可惜一切都太晚了，此生此世，恐怕我再也见不到你了。我捂着脸，欲哭无泪。

“你愿意离开中国，去德国吗？”基坚打断了我对巧妹的思念。

“我很矛盾，很纠结。”我抬起头来，茫然地望着窗外，“我不想走，可不得不走。我们家的现状你都看见了，爸爸找不到工作，妈妈又在农场，弟弟和我都不能上学，日子过不下去了。可是，我真的舍不得离开。毕竟，这里有我熟悉的一切。德国那么远，那么陌生，我也不会德语，还不知道会怎么样呢。”

四孃和基坚都用同情的目光望着我。

基坚带我去看他工作的地方，出门后走过一条街，就到了。那是一处由三幢灰色的双层楼房组成的综合办公楼，呈U字形。

基坚的单身宿舍就在其中一幢的底楼，布置得简单适用，木制家具是浅色的。他很骄傲地让我看他的房间，说他对现在的单位很满意。下班后，他一般都会去母亲那里吃晚饭。他还带我参观他的办公室。那里的桌子上、书架上，到处堆放着卷成筒状的设计图。他一边面带微笑地介绍，一边用深深的目光看我。他看我的目光总是让我不太自在，让我脸皮发烫。想必我的脸也红了。

他向我靠近了些，牵起我的手来仔细看，夸我的白皮肤真漂亮。

我猛然抽回手来，不让他看。“什么呀，我手上的皮肤又粗又干，难看死了，都是因为洗衣服洗的。”我有点生气，感觉他的赞美很虚伪。不等他说话，我就请他带我到外面去看看。我当然不是真的对外面感兴趣，我只想尽快到外面去，不想跟他单独待在房间。

出门去附近转了转，基坚又把我带回他母亲那里，就告辞走了。

晚上四孃问我，愿意睡折叠的行军床呢，还是跟她一起睡她的大床？我想了想说：“哪样麻烦少些？”“那就跟我睡大床吧。我只需要另外套一个枕头，一床被子，就行了。”我点了点头，心里其实不太喜欢她这样安排。

第二天我很晚才起床。四孃已经起床了，透过半开的门，我听见她在和基坚说话。

“告诉汉娜，让她最好留下来，别去德国。跟她说，她可以住到我这里来，在我这边上学。你可以帮助她读完高中。”

我不想再听，进了旁边的洗手间，关上门。也许他们听见了我的动静，突然安静下来。

早餐的时候，我装出什么也不知道的样子。

“四孃，我很高兴又见到你和基坚。”快吃完的时候，我说，“昨天在这里过得很愉快，非常感谢。但吃完饭我就得回家了，很抱歉。我爸爸妈妈都在等着我。我们得一起收拾行李，可能过几天就要动身了。”

“哦，别急，你还有时间。我们正准备跟你商量，关于你的未来……”

“对不起，四孃，我现在不想谈我的未来。很遗憾，我们必须离开中国。希望你们健康平安。也许我们还会再见，但现在我真的得走了。”说完我站起身来。

“太遗憾了。那好吧，让基坚送你。”四孃明显很失望。

“不必了，谢谢！我知道汽车站在哪里，可以自己回家，不用送。”我朝门口走去。

“但我很想再去看看你妈妈，还有你爸爸，我都好多年没见到你爸爸了。让我陪你回家吧。”基坚恳请道。我不好拒绝，就同意了。

在公交车上，基坚又巧妙地把话题转到我的未来，说他可以帮我留下来不走，帮我联系学校上学。

“你说过，你舍不得离开重庆。如果你跟我们一起生活，继续上学，你就可以留下来了。我会帮助你的，供你读到高中毕业。如果你愿意，你还可以继续上大学。德国太远了，你又不懂德语，去了能干什么呢？在一个完全陌生的国家，想要一切重新开始，是很困难的。”

我垂下眼帘，摇了摇头，无以作答。

“太遗憾了。我还以为你会很高兴呢，能跟我们一起生活。”

“别误会，基坚，如果我父母和弟弟也一起留下来，我马上就接受你这个好心的建议。我只是不想跟他们分开，独自留下，请理解我。”

他点点头，脸有点红了，望着地面，“可是汉娜，你知道，我很喜欢你。”他的声音轻得几乎听不到。

“我知道，我也喜欢你。可是，你妈妈只是我妈妈的表妹，她不能替代我的妈妈。”

他的脸上立即出现失望而悲伤的神情，但很快他又笑眯眯地看着我，好像并没有责怪我。这让我感到很欣慰。他总算明白了，我不可能跟我的家人分离。

“我想今天和你们全家去相馆照张合影，留作纪念，可以吗?”

“好啊，一回家我就跟妈妈说。”

当我和基坚推开房门，妈妈已经整理出三只大箱子来。地上还到处堆放着零散的杂物，让我们几乎无处落脚。

“太好了，基坚，你也一起来了。那我们可以好好聊聊。谁知道以后还能不能见面呢。”母亲微笑着直起身来，手叉在腰上。

“妈妈，基坚提议，我们一起去相馆照张合影，留作纪念。”我兴奋地对母亲说。

“哦，不！现在我这样子，肯定不行。”

基坚笑了，“没关系，大嬢，歇一会儿再说。等你梳洗打扮好了，我们再去。照完相，我请你们全家去馆子吃饭。”

不巧的是，这天爸爸不在家。他跟往常一样，又进城了，为我们的旅行办一些手续。因此，我们在重庆拍下的最后一张照片上，没有爸爸——太遗憾了。

1952 年秋天， 长江上

那是初秋的一天，清晨的阳光穿过薄雾，像一条金色的绸带，从天空投向长江河谷。远处，绿色的山巅隐约耸立在粉红色的云霞中，构成一幅迷人的画卷，好像命运要把这离别之痛深深镌刻入我的心底。

我倚栏而立，忧伤地望着热闹的码头。麻麻密密的人们，身穿蓝色的制服，像一群蓝色的蚂蚁聚集在一起，前推后挤，争先恐后，上船下船。父母已经把行李堆放在船舱一角，弟弟不是兴奋地玩他的火车，就是好奇地跑来跑去。

为了避开船上吵闹而拥挤的乘客，我独自移步船尾，依依不舍地凝望着这座城市。我的目光抚过江边陡峭的石梯，层叠错落的棚屋，倚崖而筑的吊脚楼。江面上，那些小舢板、打鱼船、轮船、渡船，在奔腾的波浪中一如既往地穿梭忙碌，没有谁注意到我依恋的目光正在不舍地掠过。

突然，我们的船身抖动了一下，发出“嗒嗒”的响声。起锚了，船头转向，离岸而去。伴随着翻卷的浪花，城市被抛在身后。绿光闪烁的嘉陵江静静地汇入了汹涌澎湃的长江。城市的轮廓越来越小，港口那些数不清的船只，也随我们轮船的驶离渐渐变得模糊不清。

江风拂面，我的目光依然停留在浩瀚烟波中渐小的故乡，直到它彻底淡出我的视线。船驶入一片空寂的水域，两岸山峦起伏，悬崖叠翠，江水如脱缰之马奔腾咆哮，一泻千里。再也看不见重庆的影子，我的泪水夺眶而出。我知道，我生命中最重要的地方从此与我天涯永隔。

我伤心而绝望地哭起来，几乎感受不到周围的存在。为什么一定要离开故乡？而且是永永远远地离开？啊，故乡，一个多么美丽的词汇，从此将只能活在我记忆的书里！我即将去到一个陌生的远方，走过陌生的街道，遇到陌生的人，还不知道等待我的会是什么。它是否也会让我热爱，就像我热爱这座名叫重庆的城市，这片我度过童年和少年时光的土地？

我真想大声尖叫，将内心的悲愤、困惑和对故乡的不舍发泄出来。但我不能。身边有乘客往来，他们在有说有笑。我只能默默地恸哭，浑身抽搐，涕泗横流，双手紧紧捏成拳头，在心里呐喊："不——！"

渐渐地，我的泪水流干了。我茫然地望着岸边缓缓后退的青山，它们不再被云雾笼罩，野性、雄浑，没有人烟，好像是另一个世界。这么快就离开了？我再次紧紧闭上眼睛，在内心回望我短暂生命驶过的驿站。

我有记忆的生命从美好幸福的童年开始，母亲教我写毛笔字，悄悄和母亲禁止我交往的邻家孩子们做游戏，爸爸那些精彩的讲述，跟多洛丝在一起的快乐时光，还有在我们家举行的热闹的婚礼，奇怪的教会学校，和闵晓玲一起漫步在美丽的南开校园……

“汉娜！汉娜！你在哪里？”响亮焦急的叫声把我从往事中惊醒。我抬起头来，看见父亲正向我大步走来。

“原来你在这里！我们到处找你，担心死了！”他一把抓住我的胳膊，将我从地面拎起来，摇晃着，“你一个人躲在这里干什么？”然后他又松开了我，用担忧的目光盯了我几秒钟，“你怎么啦？脸色苍白，眼睛红肿。你哭了吗？告诉我发生了什么事！”

我像从一场梦中醒来，完全迷糊了。“没什么……爸爸，我只是又一次梦到过去。”

“别去想那些伤心的往事。忘掉那些噩梦吧，孩子，它们只会折磨你的心灵。多想想未来，你会发现，一切都会好起来。”

我一言不发望着他，但愿如此。

我们没有铺位，每个人得到一床卷成筒状的毯子。我帮助父母把毯子铺开在过道上，当我们睡觉的床。

到处都是乘客和行李，有些角落还堆放着人们脱下的衣服。睡过道的乘客都是同等级别的舱位。食物也很简单，装在饭盒里分发给我们。我们就在边上的木凳上吃饭。简陋和嘈杂，无序和拥挤，让我感觉到，这不是一艘普通的客船，而是一艘严重超载的难民船。

船以均匀的速度顺江而下。两岸青山掠过，江水碧浪翻滚。渐渐地，白天坠入夜晚。我躺在地板的毯子上，仰望夜空的星光，倾听江水哗哗地流淌。偶尔，乘客的脚步声、咳嗽声、说话声，甚至咒骂声，会打破这夜里的寂静。风也睡去，船在黑色的水面平稳地滑行，乘客们的声响也渐渐沉静，万籁俱寂中，只有朦胧的月光在静谧的夜里神秘地闪烁。这神奇的寂静带来了心灵暂时的安宁。

没有风，闷热也消失。我呼吸着夜里的空气，感受到内心的静谧。同时，我感觉自己像一只小鸟，在黑暗中发现了微光，期待明天的太阳能再次温暖我冰凉而又孤寂的心房。

船上人满为患。在几天的航行中，我总想寻一处僻静的位置，好好观赏两岸的风光。遗憾我一直未能如愿以偿。

岸边的青山越来越高大，最后变成连绵层叠的巍峨群山，从两岸挤压着窄迫的江面。远方的山巅云雾缭绕，偶尔能看见高高的悬崖上，葱郁的莽林里，有古刹和宝塔的影子。在巨大陡峭的石壁上，还有近千年前的古人写下的诗句。当薄雾散去，阳光在层峦叠翠中闪着金色的光芒。

第三天，广播里通知："请注意，请注意，我们正经过三峡中的第一峡：瞿塘峡。请大家自觉分散在船的两边，不要都集中去船的一边，以免造成船体倾斜。"船上的员工出来了，指挥我们应该站在哪里观看。我和弟弟被安排到左边的船舷，紧张而兴奋地等待着。

峡谷里的光线有些昏暗，乘客们安静下来，一股神秘之气笼罩在船的上空。航行的速度慢下来，湍急的江水咆哮着，似乎要把船掀个底朝天。阳光掠过黄色的雾霭，在江面变成了浅褐色。两岸都是垂直的峭壁，形成峡门，一边是白色，另一边是棕红色。广播里说，北面的崖壁上有一条用木梁搭建的通商栈道，横贯整个峡谷，是1889年人工开凿的。我偶尔能透过江雾，看见绝壁上的栈道，便在心里问：那时的人们，怎么能在那么高的绝壁上开凿出这样的栈道呢？就好像在垂悬的峭壁上凿出洞穴。万丈悬崖的下面，是奔腾的江水。我们的大船在这样的激流中行驶，就像一艘随时会倾覆的玩具船，那时候呢？

“现在我们的船正在经过风箱峡。”广播里又传来声音。风箱峡是瞿塘峡的一段峡谷，被挤压得窄逼的江面巨浪翻卷，涛声如雷。混浊的江水咆哮着，漩涡重重，像一大锅煮沸的汤水，咕咕噜噜地冒着泡。我们的船大幅度地摇晃起来。

弟弟和我站在船舷边，双手拼命抓住栏杆。船越往峡谷深处行驶，头上的天空越阴暗。我们惶恐不安，紧张得不时面面相觑。

突然，右前方出现一个巨大的漩涡，几乎占据了狭窄江面的一半。我的心怦怦乱跳起来。幸亏船长一个小心的左转舵，我们才避开被漩涡吸进深渊的灾难。可谁知道，有多少船只被这条水龙吞没。我被大自然的威力深深地震慑。

接下来不久就进入巫峡。

“这里峡长谷深，江流婉转，奇峰异起，云蒸霞蔚，景色秀丽……”广播在讲解。我抬头仰望，果然见山峰险峻入云。这里江面开阔，水流平缓，连绵的群山看上去像童话世界的巨大雕像。我竖起耳朵，继续聆听广播员解说：“传说中，这里的十二座山峰，是十二个仙女。她们想帮助老百姓，引领河道的流向。最高的山峰也最漂亮，就是传说中的仙女峰。”

很遗憾周围人声嘈杂，我没能听清全部的讲解，只断断续续听到“我们正在经过……仙女抛出银球……观音菩萨……”，这时，我真的看见高高的山巅上站着一位美丽的仙女。

河道蜿蜒，转弯处激流冲击着石壁，轰隆作响，四溅的浪花像夜空里无数白色的闪电。每一道转弯后都有意想不到的风光。它随江水的缓急深浅、云层的厚薄浓淡、山形的千变万化而不同。而阳光的强弱色彩也在变化，江面泛着或红或黄的波光，群山披上粉紫的雾帘。

峡谷里的大气也随光的变化而不同，有时笼罩着神秘的蓝色，有时是乌灰，然后又被阳光穿透。山坡上，梯田像天鹅绒般闪着柔和的绿光。峭壁悬崖间，忽而林木葱郁，忽而怪柏疏虬，船像行进在幽深的画廊，变幻的景色让我眼花缭乱，目不暇接。

尽管稀薄的阳光偶尔才能破云而出，我们仍然看见了古刹塔楼的红檐绿瓦，在岸边的云雾中若隐若现。我们还看见了“香江”，它像重庆的嘉陵江，也是从侧面汇入长江，也闪烁着同样清亮的绿波。

最后一道峡也是三峡最长的峡，叫西陵峡。广播里说，它分为兵书宝剑峡、牛肝马肺峡、灯影峡等。由于河道变窄，多浅滩暗礁，夺路奔来的江水更加澎湃激荡。

这里的山峦丛林密布，一些古老村落依稀可见。有一处名叫桃花村，据说是一个皇帝嫔妃的故乡。我们经过了灯影峡、神仙桥，再次看到古老的寺庙、宝塔和村庄，甚至诗人笔下的洞穴。无数的瀑布和溪流在山涧奔流。西陵峡壮丽雄伟的山水景致和历史遗址，给我留下难忘印象。

船出三峡，崇山峻岭突然消失。河道开阔，水流舒缓，恍若进入另一世界。

天色向晚，我还站在船舷边，凭栏远眺，回味那些迷人的大自然风光。金色的太阳渐渐落入群山背后，像一只好奇的眼睛，半睁着，向长江投来恋恋不舍的最后一瞥。

多日的江上旅行终于结束。船抵汉口，我们离开拥挤的轮船，随人流上岸，将在这里转乘火车去广州。

在火车站，我们左顾右盼，期待着我们家的老朋友威尔纳一家，能来与我们短暂相见。果然，我们很快就听到有人叫唤父亲的名字："哈啰，哈啰，傅瑞德里西先生！"

等我们惊喜地转过身去，威尔纳先生和夫人正春光满面向我们走来。我们立即兴奋地拥抱在一起。

"你肯定就是约翰啦？汉娜的弟弟？是不是？你爸爸跟我说起过你。"威尔纳先生低下头去，笑问弟弟，"遗憾我们没能早点认识。"

弟弟朝他微微鞠了一躬，说了一声"你好"，声音小得几乎听不见。

"汉娜，我都快认不出你了。长这么高，亭亭玉立，多么漂亮的少女啊！"威尔纳夫人惊喜地端详着我，不停地摇头，好像不敢相信这一切似的。

我尴尬地笑了。

她又转向母亲，关切地问："你好么，傅太太？"

"还行吧，谢谢。"

"你瘦多了，看起来很憔悴。"

母亲点了点头，微笑不语。

"我们也即将离开中国。"威尔纳先生哀叹说。

"傅太太，现在你必须增加营养，心情愉快，争取尽快恢复健康。"威尔纳夫人对母亲说，眼里充满慈悲和同情。

父亲不时抬起手腕看表。又聊了一阵，他就叫道："对不起，我们必须走了。火车马上要开了。"

“真遗憾啊，刚刚见面，又要分别。不过，我们肯定会在德国再见。”

“多洛丝在香港。我们跟她打过电话，让她去宾馆拜访你们。”

我们都上火车了，威尔纳夫人还在站台上对我们高声说话。她的声音听起来像音乐般美妙。分别多年，我终于又快见到多洛丝了。真是叫人激动啊。

过边境

火车载着我们，全速前行。我们满怀着新的希望和信心，望着窗外一晃而过的风景，快乐得像在天空自由飞翔。

我们有一间四人车厢。车厢的两边，有可折叠的上下小床。下层的小床放平后同时也是座位。窗户正中的下边，还横支出一张小桌板。用餐的时候，饭菜会送到我们车厢。当火车靠站停歇，就有男女小贩在站台上大声叫卖，向车内的旅客兜售食物和饮料。有一次父亲下了火车，从一个挎竹篮的农妇手里，为我们买了一大串香蕉。

“孩子们，吃香蕉啦。”父亲高兴地返回车厢，“这种水果你们还不认识吧？它叫香蕉，现在刚好成熟。”说着，他为我们每人掰下一只，剩下的就当宝贝似的，小心翼翼地装进网兜，挂在窗下。他撕开香蕉皮，很享受地咬了一口。

我想起小时候曾经吃过这种形状的棒棒糖，是厨娘从市场悄悄为我买回来的，我躲到屋背后，迅速吮舔一光，害怕被母亲发现。我又想起那酸甜可口的果香味，暗暗高兴，终于吃上真正新鲜的香蕉了，便激动得大咬了一口。但我失望极了。它根本没有我记忆中的酸甜香味，只黏糊糊的，几乎什么味道都没有。我恨不得马上吐掉，但又不敢，只得迫使自己迅速吞下，剩下的部分，我费了好大的劲才勉强吃完。

“再吃一只吧，汉娜。”父亲仁慈地微笑着问我。

“不啦，谢谢，我已经饱了。”

母亲看着我，偷偷笑了。

行驶中的火车咣当作响，旅客们的吵闹声让人心烦。弟弟和我坐在窗边，看外面的风景。火车驶过辽阔的稻田，成群的农民在田里劳作。有人还朝我们张望，挥手，大笑，吼叫。我们也朝他们挥手。但估计他们看不到，因为隔着玻璃，他们都一闪而过，消失得很快，不如远方的农舍田野、山峦水泊，消逝得缓慢。

父亲说，到香港后，我们得乘坐出租车去宾馆，然后就住在宾馆里等待，直到有开往欧洲的远洋轮船起航。

我刚站起身来，火车“嘎吱”一声急刹，让我一个踉跄，差点摔倒。

“终点站到了，请全体旅客下车！”广播里在说。

一下火车，迎面扑来一股热浪。我们拖着大包大箱的行李，沿着站台朝前走。父亲问一个检票员，边境在哪里？去香港的火车在哪里出发？检票员为我们指了方向。我们又继续艰难前行，在父亲的率领下，慢慢来到一个有很多人的大坝子。那些人也带着很多行李，神情焦灼在排队等待。

一个穿制服的工作人员，给我们指定了一个位置，让我们等待。我们耐心地站着，看那些人打开行李，接受检查。

不久就轮到我们。他们用认真的目光，从上到下打量我们，让我们打开所有的行李，接受检查。在一个大箱子里，有一台父亲的打字机。他们没收了它。

“不！你们不能拿走它！我的工作需要它。”父亲上前一步，伸手想夺回打字机。

“你工作是否需要它，我们不感兴趣。但禁止携带机器出境，这是规定。”

“我求求你们了！这不是机器，只是打字的工具。我需要它来养家糊口。”父亲可怜地再次请求，他们依然不为所动。

“不准干扰我们执行公务！外国鬼子！”那人一把推开父亲，“你希望我们把你抓起来吗？为了这台机器，你竟敢对抗我们的国家法律?”那人阴沉着脸对父亲说。父亲乖乖地退后了，眼睁睁地看着他们把打字机抱走，又对我们的箱子和包裹进行全面检查。

这时，我突然听到一个女人的声音：“过来，高举双臂！”我惊诧地转过身去，发现一个穿制服的女人站在我面前，手里拿着一根棍子。我本能地举起双臂，她在我身上这里摸摸，那里敲敲，甚至不放过敏感部位，让我感到极不舒服。

检查完身体，我和母亲把散落在地面的行李又拾掇起来，重新归整装进箱子和提包。无意之中我发现，他们没有打开父亲装雪茄的大盒子。谢天谢地，因为我知道，那里面藏有父亲残留的珍贵藏品，几只来自西藏的甲壳虫。

我们穿过广场，来到边境海关口。那里有几个全副武装的海关警察，肩上还挎着枪。他们的脸像铁制的面具，冰冷无情。警察一言不发，接过父亲手中的一叠文件：身份证明、出境许可证、他和母亲的结婚证明、我和弟弟的出生证明，等等。仔细逐一查看后，他们先让弟弟出关，再让我出，最后才示意父亲也出关。当紧随其后的母亲也想跟着过来，却被警察大喝一声：“站住！”

我们都惊呆了，三个人站在边境的外头，吃惊地望着被扣在边境里头的母亲。

“你没有正式的注销证明和出境许可证，不能出去。”警察对母亲说。

“可我们是一家人，你不能把我们一家人拆散。”母亲的声音平静而有力，还带着责备。

“一家人又怎么样？谁同意你出境了？”警察看看手里的文件，又看看母亲。

“这里不是吗？我们的地区革委会都盖了公章，同意我出境。”母亲指着警察手里的证明，理直气壮地说。

警察犹豫了，又盯着那证明仔细看，喃喃道：“这上面只同意你离开你生活和工作的地方……”

“我生活和工作的地方就是中国。不是吗？”

警察拿着证明转过身去，跟他的同事嘀咕了几句后，对母亲说：“你这个证明很含糊，我们需要和相关部门取得联系，确认是否有效。你先退到一边等着吧。”说完他就拿着那证明往后面半坡上的小房子走去。

我绝望地望着父亲。一路上最担心的事，终于发生了。

“爸爸，我不能让妈妈一个人在那边等，我得过去陪她。”

“等等，汉娜！”父亲喝住我。

但我没理会父亲，径直穿过门岗，向母亲走去。弟弟和父亲也跟过来了。

“汉娜，你应该在那边等我!”母亲几乎愤怒了。待我走近，她才瞪着我低声道，“现在你过来太危险了，有可能我们一个也走不成!”

“我不管。如果他们不让你走，我们也不走，都留下来陪你!”

我们在坝子上等啊等，那个警察总也不出现。所有排队等候出境的人都早走光了。空荡荡的坝子里，下午灼人的阳光当头而下，让我们睁不开眼睛。但我们仍然得头顶烈日继续等待。我开始感到眩晕，渐渐看不清周围的一切。这院坝既没有一条板凳可以坐坐，也没有一棵树可以遮阴，水泥地面又滚烫烙脚，我们却只能像可怜的流浪汉，坐在我们的行李上，任由骄阳无情地烘烤。我们没有伞，最后只能取出毛巾和衣服，顶在头上。

尽管这样，我的头仍然闷热难受。被阻挡的热气积压起来，化成汗珠，不停地从我脸上滚落，到嘴边时又被我舔干。我尝到了咸味，这让我更加唇干舌燥，饥渴难耐，说话都开始变得困难。我的胃也咕噜咕噜地叫唤。这里既没有吃的，也没有喝的。但比起对母亲的担忧，身体再难受都算不了什么。

我一直盯着半坡上的小屋，期盼那个警察出现。可他迟迟不肯现身。我忧心如焚，如坐针毡，担心如果让他发现，母亲真的想用无效文件蒙混出境，就糟了。也许母亲会被抓起来，押回农场继续劳改，终生不准再请假回家，甚至被当作投敌叛国，打成叛徒，科以重刑。想到这些，我毛骨悚然，害怕极了，先怨父亲固执己见，铤而走险，又恨警察不通人情，硬生生要拆散我们。

难道他们就没有父母亲人？不知道什么叫骨肉分离？

绝望中我再次想到上帝。啊，上帝，你在哪里？我发过誓要信忠于你，请你再帮我们一把吧？焦灼中，我双手合十，又开始祈祷：“亲爱的上帝，我知道你会帮助我们的。你已经把我们从千难万苦中拯救出来，今天就请你再次开恩，再救我们一次，帮助妈妈顺利出境，让我们一家人不要分离。我求求你了！阿门。”

天空吞没了太阳的彤红，灼人的火球不知不觉已坠向西边。母亲已经脚踝红肿，她扶着我的肩，摇摇晃晃站起身来。我也随之站起身来，去搀扶她。父亲靠着拐杖的支撑，挣扎着起身，朝半坡上的小屋张望。他的脸被晒得通红，湿透了的头发粘在一起。他很快就失望地低下头，悄无声息地站在那里，双手交叠在拐杖把上，任由大滴的眼泪在脸颊上流淌。

当母亲再次在箱子上坐下，我听见父亲的拐杖有节奏地叩击着地面。他在不安地踱来踱去，拐杖击地发出的沉闷而单调的“咚咚”声，让我更加烦躁不安。夕阳不再烤得皮肤发痛，但空气仍然闷热难当，没有一缕凉风，我感到呼吸困难。

弟弟已经扯下头上的毛巾，顶着一颗通红的脑袋，木然地坐在行李堆上。他早就停止了嘀咕抱怨，说他又渴又饿，要死了。

终于，我们远远地看见那个警察朝我们走来。我搀扶着母亲站起来，我们都胆战心惊地望着他，意识到最关键的时刻到了。他一手拎着军用挎包，另一只手拿着几页纸。军用挎包里装的什么？手铐？刑具？我感觉心脏都快跳出来了，胸腔仿佛随时会崩裂，脑子也开始轰轰作响。

“彭廷文，”他走近了我们，“我打了一整天电话，想跟对方机构取得联系，确认你的出境证件是否有效。好不容易，通过多方查询，得到一个负责你这事的电话号码，可惜一直没有人接。也许他们临时有别的事，不在。唉，算了，把你的资料拿去吧，我放你出境。”

“太谢谢您了。”母亲感激得向他深深鞠躬。

“等了这么久，你们一定渴了吧。来，喝点水。”说着他从军用挎包里取出四个带把的白搪瓷杯，给我们一人一个，又拎起水壶，往杯里倒水。

我被他的善良感动了，看着他为我们倒水的样子，发现他尽管一脸警察的严肃，竟然有几分和蔼可亲。

弟弟和我几乎一口就喝光了杯里的水，差点呛着，却幸福无比。然后我俩都张大嘴巴，十分畅快地哈着气，止不住大声咳嗽起来。

爸爸也很感谢他，朝他深深地鞠了一躬。他一边收回给我们的水杯，一边催促说：“你们赶快走吧，离最后一趟去香港的火车，还有十分钟。”

上火车前，我们再次接受乘警的搜身和行李检查。当我们终于上了火车，找到座位，我们全都瘫倒了。

火车轰隆一声，开动了，然后“咣当咣当”地离开了站台。

香港火车站跟汉口火车站不太一样，虽然同样人潮拥挤，但这里的人们穿戴更加整洁漂亮，服饰风格多为欧式，欧洲人几乎跟中国人一样多。我们拖着行李，吃力地穿过拥挤的人流，寻找能坐出租车的出口。

突然母亲惊叫起来，“啊，安慈呢？安慈不见了！”

我们停下脚步，四下张望，果然没有弟弟的影子。父母立即惊慌起来，大声呼唤弟弟的名字。母亲叫“安慈——”，父亲唤

“约翰——”，不少行人掉头过来，一边惊讶地朝我们张望，一边仍然匆匆赶路。

我也大叫着弟弟的名字，希望能立即找到他。

“汉娜，你就跟在我们身边，不要也走丢了!”父亲严厉命令我。

父母继续惊惶不安，朝四面八方呼唤弟弟。可弟弟还是没有出现。

“再这样叫唤没有用，我们必须去找警察帮忙，让他们用广播找人。”父亲焦急地说。

我们刚朝前走了几步，准备去找警察，弟弟哭丧着的小脸就出现了。他站在一个售货亭前，正伸长脖子四处张望。“他在那里!”我大叫起来，指着弟弟的方向。我们一起奔了过去。

“你跑哪里去了?把我们都吓坏了，以为你丢了!”父亲厉声呵斥他，“从现在起，跟紧我们，不准再离开!”

“谢天谢地，终于找到你了！安慈，我们大声叫唤你，你没听见吗?”母亲最后赶过来，一把拉过他，疼爱地抚摸他的头。

“我也到处找你们，你们跑去哪里了?!”弟弟还委屈得不行，好像我们错怪他了。

逗留香港

当我们乘出租车前往宾馆，已是黄昏时分。窗外那些五光十色的百货大楼让我震惊。夕阳的余晖，跟橱窗里的各种彩灯交相辉映，在玻璃板上呈现出绚丽的色彩。无数汽车的车前灯和车尾灯射出的灯光交织相连，像彗星拖着长长的红尾巴在街上滑行。

满街造型各异的霓虹灯光芒闪烁，令人眼花。我被这个崭新而有趣的世界惊呆了。

进了宾馆，有人热情欢迎我们，而且还挨个叫出我们的名字。前台的一位年轻女士亲自带我们到五楼上面我们的房间。爸爸和弟弟的房间是蓝色的，有一道门跟妈妈和我的房间相连。我们的房间是嫩黄色的。年轻女士告诉我们，宾馆的每一间房都颜色不同。我非常喜欢我们的房间，墙纸和床上的被褥都是同样的嫩黄色，床单却是雪白的。写字桌和椅子是用光洁明亮的实木制成。我感觉进入一个奢华的世界。晚上睡在母亲身边，幸福得像睡在云朵里，飘飘然地酣然入眠。

第二天一早，我好奇地站在窗前看风景。不远处就是蔚蓝的大海，海上还有几座绿色的岛屿。而脚下的楼底，街上的汽车像玩具车一样，从我们宾馆大楼的门前无声地滑过，而我却听不见汽车的喧哗和人声的吵闹。我去问父亲，他告诉我说，窗子的玻璃有很神奇的隔音功能。

下午，当我们刚到宾馆大厅，一个年轻姑娘带着灿烂的笑靥朝我们走来，还跟我们挥手。“哈啰，你们好，我是多洛丝。”

“多洛丝？真的是你吗？”母亲吃惊地问。

她朝我们点了点头，歪着头朝我们调皮一笑。我站在母亲身边，只是呆呆地盯着她。

奇怪，我记忆中的多洛丝完全不是这个样子。那时她比我高，现在却正相反，她居然比我矮！还有，她浅棕色的浓密头发，那时用一根丝带系起，像一根马尾拖到半背。现在她却一头男生那样的短发，从中间分杠，朝两边梳开。莫非现在流行这个？唯有她的蓝眼睛，还像从前那样又大又亮，充满快乐和生机，让我一眼认出。

我们激动地拥抱在一起。尽管我很开心，我们又见面了，但在心里，我已经感到了某种陌生和疏离。我注意到，她的目光也有些诧异和躲闪。也许，我自己也发生了让她难以置信的变化？

“来，多洛丝，我们应该坐下来，好好聊聊。”父亲拍拍她的肩说，“你想喝点什么？”

“谢谢了，傅瑞德里西先生，我不喝了。我只能待一小会儿，就得赶回去上课。最近很忙，我是抽空出来看你们的。”她转过身来看着我，“汉娜，你好吗？”

“挺好的，你呢？”

“我也很好。我现在在城里的拔萃女子中学上学。”

说完，她意识到我不太明白，又马上解释：“是一所英国教会在香港办的女子寄宿学校。”

“你喜欢吗?”我问。

她笑了笑。“刚开始不喜欢，现在很喜欢，因为我交了很多朋友。”

“真好。我为你高兴。可惜我的情况就不同了。因为我持德国护照，他们不许我继续上学。”我闷闷地说。

“哦，很抱歉，汉娜，但你可以在德国把功课补上。”

“是啊，可是我的德语也够呛，要补功课，谈何容易。”

我们东扯西拉地聊了一会儿。突然，她敛起笑容，表情严肃。“听我父母说，政府没收了你们家的房子。他们至少留下几间给你们住吧?”

母亲突然手一挥，别过头去，不想说。父亲却轻咳了一声，来了兴致。

“哎呀，多洛丝，他们不仅没收了我们的房子，还烧毁了我那些珍贵的藏书！他们甚至还……”

“住口，瓦尔特!”母亲突然瞪了父亲一眼，厉声喝道，“都过去了，别再说了！别让年轻人背上思想包袱!”

“没关系，傅瑞德里西太太，我不会背上思想包袱的。我真的很想知道，这几年你们是怎样过来的?”多洛丝似乎对我们家的经历真感兴趣。

“好吧，廷文，你是对的，我不说了，不说了。”父亲再次表现出对母亲的顺从。他松开拳头，做了一个投降的姿势，看看妈妈，又看看多洛丝，点着头说，“是的，现在我们最好多谈未来，少谈或者不谈那些伤心的过去。”

于是我们就转换话题，谈起别的。

没过多久，多洛丝就起身告辞。我们在宾馆门口拥别。“再见，汉娜，我们肯定还会再见的。”她一如既往地乐观潇洒，对生活充满热情和希望，好像从没尝过苦涩的滋味。而我一路坎坷，饱经苦难。我只是苦笑着点点头，目送她迈着欢快的脚步消失在繁华的香港街头。

等待的日子，我们多以逛街来消磨时光，去看热闹的街景，去看这座城里人们的生活。我常常惊叹那些商店装饰得多么华美，商品多么丰富，琳琅满目。集市上，人们把货物整洁地摆放在摊位上，长脖子的鸡鸭等家禽被大铁钩钩着，并排挂在长杆上，皮肤用蜂蜜浇染得棕红油亮，让人垂涎欲滴。

遗憾的是，当地人说的话，我一个词也听不懂，因为他们都讲粤语，只有少数高档商店或宾馆里的工作人员，能讲我能听懂的普通话。

在衣着光鲜的人群中，我为我们一家都身着单调的制服而感到难堪。这里有很多打扮优雅的西方人。男人们穿着浅色西装，女人们穿着漂亮的裙子或套装。大多数中国人都西式打扮，也有年轻女子还穿着漂亮的紧身旗袍。

母亲买了很多羊毛线，还有一些色彩柔和好看的布料。我很好奇，问她想用它们做什么。

“我想为你缝几条裙子，那样你就不用总穿长裤了。”母亲笑着瞥了一眼我身上的蓝布长裤。

“啊，谢谢妈妈！”我好高兴，恨不得蹦跳起来拥抱她，却不敢。

“听爸爸说，坐船到德国的时间很漫长。我想利用船上的时间，给你们织几件毛衣。等我们到了那边，已经是很冷的冬天了。你们正好穿得着。”

母亲不能走远路，在接下来的几周里，她独自留在宾馆，为我做裙子。父亲就带着我和弟弟出门逛街，或者去看风景。我们坐渡船去岛上，看美丽的海湾风光和香港城的天际线。在大海与天空的交界处，海水的幽蓝与天空的蔚蓝融合在一起，壮观极了。在城市的后面，我们抬头能看见群山起伏，低头能看见海浪拍岸。

我们还乘坐双层巴士，在摩天大楼的峡谷里穿行。从巴士的上层放眼望去，这里真是一个生机蓬勃、绚丽斑斓的花花世界。下车后，父亲总爱去寻找二手书店，一看见就激动不已地钻进去，动辄在里面待好几个小时，完全不顾弟弟和我还等在旁边，百无聊赖。但如果我们在街上停下脚步，看橱窗里的漂亮衣服，或五花八门的新奇玩意儿，他立即就会不耐烦地叫嚷起来：“走啦，走啦！现在我们得走啦！”

在香港逗留的日子里，让我感到最遗憾的，是天文馆关了，没能通过天文望远镜，看看父亲口中那些神奇的星星。我们只能看那些美丽的建筑和街景。那些旧式建筑，带拱形的门廊和大柱子，有长长的供游客行走的廊道，廊道的里面是商店，楼上是房间。建筑的后墙有细长的格子窗。父亲对我们讲解说，那是殖民地时代的建筑风格，名叫“骑楼”，大约建于1880年。

终于，宾馆前台通知我们，我们将要乘坐的悉尼号远洋轮，两天后就要起航了。

海船上

我们站在码头上，惊讶地望着那艘即将载我们远去的巨轮。它白色的船体中间，高耸着一座蓝色的烟囱。我被这条船的硕大和美丽深深震撼。比起我们在长江上乘坐的那艘船，它不知庞大和气派多少倍。上船的时候，船长和乘务人员站在入口处欢迎我们。检查完船票和证件之后，我们就沿通道来到上面的一层，由乘务员将我们领到船舱。我们住的是双人舱。我再次和母亲同住一间，父亲和弟弟住隔壁。稍微休息后，我们就来到甲板上，让乘务员为我们做些介绍。

那是一个有着笔挺身段的年轻人，皮肤黝黑，眼睛明亮。他很自豪地告诉我们，这条船是按意大利风格设计和修饰的。最上面两层是一等舱，第三层是二等舱区。我们就在第三层，属于二等舱客人。

介绍完船上的舱位分布，他首先把我们带到餐厅。餐厅很大，餐桌都铺有雪白的桌布，中间插有一小束鲜花。餐桌上已经摆好高脚的葡萄酒杯和普通的玻璃杯。然后他又带我们参观电影院和音乐厅，以及父亲特别感兴趣的图书室。我们跟着他走过游泳池，那旁边摆有很多躺椅、小桌和座椅。他说这是专供二等舱客人们使用的。游泳区旁边的上面还有一个带顶棚的舞池，舞池边上是小乐队平台。

随后，他又把我们带到一个大厅，那里有一道宽阔的楼梯，带弧形栏杆，通向楼上。大厅里坐着一些穿戴华丽的印度女人，脖子上和手臂上都戴着层层叠叠的金项链和金镯子，浑身珠光宝气，三五成群在说笑聊天。出了大厅，我们又去参观了洗衣室和熨衣间。熨衣间里有个女人正在埋头工作，很认真地熨烫一条漂亮的晚礼裙。

甲板上，有些身穿浅色外套的欧洲男子在玩滚球。

尽管我对船上的一切都充满了好奇和惊喜，但那些不时投向我们的眼光，带着同情、嘲讽和轻蔑的意味，让我感到极度的难堪和羞辱。他们为什么用那样的目光看我们？是因为我们的穿着显得寒碜、不如他们的衣服漂亮和光鲜吗？我们穿的也都是新衣服，临行前我特意为全家人添置的，重庆最流行的制服。为了显得漂亮些，妈妈和我还在蓝衣服的领口处故意翻出白衬衣领子。但相比起其他的客人，我也觉得我们的衣服土气。庆幸的是，妈妈已经为我缝了两条漂亮的花裙子。我决定回房间尽快换上。

高亢的汽笛声把我们吸引到船舷上。起锚了，缆绳松开，轮船缓慢而近乎无声地离开港口。码头上聚集了很多人，朝我们微笑，欢呼，挥手。尽管我们一个也不认识，我们也朝他们微笑，挥舞手绢。轮船一再笛声长鸣，仿佛在替我们感谢岸边的好心人，并向他们祝福和道别。

站在船舷边，望着前方的香港渐渐远去，城市的轮廓越来越模糊，我的眼前又浮现出不久前的另一次告别，也是这样，独立船舷，临风凭栏。但岸边是陡峭的山坡，颓败的吊脚楼。那是在长江上的朝天门码头，告别我烟雨凄迷中的故乡重庆。而此时阳光如注，大海辽阔，我正在告别一个国家，一片大陆。

时值正午，骄阳当头，我独自在船舷上流连，舍不得将目光从正在后退的陆地收回。渐渐地，陆地的影子被天空吞没，被大海吞没，被浩瀚无垠的宇宙吞没。

在这无边的寂静中，我的思绪在自由翻飞。我再次想到我的过去，那些欢乐的时光和伤心的往事，都历历在目。可是母亲说，要忘掉过去，面向未来。于是我努力去想象明天，想象德国是什么样子？那里的人会欢迎我们的到来吗？那里有我们想要寻找的幸福吗？没有答案，只有海风轻拂，阳光暖人。那未知的未来，既让我衷心期待，又让我惶恐不安。

海天一色，世界变成一片深远的蓝，我分不清天空和海洋，也看不清来路和去往的方向。太阳躲进云层，眼前依然明亮。船似乎停歇下来，一动不动，可我知道，它正托着我在无声地前行。广袤的苍穹一片虚空，无垠的世界，我感觉自己比滚落到手心的一滴泪珠还渺小。

突然，闪闪发光的海面上，有许多海豚跃出水面。它们成群结队，浩浩荡荡，不知疲倦地此起彼伏，像在辽阔的海面跳集体舞，壮观极了。我被这不可思议的一幕震撼了，惊喜得几乎要欢呼起来，冥思遐想和离愁忧伤都一扫而光。

亲爱的上帝，这些虚空中真实而欢乐的舞蹈，就是你要给我的答案吗？

后　记

时光远去，带走了青春，也缓解了伤痛。

那座我童年和少女时代的旧重庆城，已不复存在。

一座华丽而宏大的新重庆城已经诞生。

又一代新人生活在城里。他们深爱着这座城市，如同多年前生活在城里的我们。

重庆，我永远的故乡，祝福你继续繁荣昌盛，永无战争与暴行。

一切已经过去。那过去的一切，却永存我心底。

德国，2017

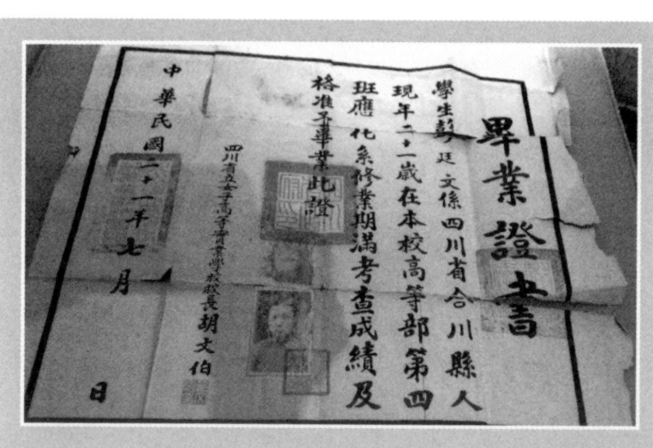

畢業證書

學生彭廷文係四川省合川縣人現年二十一歲在本校高等部第四班應化系修業期滿考查成績及格准予畢業此證

四川省立女子高等實業學校校長胡文伯

中華民國二十一年七月 日

2019 年，傅安娜将这张母亲彭廷文的

毕业证原件赠予重庆图书馆收藏。